U0693296

怀念芳草

Huainian Fangcao

夏葆升◎著

 时代出版传媒股份有限公司
安徽文艺出版社

图书在版编目（ＣＩＰ）数据

怀念芳草/夏葆升著. --合肥：安徽文艺出版社,2021.3
（2022.7 重印）
ISBN 978-7-5396-7089-8

Ⅰ．①怀… Ⅱ．①夏… Ⅲ．①长篇小说－中国－当代
Ⅳ．①I247.5

中国版本图书馆 CIP 数据核字(2020)第 230259 号

出 版 人：姚 巍
责任编辑：秦 雯　　　　　　　装帧设计：褚 琦
....
出版发行：安徽文艺出版社　　www.awpub.com
地　　址：合肥市翡翠路 1118 号　邮政编码：230071
营 销 部：(0551)63533889
印　　制：山东百润本色印刷有限公司　(0635)3962683
....
开本：700×1000　1/16　印张：18　字数：300 千字
版次：2021 年 3 月第 1 版
印次：2022 年 7 月第 2 次印刷
定价：56.00 元
....

目　　录

第一章　巧遇尤妮

直到现在，尚之平仍然念叨着这件事："为什么那天，我正好就遇见尤妮姑娘呢？"

那是三月天的一个下午，阳光明媚，和煦的春风从他们大学生宿舍窗口徐徐灌进屋内。尚之平午睡过后，懒洋洋地从书架上拿出一本《外国文学作品选》，打算到大学的图书阅览室去看。就在这时，他忽然听到外面有人轻轻敲他们宿舍的门。

这门有时男同学伸脚一踢就开了，现在，是哪位"特殊人士"在文质彬彬地敲呢？尚之平上前拉开门，门口竟站着两位中学生模样的小姑娘。

咦，尚之平不认识这两个小丫头。

说是不认识，他对前面那位个子中等、短发齐耳的姑娘，倒有点面熟；但对后面那位身后拖着两条黝黑大辫子的姑娘，尚之平有些生疏。她身形苗条、匀称，特别是一双晶亮的眼睛，给人俊秀而又活泼之美感，令他印象很深。

就在尚之平瞅着大辫子小丫头时，前面的短发姑娘扑哧一笑："尚大哥，我是住你家隔壁的张建华，你记得吧？"

尚之平突然想起来："哦，记得记得，是小华子。"

小华子把那位大辫子姑娘推到他跟前，说："她叫尤妮，她爸爸妈妈过去在京剧院上班，她姐姐也是外地京剧团的演员。"

这么一介绍，大辫子姑娘向尚之平瞥了一眼，她晶亮的眼睛里，涌出两滴直打转转的泪水，看样子她很容易就动了感情。

尚之平连忙请她俩进来，问道："你们有事吗？"

小华子说："我们今天来，是想借几本小说看看。"

大学里多的是各种各样的书，图书馆大楼保存了几十万本哩，光是学生宿舍书架上的文学书，就够这两个小姑娘看了。尚之平在书架上找到了《水浒传》《红日》和名声响当当的《林海雪原》等小说，用报纸包上，捧过来给她们。

"哇！"两个小丫头高兴地抢过去，跟尚大哥挥手告别后，急吼吼地边翻书边往外面走去。直到出了男生宿舍楼，还听见她俩的笑声在充满花香的清风中跳跃不停。当然，这阵笑声又紧紧地牵扯着尚之平的心，他跟那位身后拖着两条大辫子的尤妮姑娘，从此便陷进一场剪不断、理还乱的感情纠葛之中。当然，那是以后的事……

这天下午，两位小姑娘走了后，尚之平就到其他同学事先帮他占的阅览室位子上坐着，却没有摊开书来，更没有把目光投向书中的黑字。他的一双眼珠子，像两块小舢板在一片水面上纹丝不动地漂浮着，因为他还在想着刚才梳大辫子的尤妮姑娘离开时竟然回头朝他瞥了一眼。她那妩媚动人的眼睛，这会儿在尚之平心中漾起一层又一层细细的浪花。其实他这种温暖的情绪在男大学生之中，也是屡见不鲜的；何况不要多长时间，他们将面临大学毕业和工作分配。到那时候，小伙子们都或多或少对姑娘们充满兴趣哩。

啪！想到这里，尚之平烦躁地伸手往自己的脑袋瓜上狠狠拍了一下，站起来到洗手间对着自来水龙头，哗啦啦冲洗他的脑袋瓜和两只手，然后一边甩手上的水珠，一边返回位子。他把书夹到胳肢窝下走出图书馆大楼，他决定马上回家一趟。

大学难考，然而考上了，平时的日子又容易混。但是尚之平隔几个星期才回家一次，平常他都留在学校看书、学习、做笔记，非常用功。因此许多同学奇怪地问他："这么珍惜时间干什么？你到外面玩玩嘛！"

他咧嘴笑道:"我的年龄比你们大三岁,现在我要用三年把时间追回来。"

自从邻家的小华子带尤妮到学校找他借书以后,尚之平回家就变成经常性的事了。而且每次回家,他总喜欢经过小华子家的门口,有意无意地朝她家里瞟一眼。他希望在那里能够看到尤妮姑娘。

尚之平家的小院在小华子家隔壁,平时只有尚之平跟爷爷在家,十分安静。那天,他坐在窗口边想着心思,忽然看见隔壁的小华子跟一位女孩嘻嘻哈哈地从尚之平家门口经过。真是天遂人愿啊!尚之平赶紧从窗口伸头向外面瞧一瞧。——嘿,和小华子一起的女孩不是别人,就是他那天在宿舍里遇见的尤妮姑娘呀!他装着意外发现似的,连忙招呼她道:"这不是尤妮吗?"走在后面的小华子说:"以后尤妮常来我家跟我做伴啦。尚大哥,你说过京剧很好听,会哼两句就好喽。尤妮呀,你愿不愿意教尚大哥哼唱呢?"

尤妮勇敢地抬头,朝尚之平咧嘴一笑:"谁知道尚大哥嫌不嫌我唱得差呢?嘻嘻……"

尚之平连忙说:"我正想找人学,现在就有时间。"

尚之平赶快出去拉开院门,双手像外交大使一般交叉在身前,往院子里让着:"小尤老师,请吧。"

"嘻嘻!"尤妮又是一笑,但很快便伸出蒜头似的拳头,抵住自己的嘴角,跟在尚之平身后来到他的房间。住在隔壁房间的爷爷有午睡习惯,尚之平小心翼翼地关上房门。

尤妮压低嗓音说:"你喜欢唱哪一段?"

尚之平说:"《红灯记》里李玉和在狱中唱的《狱警传》,《沙家浜》里郭建光唱的《朝霞映在阳澄湖上》,还有《智取威虎山》里杨子荣唱的《打虎上山》……"

"太多了,太多了!"尤妮急得脚直跺,"我要了解你的水平,你先唱一段给我听听。"

尚之平一时间抓耳挠腮地不好开口了，怕在她面前出丑。可尤妮一脸正儿八经地定睛瞅着他。从她两只明亮的眼睛里，流露出真诚的期待和鼓励，倒是令尚之平十分感动。他装模作样地干咳两声，运足气唱一句："朝霞映在阳澄湖上——"

尚之平厚着脸皮大胆唱起来，还时不时偷眼瞟她一下，发现尤妮瓜子脸上的两眼的外角，稍稍向两边吊起，这叫丹凤眼。配上鲜红的嘴唇和微微挺起的鼻梁，给人一种端庄俏丽之美。她的两道眉毛之间，还藏着一颗浅浅的芝麻大的小痣。她若笑起来，这颗痣不大容易看到；如果她平静地面对着你，你就能清楚地看到。所以尚之平边唱边心驰神往地瞅着她，可是他发现从尤妮那双美丽的眼睛里，流露出的不是满意，而是遗憾和失望。他只好知趣地打住。

"咯咯咯咯……"尤妮忍不住，直冲冲而又讽刺地笑着，"你唱的京剧像是平常人唱歌。其实唱京剧就像嘴里含着清水，你仰起脖子轻松地'哈'着水，但又不让水吐出来。你听：'啊啊啊啊'！就这样。"

尚之平故意说："哦，京剧是'哈'出来的？"

"对喽，"尤妮伸手拍拍尚之平的肩膀，大大咧咧地说，"回答正确。现在你听我唱，找一找感觉。"

她正色，放开清丽而圆润的嗓音边唱边舞，她的嗓音仿佛脆生生的银铃声，又如叮叮咚咚的泉水流淌，让尚之平听得发痴！

突然，从隔壁房间传来急速的咳嗽声和翻身时木床的吱吱呀呀声。

顿时尤妮头一缩，伸手捂住嘴巴，吓得睁大一双丹凤眼瞅着尚之平，不知所措。

尚之平轻轻朝她摇摇头，表示："没啥问题，你放心吧。"尤妮这才轻轻地舒了一口气，扑哧一笑，把头埋进尚之平怀里，张开细细的胳膊抱住他的肩膀，尽情地抵着、揉着。这下子闹得尚之平紧张得身子僵硬起来，揸着两手既想推开她，又想抱住她，始终犹豫着下不了决心。所以尚之平的身子没敢动。

尤妮不安地说："你爷爷讨厌我了。"

尚之平连忙打着圆场："我的家人不仅不讨厌你，相反——"

他大胆地拉住尤妮蒜头似的拳头，让她的耳朵贴近墙壁听一听。果然，墙那边传来的是一声接一声平稳而均匀的鼾声。尤妮这才放心地笑了，踮起脚尖朝门外走去，小声说："明天下午我再来。"

第二天，尤妮在尚之平坐卧不安的等待中，终于如约而至。她一进屋，尚之平便轻轻把房门掩上。

尤妮笑笑，双手抱拳行个拱手礼，来一句戏剧念白："小女子遵——命！嘻嘻……"

和昨天一样，尚之平一句一句跟她学习哼唱，实际上就像尤妮教的，让声音在喉咙里"哈"着，尽量"哈"得像京剧。

嘿哟，就在两人这么一教一唱、一来一往的日子里，尚之平不仅会哼唱几句京剧，而且跟尤妮建立了一定的情感，双方的关系似乎越来越近乎了。这从一件事情上就能看出来。

据小华子说，尤妮勤劳而又节俭，能自己给自己裁剪、缝制衣服，知道什么季节能买到便宜布料，再借人家的缝纫机做她喜欢的衣服，穿着上街风光一回。那天，小华子刚进尚之平家就问道："尚大哥，你盖的被子，被面是紫红色的底子，上面撒满浅白色小月季花，是吧？"

"对呀。"

尚之平奇怪地瞅着小华子，生怕这种花纹犯了尤妮的什么忌讳。

小华子扑哧一笑："你别紧张嘛。尤妮喜欢你这床被面子，想用她的被面跟你交换。托我问你愿不愿意？"

我的天哪，这是尚之平求之不得的好事呀！别说换，就是白给她，他都情愿！尚之平笑眯眯地说："行喽，只要她不怕吃亏。"

小华子朝房门外面跨出一步，伸头向自家那边挥手喊一声："来吧！"

尤妮哧哧地笑，抱着她的被面过来了。她跟小华子当场就将尚之平的紫红色被面拆下来,包好。然后,她又跟小华子将她自己的被面,放在尚之平的被子上用针线缝好。尤妮这才道一声谢,扯着小华子的胳膊笑眯眯地走了。她们一走开,欣喜若狂的尚之平,就在自己房间里转来转去地安静不下来,心想:这是个好机会!今后我要创造机会向她示好,加深我跟她的情感。——他当然不知道那天晚黑,小华子家的堂屋里灯亮到大半夜,哒哒哒哒的缝纫机声也一直响到天蒙蒙亮。

第二天早上,尚之平走出家门往学校去时,尤妮和小华子正好也从张家出来。特别是尤妮,居然忸怩而又得意地穿了一件女式对襟褂子,装着随意的样子瞟了尚之平一眼,低头笑眯眯地从他面前走过去。尚之平让她们走在前面,他在后面跟着。他发现尤妮穿的褂子,是用一块撒满一朵朵浅白色小月季花的紫红色布料做成的。褂子颜色虽然不新鲜,但是非常俏丽。哇,两个丫头,特别是尤妮确实心灵手巧!

经过近半年的相处,尚之平觉得他永远离不开尤妮了。

那时正是溽热的三伏天,居民晚黑之前都在家门口或院子里搭上凉床、躺椅、凉席,甚至门板睡觉,夜里伴着习习的晚风多舒服呀。

小华子说:"尚大哥,你家院子空场子大,我们在那里搭一张凉床乘凉,好不好?"

尚之平笑着说:"不过你俩得小心一点,我是大老虎,当心啊呜一口啃掉你俩的手指头哟。"

华子和尤妮哧哧地笑:"有你保护,什么坏人我们都不怕!"

擦黑时分,华子和尤妮果然笑嘻嘻地抬一张凉床过来,又抱两只枕头、两条毛巾被子放在凉床上。尤妮先躺下,小华子放下被子和书,说回家去倒杯水端来喝。可不一会儿,从张家的门里却推出了一辆自行车。只见小华子她伯推着车子,小华子她妈歪着身子坐在车后面,小华子双手扶住她妈的肩膀。路过尚之平家的门口,小华子说她妈突然发烧,现在送医院看看,让尤妮在这等着。

天完全黑了,只有撒在天穹上豆子一般大的星星,不知疲倦地眨巴眼睛闹着玩着,弄得一颗小星星不小心从空中摔下来,划出一道亮丽的弧线。

躺在凉床上的尤妮,叹一声气:"唉!不知哪个人又失去生命了……"

尚之平在一边安慰她:"自然界的天体就是不停地运动,让它们相互吸引、碰撞去吧。"

尤妮说:"我刚才等小华子端水来喝,可她家的门给她锁上了。"

尚之平听着心中自然明白,连忙进家去端一杯凉茶让她喝,还带了一包糖果。但他没有把糖果递给她,他在等待机会哩。

尤妮接住茶杯咕嘟咕嘟连着喝几口,真的是渴了。尤妮还他空杯子时,尚之平一边接茶杯,一边把糖果递给她,希望她亲热地来拿。尤妮果然咧嘴笑笑,从他手里抓过去,剥开一颗糖塞进嘴里。

尚之平送杯子回来,站到她的凉床前,问:"好吃吗?"

尤妮故意说:"不知道。"

尚之平说:"你可能让糖的甜蜜迷住心了吧?哦,有露水了,你盖好毛巾被子呀。"

看她伸手拉了半天,还没有拉开放在脚头间的毛巾被子,尚之平便主动帮她唰唰两下抖开毛巾被子,仔细地从头到脚盖到尤妮身上,只露出她一张白玉般的脸。他手翻过来,想试试尤妮额头的温度。然而手刚伸过去,没提防给尤妮一把抓住,贴在她的面颊上了。尚之平的第一感觉,是她的脸蛋既细腻又凉丝丝的。女人的肌肤多么柔软啊!他狠下心却没把自己的手抽回来……直到外面传来自行车哗啦哗啦骑过来的响声,尤妮才轻轻推开他的手。尚之平连忙回到他自己的房里去,让尤妮一个人留在院里。

骑车回来的是小华子她伯。他停下自行车开了家门,然后过来把钥匙交给尤妮,说小华子她妈晚黑要在医院住院观察,小华子夜里陪伴妈妈。他回家把水瓶、茶杯和毛巾送到医院去,也在那里陪着。看来,晚黑尤妮只得一个人睡了。东西拿齐,小华子她伯又哗啦哗啦骑车赶去医院。

第二天早上,尚之平在房里听到外面的声音,是小华子跟尤妮叽叽喳喳说着话从院外面的大门口走过。他侧着耳朵听明白,原来小华子的母亲住院了,小华子带回来一些脏衣服什么的,要到水井边清洗;尤妮让小华子到医院照顾她妈妈,尤妮一个人抱脏衣服去洗了。

那时候,家家户户洗菜、洗衣、涮东西,都用竹篮子拎到家门口的水井边上洗。每天早上,井边除了哗啦哗啦的打水声、吧唧吧唧的搓衣声,就是叽叽喳喳的谈话声,邻居们有讲有笑,十分热闹。

尚之平也拎着自己和爷爷换下来的三四件衣服,到井台边去洗。他一眼就看到尤妮面前洗衣服用的塑料大盆、搓衣板、肥皂盒和小板凳。夏日的早晨是凉爽的,但她一脸都是汗水,双手抓住潮湿的衣服在盆里呼哧呼哧搓着,啧啧,你看她累的!

尚之平见了,自然感到心疼……

等他三下两下洗好自己的衣服,井台边只剩他和尤妮两人时,尚之平走过去殷勤地招呼尤妮:"还没洗好啊?"

尤妮本来背朝着他坐在小板凳上,不知道他来了。听到尚之平的声音,她回过头笑道:"大学生来了? 欢迎,欢迎。"

尚之平看见尤妮洗衣服的塑料大盆里,挤进去一床被面、一床被里、一床卧单、两条枕巾和几件衣服,都是小华子妈妈昨晚呕吐时,沾上污物的脏衣服和脏被子,够她一个人忙了。尤妮卷起衣袖露出来的两个细细圆圆的手腕,让冰凉的井水泡得泛白;而她那张挂满汗珠的脸蛋,竟然像一朵月季花。见尤妮咬着牙齿吃力地要倒掉一大盆脏水,再兑上清清的井水涮衣服时,尚之平连忙一步跨过去,手脚麻利地帮她抓住盆沿,哗啦一声倒净脏水;然后他又替尤妮提上水桶的绳子,呼哧呼哧将小水桶顺手滑到井里。幸亏有尚之平帮忙啊,否则,柔弱的尤妮无论如何也拎不上来满满一桶水。尚之平憋足气，三下两下提上来一桶水，哗啦啦倒进盆里。先把大盆洗涮干净，然后又倒第二桶、第三桶……尚之平想得多仔细啊。一直在旁边笑眯眯瞅着他打水的尤妮，嘴里啧啧有声，竖起大拇指，说："你真有劲。"

"亏你这么说，"尚之平得意地笑道，"咱是男子汉大丈夫嘛！"

天下的女人离不开男人，当然，天下的男人更离不了女人呀！要不，尚之平为啥心甘情愿来到井台边，向尤妮献这么多殷勤呢？

笑眯眯的尤妮说："看样子你是做家务的行家里手。以后谁跟你过日子，肯定要享清福哦。"

尚之平笑着，心里悄悄说："享清福的还能是谁呢？这个人就是你呀。"

他当然不敢这么正面回答她。如果被她拒绝，就等于拿刀子狠狠捅进他热烘烘的胸口里嘛！不不不，千万别对她说这种鲁莽的话。

等衣服全部洗好，尚之平又帮着尤妮把一大竹篮的衣服、被单等提回去晾晒。拿着肥皂盒和搓衣板的尤妮，跟在后面哧哧地偷笑，一边走一边说："你力气真大！"

回到自己家里，尚之平主动建议，在他家小院里拴上绳子。包括他那几件衣服在内，两家所有的被里、被面、卧单跟衣服，都可以晒到绳子上去。尤妮点头爽快地答应了，于是两人又忙得团团转。拴绳子，晾衣服，特别是被里、被面和卧单这几个大件，要把它们展开、拉直、抖平，仍然需要两个人紧密合作呀。这种合作，往往能让男女双方的心碰撞到一起，不是吗？现在，他俩分别扯着被面的一头，然后双方同时抖动被角，同时往两头拉直被角。尚之平也许想在尤妮面前表现一下自己，他居然用很大力气，呼啦一声往自己的跟前一扯。坏了，被面的一头突然从尤妮手上脱落下来。说时迟，那时快，尚之平连忙冲上去伸手接住被面，而尤妮也眼疾手快往前伸手去抓被面，结果两人的脑袋正好碰到一起，仿佛两只头颅之间擦出一丝看不见，但能够感觉到的光芒！被面是让尚之平接住了，而尤妮却摸着生疼的额头，不但不生气，反而乐得哈哈大笑。尚之平则心疼地一把抱住她。两人抱得很紧，连潮湿的被面被夹在两个年轻的身体之间，他俩也顾不上了。你看这事多尴尬！

红着脸的尚之平，轻声对他怀里的尤妮说："对不起，我不是故意的。"

"'是故意的'也行嘛。嘻嘻……"

恰好此情此景，让两个路过的妇女看见了。其中一个女人，捂住嘴巴贴近另一个女人的耳朵说："看，这小两口倒是情投意合哩！"

尤妮羞得偷偷瞥了尚之平一眼，红着脸蛋转身走进小华子家里。剩下来的被里、被面和衣服，尚之平自然心甘情愿地将它们一件一件地晾晒起来。他心想：这种晾晒衣服的好事情如果天天有，那该多好啊！

第二天一早，尚之平还在床上呼呼大睡，外面就有人轻轻敲房门，"咚咚，咚咚"。声音不大。他猜想是爷爷催他起床，只好趿上鞋去开门。门开了，原来是双眼红通通的尤妮站在门口，而且还流着泪水。他赶快请她进来，又是倒水，又是捧着铁罐子拿出饼干请她吃。

尤妮也不客气，吃过，喝过，连掉在腿上的饼干渣子也吃掉后，居然又眼泪汪汪起来，说："我姐姐打信来，让我去一趟江南市她那里。"

尚之平这才松了一口气，他拿起毛巾，放在脸盆里用热水烫烫，绞干了递给她。尤妮一边擦脸，一边说："你让我教唱京剧，我就明白你是喜欢京剧的，所以你给我留下了好印象。我爸爸妈妈是从事京剧表演艺术的，我也应该继承他们的事业。可姐姐……硬逼我表态放弃这事。"

听到这里，尚之平先是皱起眉头，原来他对京剧也有自己的看法，他认为唱一唱、乐一乐，可以，但不一定要当成终身职业。随后，他又慢慢松开眉头，伸手轻轻拍着她放在桌上那双细长的、天生就是唱旦角的手，安慰她说："去就去吧。你对姐姐的意见要尊重。至于京剧表演到底好不好,等你回来我们再讨论吧。"

他打开家里的柜子,拿出一盒饼干、一盒蜜枣,摆在她面前:"带着路上吃。不就是几天吗?快去快回嘛。"

尤妮朝他嫣然一笑,摆摆手,走了。

第二章 缘分难圆

"呜——！呜——！"

江上的小火轮鸣了两声汽笛，慢慢吞吞地离开临江市的码头驶向南面，终于遂了尚之平到江南市去见尤妮一面的心愿。

原来最近传出消息，说新安大学今年九月进行大学生毕业分配。分配方案是：先去军垦农场进行一年多的劳动锻炼，然后安排到省内或外地不同部门、单位工作。尚之平正好九月毕业。在他的那些同学当中，现在一边热热闹闹地忙着毕业分配这件大事，一边纷纷谈定女朋友或者男朋友的人，也多着哪！唯独尚之平不走运啊，他跟尤妮的关系就一直没有下文。何况尤妮目前仍在江南市待着，很久都没回来，弄得尚之平心急如焚，吃不下睡不安。今天，他决定去江南市找尤妮谈谈，争取将他俩的恋爱关系定下来，以后幸福地在一起生活。为了筹措这趟远行的费用，他甚至不辞劳苦地在一家建筑公司，干了一阵拉砖运瓦的活，挣得一笔路费揣在怀里，买几样临江市土特产带上就出发了。

顺着江岸航行四个小时，小火轮的汽笛再次长鸣两声。尚之平赶快挤开其他乘客站到船头上，依稀见到岸边的青山、绿树，还有水鸭子在江面上嘎嘎地叫着，飞向岸边一座红扑扑的小山。等翠绿的江岸靠近了，他才看清山上是郁郁盛开的杜鹃花，山下就是江南市的码头。尤妮呀，我终于要见到你啦！

尚之平快快活活地登上红山码头，先寻到一家旅社住下。然后，他洗漱一遍，趁天没黑下就出了旅店，一路问到江南市京剧团尤妮的姐姐尤姗家的宿舍。令尚之平失望的是,尤家的大门居然被一把铁锁锁住了!尚之平顿时急得一身汗,再扒着窗口往屋里细瞅瞅,见里面房间的门都开着没锁,看来家里人是临时出去了。他只好脱下毛线背心搭在窗台上,掏出笔给尤妮写一封短信,说明天上午八点钟再来看她。等他依依不舍地离开时,却又忘记带走自己放在窗台上面的那件毛线背心。唉!……

当晚,尚之平辗转反侧地熬过半夜,才勉强合上眼皮。直到天蒙蒙亮他突然惊醒,连忙穿衣洗漱,再次去江南市京剧团大院里尤妮姐姐的家。离得远远的,他就看见自己的毛线背心居然被搭在门前晾衣服的绳上。旁边有个三十岁左右的女人,带个三四岁的小女孩玩耍。哎呀,尤妮现在肯定在家里!

心中欢喜不住的尚之平,笑眯眯地走过去,一边招呼,一边拿出吃食哄孩子。

尤妮的姐姐尤姗说:"你昨晚来的吧?晚黑我跟妮子带宝宝到医院看病哩。妮子早上等了你一会儿,看你没来,她到旅馆找你去了。"

"哦?"

尚之平这才收下毛线背心,又丢下礼物急急忙忙朝旅馆赶去。到了旅馆,他推开三楼的房门,果然见尤妮坐在床沿上,散开自己的头发用梳子仔细梳理。看样子她是急急忙忙赶过来的,这也正说明,尤妮对他的爱是真诚的、急切的,她可能早就想挑明跟尚之平之间的感情问题哩!此刻,尤妮编好右边的那根辫子,又自上而下地梳理左边那长长的黑得发亮的头发。她把长发分成三股细细的发束,梳子含在嘴里,腾出双手,将三股细发编成一根又黑又亮的大辫子。然后在两根辫梢下面,分别用红色丝带,结上两只欲飞的"红蝴蝶"。随手把辫子甩到身后,她再理一理额头的刘海。这时,尤妮突然头一抬,见尚之平痴痴地瞅着她发呆,她朝尚之平嫣然一笑,把梳子上面的几根断发绕在手指头上,伸出手去丢到旁边的垃圾桶里。

尤妮把尚之平胳肢窝下面夹着的毛线背心拿过去,在床沿上把背心这边叠一下,那边叠一下,直到叠成四四方方的形状递给他,说:"昨晚我在窗台上看到你的毛线背心,发现有点儿湿,可能是汗湿的,还没晾干吧?"

尚之平依旧痴痴地笑着说:"谢谢你,我以为弄丢了。"

他跟尤妮隔了两个月没见面。这次相见,虽然没有他想象之中两人如何情意缠绵,尤妮如何惊喜并动情地拥住他,抱怨尚之平为什么不通知她到码头上去接他等画面。但是,看到她现在以这种看似平静其实深情的方式对待他,特别是帮他四四方方地叠好毛线背心,他感到她真爱护他啊!尚之平对尤妮感到满意,而且充满信心了,至少这次见面的开始状况,就是他俩一定会相亲相爱下去的预兆吧?

尤妮连忙解释:"小侄女昨晚拉肚子,我跟姐姐送她去医院检查,忙到夜里十点钟才回家。我一眼就看到你写的条子和毛线背心。嘻嘻……哦,你是专门来看我的吧?"

尚之平说:"一半是来看你的;另一半是告诉你,我们很快就进行大学毕业分配了,大部分同学先下军垦农场锻炼一年,然后再出去工作。"

"好呀!"尤妮兴奋地拍拍双手,"锻炼好了,你会成为一个英勇的将军,对吧?"

尚之平尴尬地笑着摇摇头:"别管什么将军了。我先问你,关于京剧表演的事,你跟姐姐谈好了吗?"

"没有最后定下来。其实我早已经下定决心,就像你以后去劳动锻炼一样,十匹马都拉不动我的心思。"

说这话时,尤妮依然信心十足,而这种情况正是尚之平所不愿见到的。唉!他悄悄叹一口气。现在,只有大胆捅破他跟尤妮之间那张薄薄的纸,尚之平才算完成这次来江南市的任务。于是,他两眼一眨不眨地瞅着尤妮,抓住她纤细的、完全是唱京剧旦角的手动情地说:"我佩服你的见解和决心,虽然我跟你对京剧表演有不同看法,但是……你知道吗?自从见到你的第一天起,我就深深地爱上你。你唱唱京剧,那只是一种欣赏、一种娱乐,但是绝对不能把它作为一生的事业。因为它……"

尤妮却打断他的话:"我就不信!一代代人唱了两百多年的京剧,爸爸妈妈唱了几十年的京剧,为什么我就不能再唱呢?所以我下定决心,继承爸爸妈妈未竟的京剧表演事业。"

哎呀,为什么她不谈跟我相爱的事呢?为什么她的话题总是停留在唱京剧这个问题上呢?尚之平顿时生出了一阵急躁、失望,甚至带一点气恼的情绪。他只好直奔主题,又说:"妮子,你是我心中最美、最可爱、最有情趣的女子。如果我俩以后生活在一起,相信是最美满、最幸福的一对。以后,我从农场回来不管分配干什么工作,我们有收入,至少要两个孩子吧。我已经做好心理准备,家务事我全包下来。今后我让你唱京剧,也就是哼一哼、乐一乐吧,甚至还可以参加各种业余演出活动。因为京剧毕竟是一种高雅的艺术,而且你这种表演才能不应该被埋没嘛!妮子,这就是我对我俩今后生活的设想。当然,你也有你的设想,我完全尊重你的意见,也心甘情愿听从你的决定。怎么样?我现在唯一的要求,是希望你答应做我的意中人。如果你……"

尚之平突然停下滔滔不绝的、关于他跟尤妮以后共同生活的种种美好设想的叙述,他发现尤妮不在专心听他说话。她起先还一边听一边笑眯眯地瞅着他。可是后来,她随手拿起茶杯盖子,沿着桌面上的一条缝隙轻轻一推一拉地转着玩耍。尚之平的话她虽然也在听,但听着听着,她脸上的笑容却消失了。她的眼睛只是专注于茶杯盖子,她抿起薄薄的嘴唇(尚之平觉得这对红扑扑的唇瓣,是世界上最好看的)一声不吭。难道她对尚之平的话不感兴趣吗?难道尤妮真的坚持她自己的主见和设想,一辈子从事京剧表演事业吗?难道她从年轻到年老,都不愿考虑跟尚之平在一起生活吗?

想到这里,尚之平突然想起,他跟尤妮在自家的院里为了扯平一床被面,两人竟然拥抱起来了!那时候,两个路过的女人居然在门外看见了,说道:"这小两口倒是情投意合哩!"

唉，现在看来，当时隐藏在尚之平心里的那份小两口似的甜蜜、他跟尤妮情投意合的爱意，现在已经冷淡到毫无一丝一毫的甜蜜喽！想到此，尚之平连忙转换另一种口吻，以商量的方式再次说："如果，你不同意我对我俩未来生活的规划，你可以说出自己的设想嘛。我保证百分之百听你的话。可行？"

　　但是，尤妮继续玩她的茶杯盖子，仍旧没有吱声。

　　尚之平忍不住了，急得伸手抓住她的手，拿走她手中的杯盖，把脑袋抵近她轻声问道："说吧，你愿不愿意成为我人生中的伴侣呀？今天我千里迢迢赶来，就是要得到你的回答：愿，还是不愿？"

　　尤妮扑哧一笑："你看不出来吗？我……已经有'人'了。"

　　"你已经有人了？有什么人？"尚之平慌忙急切地问。

　　"我有了'心爱之人'呀。"

　　尤妮笑着回答道，从他手里夺回茶杯盖子，在桌面上继续滚着玩。

　　听到她这话，尚之平顿时失望、痛苦得仿佛从万丈巅峰上，一下子跌入黑暗的、汹涌的、冰冷的海底！他甚至气恼且愤怒得双手微微颤抖：哦，我早就有一个情敌了？天啦！……正是在这种偏执、沮丧甚至对竞争者恨之入骨的情绪支配之下，尚之平愚蠢地再次问她一句："他是谁？你现在真的爱上他了？"

　　尤妮见他如此慌乱甚至有一点癫狂，觉得十分好笑。她嘟着自己那张尚之平觉得好看极了的嘴，笑道："其实你早就认识'它'了。'它'就是京剧呀！嘻嘻……"

　　尚之平的情敌原来就是京剧？无论是尤妮出人意料的回答，还是她这阵挑逗似的笑声，无疑都是一颗威力无比的炸弹。现在，这颗炸弹已经彻底摧毁了尚之平求婚的意志，也完全粉碎了尚之平痴迷地爱着她的微微颤抖的心！他强忍住眼里滚烫的泪水，垂下头颀沉思了一会儿。——哦，难道，尤妮在教我学唱京剧时激动地把可爱的脑袋埋进我的怀抱里，就是从事京剧事业的一种表演？难道，美妙的夏夜里，我伸手抚摸她额头想试试她的体温,她一把抓住我那只手按在自己柔软的脸蛋上,也是从事京剧事业的一种表演?难道,在那次晾晒被面时,她跟我毫无顾忌地拥抱在一起,还是从事京剧事业的一种表演?

垂头丧气的尚之平,向尤妮点一点头,这是无奈的也是痛苦的举动。他用冰冷的双手,轻轻握住尤妮两只细细的柔软的手,把它们贴在自己哆哆嗦嗦的心房上面,汪着一双泪眼说:"是京剧这个圣物,俘获你可爱的芳心吗?请你告诉我,它到底是不是一个圣物?"

尤妮站起来大声地说:"它是国粹。两百年前,京剧诞生了。它先在京城站住脚跟,然后又出现许许多多流派,在全国各地生根开花、芳香万里。光是男人演的旦角就有四大名旦、四小名旦。不错,京剧虽然出现得时间久了,可它现在,又从不同地方生出一棵接一棵的新芽。你没听广播吗?一部《红灯记》,唱遍全国各地;一部《智取威虎山》,唱得千家万户都知晓;一部《沙家浜》,唱得大江南北都在'智斗'哩!——咦,你别瞪眼瞧我啊,以为我在胡说八道,是吧?你再看看京剧里面用嗓子唱念、用翎毛表意、拿扇子传情、用褶子谈心,这些表演非常生动,其中的学问和功夫特别深。比如一块手帕,能够拂来拂去,甚至抛起来伸出食指顶住,然后在手指尖上滴溜溜地旋转,表达内心的快活。哎呀,那才叫本领高、功夫深哪!京剧的确是中国一颗顶尖的艺术明珠,也算是我的一个'情人'……"

尚之平听得耐不住了,他这个书呆子居然忘记自己是来向尤妮求婚的。他站起来摇头苦笑一声,讥讽道:"无论如何我都不敢相信,你讲的这些道理是你自己领会的,还是拿来教训我、拒绝我求婚的一种借口?"

尤妮淡淡地一笑:"临江市京剧院唱须生的言悲之伯伯,你可能不认识,有关京剧的知识和道理,我都是从言伯伯借给我的几本书里读到的。否则今天,我也不会对京剧了解得这么清楚。"

唉!可悲的尚之平,不但无法驳倒尤妮的种种见解,反而对言悲之培养的这位"女弟子"感到敬佩。算喽,不说了。这个世界,每个人都有爱人和被人爱的权利;反之,每个人也都有不爱人和不被人爱的权利。尚之平只得默默地摇摇头,心想:她肯定不是你尚之平追求的那种人,你干干脆脆离开她吧。直到最后一刻,他还是用自己冰凉的双手,恋恋不舍地再次抓起尤妮那双细腻的、完全是唱京剧旦角的手,放在自己的嘴边亲一亲,眼泪汪汪地说:"我说过尊重你的选择。再见了,妮子。"

当天中午,尚之平仍然坐小火轮赶回临江市。来的时候,他的心情是急切、喜悦的,充满当初设想的跟尤妮相爱的种种神话般的美景。现在回去的路上,他疲倦乏力,痛苦得脑子里总在重复着一句丧气的话语:"唉,尚之平呀!你如今仍然是个孤家寡人、孤家寡人、孤家寡人……"

就在此刻,他猛然之间,想起了另一位姑娘……

那么,尚之平想到的"另一位姑娘",又是谁呢?

第三章　水乡姑娘

　　现在说的这位姑娘，是一年前出现的吉小玲。

　　临江市主干道上的光明街道办事处门口的传达室里，每天总是人来人往的，出来的人手上都捧着一沓宣传材料边走边看，就像现在的人们捧着手机边走边看一样。光明街道办事处为了搞好教育当地居民尊老爱幼、讲究卫生、遵守交通规则，以及活跃群众文娱活动等工作，特意腾出那间靠近人行道的传达室作为资料室，动员暑假里在家闲着没事做的大中学生，到这里搞服务。而宣传材料的收集和采写，主要是辖区内几位在校大学生负责的，尚之平便是其中之一。碰巧，传达室的门牌号是"一楼十号"，学生们就在门口挂了一块响亮的牌子：十号兵站！

　　那天上午，尚之平背着书包从外面进来，一个小姑娘从资料室里伸头对他笑呵呵地说："今天开会，尚之平你快去！"

　　尚之平拐个弯进到光明街道的办公室，里面果然鸦雀无声，坐满了人，大都是大学生，中学生很少，街道主任站在中间慷慨激昂地发言：

　　"同学们哪，我们下到各个单位和村庄、农场、学校，一定要把方方面面优秀的事迹搜集上来，编写、打印、分发出去，既教育居民，也锻炼我们同学的宣传能力。现在，我把需要去采写的人员名单念一下……"

　　趁着街道主任一个一个地念名字，尚之平赶紧找个位子坐下。那天，他身边坐着一位个子高高的中学生模样的姑娘，尚之平不认识她，也许她刚来不久吧？尚之平记下他要去的临江市东边的三家大工厂、南边的三家农场和林场后,就出发了。临走时路过大门口的资料室,他把手伸进窗口,说:"请把每份材料给我六份。"

这会儿,里面只有一个小姑娘了。当她转身不熟练地将一份份材料捧在手上递出来时,尚之平发现,她就是刚才开会坐在自己身边的那位女生。因为是初来乍到,她拿的材料数量不全,尚之平让她再添几份。她只好在许多材料里瞅呀瞅的,半天都没找齐。尚之平只得进去自己找,总算凑齐了,才让这位女生一份一份地装订好给他带走。

那位小姑娘咔嗒咔嗒装订材料时,尚之平见她十七八岁的样子,跟尤妮的年龄相仿。她有着圆圆的、白皙的、细腻的脸盘,虽然也梳一双大辫子,但是比尤妮的辫子略粗一些;而且,她将更黑更亮的两只辫子用别针并排地连在一起拖在脑后。这种独特的打扮,加上温顺、拘谨、安分守己的个性,她看起来似乎是江南那边知识分子家庭里的姑娘。

本性多话的尚之平,忍不住问她的姓名和学校。小姑娘顿时红了整个脸盘,微微笑了笑,轻声细语地说她叫吉小玲,在百华林业学校上学(尚之平想了想,应该是中专学校)。五年前,她随父母从老家绵州市调到临江市生活至今。也因为假期闲着没事,她托熟人介绍她到"十号兵站"来搞服务,算是对社会做一份贡献吧。

尚之平这才高高兴兴地朝她挥挥手:"谢谢你!"

这就是尚之平第一次见到水乡姑娘吉小玲。因为绵州那一带有山有水,山是遍地青葱,水更是清澈碧绿,所以在那里出生的姑娘,脸上的水色当然好看。

从那以后日子长了,接触机会多了,尚之平自然就跟吉小玲渐渐熟悉起来。

有一次,尚之平下去搞调查,采集信息几天都没回来,而"十号兵站"资料室的小姑娘们竟在里面嘻嘻哈哈的,原来她们的胸前都戴着校徽,神气活现地相互炫耀着。这个说:"我是某某专科学校的!"那个说:"我是省内最出名的大学的哩!"……

唯有吉小玲没笑,因为她没有校徽戴呀,整个上午她只是埋头整理宣传材料。一会儿,来了个大学生模样的人,一边扒在资料室窗口处盯着里面的吉小玲使劲地瞅,一边问她话:"请问,尚之平在不在呀?"

吉小玲抬头见那个人脸色煞白的,吓得她心里一惊:哟,这人恐怕得了什么病吧? 她赶紧打发他说:"不清楚,你去问别人。"

嘿,吉小玲居然会拿话语冲人家哩! 那位大学生只得灰溜溜地离开。另一个小姑娘却跟在他后面大声嚷道:"喂,你到别处去找找看吧! 嘻嘻……"

吉小玲赶快说:"别开玩笑,尚之平有事没回来呢。"

忙到晌午时分,资料室的小姑娘们开始陆陆续续回家吃饭了。只见脸蛋和胳膊晒得通红的尚之平,出现在"十号兵站"的大门口。第一个看见他,而且远远地用笑脸迎着他的就是吉小玲。尚之平一身疲倦地走近资料室窗口,向里面伸手说:"给我几份材料吧,我歇好多天没看了。"

吉小玲连忙从一摞摞码在桌上的材料堆里,一张又一张快速地替他各拿一份,放在桌上理好,然后用订书机咔嗒咔嗒订好。从现在拿材料的速度、分类的精确度来看,吉小玲这段时间工作改进得不错。她笑着把理好的材料递给尚之平。看左右两边没人注意他俩,吉小玲便低声问:"你的大学校徽还在吧?"

尚之平说:"在啊,问这干吗?"

吉小玲一下子低下头,羞红着脸蛋不敢回答。

刚才,尚之平搭眼见小姑娘们胸前都戴着校徽,马上明白了吉小玲的意思。他在书包里搜一搜,抓住新安大学校徽往吉小玲手里一塞,摆摆手,往后面办公室那边去了。他要向街道主任汇报情况哩。

兴奋的吉小玲用手紧紧握住那枚校徽,装进自己口袋中。临近中午时分,资料室只剩吉小玲一个人,她才大胆地拿出新安大学校徽,伸出细嫩的手指在徽章上面慢慢擦拭。然后,她将泛着光泽的校徽小心翼翼地别到自己的衣襟上,伸手按一按微微鼓起来的胸脯,凑近窗子的玻璃上看一看:嘿哟! 吉小玲现在像个年轻的新安大学学生喽!

忽然间,有人吧唧吧唧地往资料室这边走来。这阵脚步声,顿时吓得吉小玲取下校徽的别针,她估计是尚之平从街道办公室过来了。然而慌乱之中别针刺中她的手指头,仿佛连她的心脏也一起被刺中似的难受! 吉小玲赶快关上玻璃窗,走出资料室关上门,装着没事的样子自顾自地回家去了。

其实刚才吧唧吧唧走来的人,就是上午来找过尚之平的那个大学生模样的人。他先伸手敲敲资料室的门,门已锁上;他再转身拍拍窗子,窗子也关牢了。此刻,尚之平恰巧从后面的街道办公室里出来,发现这个人是他过去读高中时的老同学,目前在一所中学教书的秦天雨。

尚之平亲切地一把握住老同学的手:"老同学呀,你今天来得早不如来得巧哇! 走,我请你吃饭去!"

秦天雨却苦恼地连连摇头:"尚老兄,现在吃饭对我是小事情,一桩大事焦急地等着我办呀!"

听他这么一讲,尚之平拿钥匙开了资料室的门,请他进去说话。

秦天雨急切地说:"老兄有所不知,我现在还是光棍一条呀。可我发现,你们发放宣传材料的资料室里,都是小姑娘,其中一位就让我看上眼了。老兄能否替我牵线搭桥,让我跟她见一面呢?"

尚之平笑着拍拍秦天雨的肩膀,安慰他:"不是吹的,你告诉我,我半天之内就替你搞定! 但你必须指明是哪位小姑娘。"

秦天雨乐得头直点:"上午我来过一次,小姑娘们都佩戴校徽正在比赛哩! 只有靠窗口的一位姑娘没戴校徽,她一直低头整理宣传材料。她的脸圆圆的,很红润,特别是一双黝黑的大辫子并排拖在背后,真可爱啊! 如果她现在就在这里,我可以指给你看——"

尚之平听他提到"一双黝黑的大辫子并排拖在背后",正想说"她姓吉……",连忙又把话咽进肚子。不,绝对不能把吉小玲的名字告诉这家伙! 尚之平笑着说:"你指的那个女孩子的确不错,说明你很有眼力呀。

但是，——这个'但是'很重要！我不得不如实相告老同学，可惜你说迟了，她已经有男朋友了，而且两人的感情好得快要……"

秦天雨把手一甩，似乎有点儿恼怒，但是马上又转为笑脸，说："你别逗了吧。我来过这里几次，情况了解一些，有人说她是绵州姑娘，到这里时间不长。难道真有人行动就这么快？我倒要去会会他！"

尚之平笑眯眯地说："老兄息怒，你想见的人现在就在眼前。"

"嗯？他在哪里？"

秦天雨连忙睁大双眼环顾四周，仿佛找到那个人，就要把对方活活地撕碎！

尚之平说："这个人不是别人，就是现在站在你面前的尚之平也！"

"啊？！……"

顿时，秦天雨张大嘴巴哑口无言！他脸盘煞白，眼睛红红的，愣了半天，才垂下双手低着头说："那我甘拜下风了。老同学我真羡慕你，可又特别嫉妒你呀！"

看他垂头丧气地拖着两只长长的臂膀，慢慢离去，尚之平不免对他生出同情之心。虽然尚之平并不是真的恋上吉小玲，但他对吉小玲还是有些好感的。觉得这姑娘不仅人长得端庄，而且性格显得温顺，像古代贤淑、优雅的大家闺秀。然而尚之平已经结识了尤妮，他现在总不能一个人脚踏两只船、吃着碗里的再望着锅里的吧？

此时，他想起意大利戏剧家哥尔多尼的著名剧作《一仆二主》中的那个仆人，因为同时服侍两位主人而手忙脚乱地跳来跳去，非常尴尬。难道，尚之平现在也要在两个可爱的姑娘之间跳来跳去吗？不，他绝对不能干这种傻事啊！那么，既然他对吉小玲怀有一些好感，他就应该对她生出一种像兄长一样的责任嘛。至少今天，凭着自己的良知和真挚的心愿，他总算巧妙地保护了吉小玲一次。想到这里，尚之平长长嘘出一口气，在心中暗暗地说："吉小玲呀，本人不会干扰你优雅的宁静生活，也绝对不让别人玷污你清纯而高贵的心灵。请你放心！"

然而尚之平不想去干扰吉小玲，后来，吉小玲却主动找到尚之平，要"干扰"他一回了。

　　这天时近中午，尚之平从郊区一家企业采写社会动态回来，路过市中心的古节楼附近，忽然有个女子的声音在尚之平身后招呼他。一听这种轻声细语仿佛害羞似的女子的声音，无论什么脾气暴躁的人，都会软下心肠来。尚之平当时就心里一跳，听出来是吉小玲喊他，连忙转身寻找。果然，吉小玲站在旁边咪咪笑道："我在这里哩，你找什么找呀？嘻嘻……"

　　尚之平发现吉小玲就在跟前站着，而且朝他眯眯地笑。唉，他拍拍自己的头，大大方方地说："你没有什么事吧？"

　　吉小玲咯咯地笑着："我只需要你的'嘴巴'用一用。"

　　唔？这丫头难道……

　　吉小玲说："我想请你帮我说说话。你最近去过百华林校，是吧？我就是林校的学生。前几年我完全能考上普通高中的，可是高中没录取，我被调剂到这所林校……"

　　吉小玲眼泪汪汪起来，掏出手帕捂住双眼。等擦净泪水她又朝尚之平笑一笑，接着说："我主要想从林校退学，然后进行复习，明年去考另一所适合我的学校。但我生来就笨嘴拙舌的，讲不好话，想请你去一趟林校，帮我把学籍退掉。不知尚大哥愿意……去吗？"

　　一声"尚大哥"，喊得尚之平的内心激动起来，因为吉小玲没把他当外人看呀。但他还是严肃地盯着她的眼睛问道："退学是你自己的主意，还是你爸爸妈妈决定的？你征求过他们意见吗？"

　　"他们同意我的主张，支持我重考一次。"

　　看来吉小玲的命运如何，就在于尚之平愿不愿意帮她跑这一趟了。他伸出拳头在旁边的树干上狠狠捶一下："行，我这个'尚大哥'陪你去一趟林校。幸好你要找的教导主任我见过，还跟他在一起吃过饭呢。什么时候去？"

"明天吧。明天是星期一,每个星期一,学校领导都会在办公室的。"

尚之平接过话头:"我借一辆自行车,明天早晨六点钟在'十号兵站'大门口等你。"

第二天东方蒙蒙亮,尚之平骑车来到"十号兵站"大门口,吉小玲已经等在那里了。她坐在车后座上,尚之平浑身像充足了气,风驰电掣般奔向百华林校。他骑这么快,明明是在展示自己的力量和骑车技术嘛。两人都不吱声,只听自行车轮子忽忽响着冲向百华镇!

不知不觉就骑了一个多小时,路上的行人渐渐多起来。有的空着两手走路;有的扛着扁担,扁担上绑着空口袋;有的挑两担粮食或猪食、木料、家具、棉花、衣服等,那是一些赶集买卖东西的乡民……大家讲讲笑笑,非常热闹。因为起早赶路而坐在车后座打瞌睡的吉小玲,这时忽然兴奋地说:"林校快到了!"

尚之平问:"你怎么知道?"

吉小玲笑着说:"今天百华镇逢集,镇上人挤人的,热闹哩。教导主任肯定在学校。"

来到林校,尚之平领着吉小玲直奔学校办公楼。他俩走到教导处门口还没进去,就听里面有一阵奇怪的咯吱咯吱的声音,仿佛有人用剪子在剪什么东西。他一边猜想一边进屋,果然见一个人在剪一堆活虾的须子。他笑眯眯地正想问徐主任在哪,谁知剪虾须的人头一抬,笑道:"大学生今天来了呀!请坐!请坐!"

这位就是教导处的徐主任,看来今天要办的事已经成功了一半。因为之前尚之平到这里来过,他俩的关系热乎着哩。这次尚之平对徐主任介绍吉小玲,说她是自己的表妹,在林校读书,现在想办退学。徐主任说可以办退学手续。办手续需要填写几份表格,盖上学校的印章就可以了。然而说到这里,徐主任的双手忽然摊开,剪子差一点戳到尚之平的胳膊。尚之平身子向后一仰才躲开。

徐主任无可奈何地说:"目前,我这里一没有表格,二没有学校公章,无法填写呀。否则今天我就可以给你们办理好。"

尚之平心想:学校能没有现成的表格和公章大印吗?是不是他在故意推辞?尚之平只得笑道:"学校的公章一般放在校长那里。校长如果赶集不在学校,我们可以等一等嘛。"

徐主任说:"那你恐怕要等上一两个月。"

"为什么?"尚之平不解地问。

徐主任说:"校长因为跌了一跤,摔得尾椎骨开裂,目前在医院里动手术、打钢钉,起码得两个月才能痊愈回来上班。学校的公章由校长保管,不晓得他放到哪里呀,平时我们想用一下公章都没办法。"

尚之平说:"你们把情况跟校长说清楚,派人去拿嘛。假如没人去,我愿意跑一次,反正校长我也熟。"

徐主任瞪了尚之平一眼,气呼呼地说:"可惜你不是俺们学校老师,否则你就知道他的脾气了。校长管这枚公章管得铁紧,就是只用一次,也得他亲自盖印。这项规定没人敢改动!"

尚之平扑哧一笑:"这位校长工作真负责。"

徐主任说:"负责?他是怕失去自己的权力!……反正退学的事情急不得,你们耐心等两个月吧。到时候,我给你表妹第一个办好。"

徐主任既然这么说,尚之平也不好再开口了。他看一下旁边的吉小玲,见她此刻脸色铁青,细细的手指不停地抠着自己的衣服纽扣,也不说话。但尚之平不说话不行,今天大老远赶来办的事情没办好呀。他只得笑笑,对徐主任说:"这样吧,徐主任,我跟表妹先出去商量一下,再做决定。顺便到集上看看市场情况。就是办退学证明,也要等一段时间,你说对吧?"

"就是这话。"徐主任放下剪子说,"商量好了,你俩回到这里,中午打虾子糊糊招待你们。"

"不了,不了。"尚之平客气地说,"我们今天打扰徐主任了,请你多包涵。"

两人骑自行车踏上回程之路时,尚之平发现吉小玲一直没有出声说话,白煞煞的脸色十分难看。她原本清秀而水汪汪的眼睛,现在仍旧水汪汪的,那是她忍住没让痛苦的泪水流下来的缘故,可能泪水早已变得冰凉了。为了安慰吉小玲,尚之平干脆停下自行车,在路边找个干净地方坐下,两人休息一会儿再走。

尚之平瞅着她说:"我对今天遇到的事情一分为二地看待。能够办好退学证明,符合你的心愿,你的心情会愉快;反之,没有办好退学证明,你的心情痛苦、失望。但是依我看来,没有办好退学手续,其实不一定就是坏事……"

吉小玲张嘴刚想说话,尚之平果断地伸手挡在她面前,不让她说。

"你等一等,"尚之平说,"让我说完。你们林校算是中等专科技术学校,以后毕业——唔,还有多长时间? 不到一年? 你们是三年制的。咱们不说废话。你只要耐心等一程,以后毕业分配了,就会参加工作,捧上铁饭碗的,这也是件好事嘛。你不想干这个职业? 也行,可以骑马找马,看哪匹马好,你再找哪匹马骑上去嘛! 再说了,如果你真想退学,咱们等上一两个月,我这个'大表哥'仍然陪你来办手续,可好? 吉小玲同学! 你现在把眼睛抬起来往前面看吧:广阔的水面,苍茫的天空,到处是一片碧蓝,一片亮堂,多么秀丽美好的景色呀! 我相信你,将来的前途就像今天的天色一样明朗而又美好!"

话没说完,尚之平兴奋得笑起来,引得吉小玲也不得不跟着一齐笑。笑了两声,吉小玲犹豫了一刻,终于点点头坐到自行车后座上面,尚之平骑着车继续往回城的路上赶去。从她后来低下脑袋思考问题的样子来看,尚之平发现,她的脸色已经稍稍地转回一丝淡淡的红润。她甚至扑哧地笑一声,将自己的脑袋靠在"大表哥"的后背上,合上眼睛养着精气神了。

等他们踏上临江市的地界,两边路灯的光辉刚刚无声地洒到他们身上。吉小玲坚持要自己回家,尚之平只好让她独自走。他决定骑车穿过一段经常走的林间小路,从临江市第二中学校园的院墙外面绕过去,离他的家就不远了。

回到家里第二天,尚之平接到新安大学的通知,叫他去学校参加毕业典礼,同时进行毕业分配。如此一来,尚之平只得离开"十号兵站",之后就没有跟吉小玲见面了。

第四章　迎客松下

　　这次,尚之平在江南市向尤妮求婚而遭遇挫折后,回到临江市的第一个想法,就是与绵州姑娘吉小玲见一面! 如果他现在能够见到吉小玲的话,就算是他俩分别一阵之后的再次重逢了。

　　那天早上,当他提心吊胆地敲响吉小玲家的门时,开门的正好是吉小玲。真是太巧喽! 不光尚之平惊奇得睁大一双眼睛兴奋着,连吉小玲也激动得两眼一亮,瞬间绽放出桃红的面色。相隔了四个月,尚之平再次看到她那绚烂而又令人难忘的笑容。他在心中暗暗祈求着:老天爷呀,但愿我追求她的美好心愿今天能画上一个圆满的句号吧!

　　“咦,”吉小玲刚刚见到尚之平,就忍不住地笑着问他,“你不是回大学参加毕业分配了吗?”

　　“是的,”尚之平说,“我回学校进行分配,同学中百分之九十的人的目标是……算了,等一会儿再谈这事吧。你上午有空吗?”

　　“有。”

　　“那好,你跟我到临江二中围墙外面的树林里,我们在一起谈谈,就半个小时,不耽误你回来吃中饭。”

　　“我一天不吃饭都行。”

　　吉小玲嫣然一笑,回到屋里跟她弟弟交代一声,可弟弟一把拽住她的衣角,吵着要跟着去玩玩。急得一脸通红的吉小玲,只得瞅瞅站在门口等她的尚之平,仿佛在问他:“可以带小弟去吗?”尚之平忍住微笑轻轻摇一摇头。吉小玲马上趴在弟弟耳朵边说了一句话。弟弟惊喜得眼睛睁得大大的:"你带两块回来,一块是我的,一块是你的。行吗?"

"行。"

吉小玲高兴地在弟弟的额头上亲一口,把他拉回屋里,让他继续看小人书。出了家门,她跟尚之平走在一起时,尚之平回头问她:"你悄悄跟小弟叽咕了什么,他就答应了?"

"我说回来给他带两块烧饼。他最喜欢吃芝麻烧饼,嘻嘻,他好对付。"

弟弟好对付,不知她这个姐姐好不好对付呢?对此,尚之平心中没有多大把握。路过一家烧饼店,他进去买了六块芝麻烧饼,用纸包好了两块让她回去时带给弟弟,剩下的他跟吉小玲各吃两块。但她摇摇头说吃过早饭了。尚之平只好将一块饼子拦腰折断,把半块月牙形的饼子递给她。这回,她不好拒绝,只得双手接去。而另外半块月牙形的饼子,尚之平自己塞到嘴里甜蜜蜜地嚼着,心想:两块月牙形的饼子,合在一起就成为圆圆的月亮形状了。俗话说:"花好月圆,婚姻美满。"这正是中国人最美好的心愿啊。吉小玲今天愿意接下这"半块月亮",是不是暗含着一种团聚、充满了希望的意思呢?

临江市第二中学东边的那片树林,是附近市民聚会、打太极拳或者遛鸟的好场所。当然,也不乏年轻的情侣们在此约会。恰好当天早上雨过天晴,水泥路面湿了又干,草木越发碧绿,鸟儿唱得格外欢乐。尚之平跟吉小玲过来时,太阳已经老高,早锻炼的人都回家去了,里面没见到有几个闲人。尚之平在一棵碗口粗的马尾松下面,找到两块大小一致而且并排放在一起的石头,垫上报纸让吉小玲坐。他从口袋里再拿出一块饼子又是一分为二,递给她半块,心想:倘若她接过去,那么我跟她会再一次"团圆"!他笑眯眯地两眼瞅着她,看她接不接。——啊!这回吉小玲还是笑眯眯地伸手拿去,居然毫不迟疑地塞进嘴里轻轻咬下一口。哈哈!尚之平所期待的画面,这回明白无误地展现在他眼前喽。但吉小玲没有再吃第二口,而是饱含深情地瞅着他,红着脸蛋问道:"隔了四个月零五天,这段时间你都在学校？我怎么一次都见不着你哪?"

哦哟! 他俩分别的时间她怎么记得这么清楚? 尚之平马上在心里暗暗计算一下:是的,从他打招呼说回校参加毕业典礼的那天起,到今天两人相会在这片小树林里,隔的日子不多不少,正好是四个月零五天! 哎呀,真是奇迹。不过,就是不说,尚之平心里也明白,吉小玲是很在意他们两人见面的机遇和情缘的。

尚之平说:"刚才不是说了嘛,我在学校搞毕业分配。分配方案有两种。一种方案是到各地从事教育工作,讲白了就是当教师,但名额不多;另一种方案是到军垦农场参加劳动锻炼,接受解放军再教育,这类名额占百分之九十以上。这阵子大家都在跑这件事。我考虑来考虑去,决定到军垦农场去锻炼锻炼。"

吉小玲听他说着,把手中的烧饼又送进嘴里咬了一小口。这是她吃的第二块"半个月亮"的第二口。

尚之平接着说:"大多数同学都热火朝天地选择当军垦战士。定下毕业去向后,大家又纷纷忙着办另一件'个人大事'。——你问什么'个人大事'? 嘿嘿,就是……这么说吧,目前还没有对象的男同学,赶快去找女孩子——大多数女孩子是同学或者熟人——联络感情;原来有对象的男同学,现在都紧追不放,希望把双方的关系明确一下。——你说什么叫'明确一下'? 嘿嘿……就是把两个人的关系(尚之平把自己的两只食指并排往一起靠拢)赶快定下来,或者干脆就把婚事办了。这样,以后男同学去了农场,他的知心人也就时时刻刻在家乡想念着他。我们班上有一对男女同学,两人已经领了结婚证。第二天,他们的婚事就在学校学生宿舍里办了。七八位同学腾出宿舍,专门给他俩做新房,热闹了大半夜!"

吉小玲这回咬下第三口烧饼了,但她仍然瞅着尚之平,等待他往下面讲。吉小玲脸上带一丝微笑,嘴里静静地咀嚼着也没吭一声。这种状况,反倒令尚之平心里忐忑不安起来,甚至感觉浑身有一丝冷冰冰的寒意。是的,这种寒意,几乎把他脑袋里的美好想法彻底冻结。他原本将自己的希望寄托在吉小玲身上,恐怕现在……有些渺茫哪! 即使渺茫,你也得往前冲啊,尚之平!

他只得叹一口气,尴尬地笑着继续说:"有人问我:'尚之平的另一半在哪里呀? 什么时候举行大婚,让我们闹一闹嘛!'我说:'本人现在无可奉告。'"他咽下嘴里口水,硬着头皮说,"今天我来找你,就是想问问你,我到底有没有这个福气能有另一半呢?"

他热辣辣地盯着吉小玲温柔的双眼,话语中似乎带一点哽咽的声音。而一直面部表情平静的吉小玲,把手中剩下的一小半烧饼拿到眼前看了看,说:"我真的吃不下去了。小弟如果在这里,他能帮我吃掉。"

她话音未落,尚之平一把将饼子夺过去,往自己嘴里一塞。嗬,小半个烧饼让他的嘴巴两边鼓成了小皮球喽!

吉小玲惊讶地说:"你……不怕我刚才吃过的口水呀?"

哧哧笑着的尚之平,一边津津有味地咀嚼嘴里的烧饼,一边厚着脸皮瞅着她笑:"不怕。我觉得你咬过的地方特别香甜。"

"打你嘴!"

吉小玲真的伸手要打,可是手伸到他跟前又停在那里不动,只是脸上依旧挂着久久没有消失的微笑哩。胆大包天的尚之平,趁机抓住她那白嫩细腻的手,在自己嘴巴上面轻轻扫了一下,算是一桩打嘴的"既成事实"了。

他说:"现在,我吃了你咬过的烧饼觉得香,你打了我的嘴巴解了恨。好了,我们俩都胜利了。跟你说吧,现在我知道我的另一半在哪里了。"

吉小玲连忙问:"在哪里?"

"远在天边,近在眼前。"

说着,尚之平又一次大胆地抓住吉小玲的手,在她白生生的右手心上面写了一个无形的字:你。吉小玲顿时红了半边脸蛋,急忙抽回自己的手。她将右手跟左手合在一起,想搓掉那个无形的字。然而刚搓了一下,她又把双手放在自己的两腿之间紧紧地夹住,生怕那个"你"字跑掉似的！此刻，尚之平就像哑巴吃饺子——心中有数了，他兴奋地再次抓住吉小玲的手，在她右手心上写着无形的"我爱你"三个字。他这一举动，更是羞得吉小玲连忙站起来，靠在旁边那棵粗粗的马尾松的树干上，一边伸手抠松树皮，一边低头笑着不吭声，整个脸盘儿红扑扑的，仿佛化过漂亮的彩妆一般。这棵碗口粗的马尾松，树冠像张开的伞，"伞"下面生长的树枝向前伸出去，犹如人的一只弯曲的臂膀。尚之平给它起了个"迎客松"的雅名。不一会儿，吉小玲咬着嘴唇转过身子瞅尚之平一眼，轻声问道："如果你被分配到军垦农场去了，我以后怎么办呢？一天到晚我这么闲着无所事事，也非常急人嘛。"

"这话有道理。"尚之平说，"你没有从林校退学，表示你以后还有分配工作的可能。如果暂时想找个事情干干，解解闷的话，我去找几个熟人问一问。能找到事，咱们就去干；找不到事，咱们在家里暂时待一段时间，怎么样？"

吉小玲笑着表示认可。当然，这样的表情和动作，也同样是对刚才尚之平在她手心上写下的"你""我爱你"四个字，默默地表示认可。因为她没有张口拒绝嘛！

回到尚之平旁边的石头上再次坐下，可以看出来，比起刚才两人坐的位置，她已经将身子稍稍向他贴近一点，那种少女特有的羞涩之情，明显有所减少。是的，将她的种种表情、动作看在眼里的尚之平，直到现在为止，总算松了一口气。因为他终于认定自己的另一半了！

尚之平高兴地点点头："那好，明天我就行动。现在我送你回家吧。"

他伸出胳膊拉吉小玲起来，充满深情地往她脸上瞅了一下。虽然，他不愿将吉小玲和尤妮这两位互不相识的女孩子做着比较，但吉小玲这圆圆的脸蛋，仿佛刚升起来的玉盘似的月亮，白净而细腻，她确实是位敦厚、善良的姑娘，跟泼辣的尤妮大相径庭。尚之平在心里立即决定：以后在和吉小玲过日子的一生之中，绝对不能委屈、怠慢这位温顺而随和的女神啊！

直到把吉小玲送到离她家不远的地方，尚之平才亲切地拉住她的手想握一握。但他很快便不好意思地松开，只是朝她挥挥手，说："明天傍晚还在小树林里见。"

　　遗憾的是，第二天尚之平到自己熟悉的单位去，想帮吉小玲找个事做的希望，其实并不大。

　　他第一个找的是一家国有探矿机械厂。当时在全市范围内，这种企业不下十家。尚之平去的这家厂子职工有一千多人，一进大门，只见厂区码着几堆锈迹斑斑、残缺不全的探矿机械，几座高大而宽敞的车间，好像不如过去尚之平采写新闻时看到的那么热热闹闹，不但机器停止轰鸣，连人来人往的景象也没见到。半年前，尚之平曾经给这里写过几篇通讯，跟厂宣传部田部长熟悉。这次，热情的田部长拉住他问："你这一阵怎么不来了？今天你要了解什么情况？"尚之平说他们正在进行毕业分配工作，临走之前，想问问这里可不可以安排人员进来干活，哪怕做临时工也行。田部长问是什么人找工作。尚之平说是自己亲戚的一个女儿，高中刚毕业。一听是个女学生，田部长哈哈大笑，说："你介绍的若是五大三粗的小伙子，还可以。因为这里的人经常下到矿山、山区、河谷、密林、戈壁、边疆等荒无人烟的地方去探矿，能吃苦耐劳的男人去那边干活比较合适。至于一个大姑娘嘛，恐怕去了吃不下苦的；而在厂区这里干活，一般都需要懂技术，来了就能够投入进去，新来乍到的不合适。"

　　见尚之平面色渐渐变得忧愁起来，一副越听越失望的样子，田部长马上握住他的手说："放心吧，若厂里后勤部门需要人的话，我马上通知你亲戚的孩子过来，怎么样？"

　　尚之平于是千谢万谢地让田部长留心，如有消息一定告诉他。

　　随后，尚之平又快马加鞭地赶到一处修路工地去，在工地办公室见到分管施工的王主任。据说这位王主任是从部队转业过来的老共产党员了，曾经是一位首长的警卫员，身上受过伤。尚之平跟他熟悉，知道他说话、干事认真，为人也诚恳。当他明白尚之平的来意，特别是了解到尚之平介绍的人是个女高中生后，王主任沉默了一会儿，说："目前这里的确需要人，修路嘛，是最简单的活了，只要有一点文化、手脚灵便的，一般都能胜任，而且来者不拒。但是，我不主张你介绍的那位女学生到这里来。"

"为什么？"尚之平奇怪地问了一句，心想，他不会在推托吧？

王主任严肃地瞅着他说："到我们这里干活的，大多数是被原单位开除或辞退的，甚至多少有过一点问题的人。也有的是从监狱刑满释放的人员，或者其他地方不适合去，而人家又不会要的人，只好来这里干了。正因为这里人员混杂，思想也复杂，所以，一个思想单纯、心静如水的女学生在这里，最后受到的影响会是什么样，你心里清楚。我看还是等一等吧，替你亲戚找工作也不能一天、两天就成功。说这话我不是在推托，我是从部队出来的共产党员，这些话，都是发自内心的。"

王主任语重心长而又真诚的话语，尚之平听得哑口无言，只好向人家道一声谢，起身默默地离开。

那天傍晚，垂头丧气的尚之平，来到他跟吉小玲约好见面的临江二中旁边的小树林里，见没什么人，他焦急地靠在那棵"迎客松"的树干上等候。他神不守舍地在"迎客松"下面转来转去安不下心来。这回吉小玲向他要求的事情他没有办成，不知她如何对待自己呢？何况不久后尚之平去军垦农场，她在家里待着没事情干，也的确不是个事呀。唉！……他垂头丧气地这么想着，刚转过身子，突然被吉小玲挺胸挡住去路。而且吉小玲故意"喔"地叫一声，双手捂着嘴巴哧哧地笑，那样子显得十分愉快而又亲切。

尚之平虽然没有她那么兴奋，但还是亲切地一把捉住吉小玲娇嫩白皙的手，告诉她自己去郊外探矿机械厂和建筑工地问过，这两个地方都不需要人。但他马上又安慰她，说明天再去别的单位问问看。

听到这话，吉小玲反倒不着急了，她拍拍大松树露在地面上长长的、仿佛大象鼻子一样的树根，"命令"尚之平："你坐下。"

尚之平笑着遵命,坐到树根上面,他乐于执行吉小玲的命令。看样子,她现在能够对他下这样的命令,说明吉小玲已经将尚之平从一个熟人的位置,提到她一心一意紧紧贴近的亲人的高度了!接下来的情况,更证实了尚之平的想法:吉小玲在他身边坐下来,身子紧紧靠着他,她的头发乌黑且蓬松;她的脑袋亲热地倚在他的肩膀上,然后静静地闭上双眼一声不吭,仿佛睡着了一般。尚之平闻到她头发里飘来淡淡的十分诱人的洗发水香味,他不敢动弹身子,心甘情愿,甚至巴不得她一辈子就这么小鸟依人般贴在他身上啊!

嘴上不善于表达的吉小玲,其实对尚之平十分爱恋,已经将他当作自己一生中的靠山,生命中的"一大半"!她在光明街道的"十号兵站"办公室开会,第一次见到坐在她旁边的这位文质彬彬的大学生时,吉小玲就心存一个愿望:如果这样的大学生能够永远伴在我身边,成为我的意中人,那该多好啊!心思细腻的吉小玲,后来就一直找机会接近尚之平,逐步熟悉尚之平。她先是向尚之平"索要"——注意,这个"索要"是她巧妙地使出来的一种心计——新安大学的校徽戴着玩玩;然后又请尚之平陪她去百华林校办理退学手续……尚之平在离开"十号兵站",回学校参加毕业工作安排的四个多月的日子里,他都没跟吉小玲见面。可是某一天,尚之平突然又来找她了!吉小玲不但不生气,心里反而觉得一阵惊喜,甚至乱得仿佛心里面蹿进来一只活蹦乱跳的小鹿,在自己心上抓着、咬着,以至于原本就藏在她心中的一棵"爱情幼苗",就像获得了足够的营养和水分,现在又开始悄悄地成长……

唔,今天傍晚在充满诗意的小树林里,吉小玲之所以舒心、安详地倚靠在尚之平身边,不就是为自己成功"俘获"这位大学生而感到骄傲和欢喜吗?哪怕尚之平没给她找到临时的工作,她也无所谓了。其实她现在特别需要的,就是尚之平对她的那份情爱。过了一会儿,依旧闭着眼睛的吉小玲亲切地问他:"你们什么时候去农场?"

"九月十九日早上八点钟出发。"尚之平说,"本来我还有时间再跑几家单位,替你去问一问,后来觉得问了也是白问,反正这事不能急着办。"

吉小玲没有搭话,看来她心中默默地同意尚之平的意见。过一会儿,她又问道:"你们坐汽车还是火车去?"

"解放军部队派一个汽车连的军车送我们,几十辆车子哩!"没有听见吉小玲搭话,尚之平就在她漂亮的头发上亲一口,然后又补充一句,"还有其他大学的毕业生,都集中到我们新安大学的操场上来,那天一齐出发。"

吉小玲伸手在他腰上捏一下,想摆脱他在自己头发上的纠缠。因为尚之平弄得她头皮痒痒的,让她咴咴地嬉笑不已。

眼看天色渐渐暗下,尚之平不得不狠下心来离开这片温柔而又幸福的树林,轻轻拍拍她的肩膀说:"送你回家吧?"

谁知吉小玲一咕噜站起来,抓住他的胳膊:"今天我送你回家!"

"你送我?你知道去我家走哪条路?"

"我早就知道了。有一天,我偷偷跟在你后边,从一条弯弯的小路一直走到你家门口,你都没发现。现在,我就走这条小路送你。嘻嘻……"

当天晚黑,尚之平回到家里,发现桌上有一封信在等着他,是尤妮从江南市寄来的。信中说,尤妮最近膝关节疼痛又发作了,她希望找一找临江市郊区范岗镇上一位陈姓老中医给她看看,叫尚之平帮她先去联系陈医师。虽然尚之平曾经到江南市向尤妮求婚被她婉言拒绝,但现在对尤妮的病情,他仍旧跟过去一样关心。——只是尚之平有点犹豫:我会不会陷进哥尔多尼先生写的喜剧《一仆二主》之中,成为被别人嘲笑为两个女人奔波的那个仆人呢?唉……

想了一整夜,第二天早上,尚之平还是决定借一辆自行车去范岗镇找老中医。

那天上午,尚之平在范岗镇上找到陈老中医的家,得知这位老中医去年冬天就过世了。失望的尚之平,只好一边瞅着老中医家大门上面贴的颜色已经褪成灰白色的春联,一边又向老中医的儿子提出,他想买一挂爆竹、两刀纸，到陈老中医的坟上吊唁一下。老中医的儿子很客气地带着尚之平去了。吊唁事毕，尚之平才骑车回临江市城里。

当晚，尚之平把找寻老中医的来去经过，写了一封信寄给在江南市的尤妮。

九月十九日这天，像眨眼似的那么快就到来了！

早晨，新安大学宽阔的操场上，几十辆车厢蒙着草绿色防雨帆布的军用卡车，首尾相连地排成一条长龙等待着。将由它们把临江市以及本省其他地方的一千多名大学毕业生，送往三百多里外的桃花湖军垦农场去。

在那些密密麻麻而又热热闹闹的送行人当中，不少人就是这些即将成为"庄稼兵"的学子的老师、同学、家长、女朋友或男朋友。有送行的女孩子，一边向车上某位大学生挥手，一边吸溜着鼻子哭红了双眼。车上也有大学生忍不住多次弯下腰伸出手，跟下面送行的姑娘情意绵绵地表达自己的心情。有的大学生急急忙忙从捆好的行李卷里面掏出笔和纸，用激动得哆哆嗦嗦的双手写下两行字，然后把纸条叠成飞鸽形状，投给军车下面泪汪汪的女孩子。可这纸鸽居然轻悠悠地四处飘荡而不降落，车下热心肠的人纷纷伸手截住它，最后平安地交到那位哭哭啼啼的小情人手中。

尚之平站在第十八辆军车的车厢前头，按说是个好位置，可惜没有人过来跟他告别。昨天在那片小树林的"迎客松"下面，他和吉小玲已经依依不舍地话别过了。当时尚之平劝吉小玲不要来送他，生怕她路上来去不方便，甚至怕给其他同学看见了，他们会在旁边对她指指点点，让吉小玲难为情。即便如此，尚之平这会儿仍然站在军车上面仰着酸溜溜的脖子，东张西望地寻找吉小玲，生怕她真的来送行又不知道尚之平在哪辆车上。可是找了半天，尚之平就是没见到吉小玲的影子。——唉，他只得垂头丧气地低下脑袋，规规矩矩耐心等待着出发的口令。

前面的车上有几位他的同班同学，居然像慷慨激昂的军人似的哈哈大笑着,尚之平听了都嫌烦,心里气呼呼地嘟囔着:"哼,以后会有你们想家哭鼻子的时候!"

尚之平由于昨晚没睡好觉,这会儿他眼睛里仍然布满红红的血丝,整个脸盘竟煞白得仿佛被水浸泡过上百次了。

突然,站在第一辆军车前面的一位年轻军人,拿起哨子吹了一声尖厉的哨音,打断了人们亲切而依依不舍的话别场面,也无情地扯断了尚之平对吉小玲缠绵不已的思绪。但这第一声哨音并非让车队马上就出发,而是在提醒大学生们:"注意了!大家做好出发的准备!"

过一会儿,这位年轻的军人又第二次吹响了尖厉的哨音。

俗话说:"新兵怕号,老兵怕哨。"第二次哨子一响,所有等待出发的大学生和送别他们的亲友、同学、老师以及看热闹的人,都一齐朝那位吹哨子的年轻军人看着。只见他神情严肃,雄赳赳地高高举起右臂,然后用力地向下一挥,朗声喊道:"出发!"

刹那间,几十辆军车一齐轰隆轰隆发动起来!它们像憋足了劲的战马,即将昂首奋蹄朝远方奔驰而去!所有的军车后面,都喷出一股股刺鼻的白烟。白烟四处漫开,在人群当中飘飘摇摇地升上天空。

看哪!第一辆军车缓缓地往前方开去了;接着,第二辆军车咬着第一辆车子的尾巴,跟在后面也开出去了;紧接着,是第三辆、第四辆、第五辆……整个车队长龙一般稳重而有序地前行着,浩浩荡荡地从新安大学的操场奔向桃花湖军垦农场的广阔天地!

听哪!雄壮的《中国人民解放军进行曲》,从新安大学校园内所有的高音喇叭里庄重有力地播放出来。这首进行曲,不仅伴随着一辆辆军车轰隆隆地井然有序地开出学校大门,而且激起所有欢送大学生的人的心中无比昂扬的情绪。即使车队的前列已经开出校园了,仍然有一部分群众自发地奔往大门外,又热情地在马路两旁迅速排成欢送的人墙。大家继续挥舞着手臂,齐声呼喊道:"再见!再见!……"

这时,尚之平他们乘坐的那辆军车刚刚起步,突然从路边一排冬青树的旁边,跳出个大学生来！这位大学生先跟在军车后面跑了几步,然后纵身一跃抓住车后面的车厢板。车厢上的人齐刷刷地伸出几双手,奋力地把他拽上去！而在这位大学生刚才离开的冬青树旁,有一位涕泪涟涟的小姑娘在向他不停地招手。哇！这段小插曲着实让全场的人沸腾并惊讶了好几分钟,尚之平却很扫兴。他无意中学着影视剧里部队首长的口气,低声咕哝一句:"乱弹琴！"

尚之平的抱怨还没过去两秒钟,他的双眼竟然兴奋得闪亮起来！原来,他发现南边那排花坛的旁边,此刻又出现一位姑娘。只见她脸庞细腻、白皙,拖在身后两条黝黑的大辫子并排别在一起,全然是南方少女动人的模样呀！——这不是吉小玲吗？她什么时候远远地躲在那里呢？跟旁边那个哭得泪人似的小姑娘相比,吉小玲的情绪很稳定,没有流泪。她虽然无法找到尚之平在哪辆车子上,但仍然向着一辆接一辆的军车深情地挥舞双手。因为她坚信,从自己身前慢慢开过去的某一辆军车上面,就有她无法忘记的尚之平。所以她一边瞅着一辆辆军车,一边又轻轻地喊着:"尚之平,祝你一路平安啊！祝你在农场锻炼成功啊！"

而站在军车上的尚之平,眼里早已溢满炙热的泪水。他不好大声喊她,只能远远地对着花坛那边的吉小玲悄悄说道:"谢谢你来送行,吉小玲！到了农场,我马上写信给你！……"

第五章　军号嘹亮

　　尚之平他们一千多名大学毕业生，被部队的军车长龙，顺利送到桃花湖军垦农场后，约每一百位学生组成一个大学生连，一共诞生了头十个大学生连队。解放军部队派来的连、排干部，将这些大学生连队像播撒种子似的，安置在十万亩广阔而肥沃的桃花湖军垦农场里。从此，这批来锻炼的大学生，一边向部队的干部、战士学习，一边撒开手脚在广阔无垠的田野上战天斗地！

　　刚来不久的一天上午，尚之平勒紧裤腰带，走出用三张芦席围起来的一个小棚子，抬头朝着远处看去，只见前方是一条一眼望不到头的大堤，堤坝上长满青葱绿树。这会儿，从大堤两边密密的树林里面，传出各种嘹亮的军号声。这些军号声仿佛在相互比赛似的：这个军号刚吹出万马奔腾的进行曲，那个军号又吹出"嗒嘀——嗒嘀——"的声音，仿佛在召唤千军万马赶快集合。跟着，吹出第三个军号声，声音虽然不紧不慢，但是带有不容拖沓且严厉地催促你快速行动的意味。这可能是起床号或集合号吧？哈哈！喜欢听音乐的尚之平，平时就爱听各种各样乐器吹奏的乐曲。其实，现在林间传来的阵阵军号声，都是刚入伍的新司号员们在练习吹号，也正好解了尚之平听音乐的"馋"喽！

　　桃花湖军垦农场像这样又高又宽的大堤，共有三条。最长的一条大堤，围在十万亩农场的最外面，农场周围都是乡民的农田。军垦农场里面有两条大堤，从北往南将十万亩田地隔成了三大块，分别是六万亩的北圩、三万亩的中圩和一万亩的南圩。其中一道大堤,是建在北圩和中圩之间的;而另一道大堤,是建在中圩和南圩之间的。这三大块圩田中生长着葱绿的水稻,秸秆挂着一串串大豆荚子。几年前两个步兵团的军人,来到桃花湖抽干湖水,垒出三条大堤,开辟了这片平坦而又肥沃的军垦农场,支援国家的粮食生产。如今,过来的一千多名被称为"准军垦战士"的大学生,又给这个农场增添了新生力量。

尚之平从他站的位置往北面看去,是长满大豆的北圩;再往自己的脚下看去,是长满水稻的中圩;转过身子向南面看过去,也是长满水稻的南圩。从北到南的三个圩子上面,目前有十多个大学生连队形成了一条线。尚之平所在的大学生第十二连驻地,就建在中圩的中心位置上。

嘿!飘着稻香、豆香的桃花湖军垦农场,整个儿就是一座庞大的粮仓和宽广的油库哇!尚之平他们来到这里时,正逢秋季晚稻扬花、灌浆,黄豆饱荚等待收获的季节。田里的庄稼,在温暖的秋风中得意地欢舞着,仿佛向尚之平他们招手道:"来呀,来呀……"

是的,尚之平到这里已经快有一个月了,他不仅给吉小玲写了信,也给尤妮写了信。两封信里,有相同的话语和不同的情感。相同的部分,是说这里有多么广阔呀,有多少亩庄稼呀,他们学生连的编制如何复杂呀,等等。此外,就是提到每个大学生连的连长、指导员、文书和三个大学生排的排长,都是部队派过来的解放军同志担任的;而三个排的副排长、九个班的正副班长,都由大学生担任。两封信中的感情不同之处却非常明显。比方说,写给吉小玲的信,尚之平就说:"我期盼着你赶快答应我,永远做我可爱的另一半,让我们一生过得幸福。"尚之平之所以这么写,是因为直到来军垦农场前,隔在他和吉小玲之间的那张薄薄的窗户纸,还没有让他们俩完全捅开哩!而写给尤妮的信,他仍然说:"我不希望你做一名京剧演员……"然而,给她俩写信,他都写得恳切;想收到她俩的回信,也同样想得急切。尚之平算一算时间,信发出去都二十多天了,她俩没有一个人回信。对他来说,尤妮回不回信倒无所谓,但是吉小玲没来信,这让尚之平的心脏几乎要急碎了！往往遇到类似的烦躁事,尚之平总是趁着没有别人在跟前时,将双手高高地朝空中举起来,挥舞着两只拳头嗷嗷叫!

这会儿,尚之平勒紧裤腰带从小芦席棚里出来时,他就心情烦躁地举起双手喊了几声:"啊! 啊! 啊! ……"

尚之平正莫名其妙地喊叫着,突然,他所在的大学生二排的排长从营房里走出来,招手小声地喊他:"你不要对着天空喊了,下面该你向大家发言了,快进来吧。"

唉! 尚之平只得沮丧地从幻想回到现实里。原来,他们这个大学生第十二连队,明天要去北圩收割黄豆。怎样把黄豆收割干净,不丢下一粒豆子? 今天的学习会,就是讨论如何细心收割,如何颗粒归仓。大学生们围坐在床铺上,轮流发言。此刻,尚之平所在班的班长,正面红耳赤地伸手指着空中,急切地说:"我们绝不能容忍残留在头脑中'家大业大,浪费一点没啥'的糊涂思想作怪。否则,我们军垦战士就是退却! 就是失职!"

坐在旁边的二排长,这时扯一扯尚之平的袖子:"还愣着干吗? 该你了。"

尚之平立即醒悟过来,说:"我刚才回忆一下,刚到农场那天,大学生们站在稻场上,等着被编到哪个班去的时候,一位来自淮北的同学忽然向前三步走,蹲下身子从泥土里抠出两颗黄豆。他把沾着泥土的豆子放在手心搓揉几下,丢进嘴里有滋有味地嚼着。我佩服这位同学,他爱惜粮食爱到'一粥一饭,当思来处不易'的程度! 好哇!"

哗啦、哗啦、哗啦……他的话刚讲完,大家一齐鼓起掌表示赞同。

此刻,连队的炮指导员正好笑嘻嘻地进来,搭上话说:"同学们讲得好哇! 咱们该不该节约,该不该爱惜每一粒粮食呀?"

"应该!"

百来位意气风发的大学生齐声高喊,几乎震得营房的屋顶都呼扇了两下。

第二天清晨，天还昏暗得不见一丝亮光。让莫名的烦躁折磨得一夜未曾合眼的尚之平，刚睡着不久，忽然被一声尖厉的哨音惊醒。炮指导员已经披挂齐整地站在营房门口喊道："起床啦！起床啦！"

年轻人瞌睡大，在大学里，他们往往睡到太阳晒热屁股才起床。现在让炮指导员喊醒，个个仍然眍着惺忪的眼睛，动作迟缓，磨磨蹭蹭地穿上衣服，套着袜子。

炮指导员不耐烦了，厉声喊道："有没有一点军人气派呀？唵？动作快一点嘛！洗过脸，大家马上集合！"

炮指导员虽然比大学生们大十多岁，但是精神却比学生们好十倍。他满脸涨得通红，忙得顾不上刮去的胡楂，齐刷刷地挺在腮帮周围，因此他脸上的神情就显得十分威武。他之所以喜欢大嗓门说话，据说是有一次部队进行投弹练习，一个新兵甩的手榴弹在离他不远的地方炸响，震得他的左耳朵事后不大灵了。从此他总是大着嗓门讲话，以为其他人的耳朵也听不到。加上他又姓"鲍"，学生们就暗暗地给他起了个雅号：炮指导员。派到大学生连来的连长，因为生病，目前住在军区医院里。现在，领导就让炮指导员一个人带领第十二连的大学生，所以他自知肩上担子重啊，有时走路自然而然地驼着肩背，仿佛肩膀让重担子压塌了似的。对此，大学生们既崇敬他，又愿意接近他，心里有什么想法，经常到连部办公室去向他汇报。

今天清晨，他见大学生们走路时，大都双手抱在胸前，胳膊下面夹着镰刀和扁担，个个无精打采地低着脑袋，躲避中秋时节迎面吹过来的凉风。于是，炮指导员便高声喊道："大家注意啦！全体听我的口令：一、二！一、二！一、二！……"

他用几个"一、二"的口令，迅速调整了大家的步伐。等队伍嚓、嚓、嚓、嚓地全部走齐整了，他又喊着："一、二、三——四！"

大学生们边走边齐声吼道:"一、二、三——四!"

毕竟是血气方刚的小伙子嘛!虽然起得这么早,而且肚子空空的没吃早饭,可是,大学生们依然昂首阔步地大声应和着,人人都显得生气勃勃、信心十足哩!

"不错!"炮指导员哈哈大笑,很为自己的成功调教而得意,"有那么一点英勇气概嘛!同学们哪,不是我心狠呀,叫大家起这么早啊,早饭不吃就喊你们出来干活。皆因为收割黄豆要赶在早上带露水时进行。这个时候豆荚子受潮不容易炸开,所以黄豆能够一粒一粒收回家,懂不懂啊?等一会儿,我命令炊事班送来最好吃的早饭,补偿你们早起的损失,好不好呀?"

嚓!嚓!嚓!嚓!……只闻整齐而有力的脚步声,不见有人对此提出异议。现在,大家理解了炮指导员一早就喊他们起来的安排,是完全正确的。因此,大家精神逐渐饱满,步子迈得更加有力。这时东方的天空,现出一丝模模糊糊的鱼肚白,四周光线还不太明亮。但是那阵走在高低不平的机耕路上的脚步声,却依旧整齐划一而又稳稳当当,听起来令人格外精神抖擞。

尚之平完全丢开一夜没睡好的疲劳,也丢开吉小玲和尤妮迟迟没回信给他带来的苦恼。

炮指导员越说越有劲,索性又喊道:"大家唱一支歌吧!唔,我来起个头,'日落西山红霞飞',预备——唱!"

> 日落西山红霞飞,
> 战士打靶把营归,把营归。
> 胸前红花映彩霞,
> 愉快的歌声满天飞!
> ……

现在还是早晨,太阳要过一会儿才露出笑脸哩,"日落西山红霞飞"的歌声,自然引得大家一阵嬉笑,情绪顿时舒展开来。这阵笑声,逐渐汇集成一阵飒爽有序而又快快活活的歌声。

好家伙!说到收割大豆,那就是一场硬仗、恶战呀!

北圩子六万亩一望无边的田地上,全部是成熟的黄豆,就像一层厚厚的棕黄色地毯。无数筑成方格一样的田埂,是绘在地毯上面漂亮的花纹。手握镰刀的大学生们站成一溜排,炮指导员打头,只听一声令下,一百多把弯弯的镰刀齐刷刷地插进豆棵里。咯吱咯吱,咯吱咯吱,只闻刀锋割断枯脆的豆棵,那秆子便一排排倒下。少数人跟在收割的人群后面把它们归拢起来,捆成一小捆又一小捆的黄豆把子,再整齐地码好,等运输连的汽车下午开来,装上黄豆把子运到稻场上面堆着。嘿!大学生们割得真带劲呀,仿佛风卷残云一般利落、干净,地下很难见到几粒散落的豆子。可见昨天的学习讨论起到作用喽!

炮指导员干活简直像一头大牯牛啊!没到半个小时,他就把众多年轻的部下丢在自己身后。这位做惯思想鼓舞工作的老兵,这时用手中镰刀的刀背,把他头上的帽子往上面推一推,一边笑眯眯地吸溜鼻子,擦着头上的汗水,一边乐呵呵地喊道:"同学们啦!可不能落在一个'老头子'后面呀!一、二、三,加油!一、二、三,加油!"

也怪,在他的鼓舞下,大学生们浑身的血液像加了温似的,刹那间便咕嘟咕嘟在身上沸腾起来,手脚自然快了。齐腿肚子深的豆秆子,哗啦、哗啦倒下一大片。跟在后面捆黄豆把子的人,累得呼呼直喘气,但还是远远被丢下一大截。大伙儿拼命地割呀,割呀,好像不把这几万亩豆子一口气割完,那是没人愿意罢手的!

本来说好的,下午,运输连派汽车来将黄豆把子全部运到稻场上面。可吃过一顿丰盛的早饭后,场部来人说,汽车连被临时抽到外地拉木料去了,运黄豆把子的任务由大学生连自己解决。——自己解决,也就是用扁担挑。我的乖乖!这不是一亩、两亩的活,而是今天干的二十几亩的活呀！然而军令如山，哪个连队都要不折不扣地执行。炮指导员把情况跟大家说明一下，准备组织一个挑黄豆把子的运输队，中午吃过饭就开始行动，要求大家自主报名。嗬！三四十只被晒红的胳膊拼命往上高举着，大家争抢着喊："我！我！我去挑！""还有我一个！""我也挑……"

尚之平喊的声音也不低，居然让他争取进入了挑豆把子的行列。

千万别认为挑黄豆把子是最简单不过的体力活，尚之平不懂的事情多着哪！首先，他要学会如何捆扎好黄豆把子。

一担豆把子有两大捆。每一大捆，都是用绳子将几小把黄豆秆子牢牢捆扎而成的。一小捆豆把子的两头，长着豆荚的那边称大头，根部那边是小头。在捆担子时，必须将上面一小捆把子的大头，压住下面一小捆把子的小头；然后，另一小捆把子的小头，再压住它下面的一小捆把子的大头。如此上下交错着压上去，黄豆担子的前后两头就会一样高、一样重，然后用绳子捆紧了。这样走起路来，你想叫黄豆担子散掉都难做到哩！

其次是，扁担压在肩膀上的时间不能太长，因为俗话说得好，"远路无轻担"嘛。所以，扁担在每个人的肩膀上压着，走路时要学会换着肩膀挑，才能挑得持久。怎么换肩膀挑呢？方法是小步子慢慢走两步后，脑袋趁机低头往下面一低，顺势将扁担从这边的肩膀上滑到另一边，这就大功告成了！很简单吧？尚之平今天就向熟练干活的同学学会如何换肩膀了，没想到他一次又一次挑着很得劲，也不感觉到累。哈哈！

再次，若挑担子半路上遇到水沟或田埂缺口的话，如何跨过去也有学问哪！

尚之平先瞄着农村出身的同学，看他们总是在离水沟或田埂缺口有五六步远时，就加快速度并跨出大步子，趁着这股冲劲，迈一个大步就跨过去了。嘿嘿，小事一桩哟！尚之平不但轻轻松松地越过了无数道水沟和田埂缺口，而且跨得越来越熟练，越利索，越豪迈了！有时候，他还特意抬头看看前方有没有田埂缺口。如若没有，他反而觉得有点儿扫兴，否则他一定试一试自己的身手！

当然，时间一长，被重担子压着的皮肉和骨骼总会疲乏无力，甚至酸疼难忍，因为人是肉长的，不是铁打的嘛。尚之平这样从未挑过重担的大学生，现在累得气喘吁吁，鼻子嘴巴全部张开呼吸都不够用，也是正常的。——嘿嘿，其实处心积虑的尚之平，是在指望用一担又一担沉重的黄豆把子，将自己彻底压垮，省得他去理会因为那两个姑娘不回信而给自己带来的无限烦恼啊！因此，他不断地朝自己的担子上增加豆把子，一副担子至少加到一百七八十斤重。直到别人向他提出"抗议"："同学呀，留两把子黄豆照顾照顾我们吧。大家都要锻炼嘛！"他才不得不停住手。

尚之平累得脸色煞白，气息无法喘匀；他的双肩也肿得像两只馒头，被担子压得如针刺一般疼痛难忍。扑通一声，他突然无意之中跌进一道田埂缺口里，唉！浑身就像散了架似的，尚之平的双腿再也爬不起来了！

这道缺口不到两尺宽，有一尺深，平时是向田里放水或向外面排水用的。然而刚才，他一方面忘记重担压在肩上，一方面又边走边在心里自言自语；加上天色早已暗下，看不清前面的路了，所以他毫无防备地一脚踏进田埂缺口里。巧的是，他身子掉进缺口里，黄豆担子反而担在缺口两边的田埂上，扁担仿佛变成一座窄窄的小桥。大学生连队早就吹过收工哨子，田间也只剩少数几个捆黄豆把子的人。这会儿，尚之平根本没有足够的力气挺腰挑起担子，只得无可奈何地坐在田埂上一声接一声地喘息，倒是忍住了没让两行冰凉且伤心的泪水流下。

哼，两个丫头没一个给我回信！你们到底为了什么？——你听，他还在生她们气哩！

这时，有一个人急急忙忙走到跟前，伸出双手搀起尚之平，又把黄豆担子朝前面挪一挪。一直低着脑袋喘气的尚之平抬头一瞅，原来是炮指导员。

炮指导员从脖子上扯下让汗水湿过无数次的白毛巾，递给尚之平擦汗，责备他说："我都看见了，你怎么能挑这么多呢？唵？一次比一次多。你们这批学生娃子呀，以后都是国家建设的大梁，把你们身子压垮，上级找我老炮算账，我就要吃不了兜着走喽。你歇着吧，让我挑回去。"

"指导员……"

这回尚之平真的流泪了，他伸手拦住指导员，结结巴巴地说："这最后一担，还是让我来挑吧。"

他的声音近乎哀求着，这使得见惯壮观激烈场面的炮指导员，也不得不软下心肠往后退了一步，让尚之平去挑担子。

尚之平弯下酸疼的腰身，把重担子压在肩头刺痛的"肉馒头"上，然后憋足了气，嗨的一声挺直了腰杆！咦？这回尚之平挑起来啦！而且感觉肩上的担子居然比前几次轻省多了！可能是他稍稍歇一会儿的缘故吧？——其实他根本想不到，是善良、充满爱心的炮指导员伸出两只粗壮的手，从后面帮助尚之平托了一下扁担。

那天的晚饭，是在一轮明月从大堤上面露出白白净净的俊脸时，他们才吃上嘴的。按照学生连队的规矩，每天吃晚饭之前，全连人马必须整好队以立正的姿势，听连首长讲话，这叫"晚点名"。在今天的晚点名上，有点儿激动的炮指导员，用喊了一天已经沙哑的嗓子，轻声但又严肃地喊道："稍息！"

嚓的一声，大学生们被他的情绪感染了，整齐划一地侧腿稍息，个个睁大双眼注视着他们敬爱的指导员。奇怪的是，炮指导员一改过去大声说话的做法，这次声音变得沙哑而且低沉，原来他也被自己马上要表扬的几位学生的事迹感动了。

他动情地说："唵？我知道个个都累了、饿了，请大家再坚持几分钟，我来表扬几位今天干得出色的同学。首先是尚之平同学，大家都看到了吧？他干得很漂亮，顽强不屈，坚持到底！还有李林、张玉超、万勇、刘志华等同学，都是好样的！是坚强的军垦战士！大家就应该向他们学习，希望明天大家干得更好！我的话完了。"

炮指导员的表扬，等于一针兴奋剂注入尚之平的全身，他后来连着吃了两大碗饭，又有滋有味地喝了一碗油花花的冬瓜汤。正当他舒舒服服地在水桶里洗着自己的饭盆时,连部的文书,一位操着很难听懂的宁波口音的小战士在喊他:"尚之平,你'老婆'的信来了!"

哈哈,她俩到底是来信啦!尚之平激动得几乎发狂!哆哆嗦嗦地伸手接过信,借着不太明亮的月光瞅了一眼,见是尤妮的信,他随手塞进口袋里。然后他想伸手再接第二封信时,文书已经转身走了。

"哎!我还有信吗?"尚之平站在后面喊着。

小文书调皮地笑着朝他挤挤眼:"就这一封。快去看看你'亲爱的'怎么在信中爱你吧,嘻嘻……"

十七岁的小文书是个调皮的"鬼精",他猜到大学生们现在心心念念想得最多的是"老婆"这个词:大学生们接到的信不是老婆写的,就是女朋友写的,反正一样,都是"老婆"。所以他常常一边递信给人家,一边笑嘻嘻地说:"你老婆的信!"嘿,这回在他嘴里,尚之平也享受到了一次这种美好的待遇喽。不过尚之平没有理他。因为没收到吉小玲的信,尚之平心里有点儿失落感。他连洗澡的事情都丢开了,既忧愁又失望地钻进宿舍里,一声不吭地往床铺上一躺,只好掏出尤妮的信简单地看了一眼。

亲爱的之平:

现在我特别忙,所以没及时给你回信。我参加了临江市文化系统文艺宣传队排练活动。他们都是专业剧团的人,只有我是业余的,但我被选中担任《红灯记》李铁梅这一角色。这是我以后做一名京剧演员的第一步吧?听到这消息,你可能不高兴,又说我热心京剧事业了。不瞒你,这的确是我的梦想。

你在农场要注意身体,我们以后见面再谈吧。

再见!

尤妮

看完后,尚之平把信纸叠起来往包里一塞,觉得都是她讲过的老话题,没什么新意。唔,"我们以后见面再谈吧",以后真见面了,你又能怎样?反正你已经拒绝过我,拼命向京剧演员队伍里挤。现在我跟吉小玲保持着关系,这一点你是不知道的,我也不会跟你说……可是,亲爱的吉小玲她为什么不回信呢?难道出现了什么意外情况吗?唉,真要命!——尚之平又变得焦虑、痛苦,不停地唉声叹气。他浑身的汗水已经让风吹干了,挣得他皮肤紧巴巴的无法忍受,就这样,他也懒得去洗澡。

想不到,小文书这时候又风风火火地闯进大学生宿舍来,朝尚之平挥着手中的一封信说:"你还有一封信,从我包底下找到的!对不起,你不会骂我吧?"

哎呀,情况出现得太突然,尚之平咕咚一声跳下床,双手接了信就赶紧瞅着信封:啊,是吉小玲写来的呀!

这次,尚之平不但没有生小文书的气,反而笑眯眯地从枕头底下摸出一包香烟,抽出一支烟递给小文书。他回到床上坐着,刺啦一声撕开信封,轻轻地扯出里面的信默默地读道:

亲爱的"大表哥":

你好!最近我们百华林校的学生,去庆春县的瓦湖镇参加林业课程实习。班上 12 位林业育种专业的学生,已被安排在靠山村。从学校动员,坐车,到达该镇靠山村安顿好,我才有时间给你写信。你从临江市到军垦农场那天,我去新安大学给你送行了。这次在车上我始终瞅着车窗,指望车下见到你向我挥手送行哩。但是没见到……我们这次的路线是:从临江市坐车向北走三个小时,到庆春县瓦湖镇;再向西边走二十里到靠山村,安排我们住宿的棠梨小学教室就在靠山村。这段路其实并不远,是吧?

我暂时写到这里。

再见!

吉小玲
10 月 19 日

哦,百华林业学校安排学生到庆春县进行林业课程实习？那好呀,吉小玲这下子不会感到寂寞,有事情做了! 而且在信的末尾,她写自己从临江市出发往靠山村去的方向、路线以及实习学生的宿舍位置等情况写得这么详细,其实她是告诉尚之平:"你如果来看望我,就按照我说的线路走,一定能见到我。"

哎呀,吉小玲,你的心思这么细致,你对我尚之平的思念这么殷切,我真得谢谢你喽!

第六章　一仆二主(上)

自从接到吉小玲的来信后,尚之平不仅自己一心一意扑在军垦农场的劳动锻炼上,而且全心全意地关注着吉小玲实习的事情,不断写信告诉她,如何快一点习惯农村的生活环境,如何把全部精力和她在林校所学到的知识和技能,毫无保留地用到实践中去,等等。——尚之平这么谆谆劝告她,跟他曾经安慰吉小玲不必退学,继续在林校学习的用意,是一模一样。

其实在林校上学时,吉小玲就经常下苗圃干活,移苗栽树,哪怕到处是垃圾,她仍然能够在那样的环境里坚持干下去。因而,当吉小玲再次给尚之平写信时,她果然兴奋地把她实习的情况详详细细地告诉尚之平了。

吉小玲去实习的农村,处于地势不高、地面不太平整的半丘陵地带,叫靠山村。刚去那天,送他们的大巴车在弯弯曲曲的山路上绕行时,吉小玲就注意到山坡上生长着一丛又一丛低矮的棠梨树。棠梨树一般长不高,只能结出圆圆的大青豆子那么大的棠梨。这种野果子能吃,但是味道涩涩的、酸酸的,不如梨子甜蜜、水分多,当然更没有梨子那么大、经济效益高。然而即使这样,见不到梨树的乡村孩子摘下棠梨子,总是吃得有滋有味的。尚之平原先在老家就见过,也吃过这种棠梨。但他不知道,如果用这种野果树做砧木,能够嫁接出真正的梨子树。关于这方面的知识,林校学生吉小玲,就比尚之平知道得丰富多了。

林校学生的行李刚刚被拉到村子里,靠山村的村委会主任王志成,就将五位女生安排在村西边的棠梨小学里住,把七位男生安排到村东边的保管室里住。两处宿舍都让村委会安排得舒舒服服的。王志成是前年退伍回来的解放军战士,做事果断,考虑问题也全面。早在头十天前,得知林校学生要来实习,他就派人上山放倒几棵大树,找木匠打了八张上下铺的双人床,给学生们住宿用。

第二天是个晴朗的秋日,实习学生扛着铁锹,挑着或抬着箩筐,在靠山村村民组组长王大爷带领下,第一次跟着村民们到靠背山上平整山坡,开垦梯田。

靠背山,也就是吉小玲他们坐车来时,远远地看到的长着棠梨树的那座小山。此山不高,上面因为缺水,水稻种植不多,旱粮倒种得不少。王大爷说:"俺们村里的田地,就是在山上平整坡地开出来的两三百亩田,但这远远不够,还想再开一些农田。今天,俺们就得砍掉山上那些留着用处不大的棠梨树,让这些棠梨树腾出地方。"

说着,王大爷首先举起镐头,嗵的一声向棠梨树的根部刨去!可硬扎的棠梨树树根纹丝不动。

吉小玲急得伸手拦住他,一边拦一边说:"老人家,留着这些棠梨树大有用处。你看看,上面还有一颗颗棠梨子,能吃哩。"

"好吧。"王大爷只好双手拄着镐头把子,对林校学生们说,"哪个想吃棠梨就赶快摘吃吧,吃好了俺们再干。"

呼啦一声,馋嘴的几个女生上去摘棠梨子,用手帕擦一擦就塞进嘴里。可没嚼几口又"噗噗"地吐出来,张大嘴巴苦着脸直着嗓子喊:"太涩了,也不甜,难吃死了!"

吉小玲嫌她们动手太快。她拿一颗棠梨子比画成一个拳头的模样,说:"喏,它们长成这么大时再吃嘛,又甜又充满水分,味道可美了!"

几位女生一齐说:"你讲的是梨子啊!你有本事让它们变成梨子吗?"

王大爷也摇摇头:"俺们靠山村从开天辟地到今儿,就没见到梨树。"

平时，吉小玲和别人争论时，她的声音往往是细细的，这可能跟她家里那种谦逊、文气的传统家风有关。然而今天，她却瞅着王大爷笑着大声问道："周围的村庄，有梨子树吗？"

"有倒是有，"王大爷吧唧一声，向棠梨树上吐一口唾沫，说，"俺家老妈子的娘家村子，就有梨树。翻过靠背山，那地场处处是梨子树呀，他们年年摘梨子到街上卖，收成不小。想吃梨子，哪天我带你们去吃一顿。"

吉小玲就说："那也不能白吃。可以把山那边的梨树枝子带回来，嫁接到这里的棠梨树上。不出两三年，棠梨树长成梨树，就能结出梨子。坐在家门口吃上梨子，多好！"

俗话说："言者无意，听者有心。"吉小玲在讲这话时，作为有心人的王大爷，一边抽烟一边瞅着她说话没有吱声。当天晚黑收工后，吃过晚饭又洗又抹的女生们，白天实习累得腰酸背疼。这时村主任王志成由村妇女主任领着，来到女生住处的旁边，由村妇女主任把吉小玲请过来，询问她关于用梨树枝子嫁接棠梨树的情况。陪村主任来的，还有那位抽着香烟的王大爷。

当时，吉小玲紧张得心里咕咚咕咚地直跳，担心自己白天嘴里多话，惹出麻烦了。她用右手指甲抠着左手指甲，半天都没敢吱声。

王志成望着吉小玲笑笑，和蔼地说："老早我倒是听别人讲过，说果树通过嫁接，就能变成新的品种，接上哪种果树枝子就长成哪种果树，但我没见过。所以今儿当面请教你，真有这样的好事啊？"

哦？原来村主任是为这事来的！吉小玲悬在嗓子眼里的那颗心，这才轻轻落下来，然后她平心静气地说："有这样的事。我们林业育种班不仅上过这样的课，还多次做过这样的试验，每次都成功。"

听得津津有味的王志成，又兴致勃勃地瞅着自己的二叔王大爷，笑着问他："二叔啊，山那边我二婶娘家的岭前村子，不就有梨树吗？"

"我的个妈妈！"王大爷扑哧一笑，"人家那地场漫山遍野的梨树多得麻缠呀！都是……"

王志成怕二叔话多误事,伸手挡住他,当场作出决定:明天让王大爷带着吉小玲和另外两个男生,翻过山,到山那边的岭前村去一趟,看看那里的梨树枝子可不可以用来嫁接。王志成说完这话刚转身走了几步路,很快又折回头走过来问吉小玲:"弄到梨树枝子,你们林校学生能帮俺们嫁接好吗?"

吉小玲只好笑笑,再次说:"王主任,要不要我写保证书呀?"

吉小玲之所以敢这么大胆地说话,当然少不了尚之平的劝导。他之前就写信给她,鼓励她多多关心村里面的事情;加上村主任态度这么和蔼,又信任她,无形之中就让吉小玲伸直了腰杆子。王志成果然兴冲冲地大手一挥,对他二叔说:"二叔啊,明儿请两男两女四位林校学生,加上吉小玲同学共五位林校的实习生,我早上亲自带他们去。让我二婶也和你一起去吧!"

第二天一早,王志成带着吉小玲他们,从靠山村这边翻过缓缓的山坡,到达另一边岭前村的地界,往他二婶的娘家村庄赶去。几个年轻人还各自带一根扁担,扁担上面都捆了一卷绳子,为了下午带两担梨树枝子回去。一路上,王志成笑容满面,胸有成竹,因为他二婶的兄弟就是岭前村村民组组长,他知道这次不会白去的。靠背山其实也不算高,离多远,他们就看到山那边一大片郁郁葱葱的树林。王志成的二婶手往前面一指:"快看,那块就是梨树林子!"

小青年们高兴得直拍手,一跳多高地跳跃着,欢呼着。最兴奋的还是吉小玲。吉小玲依然梳着两只长长的大辫子,但她把辫子盘到头顶上用卡子卡牢了,模样显得大大方方的,又方便她干活。从这一点就能看出来,吉小玲这天的心情很放松,因为她是靠山村专门派去的"技术员"嘛,多光鲜啊!

在岭前村那片青乌乌而又齐整整的梨树林里,农民们三三两两地正在修剪树枝。不仅干活的人多,连叽叽喳喳欢快地飞来飞去的山蛮子、灰喜鹊、赤火呆这些鸟儿也大着胆子在林中啄食树上的果实。

见靠山村的王志成带着几位小青年来了，岭前村村民组组长老徐笑嘻嘻地迎上前接应着，说："志成哪，俺们提个要求：你们需要梨树枝子，尽管去采；俺们呢，需要你们提供技术。请问你们的技术员是哪个呀？"

　　王志成得意地指着吉小玲他们这几位林校实习学生，骄傲地说："梨树有啥'头疼脑热'的毛病，你们就问他们吧！"

　　红着脸蛋的吉小玲，一下子被岭前村的村民们围住，他们纷纷朝她询问这个问题，讨教那件事情。吉小玲说："咱们这样空着口讲不行，还请大家到梨树林里，一边听我们讲，一边看我们怎么动手做，这样好不好呢？"果然，人们拥着她和另外几个实习学生往梨树林里去。一旦岭前村的人将那些适用的梨树枝子剪下来，靠山村来的青年，就把它们统统收拢起来留着带回去。

　　傍晚回到靠山村时，天快要黑了，王志成赶紧召集村民组组长王大爷和吉小玲等几个林校的实习学生商量，问是不是明天先办两天的果树嫁接培训班，然后才正式投入梨树嫁接的活路中去呢？

　　一听这话，吉小玲急得手直摇："果树培植宜早不宜迟，要抓紧时间呀。俗话说：'桃三年，杏屋檐，梨树三春就卖钱。'意思是说，桃树、杏树和梨树，只要长到三年，树头达到屋檐高了，它们就开花挂果。我现在提个建议，好不好？"

　　她的话如今讲得不慌不忙而且有板有眼，听得村主任王志成头直点，催她继续说下去。

　　吉小玲说："果树培植小组今晚就成立，明天一早，梨树枝子必须嫁接到棠梨树上。否则时间一长，树枝的水分就挥发减少，会影响树枝嫁接的。"

　　心服口服的村主任王志成，伸出手笑着急切地说："是的！今晚就开村干部会把事情定下来，明儿一早行动吧。那么，吉小玲同学，你们几位林校学生，在课程实习结束回校之前，就算是俺们村子果树培植技术员了。你们愿不愿意啊？"

"我们愿意!"

吉小玲毫不犹像地带头答应下来,其他几位同学也跟着喊道。

吉小玲如今有这么大的变化,能够克服自卑情绪,主动发挥自己的才能,主要是因为尚之平在这期间给吉小玲的信中,不断地指导她、启发她、鼓励她。他在大学生连队目前就干得不错嘛。特别是那次,尚之平在北圩挑黄豆把子吃苦耐劳的事迹,居然被连队通讯员写成了新闻稿,连省城的报纸都刊登出来了,让他兴奋了好几天。其实,尚之平如今能干得这么漂亮,与吉小玲和他的感情一直甜甜蜜蜜也有着很大的关系。何况吉小玲在林校学习时,原本就是一位成绩优秀的学生哩!

然而后来一个意外出现的情况,竟惹得尚之平心里翻江倒海,无法继续高兴了。那是尤妮写给他的一封信引起的!

尤妮不仅在信中说她已经回到临江市,还说她目前在参加临江市的直属文艺宣传队活动,成为走红的表演者,连续两个月,她被安排扮演主要角色,《临江文化报》也刊登了尤妮演出的文章和照片。那张照片上,她扮演的李铁梅一手攥着黝黑的大辫子;同时,她的一双瞪得大大的眼睛里,喷出两团炙热的怒火,令观众十分感动……是的,这张照片尤妮后来随信寄给尚之平。尚之平看了几次都没看够,甚至晚上营房里熄了灯,他还打着手电筒躲在被褥里反复地看。直到当晚值日的二排长站在门口喊道:"谁在被子里面打手电筒看书呀?赶快休息吧,明天一早要上北圩子干活!"尚之平这才不得不收起尤妮的照片。

其实之前一年多的时间里,尚之平跟尤妮当初那段热烈的恋情因为他求婚失败,已经在他心里冷却成一堆冰冷的灰烬。今天,正是尤妮这张剧照,竟然在他心中这堆死灰里面,突然点燃了针尖大的火星!

没过几天,尤妮又给尚之平寄来一封信。在这封信里,她直截了当地向尚之平大胆表达出她的情意:

之平,我发现自己是爱着你的,现在只希望能够见到你,向你表达我对你真正的爱情。

再说一遍:我爱你!吻你!

看来,尤妮在第二封信里面燃起来的火焰,可能比那张剧照带来的火星燃烧得更加猛烈。尚之平心中那点左右摇摆着的火星子,在尤妮灼热的火焰中竟然越烧越旺而且火头向上面直冒。即使想熄灭这火种,尚之平也无法控制了!

在目前这个阶段里,尚之平一方面跟吉小玲通着信,对她的课程实习工作进行帮助;而另一方面,尚之平也跟尤妮藕断丝连地信来信往,相互点燃着情爱之火。他甚至心里急吼吼地生出一个向连部打报告请假的念头,希望回临江市一趟。他必须亲自面对面地问一下尤妮:"你,现在所说的是自己内心的话吗?"

唉!这种不正常的尴尬状况,已经闹得尚之平整日里头昏脑涨,心里乱糟糟的,饭吃不下,觉也睡不安。曾经尚之平就嘲笑过自己,说他弄得不好,很有可能成为意大利戏剧家哥尔多尼写的喜剧大作《一仆二主》中的人物:那个在两位主人之间跳来跳去的"仆人"!的确,尚之平目前徘徊在尤妮和吉小玲这两位姑娘之间,正像是在两位"主人"之间跳来跳去的可笑的"仆人"呀!

至于尚之平想请假回临江市一趟,跟尤妮见面的这种想法,他自己都觉得不太实际。

大学生们在这里劳动锻炼,农场对他们实行"双轨制"的方法进行管理。他们在生活上的待遇,是拿工资、吃食堂;而在请假、探亲上,连部对他们管理起来就比较严格,时间也掌控得很紧。然而麻烦的是,军垦农场里这批大学生的年龄,大都在二十五岁朝上呀!有的急于要谈恋爱、找对象;有的虽然有对象,但是必须跟对象把恋爱关系稳定下来。尚之平的情况,属于第二种。刚开始,大学生们每月只给家里寄一封信报个平安,也就没事了。然而才过去两三个月,不知怎么弄的,学生家里居然陆陆续续地发来不少电报。要知道,家里一旦发电报过来,大都是因为一些紧急事情啊,不是这个人"父病"了,就是那个人"母病"了,情况大都是刻不容缓的!逢到这种情况,心慈手软的炮指导员,总是毫不犹豫地在电报的左上角批上"同意、七天",或"同意、五天"几个字。第二天,一张"探亲申请表",便由小文书送到请假的大学生跟前,填写好后,等待连部通知,请假的大学生就可以择日回去喽。

已近农历腊月底,春节快要到了。军垦农场北边六万亩大圩子的小麦地上,全部覆盖着积雪。压在地沟上面的雪虽然不厚,已经开始融化,但是化得太慢。冰冷的雪水,渍得田地上一拃长的小麦叶子渐渐发黄,像这样下去,肯定会影响明年夏季的收成。所以连队每天都派出人力,到麦田上疏浚排水沟,排掉雪水,这样,学生们哪有机会回家探亲呢?

这天正好是农历除夕的下午,大学生们悠闲地靠着屋墙晒着暖和的太阳,等傍晚吃年饭。这时,连部的小文书下来通知:"现在必须下麦田放雪水,谁愿意报名参加啊?"我的乖乖!别看阳光普照大地,而冷飕飕的西北风仍然吹得人人身上发凉,时不时地浑身还打着寒战呢!这时候下到雪地里,你能吃得消吗?不说雪水寒冷彻骨,就是又湿又烂的田泥,都能死死地陷住你的双脚,让你寸步难行!然而即便如此,还是有二三十名大学生勇敢地报了名,其中就有尚之平。

炮指导员选了二十人,穿着胶靴,跟他一起呼啦呼啦地踩着路上的冰雪,往北圩赶去。尚之平走在队伍前头,紧紧跟随在炮指导员后面。炮指导员对他们很是满意,一路走,一路跟大家说说笑笑的,十分融洽。他是想减轻大家对寒冷的畏惧心理吧?

可是到达北圩子白雪皑皑的田埂上时,大学生们还是吃了一惊:这种情况怎么能下田干活呀?正当大家在犹豫不决之中止步时,忽听扑通一声,只见炮指导员脱下胶鞋和厚布袜子,已经下到齐腿肚子深的冰雪覆盖的水沟里！他一句话不说，吧唧吧唧挥动铁锹，迅速扒开田埂的排水缺口，让雪水哗啦啦淌到田与田之间的大排水沟里去。也就三四秒钟吧，大学生们看到炮指导员的小腿和脚踝从泥水里拔出来时，已经冻得红通通的。

俗话说："榜样的力量是无穷的！"炮指导员虽然没有像打仗一样，高举手中的枪杆子喊着："同志们！冲啊！"但他身先士卒下到雪水里，默默地扒豁口，攉雪水，早就感动并大大教育了比他小十几岁的大学生们，没一个人装孬哇！首先是尚之平，接着是其他人，大家都纷纷脱下袜子，踢掉胶靴，扑通扑通跳进冰雪覆盖的麦田里。他们一个个散开来，每块麦田上面都有几位大学生，理沟呀，挖缺口呀，呼啦呼啦用大锹将雪水从田里往沟里攉呀泼呀，哪里还有人感觉到冷呢冻呢？

炮指导员笑眯眯地两手窝在嘴巴上面喊着，要求大家注意安全，小心挨冻！不一会儿，一些学生的腿上、棉衣上都溅满雪水、稀泥。

尚之平热得脸上红扑扑的，他大喊一声："战友们，我已经汗流浃背了！脱了它吧！"

说着，他用一双湿手把棉袄脱了，往盖着积雪的田埂上面抛去，露出身上的衬衫，衬衫外面只套着一件毛线背心。当初上江南市找尤妮时，他穿的就是这件毛线背心。

炮指导员哈哈大笑："同学们哪！现在脱衣服没事。等收工了，棉衣你们一定及时穿上啊！"

直到那天下午太阳落山，前两天分配到他们连队的排放雪水的艰巨任务，总算全部完成。炮指导员一边看着大学生们上到田埂洗脚、穿袜、穿鞋、套上棉衣，一边眯缝双眼张望着排掉雪水的麦田，他才心满意足地轻轻从胸膛里嘘出一口温暖的气。嘿，那天晚上的年夜饭啊，大学生们吃得分外香甜，个个都喝了小半碗酒，浑身顿时热乎乎的，大家突然间都觉得豪迈起来了！

然而，大学生连队里还是没有放开允许请假探亲的口子。尚之平焦虑的心思依旧得不到解脱。

一天傍晚，西边虽然只露出一丝蓝色，但是东边地平线上，升起一轮金黄的圆月。新安大学的老同学赵建，跟尚之平在同一个大学生连队，吃过晚饭，尚之平约他到圩堤上面散散步。看到月亮那么圆，那么亮，被紧紧吸引住的尚之平突然站住脚，久久地仰头瞅着月亮也不眨眼皮。他心想：月亮若是个瓜子脸，而且从金黄色变成玉似的白皙，那就像她的脸蛋了。他心里面的"她"，就是尤妮。接下去，他便想象着尤妮现在正在干什么……

前两天尤妮再次来信说，他们的文艺宣传队，去了离市区一百多里的一座山区小镇进行演出。一位七十多岁的老伯，是尤妮母亲过去的戏迷，他一边向尤妮赞美她母亲当年的戏唱得好，一边问尤妮："你跟你妈长得非常像。以后走你妈妈的老路子吗？"

尤妮说她现在只是参加业余演出，以后她当然希望继承妈妈的事业，进入专业剧团。

老伯点点头："你想走这条路，好啊。"

现在有了"援军"的支持，尤妮自然鼓起勇气又给尚之平写信，说她已经动身返回临江市，争取往正式的剧团里闯一闯。——正是接到尤妮这封信，尚之平如今非常希望赶回临江市去，全力以赴地阻止她的轻举妄动！

站在尚之平身边的赵建同学，已经看到他神情不安地抬起头来，注视着东方越来越明的月亮而久久不语的样子，于是干咳了两声，嘻嘻发笑地说："唔，我知道你现在想着什么事情。"

尚之平被他打断思绪，一头恼火地转过脸来，烦躁地问他："你知道我想什么？"

赵建神秘兮兮地说："我不但知道你在想什么，还知道怎么让你做成这件事情。"

尚之平见他一脸未卜先知而又胸有成竹的怪样子，只好笑着说："你说出来嘛,光吹牛有啥用!"

赵建说:"说出来,你奖励我什么?"

"请你抽香烟,行不行?"尚之平回答道。

"这有什么了不起的? 我也有。"

说着,赵建从口袋里掏出一包香烟,抽出来两支烟,并且递一支给尚之平。

现在,他们两人嘴上点着烟慢悠悠地吸着,尚之平便瞅着赵建,等他发表"高见"。

赵建得意扬扬地说:"很简单。你现在只要把学生连队请假探亲如何麻烦,而某些人又如何达到请假目的这种情况,写封信寄回家里。那么,你家里再寄过来的信,就是'办法'了。"

"废话!"

尚之平失望地踢了他一脚。这还不解气,又在他胸口补上一拳,深深地叹口气,情绪反而变得更加沮丧,仍旧一言不发地朝深远的天空望去。但他望着望着,突然之间,圆圆的月亮从淡而模糊的云彩里钻出来,成为一块格外明朗而又晶莹的白玉盘子。顿时,尚之平心头一亮,果然有了主意。他伸手在赵建的肩膀上一拍,跷起大拇指说:"你永远是个'小诸葛'!"

原来在一次学习会上讨论某个问题时,善于动脑筋的赵建,一连批驳了几个同学的观点,结果大家一齐向他鼓掌,喊他"小诸葛"。尚之平一把拉住赵建的手,情绪激动地说:"回宿舍去吧。我马上给家里写信,然后你陪我到场部邮电所把信发掉。"

当天晚上,尚之平在赵建的陪伴下,打着手电筒,摸黑赶到场部邮电所,连夜把这封信投进信箱里。尚之平估计信寄出后,一来一回只需等待一周时间,临江市的家里就应该有回音了……

然而事情后来的发展,居然令他大吃一惊!

刚刚才到第四天,尚之平就收到小文书递给他的一封电报。电报内容不长,只有六个字:"屋塌母伤,速归"。咦?这到底是怎么回事啊?又是"屋塌",又是"母伤",尚之平觉得要天崩地裂了!他赶快拿着电报去见炮指导员。果然,炮指导员看过便皱起了眉头,将电报交给在旁边抽烟的连长。连长看过了,同样也皱着眉头,深深叹息一声。炮指导员的手亲切地抚着尚之平的肩膀,轻声地安慰他,叫他先回宿舍去,等候连部的通知。

哎呀,事情弄得尚之平的脑袋瓜受不了啦!那一夜,他睡不着,也忘记了尤妮,脑子里不断思念着瘦弱而且受伤的母亲:她的伤口包扎了吗?纱布上面有没有洇出来一点鲜红的血液呀?唉……

到第二天傍晚,尚之平吃过晚饭洗好饭碗,显得筋疲力尽的样子,回宿舍时,两条腿几乎迈不起来了。这时候,二排长过来拍拍他的肩膀,要尚之平跟着他走。尚之平知道是到连部去。然而只走了四五步,二排长就扯扯他的袖子,把他领到大学生营房的屋子后面停下来。二排长一句话没说,就从上衣口袋里掏出一张表格,摊开来递给尚之平,又递给他一支笔,说:"你现在填好表格交给我。明天一早,你可以回家了。"

尚之平伸头一看,是"探亲申请表"。哦?这么快?幸亏这天他因为心情压抑而浑身乏力,否则,他会高兴得发狂!但他没有出现这种反常的反应。他的痛苦、他的焦虑,已经引起连首长和二排长对他的同情和关怀。最近一段时间里,很少有大学生被批准回家探亲。比起他们,尚之平这次算是一个特例,而且连部批准得这么快!

第二天天还没亮,远处村庄的公鸡还在舒舒服服地沉沉睡着呢,尚之平就匆匆起床了。他到后勤班的厨房里面弄一点热水洗脸,炊事员才开始烧早饭,把昨晚蒸好的馒头放进蒸笼里准备馏一下。尚之平等不及,随手抓了几只冰凉的馒头,提上昨晚准备好的袋子就出发了。这回连部同意他请五天假,除掉来回两天,在家只能待上三天,所以他要抓紧时间。在天亮时,他必须赶到三十里外高桥县城关镇的汽车站,买票坐上当天开往临江的汽车。否则今天,他就难以赶到临江市的家里。

还好,平时他们就走惯了去高桥县的老路,现在即使黑灯瞎火地摸索,尚之平也像走在平平坦坦的大路上。路途走了一大半,他才听见或远或近村庄里的公鸡,稀稀落落地鸣出它们今天向亮起来的东方的问候。等他赶到县城的汽车站时,站上的售票员正握着大笤把子清扫站里面的水泥地面。那天一早,尚之平坐在从县城开出的第一辆客车的第一个座位上,朝临江市稳稳当当地奔驰而去!

　　本来明媚而温暖的春天,是最迷人,也最让人激动的时节。可是尚之平今天的情绪总是提不起来,一路上,都处在难以说清和无法摆脱的某种苦恼之中……他本想坐在汽车座位上,就可以眯缝双眼打一阵瞌睡。然而怎么也合不拢眼皮,因为他心里还在翻腾着:这次见到尤妮,他可以彻底明确一下他们两人的关系,这算一件喜事;而另一件"屋塌母伤"的事,又让他惴惴不安地替母亲担着一份忧虑的心思;至于第三件事,他甚至想都不敢去想,心里更加担忧。只要提到了一个"吉"字,他就害怕得不敢再往下想着"吉小玲"名字之中的第二个"小"字、第三个"玲"字。假如这次他跟尤妮定下关系了,那么,他跟吉小玲的关系又如何处理呢?当初是你尚之平充满希望地主动去找她的呀,这回,你总不能就这么冷淡地对待她吧?何况前不久吉小玲在寄给尚之平的信中提到,由于林校放假,学生们在庆春县进行的实习活动也暂停了一阵子,很可能她也回到临江市了。……唉!尚之平无可奈何地轻声叹出一口气,看着车窗外面的田野中的树头上露出来米粒大小嫩黄的白杨树和柳树的嫩芽。他一路上几乎没有下车,只在一个盛产花生的小镇下来"方便"一下,顺便买了一包香喷喷的花生米,带回去算是送给尤妮的土特产了。

　　令人不解的是,后来临近傍晚,他风驰电掣般赶到临江市而急急忙忙踏进家门时,却大吃一惊!他居然看见母亲正弯腰扫着家里的院子,呼啦呼啦干得满头大汗!尚之平把手中的东西往地上一丢,赶紧夺过母亲的笤把子自己来扫。扫之前,他想要检查一下母亲的伤怎么样了。可是母亲挡住他的手,笑着把他带来的东西提着,拉着他一齐进到屋里去。

第七章　一仆二主（中）

后来，母亲笑嘻嘻地拉住儿子的双手，把"屋塌"和"母伤"的内情一说，尚之平这才明白事情的原委。

原来，他家的院子有一间草棚子，平时用来堆积柴火和杂物。半个月前遇到阴雨天，草棚因为年久失修倒塌了。长期在外面工作的母亲正好在家，她就找出几根棍子想把棚子重新撑起来，结果还是塌了。塌下的一根手腕子粗的木料，砸到母亲的脚面上，她的脚皮沁出一点点血来，算不上什么大碍。哦哟，屋子就这么塌的？母亲就这么受伤的？——但是，这就足以给尚之平制造一条请假探亲的理由了。前几天接到尚之平的来信，母亲也完全领会儿子信中暗含的意思。正好那天，尤妮和小华子在尚之平的房间里玩。他母亲就请两个女孩子抓紧时间，如此这般地起草了一份六个字的电报，赶到邮电局发走。果不其然，军垦农场的两位领导见到这封电报，立刻关心起来，没过一天，就批准尚之平回家探亲五天。你看这事闹的……

小华子虽然被安排到国有农场工作，但是，他们在农村习惯三天打鱼两天晒网，经常从农场里回来。回来她就找尤妮玩。尤妮有时住在小华子家，两人一起吃饭，睡一张床，话说了一夜也总是说不完啊。而且她俩还喜欢到尚家串门，尚之平的那个房间，就是两个女孩子的落脚处。

当天下午，母子二人还在谈着"屋塌母伤"的事时，尤妮刚好就在小华子家里。听到尚之平回家的消息，她连忙从小华子家跑来找尚之平，嗔怪他没提前向她报告回家的消息。她一把抓住尚之平的衣袖，向尚之平

"兴师问罪"，红着脸装作气呼呼的样子，说："哦，回来你也不跟我打个招呼，为什么不让我去接你呀？"

慌了神的尚之平背着他母亲，赶紧向尤妮摆摆手。他把尤妮拉进自己的小屋里，轻轻关上门。这个时候，不光尚之平的房间里就他们两人，整个家里也只有他们两人。他母亲早已提着篮子上街买菜了，他爷爷前几天让尚之平的父亲接到外地的亲戚家里去了。即使到了下午，阳光仍旧灿烂地照耀着静静的院落和熙熙攘攘的街道。尚之平跟尤妮两个人，肩并肩地坐在床沿上，但尚之平没有激动地伸出双手拥抱她呀，亲吻她呀。不，他的行动不能这么莽撞、贸然。因为他这次回来的目的，不是为了和她亲热。他要面对面亲口问问尤妮，而不是只在信上问她一句："你是不是真的爱我？真的要嫁给我？"他必须当面从她嘴里听到这样的话！——尚之平一年之前，急吼吼地乘船赶到江南市，虽然向她求婚无功而返，但说好可以跟她以兄妹相称。所以这次，尚之平忍住自己的心脏在胸口扑通扑通地乱跳，也没有跟她亲近一下。两人只是坐着，一言不发。

是的，隔了一年时间没见面，现在的尤妮不仅像那时候一样漂亮、可爱，而且脸色显得更加红润且艳丽。特别是她那双眼睛含情脉脉地注视着尚之平时，漾着一层喜悦的笑意。尚之平自然心知肚明，这丝光泽，是从尤妮内心里发出的爱意和激情。看来，尤妮这次对尚之平的情感，不同于上次她在江南市的了。不错，前后两次她跟他的情感，已经判若两样了。那次，她给予他的仅仅是情；这次，她给予他的不仅是情，还在情里面加上一层深深的爱，两个字合在一起就叫"爱情"，而且爱到愿意把自己交给尚之平。正因为亲眼看清了这一点，尚之平才明白，这回尤妮是真正属于他的了！

他突然伸出双手，急不可耐地捧住尤妮火辣辣的脸蛋，她羞答答地低下妩媚的脸庞，反而不敢看他了。

尚之平轻声问她："你真的要……跟着我……生活一辈子吗？嗯？你说呀？"

尤妮咬住嘴唇笑着，点一点头。

"光这样点头不够。"尚之平忍不住变得专横起来，两眼紧紧盯着她垂下的一双眼睛，不容她躲闪地问道，"要是真的愿意嫁给我，你就说一句话让我听听。"

"啊哟，我……"

她还是只点了一下头，没有再次明白地表示她的心意。

"说嘛！"尚之平似乎动怒了，居然气呼呼地说，"今天我起早天没亮就赶回来，就是为了亲耳听你说这句话。你一定要说出来。说吧！"

尚之平当然要这么气恼、这么认真而且坚决地问清楚尤妮心中的真实意思。因为他明白，既然回来了，就必须弄清楚他跟尤妮的关系；也只有真正定下他们两人的关系，下一步，尚之平才能够妥善地处理好他跟吉小玲的关系。所以，他现在这么急吼吼地要求尤妮明确表态。说句不好听的话：尚之平如此这般地要搞清楚尤妮的真实想法，也有一层防着尤妮对他有什么不诚实的念头的意思……

哎呀！看来尤妮没有退路了，她只得抬起两只秀气而眯眯笑着的眼睛看他，说："我愿意跟你……一辈子。"

"跟我一辈子干什么？一辈子生活？一辈子生儿育女？还是干别的事情？嗯？你得讲清楚呀！"

尚之平的眼里仿佛射出两支闪光的利箭，直直地盯住尤妮那双秀丽的眼睛，不容她含糊、躲闪，非要她当着自己的面，明白无误地说出来她跟他在一起的真实意愿。他不是一直关切并阻挡尤妮去走她父母所走的职业之路吗？为什么他一到家里见到她，就不提这个问题呢？一句话，他的目的是先给自己找定了这个"老婆"！其他的话今天不谈。如果尤妮对他说得含含糊糊，或者又是婉言回绝，那么尚之平对此也不担心，他可以果断地离开尤妮嘛。因为还有一位如意女郎，在另一个地方等待着他，他怕什么呢？

这时，尤妮突然伸手在他胸口戳了一下，气呼呼地说："是的！是的！

是的！好了吧？你要我讲一百遍呀！"

哼哼，尚之平在心里暗暗地冷笑一声：我不怕你这样。你今天答应我，那是好事。你今天不答应我，我也不怕。所以他又朝她"命令"道："你别生气，是你写信给我，说你爱我呀，还要投入我的怀抱里呀，等等。但是现在，我必须亲耳听一听你当面明确地跟我说出这样的话。你说的这个'是的、是的、是的'，到底又是什么意思呢？"

"好吧，我愿意做你老婆，做你一辈子的心上人！"

尤妮说过这话，突然扑哧一笑，挣脱出尚之平紧紧捧着她的脸的双手，一下子扑进他怀里。尤妮还伸出一只手，在他的后背嗵嗵嗵嗵地捶着、抓着。

这时候，尚之平已经完全进入主动状态。他不像过去在尤妮面前那么软弱无能的样子。

尚之平强硬地把她的脸盘重新捧起来，盯着她的眼睛气呼呼地问道："为什么一年前，我到江南市向你求婚，你就不像今天这么痛快地答应我？害得我痛苦了一年啊！嗯？"

"那时候，我还没有考虑好自己的终身大事。你总得让我考虑一段时间吧？"

唔，此话说得也有道理。

说完，尤妮的眼睛便一眨不眨地盯着尚之平。从这种稳定的、没有一丝游离的眼神中，尚之平已经确信，她，的的确确是同意跟他完全结合在一起了！今天，尚之平在得知这种结果的过程中，即使吉小玲那张端庄的脸盘在他脑海里突然闪过，他最后也是毫不犹豫地点头笑了。他甚至龇嘴笑着向尤妮介绍连队的大学生们，如何担心没有老婆，就像老鼠打洞似的到处寻找机会去找女朋友；一旦找到女友，他们又如何处心积虑地跟女友保持并巩固亲密的关系；如果早已和女友定下婚姻关系，他们就抓紧时间把婚事办了。尚之平说，他们连队有个大学生跟女朋友早就领了结婚证，现在，他写信急着叫女朋友到农场来，双方把婚事办了。连队也特意把食堂的保管室从中间隔出一个小间,给他俩做新房。门上贴着红通通的对联:一对大学同学,两位革命伴侣;横批是:相亲相爱,加紧生产。这"生产"二字,既是劳动生产的意思,恐怕又有另一种含义吧?同学们帮着往新房里抬进一张床,上面铺花床单、盖红被子,顿时显得新房喜气洋洋!那天晚上,大学生连队的大厨房,设了一顿有酒有肉的喜宴庆贺他俩的婚事。三天的"蜜月"期过去了,大学生新娘便脱下红衣绿裤,换上平常穿的衣服回娘家去了。那位新郎官大学生,也卷起红红绿绿的被子、卧单,回到自己的营房里。他一边走,一边笑眯眯地掏出香烟散给大家抽。后来空出来的那间"新房",留给炊事班的司务长。司务长也是接受锻炼的大学生,正好把"新房"做他的宿舍兼食堂的办公室。

尤妮一听,瞪大了双眼说:"啊?还有这样急着结婚的呀?干吗呢?"

尚之平说:"他怕夜长梦多呀!万一以后女朋友变卦了,那就坏了婚姻大事!如今婚事办了,这位新郎官觉得平安无事、万事大吉。他后来跟人家讲到这事,嘴上就哈哈大笑,快活不住哩!"

露着一张笑脸的尤妮,很感兴趣地听了半天,但是一时间没有吱声,想象着这件好笑的近似舞台表演一样的趣事如何闹腾下去,没注意尚之平把路上买的那包炒花生米摊开,放在她面前。他随手抓一把香脆脆的花生米,用拳头碰了碰尤妮的胳膊,示意她张开手掌,把花生米放到她手心上。尤妮捡起两粒丢进嘴里咯吱咯吱嚼几下,果然,一股花生的香味从她樱桃小口里飘散出来。

尚之平沉思地说:"知道吗?其实我也想这么做……"

"嗯?"尤妮听了一惊,一双笑眯眯的眼睛愣生生地瞅着他:"我们的婚事现在就办,太早了吧?"

他说:"要说早,也无所谓早,反正这一步路迟早都要走的嘛。而且咱们俩没有早早地定下来这段姻缘,这都怪你。那次,我到你姐姐家向你求婚,你当时没有答应我;如果你答应了,现在我俩就可以把这件事办了嘛。但是有一点现在可以做,那就是我俩把结婚证先领了吧?你看……"

"领结婚证?"尤妮扑哧一笑,"那也早了吧?"

"做这件事不嫌早。早办下结婚证,然后等个半年、一年的,再将婚事办了,我就心满意足了。你知道吗? 我母亲刚才出去买菜,临走悄悄对我说:'我听小华子讲你跟尤妮姑娘的事。你们的事情早定下,早办好,早让我抱上孙子,那多好哦! 你跟尤妮把事情赶快办了吧。'现在我把她的话原原本本地说给你听了。你看怎么办吧。"

尚之平说完,两眼一眨不眨地盯着她,希望她能听从自己的意见。可是尤妮半天不吭声,只是嘴里吧嗒吧嗒几下嚼着花生米,边吃边说道:"干吗这么急呢? 日子长着哪,哪天不能去办呀?"

尚之平说:"这次我请假回来,连队只同意给五天假。去掉来回的两天时间,在临江我只能待三天,日子还怎么长? 我们明天上午到中城区民政局去,先把结婚证办了吧?"

尤妮张着笑脸想了想,又说:"还是不行,我爸爸妈妈的意见我都不担心,只是担心姐姐的意见。所以我要跟姐姐说一声。其实根本的问题是我俩已经说好这件事,两人的心都抱拢在一块了,你还担什么心呀?"

"嗯,这话对你来说很有道理,"尚之平不急不恼地拍拍她的手,说,"可我等不得了! 如果这事定不下来,我可能活不到明天早晨……"

"啊? 有这样严重?"

尤妮吃了一惊,连忙丢掉手中的花生米,一把抱住尚之平的肩膀,像哄小孩子似的,手往他脸蛋上轻轻拍一拍、揉一揉,安慰道:"哎哟哟,哎哟哟,别急呀,我的小心肝哦!"

尚之平严肃而不满地说:"刚才跟你讲了一大堆道理,我们连队里的大学生怎么找女朋友的,怎么抓紧时间办婚事的,这些话你就听不明白吗? 我在农场时,你在信里跟我说,你要和我永远生活在一起,何况我们现在已经定下终身大事了。你又不想快一点办理结婚证,我确实不明白你为什么这样……这样拖延。"

说完,尚之平紧紧地搂住尤妮,在她滋润而光滑的脸蛋上亲吻着、抚摸着,爱不释手。他又趴到她耳朵边上轻声细语地说:"小妮子呀,听我的话吧。只有把结婚证办好,我们的终身大事才算真正定下来,我才彻底放下心。都是新社会了,既然你我双方同意这桩婚姻,而且我们的婚姻大事,完全由我尚之平跟你尤妮两人做主,不怕别人不同意嘛!当然喽,主要是我在临江待的时间不长。我们办了结婚证,你再写信跟姐姐说,相信她不会有多大意见。明天上午就去办吧,啊?"

他依然紧紧地搂住尤妮细细的腰,心疼而急切地在她的脸蛋、脖子、头发、手背上亲着。凡是嘴巴能够在她身上找到、亲到的位置,尚之平都不放过。他的这种充满爱恋和激情的劲儿,弄得尤妮嗤嗤地笑,她只得伏在他怀里,伸出手指头按住他的鼻梁。

"那好。"她说,"明天去办结婚证吧!"

说到这里,有两个问题需要交代一下。

首先是,为什么尚之平不再劝阻尤妮从事京剧艺术表演呢?聪明的他当然明白,凡事先要抓住主要矛盾去解决,次要矛盾暂时放在一边。现在,他跟尤妮办理结婚证才是头等大事。

其次是,一年半之前,尚之平赴江南市向尤妮求婚不成;回临江后,他转向爱恋绵州姑娘吉小玲。两人的感情,过去在光明街道搞宣传活动时有一点基础,后来又有一定程度的升温。既然如此,为什么现在他又昧着良心丢开了吉小玲呢? 实事求是地说,尚之平跟尤妮相爱得更早一些。当然,尚之平也不是随随便便地就这么疏远吉小玲。这次请假回来,他就有着妥善地处理好他跟吉小玲关系的打算。

第二天上午,尚之平带着尤妮,先去他们两家所属的居民委员会,开出两人相关的证明和介绍信。上午八点半钟,他们就到了中城区民政局办公室,见那里已经围了几对未婚男女青年。一会儿,办事员拎着水瓶到了,笑嘻嘻地对他们说:"恭喜你们呀! 我马上给你们办理结婚登记手续。"

办事员从抽屉里拿出结婚证的本子,他把第一对未婚青年的介绍信接过来,仔细检查、核实一遍后,就在两份结婚证上,工工整整地写上男女双方各自的姓名、性别、年龄和婚姻情况,然后让这对男女青年在上面签上自己的名字。这对羞红了脸的新人,便笑眯眯地捧着他们的结婚证离开了。

等到尚之平他俩去办理结婚证时,他拉着尤妮来到办公桌跟前。他不是先递上两人的介绍信,而是捧出两包比较走俏的奶糖,双手放在办事员面前的桌上,客气地说:"同志,这两包喜糖是我们的一点心意,请您收下。"

"哦?"

那位办事员连忙站起来双手接过喜糖,刚才办好结婚证而离开的五对男女青年,没一个人想起要给人家送喜糖,只有尚之平这么做。这件事不仅让办事员感到意外,连尤妮也觉得新鲜。这些糖果,是尚之平的母亲昨天特意从街上买的。

办事员笑眯眯地坐下来,既热情又认真地把尚之平跟尤妮的结婚证,一张一张填写好,请他俩在存根上面签上各自的姓名,又咔嚓咔嚓盖上印章。办事员双手拿着两份结婚证递给尚之平和尤妮,高高兴兴地向他俩贺喜:"祝贺你们即将到来的新婚之喜啊!"

"谢谢!谢谢!"尚之平也高高兴兴地回答道。

他亲昵地拉着尤妮出了区民政局的大门,再往临江市繁华的长江路走去,一路上两人有说有笑。尤妮以为他是带她去逛街的,其实,尚之平是在寻找全市最有名的人民照相馆。

找到之后,尚之平抓紧时间跟尤妮对着大堂里面的大镜子整理头发和服装;他又用自己的手指当梳子,替尤妮梳理几下头发,让尤妮拖在身后的两只大辫子更加整齐。想了想,他拉着尤妮站到人行道上,对照相师指一指大街对面的区政府办公大楼,要把大楼作为背景照个相留作纪念,因为刚才就在那里领的结婚证。照相师拿着相机,对着肩并肩站在一起的尚之平和尤妮说:"请你们两位双手握在一起,看着我,笑啊!笑啊!幸福地眯眯笑啊!"

　　只听咔嚓一声,照下一张。然后师傅又转到另一个角度,再照下一张。一共两张,保险系数更高!尚之平笑眯眯地一边领着尤妮离开照相馆,一边仔细地将相片的发票叠好装进口袋,等过两天来取相片。

第八章 一仆二主（下）

尚之平回到临江市之前决定做的第一件大事,终于在他的努力之下完成了！跟尤妮的结婚证拿到手,两人的结婚照也抓紧时间拍好了,嘿嘿,这时候尚之平总算松了一口气,而且心中喜气洋洋、春风得意。

但是别急,下面还有一桩事,正在紧急地等待尚之平去费心解决。那就是,他必须马上会见高中时期的一位老同学。于是照过结婚照后,尚之平让尤妮先回家去。从法律上说,她现在已经是尚家的"准儿媳妇"了嘛,今天中午,尤妮就在尚之平家吃饭。晚上呢？两人也要在一起不见不散的。他向尤妮笑着挥挥手,一直看着她朝自己家所在的方向慢慢走去,尚之平这才转身去找他的那位老同学。

这位高中老同学名叫张扬,是另一所大学毕业的,目前是临江市第四中学的语文教师。张扬已经工作多年,想必他早就成家立业了吧？其实不然。据说张扬到现在,仍旧是"孤雁难飞"。主要是因为他接触女士不大热情,机会也少,所以,至今他还没有交上关系特别亲密的女朋友。他这种缺乏主动、恋爱低调的性格,跟他"张扬"这个名字的含义恰恰相反。这次,尚之平回来就想去见见他,摸摸他的婚姻状况。如果他仍然是光棍一条,尚之平就打算热心地出手助他一臂之力。

张扬的单身宿舍,在临江四中校园后面的教师宿舍区,正好尚之平赶去时他下了上午最后一节课,刚刚回到宿舍。尚之平在门上轻轻叩了两声。过了一小会儿,张扬才慢慢吞吞地开门,见是好久没聚会的老同学,两个人不由得相视而笑,又点头又握手。

张扬笑眯眯地说:"你来得很巧,正是我们食堂开饭的时间。你先坐着等几分钟,我去食堂买菜打饭马上回来。"

热情的张扬拿出香烟,泡了茶端到尚之平跟前,他就到食堂去了。

趁自己一个人留在张扬的宿舍里,尚之平转动着双眼,将他桌上的摆设、洗晒的衣服、墙上的字画,特别是他床铺的铺垫情况粗略地看了一遍。他睡的是单人小床,上面只有一只枕头和一条薄薄的被子;那块枕巾,恐怕是枕了一个世纪的时间都没洗过吧?所以显得黑不溜秋的。床底下几双布鞋、皮鞋和雨鞋都是男士穿的,见不到一双小巧玲珑的女士皮鞋或是花色布鞋。再看看床铺对面的书架子上,倒是各类教学参考书齐备。连搭在绳子上面的衣物,也只有一条毛巾、一条洗澡巾、一块擦脚布和两件男士的褂裤,恐怕毛巾是他洗脸、洗澡共用的吧?平时他用的东西这么简单,这么随意,更看不到一件充满怡人的香味、色彩漂亮的女人服装嘛!唔,尚之平此刻心里有数了:看来,这位老同学目前仍旧是"孤家寡人"。想到这里,尚之平不禁心中暗暗地高兴起来。——咦?人家至今过着单身生活,你尚之平干什么抱着这种嘲笑的态度呢?恐怕太令人难以理解了吧?不,尚之平完全不是这种缺乏感情的冷血动物。他从老同学宿舍里的所见所闻得出的结论,正好符合自己今天找上门来考察的目的。

不一会儿,就见张扬双手捧着红烧牛肉、清蒸鱼、热气腾腾的骨头汤,身后跟着一位年轻女士也端着一盘炒鸡蛋、一盘肉丝炒青椒和一大碗米饭,两人一齐进屋来。——哦,张扬已经有老婆啦?这家伙本事不小哩!然而尚之平还是不明白:这位女士小心地在桌子上面放下菜盘、饭碗,笑着跟张扬打声招呼,转身离开了。咦?这位女士不是他老婆?张扬望着这位女士笑笑,连忙点头谢她,送她出了房门。然后,他弯腰撅屁股地伸手在单人小床底下摸索,摸了两下没摸到什么东西。

尚之平问:"你还要找什么?这么多吃的喝的,还想添菜呀?别客气了。"

张扬说:"床底下有一瓶酒,摸了半天我没摸到瓶子。"

"酒不喝了,快点吃饭吧。你下午还要上课的。"

尚之平嫌费事,赶紧伸手阻止他,拉他到桌子边坐下。尚之平想起下午要去吉小玲家,看看她这两天是不是也回临江了。如果喝了酒再去见她,必然会引起吉小玲的反感。张扬只好在床上坐下,让尚之平坐在对面的凳子上,二人对着一张桌子、几样香喷喷的菜肴准备吃饭。张扬摇着头直吧嗒嘴,不安地说:"对不住你哟,老同学。今天你大驾光临,不能没有酒水助兴哪。怎么样? 你在军垦农场干得不错吧? 是不是搞个'师长''旅长'干干了?"

他故意把玩笑开得俏皮些,好让两人哈哈大笑起来。

尚之平笑着伸手指着他,道:"你别弄错了,我们在军垦农场是锻炼的,是学生呀。——哎,怎么不喊嫂夫人一起过来吃饭? 我又不是外人。"

"'嫂夫人'?"张扬瞪大眼睛往两边瞅瞅,诧异地说,"我哪里有'嫂夫人'?"

尚之平说:"刚才端菜进来的,不是嫂夫人? 她怎么又走了?"

张扬这才摇头苦笑一声:"她不是我的'嫂夫人',是我们班上教外语课的韩老师。刚才我买的菜太多,一个人不好拿,韩老师在食堂见到了,非要客气地帮我端来。"

啊,是这么一回事。只是过了一会儿,尚之平仍然有些疑惑,自己不是多嘴管别人家的闲事,只是今天,他必须弄清楚这位老同学到底有没有结婚。于是他一边用筷子夹菜,一边瞅着张扬问道:"你成家了没有? 嫂夫人目前不在本地,是吧?"

"讲到'夫人'的事,"张扬停住嘴里的咀嚼,轻声叹一口气,"恐怕我还要等个十年八年,甚至更长时间。因为直到现在,我的婚姻大事仍然八字不见一撇哩。"

尚之平奇怪地问:"怎么不抓紧一点呢? 你我都快三十岁了,必须眼观六路、耳听八方地去找寻另一半呀。你还记得秦天雨同学吗?"

"记得。"张扬说,"他是我们上高中时的老同学,平时话特别多,如今跟我一样当着教书匠,在外地教书。"

尚之平笑着说:"人家找老婆可积极喽。两年前他亲自找到我,要我帮他介绍一位如意女郎。可惜后来的结果,没有让他如愿。"

张扬已经忘记吃饭了,这时张大嘴巴又一次摇摇头,无可奈何地说:"别说我没他那种胆量,就是有,我也没工夫找什么女郎男郎。我们担任班主任的老师,每周代十二节课,每天要摊上两节,又是备课,又是改作业,还要照顾好班上将近五十个学生,他们整日吵嘴打架、哭哭闹闹的,我哪有一天安闲的日子呀?用临江人的口头话说,整天忙得连屁都没工夫放呢!——哎?你吃菜呀,客气什么?尝尝这个红烧牛肉,很嫩,听说是小黄牛的肉,昨个食堂从外面弄到的。"

说着,张扬伸筷子一连夹了几块牛肉,放到尚之平的饭碗里。尚之平说牛肉好吃,但是多了,想用筷子夹两块给张扬。张扬就用自己的筷子按住他的筷子,争来争去,非要尚之平吃掉,很是客气。两位老同学就这么讲讲笑笑地边吃边回忆过去上高中时的琐碎之事。饭吃完,尚之平提出要帮他洗碗。张扬却把碗和盘子摞起来推到一边去,重新泡茶端给尚之平,还拿出香烟递给尚之平。虽然尚之平平时能抽一两支,可今天他不敢抽烟,就像不敢喝酒一样,怕下午去找吉小玲时,弄得一嘴的酒气、烟气,怎好跟她面对面说话呢?

通过中午吃饭、谈话,尚之平了解到张扬这位老同学待客实心实意,工作任劳任怨,可到现在还是个"孤家寡人"。他既然单身,那我就可以……唔,想到这里,尚之平心中就有底了,头脑里盘算的主意也就定了下来。他真心地抓住张扬的手,诚恳而且热情地说:"我昨天下午才从军垦农场请假回来,目前在临江只能待三天。不过,今后我一定帮你引荐与你组织家庭的合适人选,当然决定权在你那边。哎,我从外面打电话到临江四中,你能接到吗?"

"能。"张扬说,"我们学校办公室就有电话。只要不超过晚上十点钟,人家都会喊我去接的。"

尚之平高兴地说:"那好,一有消息,我立马通知你。"

这时,下午上课的预备铃响了,张扬忙着一边拿课本,一边将尚之平按在床上坐下,叫他不要走,在房里看看书。说放了晚学,他们就到学校大门口一家饭店聚聚,顺便再邀几位老同学来。

尚之平一听便急了,手直摇,说:"不行,不行。你去上课吧。我下午有事,不能留在这里。这样吧,我在你房间洗洗脸,马上要去见一个熟人。你记住,我在临江这几天如果打电话找你,你都要接啊。"

"我接,我接。老同学的电话我能不接吗? 那好,我先去上课了。"

张扬的确是个厚道之人,尚之平已经在心里把这位老同学,内定为某一位女郎"男友"的最佳人选,看来,是有道理的。

他从临江四中出来,就乘公交车一直到达市中心。这里车水马龙,人声鼎沸,特别是尚之平和吉小玲原先在临江市光明街道搞宣传活动时,几乎天天人流不断。但现在,他不想在此过多逗留,便急急忙忙穿街而过,来到吉小玲家住的那栋楼前面。

尚之平担心吉小玲也许会离开家,又回到庆春县靠山村搞课程实习去了。若真是这种情况,那就麻烦了,因为尚之平有些话需要当面跟她讲。他这话不能在信中说,即使说了也难以说清,甚至会在他跟吉小玲之间产生某些误会或怨恨。就在忐忑不安的心情驱使下,尚之平仍旧像一年前那样,轻轻地敲一敲她家的门:"咚咚咚。"不多不少,就这三声。他正这么焦急等待着,门吱呀一声慢慢地从里面打开。开门的人,正是吉小玲!

"啊? 你回来啦?"尚之平突然一惊,仿佛见到吉小玲他非常惊喜似的。

吉小玲也欢喜得眼睛一亮,睁着一双俏丽的大眼,问他:"你什么时候回来的? 不是说你们不容易请假吗?"

"我昨天傍晚到家的……"

他笑着说,站在门口静静地看着她。是的,吉小玲一张原本白皙而又细腻的脸盘,让农村的阳光晒得微微有些发黑,但颜色不深,没有多大程度改变这位江南水乡女子柔美而清秀的容貌。她刚才开门的手,也显得稍稍泛黑、粗糙了,能看到她的手心生出几个浅浅的茧子。这些都是艰苦的劳动和锄把子、锹把子磨炼出来的吧?看来,她的确在靠山村那边进行课程实习,做些果木嫁接的农活,而且一直干得认真、投入,非常内行哩!

尚之平还在观察她,吉小玲在里面反倒急着催促道:"你进来呀?别站外面了。"

"哦,"尚之平醒过神来应了一声,向里面瞅了瞅,"就你一个人在家?"

吉小玲的身子往后面退了一步,准备让他进来,就说:"就我一人。"

尚之平这才放心大胆地进去,听从吉小玲的吩咐,坐到过去他常坐的靠着门口的那张栗色桌子的右边。刚刚落座,吉小玲便捧着一杯香气扑鼻的热茶,放在尚之平面前。转过身,她给自己也泡了一杯茶,在靠近尚之平跟前左边的拐角坐下。她坐在这个位置上,可以与尚之平面对着面相互看着说话。她有点想念尚之平了,不仅要好好看看他,还想听听他为自己在农村做的课程实习提供意见,因为她对他的见解几乎每句话都相信,也都尊重。

轻声喝了一口茶,吉小玲终于笑着瞅一瞅尚之平的脸,说:"你看我的脸晒黑了吧?你也一样,在军垦农场战天斗地,也辛苦哦。"

没有答话的尚之平,轻轻抓着她的手先看看手面,再看看手心。放下她的手,他才吧嗒着嘴唇说:

"相比之下,你比我要辛苦。我们不这样干不行。特别是你,只有在课程实习中主动发挥自己的长处,你才有机会表现自己,以后的事情就好办多了。你家里人呢?你妈妈到外面去看一位生病的同事?哦。你看,我这位'大表哥'自从到了军垦农场,就一直难以脱身回来,你知道农场请假探亲特别难,这次只同意我回来五天,除了来回路上耽搁的两天,在家只有三天。这样吧,今天想跟你好好谈谈。我俩现在转移到临江二中旁边小树林里,坐在我们原先坐惯的'迎客松'下面,那里又隐蔽又自在,怎么样?"

吉小玲兴奋地咧嘴笑着,认为尚之平带她去树林里,是想跟她单独在一起亲热亲热哩,就连忙点头答应了。她先将两只茶杯的茶叶倒掉,杯子洗净,放在茶盘里,再把桌子抹干净,像没什么人来过的样子。然后锁上门,让尚之平在前面走,她远远地跟在他后面,往临江二中东边那片小树林里去,讲好他就在那棵弯弯的"迎客松"下面等她。

吉小玲十分佩服尚之平选择那片树林,那儿不仅去的人稀少,也非常安静,是一些青年人,特别是那些谈情说爱的人会面的好地方。她跟尚之平隔了大半年没见面,这次正好去那里好好谈谈。等她赶到小树林里,果然,没见到有其他人在,只见许多小鸟在林间自由自在地飞翔,叽叽喳喳地鸣叫,反而显得里面充满了生气和舒适感。

尚之平果然在"迎客松"下面,并排地铺了两张报纸等着她哩。吉小玲不声不响地来到跟前,也不客气,就盘起两腿坐在他旁边的报纸上。她从口袋里掏出两只红扑扑、香喷喷的苹果,塞给他一个吃;另一个她咔嚓一声拿到嘴里啃了一口,咕吱咕吱嚼着,非常满意。她是水乡的少女啊,这要在半年前,尚之平绝对看不到,她能够这么大大咧咧且"放肆"地吃东西丝毫不避别人,也许是在农村实习时学来的"草根"习惯吧?不,是今天她在一个自己可以终生信任、依靠的男人面前吃东西,完全放开拘束!但吉小玲仅仅吃了两口,便惊讶地停住嘴里的咀嚼,睁大双眼瞅着尚之平拿着苹果,不见他咬一口。咦?他为什么眼睛里突然红红地汪出了泪水?他为什么涨红了脸庞,皱起了眉头?他为什么厚实的嘴唇竟颤抖地好像要哭?是他生病了,还是另有什么难言的隐情?

吉小玲心疼得伸手将尚之平的脑袋拨拉过来,一把抱住并盯着他的眼睛奇怪地问:"怎么啦?出什么事了?"

尚之平把手中的苹果,仍用吉小玲刚刚带来包裹水果的白色皱纹纸包上,放在身边。他伸手揩掉眼中的泪水,轻轻拉住她的手拍一拍,叹一声气,说:"玲子,我对不起你,今天有一件事我必须跟你讲清楚,我俩之间的关系,可能要发生变化。"

"变化? 会有什么变化? 你不是和我讲得好好的,我是你的'另一半',而你也是我的'另一半'吗? 去年五月,你是这么对我说的吧?"

"可现在不是这样了。"尚之平抚着吉小玲的手背,说,"今天我把情况跟你如实道来。两年前,也就在我俩参加光明街道的宣传活动而相识之前,其实我已经有一个女朋友。那时,我和这位女友保持相爱的关系有一两年了,我爱她,她也爱我,可她坚持要走她父母和姐姐所走的艺术之路。这一点,正是我不赞成的。我曾经在大学毕业分配之前,也就是去年五月份,特地到江南市她姐姐家里找这位女友专门谈过,说我们要进行毕业分配了,去军垦农场劳动锻炼。我想跟她把恋爱关系定下来,同时也希望她放弃走她父母的艺术表演的老路。但她把我提出的这两件事情都婉言拒绝了,还说她不爱我,她的'心上人'就是'艺术表演'。她的话,当时就让我遭遇到失望和打击,脑子到了崩溃的程度,我只好心里冰凉地回到临江来。虽然是火热的炎夏,可我全身冷飕飕地到学校参加毕业分配,心里一点也不安分呀! 就在一边等待分配,一边做好准备去军垦农场的那两个月中,我又找到了你吉小玲,希望能够跟你建立朋友关系。你记得吧? 也就是在这片小树林,在这棵'迎客松'下面,我把自己大学毕业后打算去军垦农场的事告诉你,而且跟你约定好,我俩保持一种'特殊的关系'。我觉得你这位水乡姑娘很好相处,为人也不错;同样,你也觉得我这个人不讨厌,于是我们就顺理成章地做了朋友。直到现在我都感谢你。那时若不是你点头答应我,跟我接触,我很可能自暴自弃而不想活下去了! ……是的,我非常感谢你,是你救了我一次命啊!

"可是根本没有料到,我在军垦农场锻炼得好好的,突然先前那位姑娘写信给我,说她又爱我了,说她一定要跟我结下这桩姻缘,否则她就不想活了,等等,真是吓人哦! 于是我家里赶紧发电报给我,叫我立即回来;

我母亲非要我跟她恢复过去的关系,否则这个姑娘极有可能出现意外……你说这怎么办呢?如果我拒绝了她,她能够承受住沉重的打击吗?还有我母亲,无论怎么说,我也不能违背母亲的意愿。唉!没办法,我只好勉强答应了母亲,跟这位姑娘恢复了关系……今天我明白自己说的虽然是实情、实话,可我已经辜负了另一位好姑娘的浓情厚谊。我确实在打击、迫害甚至扼杀另一位姑娘的善良与真挚。我甚至变成一个连狗都不想碰一碰的黑心肠人,变成死无葬身之地的坏小子!即使是这种情况,我也不能瞒着你,现在只能跟你实话实说了。吉小玲,听了这些话,我知道你一定很难过,一定会恨我。不过你放心,我不会让你痛苦的。我现在想到高中时期的一位老同学,他跟我同龄,高中毕业后我们上的是不同的大学。目前,他就在临江市第四中学教书,是学校的班主任,工作任劳任怨,收入也比我高。但他到现在依然单身,不是别的原因,主要是他经常一个人待在学校里,也不大跟女性接触。今天中午我见到他,又在一起吃饭,我跟他讲好,要把你介绍同他认识。他姓张,叫张扬,其实他这个人工作也好,做人也好,都非常低调。你看,你们俩不妨见见面认识一下,以后你们来往相处得久了,也许可以结成……结成……唔,你现在不说话,是不是有其他想法?当然,以后双方通过了解,你对张扬这个人如果不满意,我还可以介绍别的大学生。我绝对不让你受委屈,一定帮助你找到满意的人。怎么样?今天傍晚,就在小树林里的这棵'迎客松'下,我让他过来,当面给你们俩介绍、认识,好不好呢?……"

光是尚之平一个人说了半天,吉小玲始终独自低着脑袋听着没吱声。是的,她已经不吃苹果了,她从地上捡起一根树枝拿在手上,一下又一下地用这根树枝挖着苹果肉。一只甜蜜蜜、圆溜溜、红扑扑的苹果,被她挖出一个又一个小坑;可爱而完美的苹果,现在成了坑坑洼洼的苹果坑。多可惜呀!

尚之平见她不吱声,就把脑袋凑近吉小玲,又问:"今天傍晚,你愿意跟他见一面吗?……唔,你不说话,是不是就表示同意呢?"

吉小玲还是不开口,反而抬头瞪着双眼一动也不动地瞅着他,瞅了半天,她问尚之平:"你要我见他,又为了什么?"

"介绍你俩见见面,先认识呀。等认识了,以后两人能够相处下去,你们就相处;不能相处,你们就分手各奔东西。"

"我不明白,"吉小玲说,"我俩不是相处得好好的吗?你现在说你原来的女朋友回来了,你们又恢复原来的关系。关系恢复就恢复吧,你们继续相爱,别再给我讲这事了嘛!如今你要叫你的老同学过来。他来就来,我又不怕什么人,也根本不会管你和你老同学的事。你还有什么话要说吗?如果没话说,我现在回去了。"

说着,吉小玲站起来往林子外面走去。尚之平追上她,拉住她,把刚才讲的话又对吉小玲重复一遍。但她还是一言不发地离开了林子。尚之平只好跟在她后面喊了一声:"记住,傍晚六点钟,你一定过来呀!"

吉小玲不理他,头也没回,只顾自己不快不慢地走出树林子,再顺着小路走上马路旁边的人行道。见公交车过来,她向车子招招手,跑到跟前上车了。

公交车走很远了,尚之平才出了小树林,转到旁边的临江第二中学里去。他找到学校办公室,对里面的工作人员笑着请求道:"老师,我能借用你们的电话吗?"

那位拿着红色水笔的老师,从学生的作业本子上抬起头,说:"行,你用吧。"

说完,这位老师低下头,继续自言自语地念着作文上面的句子,一边念,一边用红笔在句子下面画着波浪似的曲线。这肯定是一篇写得很好的作文。

尚之平见此情形,就坐到旁边拨通电话,等了一会儿,对方有人问:"你找哪位?"

尚之平小声地说:"是临江四中吗?请你叫张扬老师接电话。我姓尚,是他的老同学。谢谢啊。"

他就拿着电话筒,转脸瞅着那位老师改作文。一会儿,电话里面传来声音。尚之平用手捂着话筒说:"我是尚之平。今天傍晚六点钟,你能到临江二中东边的小树林那里来一下吗?……请你见一个人,就在一棵弯弯的像迎客松一样的松树下见面。……当然有事喽,我就在那里等你。好吧?我俩不见不散啊!"

放下电话,尚之平向二中的老师道一声谢,走出办公室。

他回到家,尤妮不在自己的屋里,母亲说,她在小华子家里。反正今天傍晚有重要的事情办,他不去找尤妮了,让母亲下一碗挂面给他吃,说是一位老同学请他去见面聊聊天。吃过挂面,他从家里提着一包红扑扑的、像是冬天小孩儿让风吹红的脸蛋似的苹果,独自出了门,打算傍晚吉小玲去时就送给她。

等他赶到临江二中校园东边的小树林时,旁边的学校刚刚放学,时间也就在下午五点钟左右吧。尚之平坐在"迎客松"下面,等候吉小玲和张扬两个人来了见一面。他认为张扬为人厚道、诚实、热情、守信,所以张扬肯定会来。尚之平担心的是吉小玲。今天他对她说出了过去的女友又找上他,他不得不跟前女友恢复旧情的事,吉小玲会原谅他吗?看样子恐怕很难。毕竟尚之平跟吉小玲相处这么长时间,双方已经情意绵绵了。现在他又给吉小玲另外介绍一位自己的老同学,不知她会不会听从他的安排啊。其实她如果跟张扬成了家,吉小玲以后不会吃亏的。尚之平这么安排,算是对得起她了,否则,尚之平就犯了十恶不赦的大罪呀!

就在尚之平如此胡思乱想之际,隔壁临江二中的校园完全安静下来,晚归的小鸟,一只只愉快地飞回自己温暖的窝巢,相互叽叽喳喳地问候着,又扯扯攀攀地吵闹着,飞来飞去等待天黑下来回到窝里休息了。这时,果然远远地看见张扬过来。他顺着尚之平在电话里的指引,一边东张西望地走着,一边寻找那棵弯弯的"迎客松"。等他看到松树了,他便径直走过来,终于见到盘腿坐在树下的尚之平。张扬大步跨到跟前,亲切地一把抓住尚之平的手握着、摇着,嘴里说着感激他、让他费心等客气话,又从口袋里掏出烟盒拿出香烟来敬尚之平。尚之平笑笑,还是伸出一根指头按在自己嘴唇上,轻轻地说:"女士一般都不喜欢香烟味,今天就免了吧。"

张扬只好把香烟装进口袋,两人就坐在树下,一边谈着学校和农场的话题,一边等候吉小玲。听说尚之平已经有女朋友了,张扬钦佩地拍拍他的肩膀说:"你老兄幸运啊,不像我至今寡汉一个!"

尚之平笑笑,说:"这回我给你介绍一位外地的姑娘,如果以后你们相处得对上眼了,你不是也有'亲爱的'了吗? 到时候要请我喝喜酒啊。"

"当然,当然。"张扬头直点地说。

不过,他想问问尚之平,马上要见面的这位姑娘姓甚名谁。张扬的意思是将对方的情况多了解一些,以后好跟她相处。

当然,他俩现在谈论这些话题都是有口无心的。两人一边说,一边有意无意地朝四周瞧一瞧,看有没有人,特别是女人进到树林里来。他们谈啊,等啊,西边天际的光线渐渐暗下来,飘在空中的几片云彩从先前的金黄色,慢慢地变成赭褐色。接着,云彩又让西下的太阳悄悄沉到地底下去了,仿佛厌恶跟尚之平、张扬两人相见似的。

树林里因为枝叶稠密,光线暗得比外面早,已经很难看清这是杨树,那是松树、槐树……但吉小玲还是没有来。张扬和尚之平坐在树根上面,屁股早已坐疼了,他们俩只得站起来。特别是尚之平显得有些焦躁,他建议两人干脆去林子外面等候吉小玲吧,因为天色昏暗,女士一般望暗生怯,不敢贸然进来。张扬非常赞成他的话,两人就走到树林外面等候着,那里是吉小玲必经的路口。

不错,路边的灯光果然明亮得如白昼一般,车来人往的,很是热闹,吉小玲这下子不会胆怯了吧? 如此又过了半个小时,尚之平几乎是不眨眼睛地瞅着道路,然而还是久久见不到吉小玲的身影。这时,张扬伸手抹抹自己的脸和脖子,他也开始不耐烦了。离他们不太远的电信大楼上面的电子钟,先响起一阵音乐,跟着慢悠悠地"当当"响了八下,最后还报了一串数字："刚才最后一响,是北京时间 20 点整。"哎呀,已经到了晚黑 8 点钟啦? 看来,吉小玲怕是来不了喽。也不怪她来不了,只怪夜色来得太早!

尚之平忽然拍一拍张扬的肩膀,把手中的一包苹果交给他拎着,说:"你在这里站着别走,我去前面看看,等她一会儿,马上回来。"

原来,尚之平刚才看见,有一位姑娘从前面走过去。即使晚黑路灯的光线不如白天那么清晰,但是从后面看着,这姑娘无论是身姿还是长相,都跟吉小玲相像。尤其是她上身的浅蓝色褂子,很像吉小玲今天下午穿的衣服;而且这个姑娘脑后的两只大辫子,也跟吉小玲一样用别针并列地别在一起,拖在身后。她就是吉小玲呀! 心头一热的尚之平,先稳住张扬,然后自己直接跑到前面去,边跑边喊道:"吉小玲! 吉小玲! 我和张扬就在这里呀!"

可这位姑娘没有停下来,看样子她是生尚之平的气了,嫌他没在树林里等她是吧? 尚之平终于气喘吁吁地跑到跟前,一把拉住她,笑着说:"你为什么不停下?"

那位姑娘一回头,诧异地说:"干什么? 我不认识你!"

说着,那姑娘生气地拨开尚之平的手,气鼓鼓地急忙离开,不理睬他。

尚之平顿时火辣辣地红透了脸,很没面子,只好往回走去。幸亏是晚黑而且张扬又不在跟前,否则那样一来,尚之平就算丢尽了脸面! 现在再想想那位姑娘,她仿佛比吉小玲微微胖一点,而且根本就缺少吉小玲所具有的江南水乡那种细腻、清秀的气质。他刚才的确认错人。感到特别丧气的尚之平,迈着两条疲倦而酸软的腿,步履蹒跚地回到老同学张扬跟前,尴尬地望着他咧嘴笑笑,不吱声了。

张扬急不可耐地问:"不是你约来的人吗?"

"我认错人了。"尚之平尴尬地笑着说,"今天很对不起,恐怕让你白跑一趟。我们回去吧?"

张扬却笑嘻嘻地道:"你说得不全对。如果是约会对象,的确算白跑一趟;可是老同学聚会,今天是最好的机会。中午我请你吃的饭太简单了,本来说今晚请你去弥补一下,你不要推辞。怎么样? 现在正好有这个机会,也有时间了,你跟我走吧。"

说着,张扬两只眼睛便热情而急切地望着尚之平,等他答应一声了就一起走。然而尚之平想了想,嘴巴吧嗒几下还是笑着摇摇手,说:"我这回请假也就五天,在临江时间很紧,家母还要跟我叙叙家常琐事。今天算我欠你一份情谊了,以后我会报答的。老同学呀,关于帮你介绍女朋友的事,兄弟我一定牢记在心,以后若有消息会及时转告你。到时候,我一定喝你的喜酒! 怎么样?"

听到这样诚恳的话语,张扬只得松开手,说后会有期。于是两人笑着各奔东西。

然而跟老同学张扬分手之后,尚之平一路走去心里却感到泄气和不安,甚至有一点恐慌。为什么呢? 因为吉小玲没到小树林来,说明她不愿意听从尚之平给她介绍男朋友的安排,这也说明吉小玲是铁了心跟着尚之平了! 既然这样,尚之平能够强行和她分手吗? 或者说,吉小玲会另有打算吗? 所以他这么一路想着,一路又马不停蹄、忧心忡忡地往吉小玲家赶去。之所以去她家,是因为他手中提的那包苹果,还没有交到吉小玲手里。更重要的是,他必须弄清楚吉小玲为什么不去小树林。

尚之平花了十来分钟到达市中心,瞅了瞅道路的两头车辆不多,他便低下头快步穿过马路,径直往吉小玲家所住的那栋楼房奔去。刚刚踏上人行道,他突然愣住了! 原来,吉小玲就靠着她家那栋楼外面的墙壁上,两手背在身后,笑眯眯地喊住他:"喂,大学生同志,现在往哪里去呀?"

你听! 吉小玲居然不称尚之平"大表哥",而改口称呼"大学生同志"了! 可以想象出,吉小玲已经对尚之平生出了不满的情绪。

尚之平尴尬地红着脸说:"傍晚给你带一包苹果,你没到小树林去,我只好亲自给你送上门。现在是到你家呢,还是在这里交给你?"

吉小玲没有伸手接他的苹果，反而收起了笑容，说："请问，今天你对我的考验，现在是不是结束了？还要继续考验我吗？"

　　"考验你？我考验你什么？什么时候在考验你？"尚之平睁大双眼不解地问她。

　　吉小玲大大咧咧地说："你以为你下午对我说的话，我能相信吗？你以为我会离开你跟别人走吗？你以为我愿意随随便便就和你分手吗？你以为我吉小玲是杨柳枝子随风飘吗？对不起，大学生同志，我吉小玲不是那样的人！今天，你对我的考验算彻底失败了！"

　　是的，尚之平今天下午跟她讲的那些话，吉小玲刚开始还感到非常意外，心里一阵痛楚，差一点哭起来了，但是转而一想，尚之平不会提出跟她分手的。因为这样的话他说得太突然，而且事先他也没向她吐露过这点意思，那就是一堆假话嘛。所以想来想去，吉小玲心里就暗暗地发笑，明白尚之平分明是借着给她介绍男朋友的假话做幌子，其实是在考验她哩。吉小玲考虑着：如果我答应他，听从他去见他的老同学，那就完全证明，先前我吉小玲对他的爱就是假惺惺的，至少也算是朝三暮四，不坚定啊。

　　当然，尚之平听了吉小玲刚才说的那些话，他心里也完全清楚：吉小玲以为，我提出给她介绍一位男友，目的在于"考验"她对我的爱是不是真诚、牢固的。啊呀呀，想到此，尚之平的心脏猛然紧缩起来！他不仅通红着脸，而且脑袋里陡然变得慌乱，竟像犯罪分子玩弄的阴谋诡计被别人揭穿那样，感到一阵胆怯、丑恶！他的心脏扑通扑通几乎要跳出胸腔。无奈之下，尚之平只好颤抖着嘴唇、通红着脸，吞吞吐吐地说："告诉我，你、你傍晚为什么……不到小树林去呢？"

　　吉小玲问："你的老同学去了吗？"

　　"他刚才去了。"

　　"可惜他白跑一趟！"

　　"是的，他白跑一趟，我们等了好一会儿。我确实是打算把你介绍给他的，绝对没有骗你……"

尚之平自言自语似的回答她道。

"哼!"吉小玲冷笑一声,然而,刹那间她便两眼泪汪汪地接着又说,"这么看来你不是在考验我,你下午说的话是真的。你确实跟你过去的女朋友恢复关系了!就这,你还想做好事给我介绍男朋友哩?老天爷呀!你能忍心对我做出这种天理难容、丧心病狂的缺德事吗?啊?……"

她不再说下去,痛苦和愤怒,令吉小玲无法继续说下去。她那双闪着灼人光芒的眼睛,直勾勾地瞪着尚之平。正是从她这双火辣辣的眼睛里,尚之平完全洞察到了吉小玲心中的愤怒、失望和痛苦已经像火焰一样,烧到了何种激烈的程度哇!唉,她一动不动地两只泪眼盯着尚之平,一直逼得尚之平,将羞耻且无助的脑袋瓜子垂下来,不敢再跟吉小玲那双泪水汪汪的眼睛直接对视下去。

是的,尚之平的嘴已经变得木讷起来,无法道出一个字。因为他觉得自己太胆怯、太丑陋、太恶毒了!此刻,他恨不得地面咔嚓一声裂开一道深深的缝隙,让他躲进里面才好哩!但他不说一句话是不行的呀!昨天回到家里,他和尤妮两人定下终身大事;今天上午,他跟尤妮又去领结婚证、照结婚照,他俩这桩婚姻大事算是办得妥妥当当的了。然后他又自作主张地决定让吉小玲和张扬见面,希望他们认识并相处下去。这么一来,他尚之平跟吉小玲的关系就可以干干净净地彻底脱钩了。从此,他尚之平也就结束了"一仆二主"这种尴尬的处境了。哎呀……从昨天到今天,不过就是一个白天加一个晚上,二十四小时罢了。虽然如此短促,但这几件事让他闪电般地处理得这么迅速、这么果断,情况变化这么大,肯定是吉小玲料想不到的!也肯定有一双罪恶的魔爪,残忍地将吉小玲那颗原本幸福而又甜蜜的心脏,无情地撕扯得鲜血淋淋!这双魔爪不就是尚之平的两只手吗?

请问尚之平,你能够随随便便地从身边拨拉开吉小玲吗?你跟吉小玲无论是之前,还是之后这段时间的交往而培育的情感,能够彻底地一刀两断吗?而且,即使你有充足的理由和权利让你做出这种缺德而令人不

齿的举动,但这样就能对得起吉小玲了吗?唉!你呀,你呀,你呀,你
呀……

　　想到这里,良心开始忐忑不安地撕扯起来的尚之平,只好尴尬地咧嘴
苦笑一声,对吉小玲说:"是的,今天站在你面前,我虽然算是个不折不扣
的坏蛋,但我讲的情况都是真实的。给你介绍这位老同学,我也是真心实
意地希望你们成为一对朋友,对你根本就不存在坏心眼。如果我撒了半
句谎言,我就让路上的汽车活活地轧死好了!"

　　吉小玲犹犹豫豫地又问一句:"你确实不是在考验我,对吧?"

　　尚之平果断地点点头:"是的,不是考验你。"

　　难以抑制的泪水,再次从吉小玲眼中扑簌簌地落下。但她顾不得伸
手擦去,看着他不满地说:"在你需要我时,你就来找我。现在你不需要我
了,就一把推开我。你替我介绍男朋友,得到我同意了吗?我有这种愿望
吗?没想到,你把我仅仅当成一块毛巾、一条围领、一面手帕而已。无论
遇到什么平平常常的东西,你想要了,你就披在自己脖颈上;你不想要了,
就顺手丢给别人。——'大表哥'!尚之平!大学生!你……你把我害
苦了!你把我的心捏碎了!你就这么轻松地推开我,以后你让我这一生
还、还怎么活呀!……"

　　哇的一声,吉小玲话没讲完,就忍不住大哭起来。她突然转过身子面
对着墙壁,两手就贴在墙面上,一边呜呜地哭,一边拼命地拍着墙上的砖
面,指望用自己细嫩的双手将这堵厚厚的墙壁拍倒,好让她的身子跟墙面
倒在一起,让墙土把自己彻底掩盖!她这阵痛苦的哭泣和疯狂的动作,甚
至引起几位路人的注意。他们同情地瞅着她,扭头看着她身后尴尬且无
奈的尚之平。幸亏有路灯在旁边照着,否则这些路人一定生出疑心:这位
姑娘可能受到她身后那个男青年伤害了吧?……

　　吉小玲痛苦地推墙,墙是推不倒的。她只能无助而且愤然地转身狠
狠地瞪了尚之平一眼,脚一跺,一声不吭就往家里急急走去!

　　尚之平连忙跟上几步,干巴巴地像乞求她似的:"苹果你带着

吧……"

吉小玲没理他,气鼓鼓地头也不回!

但是走了几步路,她忽然又停下,扭过头将尚之平手中装苹果的拎包一扯,扯到自己手里拎着走了,算是给了他一点面子。

然而刚走到她家的门口,吉小玲突然双手高高地一扬,把一包又红又脆又香又甜的苹果,朝马路中间狠狠地丢出去!咕咚咚,那些红润且圆溜溜的可爱的苹果,在柏油马路上四处滚动,让一辆又一辆疾驰而过的汽车啪嗒啪嗒轧得稀巴烂!马路中间漫开的,尽是一道道湿漉漉的、带着甜蜜香味的苹果汁……

随即又听哗啦一声响,尚之平见吉小玲家的单元门口那道铁门,被她从里面牢牢地关上了!想不到,吉小玲关门竟然这么果断、这么猛烈、这么愤然!原本一位性格可爱、温文尔雅、百依百顺的水乡姑娘,今天,她终于大胆地做出了自己想做的事!

第九章　归途黯然

　　这天一早,准备返回军垦农场的尚之平,赶到临江市汽车站售票窗口前面排队,等着买车票。他感觉浑身无力、头昏脑涨,这是昨晚他跟母亲和尤妮两人交谈得太久、睡得过迟的缘故。虽然后来躺到床上准备睡觉了,但是一夜里,他几乎没能合上自己困涩的眼睛。

　　这一年多来,尚之平似乎都是一双脚踏在两只小船上面过着自己的日子。不错,他先是一只脚踏在尤妮的船上,而后另一只脚又踏在吉小玲的船上。这确实像意大利剧作家哥尔多尼笔下《一仆二主》中那个仆人的角色啊。然而如今他竟横下心来,离开吉小玲那痛苦欲碎的一叶扁舟了……哦哦!他觉得自己在这种丑陋、龌龊的心理中,以后的日子到底又怎么能过得安生呢?就是现在挤在售票窗口前买车票的人堆里,他还是长吁短叹地暗暗想着吉小玲,生怕她会出现什么意外。幸亏周围的人他不认识,大家都挤挤挨挨、吵吵闹闹的,这种谁也不管谁的状态,正好掩盖住他内心沉重的焦虑和难堪的痛苦。也幸亏买票的人多,他需要耐心地排着长队,这样才有时间想着自己如此复杂的心事。

　　然而候车大厅的人群中,这时候居然有人在高声喊他:"尚之平!尚之平!……"

　　听起来,像是男人的声音。好在尚之平已经排到售票窗口跟前了,他赶快把钱递进去,再伸手迅速抓住车票,满身大汗地从人缝里挤出来。他高高地昂着脑袋四处寻找,终于瞅到喊他的人竟是老同学张扬。张扬一边踮起脚尖喊他,一边四处张望着,看见尚之平了,连忙朝他这边挤过来,哈哈大笑地一把抓住他，将一包水果和一包饼干塞到尚之平手里，说："我的个乖乖，真怕赶不上你，以为你早就走掉了哩！对不起，我没买到什么好东西，这两样给你路上吃吧。"

尚之平笑着感谢道："嘿呀，老同学，你让我感动得差一点就流下泪哩。我自己一切东西都准备好了，哪要你送啊？快拎回去吧。"

张扬不想和他争论，一边把东西塞进他的包里一边说："这是我的一片心意嘛。今天上午我没有课，一早就陪我们学校的蒯老师，到市人事安置办公室去询问一件事情。那件事情问到了结果，我就辞别蒯老师赶过来，现在专门送你了。"

看看候车大厅里的挂钟，离尚之平坐的车子发车时间还早，张扬掏出香烟递给他。两人就点着抽起来，一边抽，一边闲聊，吐出的烟雾轻飘飘地四处散开。此时，张扬忽然扑哧一笑，尚之平十分奇怪，问他："你笑什么？"

张扬说："我笑世上有的光棍汉因为没有女朋友，只好委托别人找个小姑娘，暂时替代一下女朋友的角色。"

尚之平问："这倒滑稽。什么时候发生的事？"

张扬说："就在最近啊。这事也是蒯老师刚才路上告诉我的。"

原来，那位蒯老师的老家在九公县，他有个老乡亲是临江市一家剧团的领导。这位领导的侄儿，本是九公县派到西南边疆去支援建设的单位工作人员，目前在边疆工作的时间到期了，即将返回原籍九公县的单位上班。可剧团领导的这个侄儿，希望安置到临江市来，因为临江市的发展比九公县好得多。然而按照人员安置的政策规定，如果是从临江市派出去的人可以回临江；或者，有家属（没有结婚的女朋友也算家属）目前在临江市生活的人，也可以在临江市安置。这两个条件中，只要符合其中的一条，就可以到临江市来上班。可惜蒯老师的老乡亲的侄儿，没有一个条件符合，所以他不可能来临江市了。

蒯老师的这位剧团老乡亲不甘心，于是动脑筋想啊、想啊……哎！后来真的让他想出了主意：假如他侄儿在临江市已经有女朋友，而且两人相好到快要结婚的程度，他侄儿就有可能安置进来。问题是，他侄儿在临江市并没有这么个快要结婚的女朋友呀。这位剧团老乡亲就约见蒯老师，唉声叹气地求蒯老师给他想想办法。他小声地问蒯老师："你那里有没有已经毕业的高中女学生？如果有的话，你赶快介绍一位女生过来，先跟我侄儿去市安置办公室亮亮相，哪怕她口头上承认是我侄儿快要结婚的女朋友，我侄儿的事情就能成功一大半啦！"

蒯老师长叹一口气说："老乡哥呀，到现在我还找不到这样合适的人选。你看这事……唉！"

看着这位老乡亲愁眉苦脸的样子，蒯老师突然想起来：他们班上有个女同学去年高中毕业，目前就待在家里没事情干哩。这位剧团领导听了，兴奋得手往大腿上一拍："老乡亲你快去问问她呀！就算请她'扮演'一下女朋友，对我来说也算做一桩善事嘛。以后她若有事情找到我，我百分之百帮她办！"

说到这里，张扬停下话题连着吸了几口香烟，不吱声了。喜欢听故事的尚之平，此刻不住地追问他：

"哦？叫这位高中毕业女生'扮演'他侄儿的女朋友？嘿嘿，到底是剧团领导哇，讲出来的话都带着戏剧方面的专业术语呢。唔，事情后来有什么结果呢？"

尚之平之所以充满兴趣地盘问张扬，无非想听听街头巷尾的闲闻逸事罢了，多少也能够冲淡自己心里因为遭到吉小玲的反感而产生的空虚和不安的情绪。

张扬说，据蒯老师介绍，这位剧团领导从小父亲去世，母亲改嫁，他是由自己的堂兄，也就是他那个侄儿的父亲带大的。反过来想想，他现在对堂兄儿子的事情，就不能撒手不管。所以他眼泪汪汪地向蒯老师打躬作揖请求着："蒯老师呀，快找到这位高中女生帮我说说吧。算我求你这一回了！"

人家的话都讲到这种程度了，蒯老师只得揽下这事，于是千方百计地找这个女生去谈。女生听说是一位领导求她帮忙，她并无反感，只是红着脸说："我已经有男朋友了，恐怕不好再去做别人的女友吧？"

蒯老师叹口气说："唉，这回是老天爷断了路不让人家走下去啊！"

没想到，那位女生也自言自语道："蒯老师呀，其实老天爷也在断绝我的路。"

蒯老师问她发生了什么事。

女生说，她目前正想进一家京剧团当演员，可偏偏没有得力的人帮她推荐。

蒯老师一听，大喜："巧喽！找我办事的人，就是一家剧团的领导哇，他跟京剧团肯定熟悉。你如果帮了他的忙，以后再叫他帮你和京剧团说说话嘛。"

……

听张扬的话停下来不讲了，尚之平再次耐不住地问道："事情最后办成功了？"

"唔。"张扬说，"今天早上，蒯老师让我陪他到安置办公室问了这事，他那位剧团老乡亲，真的把侄儿安置到临江市来了。几天前，两位年轻人——剧团领导的侄儿和蒯老师以前班上的那个女学生，男女双方肩并肩、手牵手亲亲热热地一齐到安置办公室去了。'铁'的事实摆在面前，还能说不软安置办公室工作人员的耳朵？嘻嘻，我虽然背地里不好说蒯老师的闲话，但至少他跟那位老乡亲，已经做了一件不好的事。你说是吧？"

尚之平也气呼呼地说："他们其实是在演戏嘛！"

"不错，他们的确在演一出戏。"

尚之平听了这句话好一阵子都没吱声，两眼一眨不眨地瞅着候车大厅的水泥地面，心里暗暗发笑：这一下，那位女学生真正的男朋友，神不知、鬼不觉地跟自己的女友，暂时断绝二三十分钟的恋爱关系了。

这时,车站广播里播放着检票上车的通知:"各位旅客,有到高桥县、桃花湖农场、余镇方向去的乘客,现在请大家检票上车……"

尚之平所去的军垦农场,就在临江市以东两三百里的桃花湖。他拎着东西站起来,跟张扬热情地握手,出了候车室往上车的地方走去。刚走几步,见张扬也跟着过来了。他赶快拦住张扬,叫张扬别再送,可张扬坚持要把他送到汽车跟前。两个人推来推去的,尚之平就是推不走他。到了汽车跟前,张扬建议东西暂时由他拎着,叫尚之平先上车找好位子,再打开车窗把东西接过去。真是热情的老同学呀,太客气了!反正车子还没有开,于是两人一个坐在车上,一个站在车下,一边抽烟,一边又说起话来。

坐在车上的尚之平打了一个长长的哈欠,浑身顿时放松不少,眼中汪出了两团亮晶晶的热泪。他不经意地笑着向站在客车下面的张扬问道:"哦,你们蒯老师那位九公县的老乡亲,是哪个剧团的领导?"

张扬说:"不就是临江市推子戏剧团的团长嘛。"

"哎呀,"尚之平连忙笑着说,"前两年我到这家剧团搞过情况采访。记得当时推子戏剧团的领导姓王,叫王德林。"

张扬说:"你讲的那位王德林,也算蒯老师九公县的老乡。但现在推子戏剧团团长不是他。现在的团长姓冷,跟古典小说《红楼梦》里的冷子兴先生算是个本家了。哈哈,我在讲笑话呢!这位冷团长,原本就在九公县推子戏剧团里唱小生,以后托王德林的关系,调到临江市推子戏剧团。没过两年,他就被王德林提拔上来。俗话说:'亲为亲,邻为邻,帮个猴子能成精!'你说是不是啊?"

一句玩笑话,讲得两人忍不住一齐嗤嗤地笑起来。尚之平刚才打哈欠时眼泪都没揩净,现在又添了几团热辣辣的泪水。尚之平伸手抹了几下眼窝,他想起来尤妮喜欢唱京剧,忍不住再次问道:"蒯老师的那位女学生,为什么喜欢唱京剧呢?现在不少女孩子都对京剧感兴趣哩……"

张扬又递给他一支烟,自己也叼上一支,一边点着香烟一边说:"据蒯老师介绍，这位女学生家里的人，曾经就是京剧界的名角哩。"

尚之平一听这话，本来还龇着嘴巴呵呵地笑着，突然间双眼愣住不再笑了！——因为尚之平听尤妮讲过，她的长辈当年京剧就唱得好，临江市几乎无人不晓……难道，蒯老师找的那个女学生，竟、竟然是……尤妮？

张扬见尚之平脸上的神情开始发愣，连忙问他："怎么？你认识这个女学生呀？"

尚之平头摇得像拨浪鼓似的，连忙否认："不认识，不认识。本人对京剧一窍不通。"

虽然他这样说，但是尚之平的心情，迅速地变得紧绷而且畏惧起来！老天爷呀，为什么这个恐怖的意外出现在我身上了？为什么让我的心灵受到如此残忍的折磨啊？唉，事已至此，尚之平渐渐明白了：在他前两天劝说尤妮跟他去办理结婚证时，尤妮还推三阻四的，以种种理由推迟跟他定下婚姻关系，说她要回江南市跟姐姐说一声，说她希望得到姐姐的支持……哦，明白了！明白了！真实的情况是在此之前，尤妮居然"扮演"过另一个男人的女朋友，帮助人家到临江市来工作，做了别人二三十分钟的女朋友哩。哼！——想到这里，尚之平清醒过来并打起精神冷笑一声，自言自语道："尚之平呀尚之平，你在两个女子之间摇来摆去的，当着她俩的'仆人'是什么感觉啊？你呀，既坑害了其中一位'主人'，而另一位'主人'现在又害苦了你。这就叫恶有恶报！你该受一次这种折磨吧，你呀！"

此刻，尚之平不知道张扬是不是还在车下，因为客车早已开出车站了。他也听不见张扬远远地向他高声喊着："老同学呀！祝你一路顺风啊！"

心中倍感悔恨而且愤怒的尚之平，无可奈何地将整个身子蜷缩在车厢的椅子里。客车闯过市区的大铁桥，风驰电掣般冲向郊外的乡村大路。那些迷茫、灰暗、混沌的灰尘飞扬起来，不仅将车子后面翠绿迷人的临江市丢得远远的,也将原本是尚之平心爱的未婚妻,而现在竟然变成另一个男人半个小时的"女朋友"的那位女子,远远地抛在身后……

第十章　音信杳无

随身带去的花生、葵花子、芝麻糖、麻饼、白切等家乡的特色食品，这次，尚之平都散给自己班的同伴们。一时间，大家热情地对他嘘寒问暖，甚至有人还拉住他笑着问道："哎呀，才回去几天，你就瘦成这个样子哪？"

尚之平对这些问候只是笑而不答，没跟他们纠缠下去，赶快拿上纸和笔躲到一边，打算在僻静的地方，抓紧时间给尤妮写一封信。

他在信中不提尤妮假扮别人的女友、跟人家一起去安置办公室的事情。这样的事还是不提为好。他明白，尤妮之所以能够心甘情愿地做了这事，除了蒯老师的劝说，也跟那位推子戏剧团领导的百般恳求分不开。毕竟尤妮年纪还轻，见识少，对某些人的诱惑缺少防范之心。因此不管如何，在给她的这封简短的信里，尚之平只说了自己回到军垦农场、一路平安无事等琐事。

写完这封不长的信之后，尚之平又给吉小玲写了一封简短的信。在信中，他向吉小玲批评了自己在没经过她同意的情况下，擅自做主介绍老同学跟她见面的错误。他表达了自己希望跟她继续保持联系，因为他是她的"大表哥"嘛。如果她以后有什么难处，对他有什么要求，需要与他商量什么事情，她尽可以跟他说。他写的内容完全在避重就轻，唉，也只能这么写了。他俩感情不再像过去那么深厚了。天啦，她恐怕早已对他愤怒了。那天她把尚之平给她的苹果通通丢在马路上，扑哧，扑哧，让路过的汽车轧得稀巴烂。她这么做，不就是气愤地将尚之平的脸蛋和心脏一齐摔得稀巴烂吗?!

奇怪的是,这两封他同时写的信,同时发出去都不过一周时间,尚之平还没有接到尤妮的回信,反而先接到吉小玲的回信。她在信中说自己即将回到靠山村,继续进行林业课程实习,帮助村里培养果树。但他没有想到,吉小玲在信中,对她自己把尚之平给的苹果丢到马路上的做法,表示了歉意。——咦? 她不但没生气,反而觉得对不起我,这又是为什么啊? 不管情况如何,这样的信让尚之平读过,他总觉得这次回到临江所做的事情,不仅对吉小玲是一种伤害,而且也暴露出自己对这位水乡少女的态度,已经错到无法收拾的程度了。

你真是个混账的家伙啊,尚之平!

带着这种痛恨而自责的情绪,尚之平立即给吉小玲回了信,顺便问她需要什么农业科普之类的书籍,比方说果树栽培、家禽养殖、农村医药卫生……军垦农场这里都有的卖。农场的场部所在地,原本只是个小村子。自从部队到达这里并在四周驻扎下来,筑坝围田,开荒种地后,每年都有两个团的官兵轮流在这里屯田种植。逢到隆冬、早春时节,部队又让军车开到不远处的山区去,进行军事训练。因此几年来,场部所在的小村庄,居然发展得跟二三十里开外的人口有两三万的高桥县城关镇一样繁荣。商店啊,医院啊,加工厂啊,旅店啊,学校啊,各种办事场所啊……军垦农场的场部应有尽有。吉小玲如果需要什么东西,尚之平肯定能够在这里替她买到。

不过,令尚之平焦虑不安的是,他写给吉小玲的第二封信寄走之后,又过了一个星期,还是没有收到尤妮的回信。——咦? 她到底怎么了?

即便尚之平现在跟尤妮还没有正式举行婚礼,也没有培养出两人那种恋恋不舍的深情,但是就是在之前的每个月里,她和尚之平也常常信来信往的,至少半个月一次,特别频繁呀。可现在尤妮她怎么了? 她也应该回信了嘛。难道尤妮出了什么事情不成? 正是在这种惴惴不安的心情下,尚之平赶紧又给他临江的家人写一封信,让家里人找邻居小华子问问,尤妮现在到底在哪里?她没出什么事情吧?哎呀,他那颗焦虑而颤抖的心,眼看着就要被急火烧焦喽,我的老天爷啊!

幸运的是,这回不到五天,家里和邻居小华子的回信都寄到尚之平手里了。

家里的信说,尤妮现在不在临江市,半个月前已经回到江南市她姐姐家里去了。而让尚之平欣慰的是,家里已经在几天前,将尚之平寄到临江的写给尤妮的信,转寄到江南市尤妮的姐姐那里。哦,是这个情况!

邻居小华子在写给尚之平的信中,对此说得更加详细。

小华子说,尤妮目前回到江南市她姐姐家里。前一阵子,街道居委会给了尤妮一份招工申请表,让她填好之后送到居委会去。本来尤妮这次是要进剧团的,谁知道有人写举报信寄到居委会,说是剧院的某某领导给尤妮私自开后门,这种做法不合理!搞到最后,尤妮又让别人给挤下来了。居委会出于对尤妮的同情,现在又批准她进一家针织厂当学员。这份针织厂的通知书,已经寄到小华子家里,请小华子转交给尤妮,所以,小华子也急着找尤妮。可是——

小华子在信里说道:"尚大哥,如果你着急想联系上尤妮妹,不如给江南市京剧团她姐姐的家里,打个电话去问问她吧,这样来得快一些……"

小华子说的打电话,是指给尤妮打长途电话。当时,普通人家很少发电报、打长途电话,因为非常费钱呀!然而心急如焚的尚之平也顾不得几个钱喽,不得不下决心去打一次长途电话。

当天吃过晚饭,尚之平打着手电筒赶到场部邮电所,要求打长途电话到江南市去。邮电所的办事员是个女孩子,说按级别他不能打长途电话。见尚之平心里急得嘚嘚嘚嘚仿佛火烧起来似的,这位办事员又给尚之平出了个主意:"我建议你,干脆明儿起早到高桥县城关镇的县邮电局,在那里可以打长途电话。"

也好,第二天正好是礼拜天,有的是工夫。他向炮指导员请了假,不等天亮就摸黑起床,从炊事班那里要了几个冰凉的馒头揣进怀里,急急忙忙往高桥县城关镇赶去。

那时候正是春意渐浓、气候暖和,他一路走去,天色也就慢慢地亮开了。等他到达高桥县县城高河镇时,需要越过高桥河。河上有一座不太宽,但是陡峭的石砌桥梁,名叫高桥。从那一排排灰不溜秋的不是缺了拐角就是碎了砖面的桥栏杆上看,这座高桥也算是一件古物了,它的闻名程度居然让它所在的县城,都靠着它响当当的名气而取名叫高桥县。

尚之平从高桥上急急忙忙走过时,听见桥下传来阵阵棒槌捶衣服的啪唧啪唧声,便手扶着砖砌的桥栏杆往河下看。真奇怪啊!清水涟涟的高桥河岸边大大小小的鹅卵石上,齐齐地蹲着一溜排洗衣妇女。她们手中的棒槌捶在衣服上,竟然听不到一点点声音;而等到她们一个个地将棒槌举起来时,啪唧啪唧的捶衣声,反倒急不可耐地抢着钻进尚之平耳朵里。他忽然想起唐代诗仙李白的诗句:"长安一片月,万户捣衣声。"

哎呀呀!如果现在是天上明月亮晶晶的时刻,再听这一片捣衣之声,而且尤妮也伴随他站在身边,嘿!那不是太有诗意了吗?

想到这里,尚之平情不自禁地摇着脑袋笑笑:同志,你的任务是给尤妮打电话,不是欣赏万户捣衣的,快走吧,你!

等找到县城的邮电局,邮电局才刚刚开门,他是第一个进去打长途电话的人。他填好要联系的接电话的单位以及接电话人的姓名,接线员开始查找单子上面的电话号码。接线员伸手指指旁边的一排椅子,叫他静下心来坐着等候。

尚之平的长途电话,是先打给江南市京剧团办公室的,等接通后,再托对方喊尤妮过来接电话。可因为时间太早,那边的办公室根本就没人在;何况又是星期天,谁还待在办公室不归家呀?除非是个裹着被子睡在剧团办公室里的单身汉。只好等啊等啊,尚之平一直等到将近中午十二点钟,肚子饿了,江南市那边还是没人接电话。但他又不敢去饭店吃饭,只得向里面的女接线员打一声招呼,就赶紧跑到县邮电局门口的小摊子上,买几块烧饼回来,也就花去十秒钟吧。如果这时候长途电话接通了,接线员只需伸出头来喊一声："哪位是尚同志？你的长途电话来啦！"

嗬，尚之平肯定来得及跑回来接电话的！

可是对不起，县邮电局里没有这样的声音喊他。他只好坐在椅子上，慢条斯理地干巴巴地咬着、嚼着烧饼，没精打采地吞咽了半天，连烧饼甜丝丝的、有嚼劲的美味，他都没心思体会出来。当地人曾经告诉他，《水浒传》里武大郎卖的十分可口的炊饼，根本比不上高河县城关镇的烧饼好吃。那天，尚之平因为一心一意等候长途电话，所以没有心思，也没有时间品尝出来这种美味了。

下午跟上午一样，县邮电局的长途电话柜台里，铃声倒是响得不歇，里面的工作人员也总是喊着："某某，你的'长途'来了！""某某，快接长途电话！"可就是没有人喊尚之平接电话。因而一次次的失望、一回回的寂寞、一团团的怨气，在尚之平胸腔里直翻腾、鼓噪、奔涌、爆炸！后来，他终于忍不住向柜台里面瞪大眼睛怒吼一声："啊！啊！怎么没人喊我接'长途'呀？你们忘记我了吧？"

柜台里面的三位女接线员，个个都低着头，耐心地接线啊，拔插头啊，对着挂在下颌处的小话筒，一次次地询问："喂，请问你是……""某某在不在呀？""某某不在，是吗？好的，好的……"唉，你瞧瞧，哪位接线员还有工夫跟尚之平搭话呢？

后来，柜台里面一位个子高挑、十分漂亮的小姑娘，端着茶杯吹着热气腾腾的开水，小心翼翼抿下一小口水后，望着尚之平咧嘴笑笑，将他的长途电话单子从旁边拿过来，嘀嘀嘀嘀，再次拨弄着号码，这才让尚之平肚里的怒火稍稍熄灭一些。然而这次，那位女接线员还是拨不通江南市京剧团的电话。她只好笑着劝尚之平，耐心等一时再看看吧。这种等待确实太煎熬人了，内心焦急的尚之平，甚至想朝着飘荡着几片粉白色云彩的蓝天大吼一声："尤妮——你到底在不在地球上呀！"

太阳慢慢地像不理睬尚之平似的向着远处的山顶落下。再过两个小时，它就要藏进山的背面去了，让县城通往农场的那条弯弯曲曲的土路，悄悄地变得模模糊糊、让人难辨其中的坑坑洼洼了。更严重的是,学生连队傍晚吃饭之前,都要整队集合进行晚点名。连长或者指导员要一个一个地点着学生的名字,然后严肃地向大家讲话。讲完话,再喊一声:"解散!"接着才是吃饭。这个时候,每一位大学生都不能迟到,更不能缺席,否则要影响整个班、排的纪律和形象。怎么办? 我能不能再等下去啊?

犹豫了半天的尚之平,现在只得深深叹一口气。这口气虽然叹得深,但声音很低,可就是这样,还是引起了柜台里面那位个子高挑的接线员小姑娘的注意。她捂住下颌处蚕豆大的小话筒,朝尚之平亲切地说:"这位尚同志,你是桃花湖军垦农场的大学生吧? 你的'长途'今天恐怕要不到了,是不是改天再来打呢?"

她望着尚之平笑笑,用她甜美而温柔的笑容安慰他。原来,经常到县邮电局打长途电话的顾客里面,有一部分人看着就像尚之平这样年龄不大,长相文质彬彬的,一般人就猜测他们是在桃花湖军垦农场参加劳动锻炼的大学生,所以见到他们,总会对他们投去钦佩的目光。尚之平现在听着话务员劝告的话语,便轻轻地松了一口气,紧张而苦恼的心情总算稍稍缓和下来。他向那位话务员姑娘点了点头表示感谢,无奈地收拾东西离开了。

刚走几步路,尚之平还是依依不舍地回头朝邮电局柜台那边看着,希望人家会喊住他:"哎,那位尚同志! 你的长途电话来啦!"

可惜走远了,还是终究没能听到这样令人激动的喊声。倒是听见柜台里面另外两个女接线员,龇嘴朝着那位高挑的小姑娘哧哧地笑。而那个小姑娘则伸手捶打她俩的腰背,嘴里故意怒道:"叫你们笑! 叫你们笑!"一时间,咯咯咯咯的笑声从里面直接传出来,像银铃般轻飘飘地追赶着尚之平。

还好,那天他到底在吃晚饭之前赶到了连队,没耽误连首长的晚点名。解散后,他拖着疲惫的两条腿去打饭、吃饭。今天比平时多喝了一碗汤。以前只觉得炊事班烧的汤总是清淡淡的,没多少味道。今晚喝起来,感觉汤是那么可口,那么解渴,后来忍不住他又去舀。炊事员正在收拾汤桶,用铁勺从桶底舀了将近两小勺,问他要不要。尚之平毫不犹豫地接到碗里,仰起脖子咕噜咕噜一口气喝光!原来他一整天都在县邮电局里等待"长途"啊,嘴巴根本没沾上一滴水。

饭吃过了,身上也用几盆凉水冲得干干净净的,尚之平这才打了一个长长的哈欠,咕咚一声重重地倒在床铺上,打算闭上眼睛好好睡一觉。他今天感觉浑身软绵绵的,累得连骨头都像散了架。"啊——哟!"他又打了长长的哈欠。就在这时,他听宿舍外面有人喊他:"尚之平!尚之平在吗?"

听到喊声,尚之平连忙挺起酸疼的身子,披上衣服慢腾腾地挨到宿舍门口。只见小文书板着一副稚嫩的面孔,生气地说:"今天你到哪里去了?怎么一天都看不见你呀?"

尚之平知道得罪不起部队上派来的人,他只好笑着说:"报告首长!尚之平今天攻占了县城,不幸光荣牺牲!请问首长下面有什么指示啊?"

文书一听,扑哧一笑,把藏在自己身后的手伸出来,将攥在手中的一封信往尚之平胸口塞去,说:"你'老婆'来信了。我就奇怪,信怎么不是从临江市寄来的?是……是什么江南市。江南市在哪里呀?"

听到是从江南市来的信,尚之平心里顿时快活起来!他又装着毕恭毕敬的样子打了个立正,响亮地报告说:"报告首长:江南市在我们头顶上的月亮上!"

哈哈哈哈!两人大笑起来!

尚之平送别了小文书,瞌睡跟疲倦顿时云消雾散,干脆不回宿舍去了。他趁月光朗朗的好时候,一边扣好衣服扣子,一边爬到外面大堤埂上,看看身边没有其他散步的大学生。只有他一个人,太适合了。他赶紧把刚刚放进口袋里的信往嘴巴上面一贴,吧唧吧唧亲了几口,喃喃自语道:"小亲亲呀,你终于来信了,让我等得好苦啊!今天一整天我都在县城长途电话台等你电话……"

还没说完，他就像过去一样仔细地拆开信封，小心翼翼地从里面抽出信纸并摊开，准备细细地阅读。好在这封信内容不多，他一边将信纸迎着明亮的月光，一边读道：

亲爱的之平，你好。我现在就在江南市的姐姐家里，过着孤独而焦急的日子。……我以后怎么办呢？就这么发展下去吗？我想来想去，决定要求你，我们还是解除婚姻关系吧。你说呢？之平，看到这里，你千万不能生我的气呀，这都是命运逼我的呀。想来想去我也没有办法，只好对你提出这个要求……

尤妮　　寄自江南市

信看到这里，按照一般小说里描写的情节，一定是轰的一声，尚之平的脑袋瓜突然像炸弹爆炸了一样，而且他可能痛不欲生地伏在树干上面呜呜地哭起来……是吧？不。这次尚之平拿着尤妮的信，只是浑身无力地靠着那棵笔直的、高高挺向黑暗夜空中的白杨树，沉入了冷静的思考之中。

他感觉到的不是痛苦，也不是对尤妮的厌烦和愤恨。尚之平的脑子里始终想着一个问题：在江南市的尤妮，大约遇上一件令她十分愤怒、失望的事情吧？也很可能这件事是因为她没能进京剧团而引起的吧？由于愤怒藏在内心，她难受至极，感到以后无路可走了，所以无奈之下，才莫名其妙地提出什么"解除婚姻关系"。但肯定这件事，不是尚之平引起的，不是吗？唉，尤妮呀尤妮，你随随便便就提出让我俩分手，有没有想过这不但对你是一种伤害，对我，同样也是一记重重的打击啊！因为我早已告别了吉小玲，现在你又要跟我分手，我尚之平不是连着失去两个女人了吗？这就像临江人经常说的："一根扁担两头挑东西走在半路上，一头东西脱掉了，另一头东西又抹掉了。——最后，没有一样东西能落到手里！"

唉！然而经过反反复复的思考、分析，尚之平还是没有找到尤妮发生这样变化的原因。所以归根结底,他还是要到县城邮电局打长途电话给她,才能问个清楚。

第二天一早尚之平起床后,踉踉跄跄地敲开炮指导员的房门。正在刷牙洗脸的指导员,见他面色苍白、走路不稳且踉踉跄跄的样子,知道尚之平八成是生病了,于是扯下毛巾把嘴上的牙膏沫子揩净,说:"赶快到场部卫生队看看。你们可要注意啊,身体是我们的革命本钱,千万不能疏忽大意呀!"

尚之平吧嗒几下嘴:"前两天我去过卫生队,卫生员给我药吃了,可是没见效……"

见他低头欲言又止,炮指导员连忙问:"那你有什么具体要求呢?说说吧。"

尚之平犹豫了一下,鼓足勇气说:"我想……去高桥县的县医院看看。换一个地方也许会查出毛病。"

"嗯,"炮指导员点了点头,说,"今天是学习讨论日,你跟二排长请个假,去县医院看看吧。"

"谢谢指导员!"

"走路要小心一点啊,你慢慢地走,别急。"

炮指导员一边安慰他,一边向他叮嘱道。但尚之平没走多远,炮指导员又喊住他:"到县医院有二十多里路,你这么走去很困难的。我让文书打电话问问团部运输连,今天有没有车子经过县城,你可以顺路跟去嘛。"

炮指导员把文书喊来,如此这般地交代了几句。小文书转身离开时,偷偷地朝尚之平伸一伸舌头做了个鬼脸,然后开门进到连部办公室里,嘀嘀嘀嘀几下按着电话机的按键。尚之平站在门口,听他在电话里问道:"喂,团部运输连吧?早上有没有车子往高桥县方向去?马上就走?我们连有个大学生到高桥县医院看病,跟你们车子顺便去。……哦,叫他在水库坝埂上等你们?好的,好的。"

放下电话,小文书对尚之平说:"你到水库大坝埂上面等着,车子路过那里你就上去。来，我搀着你一起去吧。"

"不要，不要，我自己能走。"

尚之平拍拍胸脯，不让文书搀着走。他从厨房里拿了刚蒸热的馒头，又寻来一根木棍，一边啃馒头，一边拄着棍子慢慢离开学生连的驻地，径直往水库大堤方向去。

这个水库方圆二十五六里，面积不小，是当初部队响应号召开荒屯田时特意建造的，里面的水很深，蓄水量很大。除了专供部队十万亩农场的灌溉，周围十几个村庄的田地用水也都能得到解决。尚之平靠近水库时，远远地就看见一道巍峨的大坝立在眼前。他丢掉棍子，紧走了几步呼哧呼哧登上大坝埂，一股凉风顿时扑面而来。尚之平掏出手帕刚要擦脸，那辆带有绿色车篷的汽车，鸣着喇叭呼呼地开过来停在跟前。

尚之平笑笑，朝驾驶室里的两位小战士扬一扬手，算是向他俩招呼一声了。他两只手攀住车厢板，脚踏在车轮上面，一只脚用力一蹬，身子再扬起来，便利落地跨进车厢里面，心满意足地背靠着驾驶室，蹲坐在车厢里。好喽，汽车呼呼地跑得很快，比他步行二十里要利索、舒服吧？当然，尚之平更是在心里感谢炮指导员，他对我们大学生的问题想得多周到啊！那么，尚之平真的生病了吗？是的，他确实感到自己浑身乏力，四肢绵软很不得劲。两天前，他也真的去过场部卫生队开药吃，可是没多大效果。今天，他不但要去县医院看一看，最重要的是，他要再打一次江南市京剧团的电话，找到尤妮问个清楚！

汽车从高桥县城南门的大桥上越过，尚之平也没心思再向高桥下面瞅一眼，看看那充满诗意的河边捣衣妇女们洗衣的盛景。他焦急地双手抓着前面驾驶室的栏杆，生怕有什么闪失。县邮电局就在南门大街上。车子忽然停住，驾驶室里下来个小战士，他说去买一包香烟马上回来，再送尚之平到县医院。尚之平笑笑，干脆也跳下车子，说自己直接去县医院。下午车子回农场时，尚之平就在县邮电局的门口等候这辆车子。

汽车开走后，尚之平先到县医院，挂号、看病、拿药，只花了十来分钟时间,捧着几粒感冒药和有助于睡眠的药出来,然后径直去了县邮电局。

谁知他刚进门,就听长途电话柜台那边,一位女接线员兴奋地喊住他:"咿呀唻!农场来的大学生啊!你昨天要的长途电话,我刚才试一下帮你接通了!你快过来!"

听到那句"咿呀唻"的惊讶声,尚之平惊喜地伸头看一看长途电话台。因为几年前,他们新安大学师生曾经去九公县搞过"乡情调查"活动,听惯当地人说话时总夹着"咿呀唻"的惊讶声。现在他听到的,就是昨天那位高挑的话务员喊出来的声音。她一边兴奋地喊着尚之平,一边热情地从柜台里面出来,完全不管不顾昨天打趣她、笑话她的另外两位话务员姑娘的态度。

这位小姑娘笑着对尚之平说:"我姓孟,你喊我小孟吧,我天生是个好管闲事的人。看你昨天要不通'长途'就那么焦急,我忍不住想帮你一次忙,不怕她们两个瞎闹去!嘻嘻……今天是礼拜一,剧团办公室肯定有人上班,所以我一早打电话试试,哎,果然要通了!嘻嘻……"

看来接线员小孟喜欢笑,性格非常活跃,直来直去,害羞时又总是伸出小小的拳头,遮住自己的半边嘴唇。她这个习惯倒有点像尤妮,不,还是像吉小玲。吉小玲害羞时就像她这样。

现在尚之平听了小孟的话当然高兴,但他又不安地说:"谢谢你,这次长途话费由我来付。"

"我掏钱付过了。"小孟说,"你现在听我往下说。当时,我大胆地请江南市京剧团办公室的同志去找一下……哦,就是昨天你急着想找的人,说她们是姐妹俩,妹妹名叫尤妮。过了两分钟办公室的人回来,说尤妮不在她姐姐家,她姐姐也不在家里。她家的邻居说——"

说到这里,小孟姑娘回头瞅一瞅长途电话柜台,索性小心地拉住尚之平的衣袖朝旁边走几步,躲开柜台那边的人之后又小声说:"是这样子的,邻居告诉办公室同志,说尤妮的姐姐跟姐夫正在闹离婚,早上一上班,他俩就相互拉扯着上民政局去了。现在也不知道尤妮在哪里。"

"哦?……"

尚之平听了只好点点头,对小孟表示感谢。但他对尤妮姐姐的家事和尤妮总是不在家里,感觉非常困惑不解。——既然是你姐姐和姐夫要闹离婚,你为什么又提出跟我解除婚约(对不起,我俩还没有举办婚礼正式结婚)呢?简直是莫名其妙!沉思了几秒钟后,尚之平生怕冷落了站在旁边的小孟,马上醒悟过来,连忙装着高兴的样子,非常客气地对她说:"真得谢谢你,昨天的事还费你记在心里。你怎么知道接电话的人叫尤妮?"

小孟咻咻地笑着说:"你不是填了长途电话单子吗?上面有接电话人的姓名呀。单子你带走了,可存根上面还留着名字哩。嘻嘻。对不起,俺们只是瞟一眼才看到的,没有违反规定吧?"

"没有,没有。不但没违反规定,我还要佩服你办事热情、细致,你总算帮我打通了一次'长途'……那么现在我怎么办?是不再打了,还是继续找我要找的人呢?也许她现在就在家里,说不定这回能够找到她呢?"

小孟说:"行,你填长途电话单子吧,坐在长木椅上等着,我给你去接电话。"

小孟笑嘻嘻地返身回到长途电话柜台里。一会儿,她又端来满满一大茶缸的开水,放在尚之平身边,丢下一包油炸小狮子头点心给他吃,朝他龇嘴嘻嘻地笑笑,就不吱声地离开了。

尚之平正好借这杯开水吃药。其实他并没有多大毛病,仅仅感冒而已,吃不吃药都无所谓的。但是他确实又得了病。这个病就是让尤妮折磨、作弄、吓唬出来的!他一直盼着她赶快来信,想不到竟然盼到一封她要跟他解除婚约的信。对于尤妮这种无理取闹的主张,他无法理解而且感觉到一阵钻心的痛苦、折磨,这才是尚之平真正患的"心病"呀!

他一边想着心思,一边打开从县医院拿的装着"眠尔通"药片的纸袋。他取出一片药,喝下一大口开水仰起脖子咕嘟一声,咽下肚子。放下大茶缸,他索性靠着长长的木椅,闭上眼睛垂着脑袋,打算小睡一会儿。

如果接通了他的长途电话，服务台上小孟同志会喊醒他。

谁知他这么迷糊地小睡也不知过了多长时间，忽然有人伸手捣捣他的胳膊。尚之平惊醒过来，见一位拿着扫把的老大爷站在面前。尚之平睁大一双睡红了的眼睛，嘴角处留有睡觉时流下来的两滴口水。他赶快用手擦掉口水，迷迷茫茫地朝四周看看，问老大爷："嗯？我的长途电话接通了？"

老大爷笑笑，说："同志，你问话务员吧。我是清洁工，现在抓紧工夫在下班前搞搞卫生。"

"好的，好的。"

尚之平赶紧拿着茶缸和自己的东西，让出大椅子，看着老大爷又洗又抹。等人家打扫好了，他再坐到上面。大厅里已经没多少打电话的客人了，再看看外面的天色，太阳早已偏向西边的天空。他站起来走到长途电话柜台跟前，里面几位女接线员不太忙了，也不见小孟在柜台里。尚之平四处寻找，这才看到小孟从后面进来，走到跟前望着他笑着说："你刚才睡得真香，三个多小时都不见你醒哩。嘻嘻……"

他焦急地问："我的'长途'后来要通了吗？"

小孟遗憾地摇摇头，又同情地瞅着他笑了一声，嘟囔了一句："不知道怎么弄的，今天半个上午、半个下午的时间，都没有接通那边的长途电话，看来又没多大希望了。"

话刚说完，小孟又连忙到柜台里面拿出一大包烧饼、榨菜丝和几只肉包子，双手捧着递给尚之平，说："是中午买的，虽然现在不太热了，但这两天还能够凉着吃。看你一直睡得那么香，中午我不忍心叫醒你，真对不起哟。"

"不，不。"尚之平连忙说，"说对不起的应该是我。天也不早了，我得赶回农场参加连队的晚点名。今天真的谢谢你。"他走近长途电话台，向里面另外两位女接线员说，"也谢谢你们，来日我一定报答你们。再见！"

他想把包里的吃食退给小孟，可小孟硬是伸手拦住他，催他快一点回去,县城离军垦农场有二十里路远,这时候不走,能赶得上晚点名呀?——你看小孟姑娘考虑得多细致,多周到!尚之平只好朝着柜台里的接线员笑笑点点头,再次对小孟说一声再见,用胳膊夹上那包吃食,急急忙忙地走出县邮电局。他跨出门槛时,听到里面另外两位接线员姑娘嘻嘻哈哈地又在取笑小孟。但是,小孟这回却大着胆子向她们反击道:"哦,'为人民服务'你们忘啦?哼!再啰唆,我把你们通通批评一顿,看谁还敢闹!嘻嘻……"

小孟这句话,反而引起了姑娘们又一阵大笑。她们笑着说道:"好好好,请你不要批评了,我们都向你学习!"

姑娘们下面的话,尚之平听不大清了,也不想听清。因为他看见县邮电局对面的马路边上,正停着一辆后面带有绿色雨篷的军用卡车,驾驶室里的小战士,正朝尚之平招手。尚之平抱着东西赶快往那里跑去。

第十一章　回心转意

　　既然打不通尤妮的长途电话,尚之平就决定不打了;既然问不清尤妮为什么提出解除他们两人的婚约,尚之平干脆也不去过问了。管她这种疯疯癫癫的行为哩!

　　现在尚之平的当务之急,是必须赶快改变自己的思路,转换与尤妮、吉小玲两个人的相处对策,特别是要加强跟吉小玲之间的感情联系。一旦脑子里的头绪梳理清楚,尚之平的心情反而轻松起来,思路也变得开阔、清晰、明朗了。所以他抓紧时间给那位绵州姑娘又写了一封信。果然在不到五天的时间里,他就收到吉小玲从她正在实习的靠山村寄来的信。哎呀! 回信速度竟这么快,这本身就说明她对尚之平没有多少反感嘛!你现在搞清楚了吧,尚之平? 这位绵州姑娘不是那种朝三暮四的女子,她应该是个感情坚定、心灵纯净的人呀! 相反,对于尤妮,尚之平如今生出许多道不尽、理还乱的反感之情,甚至恼怒到厌恶她了。他曾经听人讲过,文艺界的某些男男女女,对爱情也好,对婚姻也好,别看两个人的关系一时间如胶似漆,其实过了一阵子,某些家庭,往往会生出几丝裂缝。这些裂缝先是细细的,明眼人不大能看得见;但到后来,这些裂缝会越变越深。于是在某个时候,曾经感情比蜜糖还甜的两口子,或许就分手拜拜了! 而属于"准文艺界"的尤妮,以后恐怕也会出现这种情况,甚至她现在就向尚之平提出拜拜的要求。这,你应该明白吧? 为什么当初你对她那么紧追不放呢? 恰恰就在于你忘记别人讲过的这些忠言和警告。尚之平,你真是个糊涂蛋啊!

尚之平当然没有在谴责自己、批评自己这件事上过多地浪费时间，他必须再次给亲爱的吉小玲回信。因为，吉小玲在前两天的来信中，和尚之平提到一件事。靠山村的村主任王志成对吉小玲说："你如果回临江去的话，问问城里头哪家厂里有旧的、能够发动的电动机。如果有，先花钱买一台过来。这钱以后由村里出。"电动机，也就是人们常说的马达。吉小玲听了这话当然高兴，因为王志成主任既然能跟她说这事，就说明村里相信她吉小玲。电动机即使是旧的，只要买到了带回村里，也是她的一份功劳呀。尚之平现在明白，这是吉小玲交代给他的一项任务。如果他完成这项任务了，当然其中也有他尚之平的一份功劳嘛！

这么一想，他赶紧摊开纸张，一连写了三四封信，傍晚就抓紧时间赶到场部邮电所去，寄给他在临江市工厂里上班的那些老同学、老朋友、老熟人。

几天后，有两位老同学来信说，他们厂里就有这样的旧马达，放在仓库几年了，都是好的、能使用的，只需拿到电动机修理铺修一修、擦一擦，或者加一点润滑剂就像新的了。嗬，真是天助我也！现在尚之平的另一个当务之急就是，他必须找机会再回临江市一趟，亲自去老同学所在的厂里看看，试试这两台电动机是不是真能用。倘若真的能用，就搬到街上修理铺去修一修、擦一擦。但是——这个"但是"很重要哇——如今，尚之平能不能请假回老家临江市呢？这就不好说喽。他已经因为"屋塌母伤"而请假回过一趟家了，这比学生连里许多眼巴巴地期盼连部批假而至今没被批准的大学生，要幸运多了，是吧？他尚之平的"牛皮"即使吹得再大，恐怕也不可能被连首长批准第二回吧？唉，这、这、这……这真是一件令人头疼、伤脑筋的事啊！

然而为了这第二次请假，尚之平已经"斗胆"去过连部办公室几回了，目的是寻找机会，向连首长提出这件事，至少也可以试试看嘛。所以每回到连部办公室，尚之平都装着到里面看当天的报纸，一边慢悠悠地翻看，一边等候、盼望办公室里没有其他大学生，只有他跟炮指导员两人在那里的机遇出现。那样，他就能够向指导员提出请假要求了。遗憾的是，这种机遇总是没有让他碰上。因为到连部办公室看报纸的时间，一般都在中午吃过饭不久或者晚饭后的一个小时内。而这个时候，往往不是炮指导员不在里面，就是他虽然在，但其他同学也在里面看报，这都不是尚之平所希望的"黄金机会"呀。有一回，尚之平在办公室里看报，正好炮指导员在里面。虽然还有另外两个学生，但是，尚之平沉住气看报坚持到最后，终于等到那两个学生离开了，里面只有他跟炮指导员两人。真是天赐的好机会！就在他放下报纸，鼓足勇气走向炮指导员想开口说话时，炮指导员突然叭的一声关掉里面的灯。借着外面的亮光，炮指导员毫不客气地说："唵？你还不去休息呀？明天一早上北圩割麦子，排里没通知你们？"

"通知了，通知了。"尚之平结结巴巴地说。

炮指导员的话就是命令啊！尚之平什么话也不敢说了，连忙丢下报纸离开连部。虽然他走在路上十分后悔，刚才为什么没有抓住机会及时提出自己的要求呢？唉……他回到大通铺的床铺上躺下来时，心里还扑通扑通跳得不歇。后来他反而觉得当时幸亏没提这事，否则冒冒失失地说了，不高兴的炮指导员肯定会狠狠批评他一顿。他批评尚之平还是小事，若请不了假，无法替吉小玲出力去买旧电动机，那才是大事哩！

第二天还没天亮，大学生们正甜蜜蜜地裹在被子里睡觉，外面的哨子突然"喔喔——！喔——！"尖厉地响起来，打破清晨的宁静。

接着，值班排长一排长在营房外面喊道："起床了——！十分钟穿衣、洗漱！十分钟吃完早饭！五点半钟全体带上农具集合！我再重复一遍，十分钟……"

血气方刚的一排长，是今年春天被上级派到大学生连队的，他也是来锻炼的。据说，他锻炼结束后，回到部队就会被提为军队干部，成为职业军人了。他的嗓门实在太洪亮，一些刚才还沉睡在十八层梦境里的大学生一惊而起，赶紧呼啦呼啦穿衣起床，呼哧呼哧刷牙洗脸，但即使在吃饭时,也总是一副睡眼惺忪的样子。直到吃过早饭集合起来,大家才又精神抖擞地迈步行进在田间大路上。这条路就通往现在铺满金黄麦穗的六万亩北圩子。

正是初夏季节,东方雾气茫茫的天色,映照着湿漉漉的下过露水的道路。去年秋季在北圩子割黄豆时,喊着口令的是炮指导员,现在变为一排长了:"一二!……一二!……一二!……"他这么喊喊停停,显得很有节奏、很有特色,也把大家的步伐调整得整齐划一。

大家边走边看着。远远的麦田里,正停着一辆割麦子的大型机械设备,这个大家伙就是联合收割机。一个大学生得意扬扬地对旁边的同学说:"你知道吗?它还有个文绉绉的洋名字叫'康拜因'!"

为了方便耕作,北圩六万亩又宽又平整的麦田,按一块地两百亩面积的标准,被划分为一块块小单位的田地。之前那个除夕的下午,炮指导员带大学生们来放雪水,就是在这里干的活。现在看来,麦子长得金灿灿的,十分喜人,嗬,这其中就有尚之平的一份功劳嘞!哪怕这份功劳微不足道,只有针尖尖那么大,但就这,他也曾经写信向尤妮和吉小玲吹嘘过的呀!

尚之平发现,每一块麦田靠田埂的那一边,也就是这会儿收割机停着的那一边,如今都不见麦子,而是一道宽五六米、只有麦茬子的"机器之路"。前天和昨天,炮指导员已经抽调几拨学生过来,先割掉田埂边的麦子,专门替收割机开辟出这条路来。你看这个大家伙气势强不强?这次来干活之前,尚之平心里还想着:割麦子,我上初中、高中时就在临江郊区干过无数次,现在我不怕干这活。等队伍开到麦田跟前时,炮指导员就逐一分配着大家的具体工作:"你们几个,跟着收割机捆麦秸子;你们几个在后面搓麦秸绳子,支援他们捆麦秸用;你、你,还有你,你们把镰刀拿在手上,跟在机器后面一齐走,发现收割机后面还有没割掉的麦子,你们赶紧上前去割掉,一粒麦穗都不能浪费啊,同学们!还有你们几个……"

听了半天,有学生喊道:"指导员,机器打下的麦子,不是要用麻袋装吗？我们来装麻袋吧！"

炮指导员望着他笑笑，说："哈哈！你不用操这个心了！到时候自然有'人'去装麻袋，还帮我们把麦子全部运走，不会让我们的腰累一累、酸一酸的。同学们哪！今天我老炮要让你们干一次轻松、漂亮的活计呀。中午还有红烧肉吃、鸡蛋汤喝，怎么样啊？"

大家一听哈哈大笑，但也奇怪，每次干活都几乎累断了腰杆子，浑身汗流浃背得像从水里爬上来。咦？今天怎么就遇上这等好事呢？真怪呀……

队伍刚刚散开上阵干活了，学生都拥到联合收割机跟前去看热闹。哎哟！老实说，大部分人恐怕是第一次看到这个又宽又高又结实的大家伙。机器上的驾驶员得意地伸手拍拍机头，答记者问似的高声介绍说，它干活时，凡是割麦、打场、脱穗的活计，都让它一手包下了！快看，它现在呼呼地发动起来，先是慢慢地，跟着就大步流星地从五六米宽的专用道上往前迈进，一边走，一边呼啦呼啦张开它身边滚动起来的巨牙，囫囵吞枣一般将麦子通通卷进自己的大肚子里；然后从一根帆布做成的粗管子里，将脱下来的麦粒，唑唑唑唑地非常轻松而又文绉绉地，全部注入一辆始终跟在它旁边慢慢开着的汽车车厢里。另一边，也就是这个大家伙的屁股后面，又吐出来整卷整卷的散发着小麦香味的麦秸草……

哦，尚之平现在明白了，炮指导员分配他们几个人捆麦秸子，就是用手、用筢子、用镰刀，把这些麦秸草扒拉到一起，然后再捆齐、捆紧，高高地码在麦茬田的地头上面，等汽车连开车来，把它们拉到场部的场地上堆着。这边的活儿刚刚结束，大学生们又抓紧时间，跟在这个大家伙的屁股后面跑去，再一次干着捆草、码草捆子的活。炮指导员说这活不忙不累，其实他们早已累得浑身燥热、汗流满面喽，哈哈！

到了休息的时候，他们也会一边喘气，一边揩汗，一边笑眯眯地目不转睛地瞅着这个庞然大物，心想："唔，你这个大家伙干得真快啊！"

它当然快了！一架联合收割机，一天连割带收几百亩的麦子，不成问题。倘若换成人工，这些田地，一百来人的学生连队，至少干个七八天的活才能歇手。你看看，你看看，都讲我们要实现机械化，提高种地效率，眼前的这个大家伙干活，不就是活生生的精彩例子吗？实际上，大学生身边还有个精彩的实际例子，那就是在田间穿来穿去的、像围棋盘一样的大型和中型的排灌水渠。每条水渠都是当年大部队开过来开荒、筑坝、平整土地时，挖沟机器上场干出的成果。要问是怎么干的？这事一排长晓得。他将自己的两只衣袖子齐刷刷地撸到胳膊肘上，点着一支香烟说："嘿哟，人家（指挖沟机）干活可是响当当的，又快，又整齐，又好看呀！我见它们伸出一双镰刀一样的'手'，往土里深深一插，然后两'手'像犁田似的呼呼地往前面直拱，再把挖出来的土坷垃朝渠口左右两旁翻过去，这双'镰刀'跟着在土坷垃上面拍一拍，把土坷垃拍得又紧又板结，水渠就这样不费事地挖成功了，而且远远看上去，既平整又光滑，漂亮极了！人家（还是指挖沟机）呀，第一，干活不需要歇气；第二，更不用抽烟、吃饭、喝水，只要喝点油；第三，它能气不喘、腰不酸地接连干上十几个小时，直到操作它的人收工了，它才收工。我算算啊，挖一条四五百米长的排水渠，只要抽半袋烟的工夫，嘿嘿，机械化嘛！"

有个大学生问："一排长，你们老家村子的水渠，也是这么挖的吗？"

一排长头摇得像拨浪鼓似的说："哪能比呀？挖一两百米长的渠，就要磨蹭个大半天。你看看哟，男人们还要抽烟、喝水、扯闲话，妇女们哄孩子、喂奶水，又纳鞋底什么的，能出多少活啊？根本不能跟机械化相比嘛。"

收割麦子，正逢五月底和六月初的初夏季节，这个季节干农活叫"双抢"，因为既要抢着晴天割麦子，又要抢着去栽稻子。所以麦子收毕，拖拉机就开过来翻耕麦田，然后灌上水泡松软了田土，再将田泥耙平整，等候栽秧。

还在尚之平他们割麦之前的一两个月里，炮指导员就已经安排几位了解农活的大学生,在中圩的学生营地附近,整置了一片育秧田。他们一边平整土地、灌满水,另一边提前在一口大水缸里让种子浸泡多日,并生出白嫩嫩的稻芽。秧田整好了,长出稻芽的稻种子,便被匀净地播撒到秧田里。几位细心而又十分爱美的大学生,没忘记剪来几枝栀子花的枝子,插在一片片秧田的中央。现在麦子收完了,秧苗都长得青乌乌的,有一拃多长,就像一张绿色的厚厚的地毯似的,齐整整地铺在秧田上。那些栀子花呢,跟着都绽开了一朵朵洁白的花,一阵又一阵幽香,得意地随着小南风四处飘荡,简直要把人醉倒。这个时候,无论天气还是生活,都是一年当中最舒适、最美好、最忙碌,也是最充满希望和活力的啊!

既然这样,尚之平更不能糊涂地向炮指导员提什么请假的事。他也忙得没工夫找他的亲密战友赵建同学,去商量自己的个人大事。当然,对于割麦子,尚之平没有什么困难,但对于不会干的栽秧活,他倒是忧愁起来:我到底做什么活好呢? 能不能向排长或者炮指导员申请一个适合自己干的活呢? 正当他愁眉苦脸时,炮指导员主动过来拍拍他的肩膀说:"我看出来了,你现在就在发愁,你出生在城市里,不知干什么农活好,对不对呀?"

他这么一说,尚之平反而笑起来了,睁大双眼望着炮指导员,猜测他下面要讲什么。

炮指导员说:"去年秋天收黄豆,你挑豆把子出了名,你的事迹不是上了报纸吗? 现在,我让你继续发挥'卖油郎'挑担子的作用,去运送秧把子吧。"

咦? 这活倒是跟我对路啊! 尚之平一听果然答应,快活得屁颠颠地跑了。

头十棵秧苗从育秧田的泥里拔上来,用一两根在水里浸泡而变软的稻草秆子捆成一束,这一束秧苗就叫秧把子。那么,这一束束秧把子,怎么送到等待栽秧的水田里呢? 那就靠人用两只布兜子,兜住二十几捆秧把子挑到田间去。尚之平现在就干这个活,虽说简单,但也有讲究,首先,得始终注意码秧把子的方式,防止将下面的秧苗压坏;其次,走路时双脚迈得要稳当,小心在满是烂泥的路上连人带担子滑倒。尚之平先用胳膊把扁担托起来,试试两头是不是一样重;如果两头重量相等,他就放心大胆地挑到肩膀上,轻飘飘地走在湿漉漉的泥地上。当他在每块水田埂上停下来时,他就是最"吃香"的人喽。你听栽秧的大学生朝他叫唤吧:"伙计,秧把子往我这里丢啊!""快到我这里送秧把子,求求你,快!""尚之平,我亲爱的你快过来呀!"

哈哈!都是好听又好笑的话呀!

此刻,尚之平是田埂上最受欢迎的人。然而就这样,他还是意外地出了麻烦。

事情是这样的。

田地与田地之间,到处隔着一道道两米宽的水沟。这沟就是一排长那天说的,当初挖沟机器挖的排灌渠道。平时人们两脚跨越水沟,只要往后面退个两三步,然后嗵的一声跳过去就行了。可现在不行呀!挑秧把子的"运输兵",怎么能跳起来呀?其实为了走路方便,连队事先就已经派人将五六根手腕子粗的毛竹杠子,用麻绳扎成一排,直直地放到水沟上面当作竹桥使用。刚开始挑秧把子过沟时,尚之平赤着双脚谨慎地从上面走过去,一直是顺顺当当的。可到了下午,也不知他是挑累了,还是竹杠子上面被人走得湿漉漉的。杠子一旦湿了又沾上稀泥巴,人走起来自然会滑溜溜的。等到尚之平再走时,他的左脚哧溜一声,滑到两根开始松动的竹杠子之间的缝隙里,一直滑到水沟里。尚之平只好扶着竹杠子再将左边的腿拉上来。瞅了瞅自己的脚面子,发现左脚的右边脚踝蹭脱了一层皮,鲜血往下淌哩!但他只是伸手抄水洗净了伤口的污泥,仍旧咬牙把秧把担子挑到肩上,慢慢地往田间送去。

回来时,尚之平只让卫生员在伤口处擦了一层红药水,贴上一块药棉,以为没什么大不了的事,但是他想错了。

俗话说:"脚孤拐子脱层皮,十天皮肉难长齐。"何况栽秧时,也没有时间休息让伤口静静地长好。加上每天两脚都在污水中踩过来、踩过去地挑着秧把子,脚踝上这层薄薄的破皮,眼看着渐渐烂得难以收住口子了。而且,"双抢"时节里,割麦和栽秧像打仗一样,争取时间就是争取胜利呀!田里这儿、那儿不断有人高声喊着:"哎,秧把子呢?尚之平同志快送过来呀!"

这个时候,他尚之平能够停下担子去休养伤口吗?绝对不行啊!

每块田里的栽秧人,栽到最后,就要比赛,谁栽得速度快,谁就是胜利者。而落在最后面的栽秧人,往往会陷入别人暗中设计的"秧门"里面。一旦栽得快的人在你身后把"秧门"封上了,伙计呀,你纵有通天的本事,也难以跳出这道"秧门"呀!那是要被人嘲笑的。所以这个时候,挑秧把子的"运输兵"肩膀上面的担子更重啊。此刻,尚之平算是下决心豁出去了,宁愿挑到脚踝全部烂掉、碎掉,他也要坚持地挑啊,挑啊,挑啊!

……

北圩的稻田里一连栽了三天的秧,尚之平也就忍着三天脚踝上钻心的疼痛!但他没有向他所在的二排排长反映,上的药品也就是那些。他这人的个性跟蛮牛似的,即使脚踝上面贴的药棉脏兮兮的,他也愿意跟着大部队,又从北圩转移到中圩的阵地上继续"战斗"——挑秧把子。

这就是说,来到尚之平他们住宿的学生连营房附近的稻田上面插秧时,他仍然是挑秧把子的"运输兵"。有时,脚上实在疼得忍不住了,他就在见不到人的地方放慢速度,左脚一拐一歪艰难地挪着步子。看到前面来了人,他才咬紧牙关、狠狠心肠地迈开大步,嘿,他还咧着嘴巴,装出轻松自如的样子,笑嘻嘻地走得稳稳当当的哩!

然而他这种"表演",后来还是露了馅。

有一次,尚之平痛苦得左脚一瘸一歪地走着,忽然听到后面有脚步声。知道有人走过来了,他赶紧咽下一口唾沫,把担子从左肩换到右肩,然后他狠下心肠大步流星地朝前方跨去。正当他信心十足而又艰难迈步时,走在他身后的那个人,突然伸手在他肩膀上拍一拍,命令道:"停下!

快停下!"

哦哟,是炮指导员跟在他后面呀!

炮指导员让尚之平小心翼翼地放下担子。他双眼胆怯地望着指导员,大气不敢出一声。炮指导员在他身后蹲下,叫他双手扶住自己的肩膀,然后,炮指导员伸手轻轻托起尚之平的左脚,小心地撕开他左脚脚踝上糊满泥水的药棉。刚刚才撕开一点点呢,炮指导员嘴里就惊讶得哦了一声!原来他看到尚之平的伤口正流着血、化了脓,炮指导员赶快又将药棉贴在尚之平的脚踝上,小心地放下尚之平的脚。这时候,炮指导员一改平时大声讲话的习惯,居然语气亲切地笑着问他:"唵?甚时候受的伤啊?没听你反映过嘛。"

尚之平不得不笑着实话实说道:"挑秧把的第二天下午,我过水沟上面的竹杠子,左脚滑到杠与杠之间的缝隙下面,落到沟水里了。等我把左脚拔上来,我就看到左脚右边已经蹭破了皮……"

说到这里,尚之平的脑袋慢慢地低下来,眼睛里面仿佛涌出一团泪水。

炮指导员又问:"没有及时涂上药吗?卫生员是吃干饭的?唵?"

"不怪卫生员。"尚之平说,"他给我涂的红药水,贴上药棉,可挑秧把子时走来走去的,药棉松开了,又让泥水浸泡,伤口老不见收头。不过我不怕,指导员,看它能烂到什么时候!我一定战胜它!"

说到这里,他反而笑一笑,还吧唧一声向旁边吐一口唾沫,以自己非同一般的忍耐力和决心安慰着指导员了。

可炮指导员没理尚之平,转身瞅见另一位挑秧把子的大学生过来了,炮指导员拉住人家,说:"等一会儿你回来时,你把这副担子的秧把子挑到田里。"

他说的这副担子,就是刚才尚之平放下来的担子。

尚之平急忙说:"指导员,我行,我能坚持住!"

炮指导员仍然没理他,抬头向四周寻找什么人。好了,他瞅到了小文书,小文书站在田埂上往田里抛掷秧把子。指导员朝小文书招招手。一会儿,文书跑步来到指导员跟前立正站着,仿佛在接受什么战斗任务似的。炮指导员拉着尚之平对文书说:"你现在送尚之平去场部卫生队。告诉他们,赶快治好他脚上的伤口,让他的伤口三天之内初步好转。听明白了?唵?"

"是!听明白了!"

立正的小文书,铿锵有力地回答道。

旁边的尚之平还能再争什么呢?炮指导员拍拍文书瘦瘦的肩背,要他弯下腰。干什么?哦,他的意思是怕尚之平左脚不好走路,让文书把尚之平背到卫生队去呀!

小文书听从指导员的吩咐,扶住尚之平,叫他赶快趴到自己背上。谁知尚之平不但不愿意趴到小文书背上,反而哈哈大笑起来,说:"指导员,我这个男子汉大丈夫,怎能叫瘦骨郎当的小文书背啊?不行!绝对不行!何况我还能走路。"

他这样"悲惨"地形容小文书,小文书突然伸手戳戳尚之平的腰,气呼呼地说:"那好,我拉你走可以吧?"

这回尚之平只得听话地让文书一手拉着他的胳膊,一手扶住他的腰,两人慢慢地上卫生队去。炮指导员还不放心地跟着他俩走了几步路,后来停下来,看着他们径直朝场部走去。这时,尚之平想起了什么,回过头向炮指导员请求道:"指导员,等换药回来,还让我继续干吧。挑秧把子我熟练了,什么困难都难不倒我!"

他的话音中仿佛含着几滴泪水似的,说得那么恳切,完全没有一丝一毫虚情假意的成分!

炮指导员也许受到了感动,居然眼窝窝里汪出来两团热泪。是的,通过他们这些吃苦在前的军队干部的悉心教育和引领,这批大学生,的确是可以锻炼成功的。想到这里,他朝尚之平挥挥手,哈哈大笑说:"回来我保证给你个好安排,你放心去吧!"

果然，尚之平在场部卫生队上过药，严严实实地包扎好左脚踝上的伤口，又回到田间，就接到炮指导员安排的新活计：让他站在田埂上，将别人挑过来的秧把子一捆捆拿下来，堆在一起，然后看哪里需要秧苗了，他就往哪里丢去；或者双手拎着秧把子四处巡看，哪里需要，他就扯着秧把子投过去。他的双脚已经套上两只短短的防雨靴子，即使踩到烂泥污水里也不怕了；而且只是到处走动，也不需要快步地跑来跑去。他每次向田里投掷秧苗，总是丢得很有技巧。你看，他低低地弯下腰身，胳膊笔直地往需要秧苗的地方，不偏不倚地丢过去。这样，既让栽秧人获得干活的"原料"，又不会溅起泥水弄湿他们的衣服。所以，同学们都众口一词地称赞他秧苗投得准，投得"充满温情"。

　　受到表扬的尚之平，当场就哈哈大笑地抱起双拳，朝着田里的栽秧人高声喊道："大家对'残疾人'也是无限关爱嘛！我谢谢了！"

　　因为中圩的稻田比北圩的稻田少一半，这里的栽秧任务后来也就提前结束了。包括北圩收割麦子两天、栽秧三天，中圩栽秧两天，抢收抢种的"双抢"工作一共花去七天时间。当然，尚之平也焦急地等待了七天。他还等待什么呢？他希望农活快一点结束，再次向连首长要求回临江一次，因为吉小玲要他给靠山村买旧电动机的任务，他一直挂在心里没有完成啊！

　　农活结束的那天傍晚，他就抓紧时间收拾好自己手中的农具，蹲在池水边洗着双手。他的脚，不像其他人需要一遍又一遍反复冲洗了。他脚上穿着靴子，洗起来很简单。在所有干活的大学生中，只有他一个人由炮指导员特批穿着雨靴子干活。若跟别人比，嘿，他反而觉得不好意思哩。

　　这时候，他听见背后有人一边跑过来一边喊着："指导员！指导员！"

　　尚之平听声音，就晓得是小文书。他平时做事总是慢条斯理，这回反倒急不可耐的样子，看来，有什么紧急任务向炮指导员传达吧。

　　洗好手，尚之平站起来轻轻地甩着手上的水珠，扛着农具往营房走去。小文书跟在指导员后面也走过来了。只听他一边走,一边向指导员报告着:"团部的袁参谋刚才通知,明天清早五点钟出发,去临江市军部参加报告会,五六辆车子在场部稻场上等着,明天傍晚再一齐从临江市赶回来……"

两人走远了,下面的话,尚之平也就没有听清楚。但是尚之平并不死心,因为刚才小文书的话,已经让他了解到一个大概。最主要的是后面那句话:"明天傍晚再一齐从临江市赶回来。"嘿!他不但记得牢牢的,而且马上判断出来,明天,军垦农场部队的干部们,要到临江市军部听报告。这时候,好奇心一直怂恿着尚之平,催促他去问一问小文书,明天指导员他们是不是真的去临江市呀?因为这支部队的军部就设在临江市,这是所有临江人都知道的。如果部队的干部们真是去临江,哈哈,那就太好了!

傍晚吃过饭,尚之平在热水盆里洗碗,正好,文书手捧一大摞信件、报纸走到他跟前停下,低着头呼啦呼啦地寻找手中有没有尚之平的信。平时就他的信件多啊!尚之平乘机轻声问道:"请问'小首长',明天指导员他们到临江市开会呀?"

小文书一边找着信件,一边朝尚之平眼一翻,说:"问这干吗? 这是军事秘密!你若多问——"

然后小文书伸出拳头,又将拳头上面的食指伸出来,当作手枪的枪筒瞄准尚之平,嘴里发出啪的一声枪响声!

尚之平笑呵呵地在身上擦一擦手,连忙从口袋里拿出一盒香烟,抽出一支烟往小文书耳朵上面一夹,说:"问一问嘛,我想帮助肚里的晚饭消化呀。你已经把我'枪毙'了,我不需要消化了。谢谢你!"

小文书因为接受一支烟,被他"腐化"了一次,只好脑袋抵近他小声地说:"是去听报告,明早五点出发,下午五点回农场。算了,我不能说了。——你一定要保密啊!"

小文书捧着信件头也不回地走开了。

看来，这是个准确的情报呀！这七天时间，他尚之平跟着连队披星星上田里，戴月亮回营房，迈着一条烂了皮、淌着污血的左脚，坚持干活。可以说，他这是在一种极其艰苦的状态下接受锻炼；也可以说，他是跟古代越王勾践学习卧薪尝胆，以便等待并争取到回老家临江市的机会，既能帮助吉小玲办成买旧电动机的事，又能加深他与吉小玲之间的关系。哈哈！现在看来，这样的机遇他终于等到了！

晚饭结束后，炮指导员又在连部办公室写材料，除了尚之平，去里面看报纸的没有一个大学生。尚之平静静地翻阅几张报纸。怕打搅指导员，只看了一会儿，他仿佛想起一件事似的，随意地问指导员："指导员，是不是明天你们到临江市听报告？"

炮指导员头一抬，奇怪地问他："听谁讲的？你消息倒灵通啊。唵？"

尚之平赶快龇嘴笑笑，说："外面大家都在讲哩。"

"唔。"

炮指导员只是应了一声，既没有肯定这话，也没有否定这话，仍然低头写东西。看来是确有这回事了，因为他没有否认嘛。再讲明天一早就坐车走，所以炮指导员今晚就得结束手头上的事情，不是吗？

尚之平放下报纸，干脆坐到指导员对面的椅子上，喊一声"指导员"，他就望着指导员不敢继续说话了。

炮指导员只得放下手里的笔，瞅着尚之平问："有什么事情？"

尚之平眼泪汪汪地说："如果你们明天集体赶到临江开会，晚上回来，我……能不能跟你们去一趟临江，傍晚再跟你们一齐回农场？行不行？"

"你不是三月份请过探亲假了吗？"指导员认真地问。

尚之平说："那次是我家的房子被雪压倒，母亲受了伤。三四个月过去了，不知道我母亲现在情况怎么样……"

炮指导员一直静静地听他说。等他不再说了，指导员才抬起头望着办公室那只明亮的电灯泡想了想，然后笑眯眯而且和蔼地看着尚之平，说："唔，你这次在'双抢'的农活中干得不错，以后还要保持住这股子干劲啊。好吧,我同意你明天跟我们一齐到临江去。我们是去听报告的。你呢,抓紧时间回家一趟,下午五点钟一定按时跟我们的车子回到农场。明天早晨五点钟之前,我叫二排长喊你。"

第十二章　再回临江

那天一早,尚之平跟着军垦农场的部队干部们坐上军车,一路不停地奔向临江市。到达那里,太阳才露出红通通的俊脸蛋,城市也从一夜的沉睡之中渐渐苏醒过来。尚之平在市中心下了车,临走他跟炮指导员讲定:下午时分,他准时到达临江市的军部驻地大院,跟部队的干部再一起坐军车回农场。

他先回家洗了一个澡,换一身衣服,然后到家附近的一个单位借电话用,分别打给他在企业上班的那两个老同学,问问购买旧的小马达的事情。其中一个老同学说,他们厂确实有一台旧马达,还能用。正因为目前还能使用,所以厂里现在不想急着转让出去,说是等几个月后真的用不上了,他们厂再让尚之平买去。而另一位老同学对尚之平说,他们厂的那台旧马达,是用来带动厂区的抽水机排污水的,平时不大用,放在仓库里睡了一两年的大觉。可是事情奇怪,这台旧机器原先放在仓库的一两年里,没人问它。现在尚之平提到这事了,厂领导反而说再等两三个月吧,如果今年梅雨季节没有大雨,这台旧机器可以叫尚之平弄去,而且还不收费用,因为是支援农业嘛。总之,今天,尚之平不能带走一台马达,只得两手空空地去见吉小玲了。唉,你看这事!

垂头丧气的尚之平,在找到位于市中心的吉小玲家的那座居民楼时,他先对着她邻居家的窗子玻璃照一照,发现自己后脑勺上有两绺头发像怒发冲冠似的翘起来,他连忙在手心吐一口唾沫,往后脑勺上抹几下,算是平息它们刚才的"怒气"。到吉小玲家门前,他伸手谨慎地轻轻敲了三下。一会儿，吱呀一声门开了，里面站着一位面孔白皙、表情和蔼可亲的阿姨。尚之平明白，她就是吉小玲的妈妈。——不错，这是他第一次见到吉小玲的妈妈。

尚之平连忙说道："阿姨好！我上午跟着农场部队的军车回来，下午再跟车子回农场去。现在我来看看吉小玲，她在家吗？"

吉妈妈笑了笑，说："她倒是回来过的，可前两天又回农村去了。她还在那里实习哩。"

尚之平的脸因为失望而瞬间变了色，甚至犹豫得不知说什么话才好。吉妈妈也看出他的心思，就说："你先进来坐一会儿嘛，喝了茶再走。下午回农场还早。"

吉妈妈这句亲切而又真诚的话，马上安抚了尚之平忐忑和失望的心情，于是他笑着点点头进去了。但刚坐下没过两三秒钟，他又站起来说："阿姨要去上班吧？我不能耽误你……"

"你坐，你坐。"吉妈妈端来一杯茶，放在他面前，说，"今天我正好休息，明天上班。"

她的话令尚之平扑通扑通跳个不停的心脏，又一次稳稳当当地平静下来。他捧着茶杯浅浅地喝了一小口，放下杯子才尴尬地对吉妈妈笑一笑，说："阿姨，上次吉小玲回来，我肯定影响了她的心情，让她情绪低落。这都怪我！我实在对不起她……"

这一句"我实在对不起她"，讲得干巴巴的，而且越说声音越低，最后，他低下脑袋瞅着两只脚尖不敢吭声了。吉妈妈干咳了两声，朝着尚之平轻声叹一口气说："是的，小玲上次回来，心情不算很好。我问她是什么原因，她也没多说。唉！女儿是我心上的肉，做妈妈的对她也非常了解。相信经过这一阵子的煎熬和变化，她的心情也许会变好一些。我希望以后她无论跟什么样的男孩子相处，他俩都要实心实意地用情、用爱相互交往着，绝对不能……说一套、做一套。我知道自己的女儿会处理好这件事的。你说对不对？"

尚之平听了,激动地说:"阿姨,你的话我一定听进耳朵,记在心里。这次吉小玲给我写信,说靠山村干部,希望她在临江市买到旧的、可以用的电动机,也就是小马达,村里要用它去抽水浇地。小玲说这样的话我明白,我也应该过问一下。此前,我就给两位在临江企业上班的同学写信问过,他们两家厂里都有旧电动机。所以今天我特意赶回来,就是去问他们的,但居然是'计划不如变化',两家企业都出现波折:一家企业的旧电动机暂时不想卖;另一家企业又说要等两三个月,如果梅雨季节雨水不多的话,他们厂才同意把电动机给我。唉,你看这事……还不能马上就办成功呢。阿姨,请你告诉吉小玲,再等两三个月看看呢。反正我会去努力的。可好?"

嘟嘟囔囔地说了半天,尚之平的目的,是想缓和一下刚才吉妈妈的话所造成的尴尬、紧张的氛围。吉妈妈真不愧是出身于大地方的人,她连忙点头笑着说:"好的。等小玲回来,我一定跟她讲清楚。你也可以直接写信给她。你俩不是保持着联系吗?"

尚之平立刻站起来,伸出双手握住吉妈妈的手,说:"我一定像你讲的那样,跟吉小玲相处好,你放心。现在我得赶快到部队的军部停车场去,等首长们散会了,跟他们一起坐车回农场。"

在离开临江之前,尚之平又回了一趟家。跟自己的母亲告别时,他仔细摸摸、瞧瞧母亲那一只因为"屋塌"而受伤的脚。伤口已经愈合了,连一小块疤痕都难以看到。

当然,做母亲的,都把自己的全部心思放在儿子身上。今天在跟儿子分别的时候,母亲忽然拉住尚之平坐下,说:"想不想听听尤姑娘的事?"

尚之平说:"我不想听。她已经有一两个月没给我写信了,躲在江南市她姐姐家里,是吧?"

即使这样,母亲还是把脑袋抵近尚之平,低声说道:"听说她已经就业,参加工作了,安排到……"

母亲迟疑了一下,吞吞吐吐地说出下面的话:"据讲尤姑娘现在去的单位,原本是另一个小姑娘要去的。这个小姑娘其实跟尤姑娘也很熟悉,所以,居委会把那个小姑娘需要填写的空白招工表格,托尤姑娘带给她。可尤姑娘后来在人家小姑娘的招工登记表格上,填写自己的名字跟家庭情况,然后就把这份表格交给居委会。居委会也没有仔细核实表格。最后,这家单位招收的人竟然就是尤姑娘……唉,如今这事被别人暗地里说三道四哦……"

尚之平突然粗声粗气地打断母亲:"所以她躲在江南市不再露面了,是吧?"想了一会儿,他抬头瞪大眼睛说,"但我觉得刚才的这种说法不一定对。哦,尤妮填了那个小姑娘的招工表格,于是尤妮就被这家单位招去了。想想看,这种说法可信吗?如果这家单位原来按计划招收的人就是那个小姑娘,其他人填这份表格都不能算数的。该是谁去,就是谁去嘛。妈,在这方面,尤妮已经遭到别人诽谤,受了委屈,我们就不能跟着瞎说了,对吧?"

"唔,恐怕是这样……"

母亲听出来,尚之平对尤妮肯定有着不满的情绪,但也有着某种不愿撕破的情面。一般来说,母亲对尚之平的话,都是百分之百地相信且支持的。所以她一边说话,一边伸手扯平了儿子带着皱褶的衣领说:"唉,她跟你都已经领了……证,你俩到底算不算是结婚呀?"

"应该不能算正式结婚!"尚之平果断地说,"因为我们还没举行婚礼,不应该算是真正的夫妻。妈,现在不谈这事。我马上跟部队的军车回农场。你在家千万注意自己的身体啊。尤妮她以后要是来了,就让她住下好了;她若不来,你也别去特意'请'她过来。好不好?"

母亲听了儿子的话,叹一口气,什么话都没说。

"妈,我走了。"

"什么时候能再回来?"母亲急切地问道。

尚之平笑笑:"哦,你希望我能够经常回来呀?一般是没时间回来的,除非有机会。这次,部队首长们到军部听一天报告,我因为赶得巧才跟着回来。这不，现在又跟他们一起坐军车回农场了。"

他背上母亲给他带去的一小口袋吃食，往公交车站走去，打算乘车赶到军部的停车场。可路上他改变了主意，特意从一条弯弯曲曲的但是能抄近道的小路，转到临江市第二中学围墙外的那片小树林里。其实这条小路，吉小玲当初也知道，她曾经跟在尚之平后面走过一次，想弄清楚他家在哪。从此，她就认得这条通往尚之平家的林间"秘密小路"了。

今天看着下午天色还早，尚之平旧情难忘地钻进小树林里，在那棵弯弯的、过去他和吉小玲常见面的"迎客松"下面，他坐到一块长长的石头上。树上蓬勃的松枝针叶，恰如一把张开的翠绿的伞，替他遮去下午燥热偏西的阳光。还没坐一分钟，他马上又起身往石头的边缘挪一挪。虽然挪到外边的位置能照到阳光，但他是为着把石头里边照不到阳光的那一头好位置，留给吉小玲坐哩！即使吉小玲今天不会来，他也像过去两人常常坐在"迎客松"下面谈心时那样总喜欢把好位置让给她。

尚之平啊，立即沉湎于曾经他跟吉小玲的亲热、幸福的时刻当中！

是的，那时候的尚之平，居然放情而大胆地伸手揽住吉小玲那细细的腰，还不时地撅起嘴唇贴近她的头顶，轻轻地吮吸着从她的发际里飘出来的阵阵清香。若要他再进一步纵情地表现某种亲密的动作，对不起，他那时虽然有这个"贼心"，但绝对不敢有这份"贼胆"！而当初倚在他身边的吉小玲呢？那会儿则紧紧地闭起双眼，舒舒服服地靠着尚之平的肩膀，默默听他絮絮叨叨地说着话。吉小玲一直都向往并佩服尚之平的文学表达能力，毕竟他是个文科大学生嘛。在尚之平从江南市回来还没去找吉小玲之前，她其实已经深深迷恋上了他，时时魂不守舍地想着尚之平，甚至暗暗地把自己那颗稚嫩、纯洁的心，紧紧贴在尚之平的心上……

有一段时间，吉小玲好久没见到尚之平了。尚之平突然出现在"十号兵站"，从身上掏出一沓文艺演出的入场券，分发给团团围住他的那些学生。有几个小姑娘一边吵闹一边伸手扯着尚之平要入场券，而站在旁边，同样心里急吼吼地希望获得一张券但又缺少那份勇气的吉小玲，却静静地不敢靠近他,也不敢说一句话。这位端庄、文雅的绵州姑娘就是这种性格,这样温柔,哪怕别人冒犯了她,她也往往默默地承受着而不抱怨一声。当然,她这样的性格除了是天生的之外,也跟她的家庭有关。因此,她自然而然地养成这种特有的个性。后来,尚之平的入场券终于发完了,他朝几个还在扯着他衣袖的小姑娘,拍一拍自己空空的口袋,甚至把衣服的口袋都扯出来让她们检查,这才脱身了。看到这种情况,远远地站着,不抱希望等着他的吉小玲,也就彻底死了心,转身去干她的事了。然而令吉小玲没有料到的是,尚之平后来在经过她身边时,把一只握紧的拳头往吉小玲手里一塞,很快便昂起脑袋哼着歌曲走过去了,头也不回,就像没事人似的。吉小玲心里一愣,再松开她的手心看看,嗨哟,竟然是两张入场券!其中一张券的背后写着"你",另一张的背后写着"弟"。哦,是他送给自己和小弟的入场券呢。哇!吉小玲顿时心中一热,激动得她的周身滚烫滚烫的,念叨着:"尚之平呀尚之平,我谢谢你喽!……"

这以后,两人如此暗中操作送入场券的把戏,还发生过几次,吉小玲自然都是哑巴吃饺子——心里有数,而又乐滋滋地领受了。有时没有演出,吉小玲还躲开别人,默默地向尚之平招招手,把他叫到跟前,悄悄地说:"以后有票,不要忘记我啊……"尚之平笑着点点头,便昂头阔步地离开了。这个时候,吉小玲仿佛正在脑海里搓着一根软软的细细的,但是十分结实的红丝线。她就用这根浸透着某种不敢大胆地说出来的爱情的红丝线,企图把尚之平和她吉小玲的两颗心儿暗暗地联结在一起哪。自然喽,尚之平对此肯定心知肚明。因为这个大男生,也时时刻刻地在搓着属于他的那根爱情的红丝线,指望把他心仪的某位女生的心跟他的心牢牢地联结起来哩!

此刻,尚之平正在小树林里甜蜜蜜地回忆着往事,突然间听见一阵唦唦唦唦的脚步声。咦?难道这时候吉小玲真的走过来啦?而且正朝着"迎客松"这里一步接一步地走到尚之平跟前了吗?

嘿!尚之平赶紧扭头四处瞅了瞅。不行,这么瞅,根本见不到什么人的影子。也许吉小玲还像以前那样,喜欢轻手轻脚地往"迎客松"这边"偷袭"过来吧? 尚之平呼噜一声干脆站起来,转动着身子向四周仔细寻找。哦,他瞅了半天,竟发现是一只浑身黑炭似的、名叫"赤火呆"的小鸟儿,就在附近用爪子扒拉地面上的乱草和树叶寻找食物吃。这种鸟,在树林这地方胆子特别大,见人也不怕。正是它的大胆举动,才无情地打断了尚之平这一段甜蜜的回忆,太可恶了! 气呼呼的尚之平,捡起一块土坷垃狠狠甩过去,"赤火呆"哧啦一声飞走了。唉,气恼而且失望的尚之平只得重新坐下来,将刚才特意留给吉小玲的那个位置,仍旧留给她。尚之平需要抓紧时间,继续回忆他曾经拥有过的那些美好往事……

哦,从刚才他回忆的吉小玲前前后后跟他接触、相处的种种情况来看,她确实老早就对尚之平产生了感情,只是作为姑娘家的她,这种感情不好直接表露出来罢了。

可惜在这一两年前,尚之平的全部心思都花在尤妮身上。从第一次认识尤妮起,尚之平便想方设法地接近她,又是跟尤妮学唱京剧,又是和她卿卿我我地逐步培养两人的感情,指望自己大学毕业分配后,就能够跟尤妮订下终身大事。借用一位名人的话说:"每个人都有爱人和被人爱的权利。"

因此,尚之平这么做当然不能算是错。然而尚之平也确实有他自己的过错。这个错就像另一位"不太出名的人"所说的:"每个人都有不爱人和不被人爱的权利。"

这个"不太出名的人",其实就是尚之平自己;这句所谓的名言,也是他自作聪明地杜撰出来的。因为一方面,他既想跟尤妮结为一对永久的夫妻;而另一方面,他又反对尤妮进入京剧表演的领域。他上一次凭着"屋塌母伤"的理由请假回临江,劝说尤妮跟他急急忙忙领了结婚证,又照了合影,就差举行婚礼了。否则,他俩就算是既成事实的夫妻了。这种"急急忙忙"的做法,这种千方百计劝说尤妮不要进入京剧表演领域的行为,恐怕是尚之平用自己的实际行为,不自觉地将尤妮逐步推到"每个人都有不爱人和不被人爱的权利"这条错误的道路上了吧？至少,他尚之平还没有摸清尤妮是真正爱他、真心愿意做他的老婆呢,还是有着别的意思。从尤妮现在的所作所为来看,她不是那种跟爱人的婚姻能够坚持终生的女人,甚至有着朝三暮四的举动。要不然,她为什么会扮演别人的女友,她为什么一心一意往京剧院里钻,直至写信给已经跟她领过结婚证的尚之平出尔反尔地要求解除婚约呢?……啊啊!尚之平,这些奇怪现象的出现,都是因为你盲目而又糊涂地追求她,却不了解她的心灵深处,从而犯下了你这一生中不可饶恕的错误呀!

其实严格讲起来,尤妮也许没有错,她可以做"不爱人和不被人爱"的人,因为她完全有这个权利嘛!而且你尚之平后来对吉小玲,不也是狠着心肠,采取这种"不爱人和不被人爱"的做法,将她推到一种痛苦得无以复加且难以自拔的困境之中去的吗?——尚之平!说起来,你这个家伙就是跟尤妮属于同一类型的"冷血动物"呀!

想到这,自责和羞愧,已经让尚之平的眼睛浸满了滚热的泪水,仿佛他自己就是遭受打击的吉小玲似的。

唉!他重重地叹息一声,伸手抹一抹湿漉漉的双眼,再次坠入刚才的深思之中。

不怕犯错误,就怕不改错误。对比一下尤妮和吉小玲这两个人,吉小玲确实是位善良而可爱的纯真女子。尚之平呀尚之平,你这回可得把自己整个心思放在吉小玲身上喽!这么一位清纯的绵州水乡姑娘,对你来讲,就是从天而降的"田螺姑娘"啊!你必须以实际行动向她赎罪,你必须时时刻刻地保护她、爱护她。何况她目前正在靠山村进行林业课程的实习,你就应该抓住这个机遇去支持她,助她一臂之力。那么,你到底怎么支持她?唔,除了给她买书,买旧电动机,还应该鼓励她在搞好课程实习的活动中,一定要充满信心。这样做了,你就可能最终跟她结下良缘,不是吗?……

尚之平刚想到这里,突然从旁边临江二中的校园里,传来一阵电铃声,学生背着书包一窝蜂地拥出教室,哗啦哗啦地奔向操场去打篮球、跳绳、做体操,开始当天的课外活动了。

尚之平看着太阳稍稍偏向西边的天际,知道时间大约是下午四点钟了。他赶紧背起装满吃食的小布包,用跑步的方式绕过临江二中校园的围墙。然而才跑开几步,他又迅速折回头,奔向那棵弯弯的、现在令他感到分外亲切的"迎客松",撅起嘴巴在树干上面吻了一下。笑一笑,他又低下头再吻一口,得意地对它说:"好朋友,我以后跟吉小玲会来看望你这位'月下老'的!"

他充满深情地在树干上拍一拍,迈开大步,朝着军部方向狂奔而去。不到十分钟,他就看见了军部所在的那座大楼和那个广阔的大操场。操场上面,整整齐齐停着一辆辆军用卡车。

双手抹去一头一脸的热汗,尚之平把手掌合在一起呼啦呼啦搓揉几下,眼睛向四周一扫,找到了上午他坐的那辆车子,伸手向驾驶室里的两位士兵挥挥手。他抓住后面的车厢板纵身一跃,利索地攀到车厢里,拍拍手,在车厢前面站稳了。这时,军部大礼堂的大门和几个侧门同时打开,部队首长们陆续走出礼堂。

走在前面的炮指导员,一边迈向停车场,一边还在东张西望地寻找尚之平,看他来没来。忽然一抬头,炮指导员见到尚之平就站在他们要坐的那辆军车上面,他高兴地笑着向尚之平招招手。

第十三章　决堤风暴

　　农场里的秧苗眼看着一天比一天长得旺盛。那青葱欲滴的秧苗叶子,齐齐整整的身个儿,远远望去,像一面硕大无比的绿色地毯,蒙在田地上确实好看。这个时候,也不需要派太多的人下田干活。连队只让几个懂得农活的大学生,带着铁锹在田间四处转悠着:看哪块秧田里水多了,就伸锹挖开田埂上的缺口,把水放掉一点;看哪块秧田里水又不够了,再扒开缺口放一些水进去,反正活儿轻轻松松的。管理田水的这几个人如果没事可做,他们干脆就用草帽子盖住脸,身体笔直地躺在田埂上面扯起呼噜睡一觉,只要不耽误中午吃饭就行。

　　可是,尚之平回到大学生连队后,心情并不佳,甚至心里焦急得几乎冒出火星子。这又是为什么呢?

　　是不是因为这些天,他没收到尤妮一封哪怕只有一个字的问候信呢?不是。她不写信就不指望她写嘛,其实,如今尚之平对她渐渐生出一种厌倦、失望的情绪。肯定地说吧,他早已把自己的心思放在吉小玲的身上,盼着今年五月份梅雨季节赶快到来。一旦雨水不多,那么,他老同学厂里的那台旧马达,便稳稳当当地让他尚之平弄到手了。如果他能做成这件事情,就等于他在吉小玲面前立下一份功劳……

　　然而,就在尚之平心驰神往地想象着如何将旧马达弄到手时,军垦农场的场部传达了一份紧急通知,说农场周围有的地方因为连天阴雨,大水漫得一些小圩子的圩埂都破了,许多村庄的房屋、田地也因此被淹没,事态的发展已经让人们,当然也包括尚之平在内,都皱起了眉头……俗话说:"十里同雨,百里同风。"那么,尚之平他们所在的桃花湖军垦农场会下大雨吗?再远一点的临江市有可能下大雨吗?如果真有雨,那么他心心念念的旧马达,很可能就难以到手哟。唉!……

这才是现在让尚之平心急如焚的病根子!

正如"小诸葛"赵建所说,桃花湖原本是积蓄当地雨水的一个"肾"。它不仅储存着本地,也储存着相邻一两个县里没有进入地下或流入大海的雨水。一旦没有这个"肾",洪水就无处藏身,那么,连天的雨水必然会溢过河岸,甚至造成一些圩堤崩溃的现象,这就直接威胁到大学生们所在的农场。后来不断发展的事态,也的确将人们的心情弄得紧张起来,因为水灾说来就真的来了。你看这事情闹的!

军垦农场六万亩北圩子的北面,跟高桥河的南边正好相连。它们之间的那一道又高又厚的大堤,面临着旁边高桥河的洪水威胁。三天之后,居然一夜之间大堤在狂风暴雨的肆虐之下溃破了!从河里涌过来的滔滔洪水,将六万亩即将收割的黄灿灿的稻子全部吞没!就像"小诸葛"赵建早在几个月前就预料的那样:洪水正向侵占它们领地的人类,进行报复!这些洪水虽然"收复"了一部分失地,但是仍然不甘心,还在继续狂热地兴风作浪,水面汹涌澎湃着涨啊,涨啊!它们虎视眈眈地正向着跟北圩相连的长满稻谷的三万亩中圩,向着计划明年种植稻谷的一万亩南圩,发出哗啦哗啦的叫嚣声:"我就要来啦!你们等着吧!……"

还有一个问题,也不得不让他们焦躁地忧虑着。那就是尚之平所在的大学生第十二连队的营房,恰好就坐落在中圩的圩心。如果中圩破了而漫上洪水,他们这个学生连将成为水患的第一批"灾民"。那时候不仅成熟的稻子被淹,连大学生们在炮指导员带领下,亲手建造的头十间营房、亲手栽下的几十棵葱绿的白杨和红柳、亲手养大的七八头肥猪、亲手开辟的两三亩绿油油的菜地、亲手腌制的菜瓜和雪里蕻以及建造的腌菜池子,都要通通地被洪水一口吞没,那就更麻烦喽!

为此,农场场部又下发一份紧急通知,专门针对住在中圩的大学生连队而提出两项重要的指示,要求他们一方面,要加高北圩和中圩之间的堤埂,尽量保住中圩;另一方面,要昼夜二十四小时安排人员,轮流到北圩和中圩之间的那道堤埂上面去值班巡逻,也就是监视这道堤埂有无异常情况出现。如果北圩和中圩之间的那道大堤真的难以保住,那么,就由值班人员发出信号,让中圩里的所有人员紧急撤离!

紧急撤离的信号一共分为三次发出来:

第一次是三声枪响,表示情况告急,中圩里所有人员做好撤离的准备;

第二次仍是三声枪响,表示全体人员立即撤离中圩,毫不延迟;

第三次,也就是最后一次,还是三声枪响,表示北圩和中圩之间的那道大堤已经溃破! ——当然,这时候中圩里的所有人员,按道理应该已全部安全地撤离到农场西部的高地上面去了。

想想看,这个时候的尚之平,心情要坏到什么程度吧!

今年的梅雨季节既然雨量大,那么,离军垦农场两三百里外的临江市的雨情,估计也好不到哪里去。

还有个问题,也让尚之平心烦意乱。那就是他的好同学、好朋友、好战友赵建,突然在前两天受到连首长的批评。这让尚之平感觉非常意外。赵建这个家伙很有才学啊!在劳动中,他总是拼命地干活;在学习发言时,他常常讲得头头是道;在参加文艺宣传时,他总是放声唱啊,放手跳啊,拉二胡啊,用心地写歌词和朗诵诗歌啊……是个难得的多面手呀!唉,总之说起来,很令尚之平感到惋惜。原来赵建的错误,就犯在他“言多必失”上。现在洪水淹没了北圩,正在威胁着中圩,赵建说这是大自然在向我们进行报复了!报复就报复吧,你这话只能搁在心里掖着、藏着嘛,偏偏他又在学习会上讲出口了……终于,一天傍晚,大学生们从大堤上面防汛回来进行晚点名时,炮指导员就神情严肃地当着大伙儿的面说:

“唵?现在已经破了北圩子,你还嫌不够?说让大自然再报复一下?简直是乱弹琴嘛!当然喽,赵建同学毕竟跟大家一样,是来农场锻炼的学生娃,无论干活还是学习都很努力。我希望大家现在认清形势,抗洪是我们目前战斗的主攻方向!同学们要为完成这个光荣而艰巨的任务,努力奋斗嘛!嗯,吃过晚饭,请赵建同学到我那里去一下。"

吃过晚饭,赵建到连部办公室去了。他出来后,又回到营房,垂头丧气地从铺板上面卷起自己的铺盖,搬到炊事班下面的养猪组做喂猪的工作。

从炮指导员的脸上,大家能够看到抗洪的形势确实越来越严峻了!他的脸色比平时显得更红更黑,硬戳戳的胡须布满下巴,隔了三四天都没工夫刮去。他的眼珠子红红的,布满火一样的血丝,有时从他的眼角里生出眼眵,那是他一连劳累几个晚黑都没睡好觉的结果。

不巧,连长又在外面的军区医院住院了,只有炮指导员带领大学生们紧张地干着活。白天,大家到圩堤上垒土、打夯,加固土层和堤埂;晚上所有人员再分上半夜、下半夜两个班次,轮流上大堤值班,监视大堤的动静。这些林林总总的大事小事,炮指导员都得仔细严格地过问啊。

就说夜里上大堤值班的事吧,每晚他都握着手电筒上大堤查岗。他打手电筒不同于别人。学生们走晚路,喜欢让手电筒一路亮着,畅行无阻。但炮指导员走一段路,只按亮一下,然后熄灭手电筒;等摸黑走一段路后,他再按亮一下,又熄灭。他这么做就是为了节约用电,因为手电筒、电池都是部队发的。好在他的眼睛是天生当兵的眼,再黑的路他都能摸得到。他常常笑嘻嘻地对大学生们说:"我能用上手电筒,还是十八岁那年到部队的时候。哎呀,同学们哪,国家建设,更需要我们节约每一个铜板哪!"

大学生们在大堤上一般是两人值一个班次。先是两人背对背,各自朝向两边走到尽头;然后两人又掉转方向面对面地往回走,直到与对方碰面了,问一声:"大堤没事吗?"对方回答:"大堤没事。"这就是一个平安的班次。

此刻,北圩里边的洪水涨到堤面了,阵风推着洪水一次次地冲向大堤,哗啦! 哗啦! 无论听着呼啸的风声,还是瞅着张牙舞爪的洪波,都非常吓人! 但是中圩里现在却安全得看不到一滴洪水。即使如此,炮指导员依然坚决要求值班的人千万不能放松一点点警惕。

他说:"晚间,你们需要用手电筒照照中圩这边堤坡的根基部位,看看那里有没有土块被北圩灌进来的洪水冲走,或者找一找堤坡的根基有没有出现渗水现象。大堤的根基漏水,那叫'管涌'。同学们哪! 哪怕出现手指头一样细的管涌,都非常危险,不用一时半时工夫,准会破堤!"

因此炮指导员每次来查岗时,即使问明了情况还不放心,他会下到大堤根部的位置亲自去看一看。而这时候他反倒不爱惜电池了,一直按亮电筒,两脚像害怕踩到蚂蚁似的,一点一点地慢慢地边往前面照着边仔细检查,生怕漏掉堤根上哪怕指甲盖大的地方。

这两天,大学生们白日上堤抬土加固圩堤,够辛苦了。可就这样,尚之平还报名了晚上上大堤参加巡逻。赵建也主动报名来了,希望借此机会戴"错"立功。恰好他跟尚之平被分在同一时间段值班,由尚之平"领导"他一个人。那天下午,连队的小文书从场部带回来天气预报,说之前晴了几天,今晚可能会起风,有暴雨出现。而这两种情况,对大堤的破坏最厉害。所以,炮指导员要求值班学生护堤时绝对不能马虎!

傍晚吃过饭,尚之平和赵建蹲在大堤顶上值班,因为天还亮着,暂时不需要来回巡视,两人就一动不动地瞅着北圩里白茫茫的、显得稍稍平静的洪水,直到眼睛瞅疼了,他们才转过脸来一边抽香烟,一边闲聊着。蓝蓝的天空干干净净的,像被清水冲洗过一样,而东南风则轻盈地在脸上不住地抚摸,给人一种舒适的凉意,根本看不出大暴雨露头的迹象嘛! 然而这种舒适的心情,只在尚之平心头一掠而过,便消失得无影无踪。他突然生出无名的怒火,朝着被洪水淹没的北圩挥一挥双拳,大声吼道:"混账的洪水! 我要压倒你们!"

赵建接过来道:"应该说是人类逼得它们闹事了。"

尚之平瞪他一眼:"哎,别苦恼了好不好?"

刺啦一声,赵建将烟头投向北圩的洪水中,烟头在水面上跳荡几下消失了。他用带着笑意的双眼瞧着尚之平,说:"你说清楚了,到底是我苦恼,还是你苦恼? 你自从到临江探亲回来,一直在郁闷和沉默的煎熬中过日子。这,你为什么不说啦?"

轮到尚之平咧开嘴巴尴尬地笑了,他随手抓起一团泥巴,狠狠地投向北圩浑浊的洪水里,扑通一声! 这一声仿佛将他心里所有的郁闷和痛苦全部赶跑了。他长长地吐出一口闷气,对赵建说:"那好吧。现在听我命令:向右——转! 赵建同志听令:我们现在巡视堤堰。齐步——走!"

两人背对背地向大堤的两头走去,越离越远。然后分别在圩堤两边一路检查着堤面,看有没有泥土让水冲塌,或者中圩这边的坝基下面漏不漏水等等。

尚之平在这边大堤上巡视,忽然想起他从连队来时,炮指导员对他低声说过一句话:"巡视当中,你多注意柳树棵那段大堤,巡视那一段要特别仔细,连火柴头大的情况都别漏掉。唵?"

尚之平当时随口问道:"那一段堤坝为什么要多注意?"

炮指导员眼一瞪:"服从命令嘛! 叫你注意,你就注意是了!"

炮指导员又把他自己和小文书的两件军大衣,拿过来递给尚之平,说:"晚上天冷,要多穿衣服。上级把你们这些学生娃子交给我老炮,在思想上,我对你们一点一滴都不放松;在生活上,我同样对你们也一点一滴不疏忽。你们学生娃子锻炼好了,将来都是国家建设的后备军呀!"

炮指导员还在尚之平肩膀上重重地连拍三下。这次全连的防汛重担,都落在炮指导员肩上,他的心情能不沉重、紧张吗?

就在尚之平想着炮指导员向他交代过的话时,正前方隐约出现一团模模糊糊的手电筒亮光。这团亮光从中圩坝基的根脚下面,一直亮到大坝的堤面上,然后又慢慢地朝这边移过来。咦! 这是谁呢? 天色渐渐暗下了,这个时候,不大可能有人走到这里来嘛。上级领导一再强调,要求时刻绷紧思想这根弦,尤其在事关大局的洪水泛滥的时候,更要防止坏人破坏！想到这里,尚之平立即关上手电筒,闪身隐蔽在一棵大柳树的后面,蹲下来静静地等着那团亮光快照到跟前时,他突然喊道:"口令!"

"保卫!"

对方从容而利索地回答"保卫",反过来又朝这边喊道:"回令!"

尚之平连忙回答:"中圩!"

唔,对方不吱声了,知道来的是自己人。

——咦,双方又是口令,又是回令,喊这些话语到底有什么作用呢?原来按照部队的规矩:夜里站岗、行军,或者有紧急任务而双方突然意外地相遇时,要使用部队事先规定好的口令和回令。口令和回令的内容是严格保密的,只能由司令部或农场场部制定,其他人根本不知道。口令和回令内容随意、独特,而且简短。这两句一问一答之后,如果双方回答都正确,那么就是自己人;反之,如果回答的内容对不上,那就得小心了!

今天傍晚尚之平提前吃过晚饭,做好上堤值班的准备,从场部赶回来的小文书走到他跟前,就趴在尚之平耳朵边小声地说:"今晚的口令和回令分别是'保卫、中圩'。记住啦?"

尚之平严肃地点点头,因为他是晚上值班的带班负责人嘛,所以必须先知道口令。

眼前从对面走过来的,竟然是身背一支步枪的连部小文书。呀!什么时候文书背枪上来了?巡夜还需要带着步枪吗?小文书当了一年多的兵,才十八岁,平时活泼得跟大学生们有讲有笑,毫无拘束。然而这会儿,他却老成持重且不苟言笑地问道:"尚之平同志,柳树棵那里的大堤,有没有异常情况?"

"没有,"尚之平说,"我跑去上上下下看了两遍。哎?对那里的情况,为什么要特别注意呢?"

文书跟炮指导员不一样,嘴巴不严。他靠近尚之平,对着他的耳朵叽咕道:"北圩、中圩和南圩,原来都是一个桃花湖,这是你知道的。指导员他们几年前开过来时,先把湖水抽干,拦在湖中间筑上两道大堤,也就是现在的这两道堤坝,把一个湖泊隔成了北、中、南三个圩子。三个圩子分别是六万亩的北圩、三万亩的中圩、一万亩的南圩。可明白了?"

尚之平摇摇头:"我还是听不明白。"

"真笨!"文书伸手在他肩膀上捶一拳,"当初在湖中间建造圩堤之前,必须先将湖水抽干,结果发现现在的柳树棵那段大堤下面的湖底,有一道二十米宽的暗河。别的地方水抽干、淤泥清除之后,湖底便是坚硬的土壤;而那道暗河下面,当时尽是几尺深的淤泥,费了很长时间,淤泥才彻底被清除干净。后来在湖中间建好两道大堤,第一道大堤隔开北圩和中圩,第二道大堤隔开中圩和南圩。现在我们站立的这个堤坝,就是第一道堤,也正好从暗河上面经过。所以指导员就说:'以后这道大堤如果出现问题的话,暗河上面的柳树棵这一段堤埂,很可能是个薄弱点。'他说的就是现在柳树棵这段堤埂。因为这一段堤埂上面都是柳树,所以就叫'柳树棵堤段'。这,你该听懂了吧?"

哦,尚之平这才真正明白:原来这段堤埂现在正和自己肩负的责任,紧密地绑在一起,确实马虎不得啊!如此一想,尚之平内心更加佩服炮指导员经验老到。然而此刻,他发现头顶上面的天空开始变得昏暗。奇怪啊!刚才还是晴朗朗的嘛,什么时候空中就漫开一片乌云了?先前吹到脸上、身上感觉凉丝丝的南风,现在也停住了,而且空气中还孕育着一种闷热的湿润感。是的,天气果真说变就变!

他心情沉重地对文书说:"这我懂了。"

小文书又说:"指导员叫你现在回连部去,这里由我代你值班。"

"不回去,不回去。"尚之平连忙说,"等换班时间到了,我再回去不行吗?"

文书脸上的表情也像现在天空上面的云彩,变化得很快。他严肃地说:"什么话呀?军令如山。指导员叫你回去你就回去呗,用不着讨价还价。执行命令吧!"

说着,小文书把肩上的步枪换了个肩膀背着,伸手解开上衣口袋掏出一包香烟。他还没打开烟盒，尚之平便将自己的香烟递过去了。大家既然有着"同志加兄弟"般的友情，相互抽支烟也是小事一桩。当下，文书伸出食指和中指将烟夹住，塞进嘴里，凑近尚之平用手罩住的火柴上面的火苗，吧唧吧唧几口就吸着了。他美美地吐出一团烟气，问道："哎，你'老婆'最近来信了吧？"

嘿，人家"老婆"来没来信，文书是最清楚的，还要问吗？但尚之平此刻没有这种好心情。头顶上的云层在分分秒秒地增厚着，仿佛它们正一片又一片沉重地压在他的心头上，令尚之平蹙起眉头喘不过气来，不想说什么了。

文书听他没有回答，就不以为然地说："那好，你现在赶快回去吧。"

毕竟才十八岁的人，严肃不起来啊。文书居然把枪抱在怀里，香烟用嘴衔着，腾出了一只手，调皮地将手指伸向尚之平的胳肢窝里挠了几下，把他往前一推！

尚之平只得往回走，一边走一边说："赵建到那头去了，马上就转回来。"

尚之平顺着大堤上面一条斜斜的、在暮色里显出灰白色的小路，慢慢下到中圩的稻田边，再沿着田间笔直的小径朝前走去。两边田里的稻子已经黄了，如果不是发大水，顶多过个头十天就能收割。可惜，人们这阵子忙得没空也没精力去顾及它们，平时茁壮生长的稻子，现在只好默默无语地立在水分还没有干的田里观望着、等待着。那些夜间"歌唱能手"青蛙，没等尚之平走到跟前便扑通扑通跳进沟里。然后等他走过去，它们再次爬到田埂上，又无忧无虑地"呱呱呱呱"引吭高歌。

尚之平没心思听这些田间小曲，因为他注意到连队的炊事班，正用平板车把粮食、蔬菜和几头肥猪拉到中圩子西边的高地上去。那些笨头笨脑的"二师兄"，一时间不理解灾难将至，把它们送到安全地方其实是为了保护它们，竟然嗷嗷叫地抱怨，摇耳蹬腿抗议着，这更令尚之平感觉心烦。但他忽然明白过来：哦！现在忙着转移东西，是不是今晚真的有情况出现呀？

于是，他赶紧一路小跑着绕过这几辆平板车，来到连部办公室门口，一边想着指导员恐怕是有任务要交给我，一边瞧着炮指导员跟三位排长、炊事班司务长围在电灯下面，正指着一张有字的纸张不知研究什么问题哩。尚之平不好进里面去，于是站在门口双脚一并，立正地喊道："报告！"

炮指导员用一只手在纸上指指点点地对排长、司务长说着话，头也不抬地又伸出另一只手在身后朝门外挥一挥，意思是："你到保管室去。"

"是！"

尚之平来了个向后转，像执行任务似的快步朝大厨房旁边的保管室走去。他边走边想着，叫我去那里干什么事我知道。那里保管着食堂的大米、面粉、酱、油、醋、粉丝、鸡蛋和蔬菜之类的，炮指导员是安排我去帮助司务长他们转运这些东西的。只是尚之平心里有一点想不通，自己正在大堤上面值班值得好好的，那里虽然充满危险，但是最需要我们守卫着大堤安全呀！何况我的脚这次没有受伤，为什么现在调我来干运输这个轻省的活呢？真想不通……他心里愤愤不平，顿时有一种大材小用的失落感。所以他气嘟嘟地走到保管室门口，就伸腿嗵的一声把门踢开！

"哦！"

突然，保管室里传出一个女子吓得尖叫起来的声音！

接着，这个女子从她坐着的行军床上转过身来朝他笑一笑。哎呀！事情竟这么意外、这么突然，又这么惊天动地，简直让尚之平彻底惊呆了！他睁大一双疲倦的眼睛，傻乎乎地问这位女子："咦？你怎么来了？"

"哦，你不喜欢我来呀？"

原来，保管室里面说话的女子就是尤妮。

尤妮的第一句话，是在她佯怒之中又咧嘴微笑的状态下，对尚之平亲热地说出来的。这的确令尚之平感到意外。

他兴奋得双手一拍："胡扯，我喜欢都来不及哩！你等一等，我马上回来!"

他快速地转身出去。一分钟不到,尚之平便从外面端来一盆温水、一个漱口缸,臂上搭一条干净的白毛巾。放下脸盆和毛巾,他又张着双手,说:"你还没吃饭吧?先洗一洗脸,等我去打饭。"

尤妮始终笑眯眯地看着他一溜烟地走出去,但他每次出去都会顺手带上门,生怕别人贸然闯进来。这一点,倒是让尤妮非常满意。她先洗脸,然后在洗过脸的脸盆里面刷牙,再拿毛巾擦净嘴角上的牙膏沫子。接着她偏过头,取下头上的发夹子含在嘴里,头一甩,将身后一双大辫子荡到胸前。她伸手捏住一只辫子的辫梢,解开系在上面的红头绳,用她随身带来的牛角梳子慢慢梳理着发辫。她一下又一下梳得很仔细,先梳辫梢那一截;等辫梢梳齐了,再从头顶一直往下梳。旅途中的风弄乱了她的秀发,她只有耐心地梳下去,发丝才能慢慢理顺。她其实并不急躁,正好借此机会稳定内心的情绪,平息两人见面时她胸口刚刚涌起的剧烈起伏的呼吸声,等着尚之平回来。

一会儿,她听外面尚之平在跟人搭话。

尚之平说:"司务长,借你的办公室用用啦。谢谢啊。"

司务长问:"你家来的什么人呀?"

尚之平说:"是我……是我表妹。"

"表妹?"司务长哈哈大笑,"恐怕是你的'林妹妹'吧?当心别把我的床单搞乱了。哈哈哈哈……"

吱呀一声,尚之平推门进来,一股粉丝烧肉的浓郁香味跟着飘进屋里,一碗又白又软又香的粳米饭也端上桌子。他对尤妮说:"快吃饭吧。"

然后,他用屋里热水瓶中的开水,将刷牙缸涮一涮,给她倒一杯开水放在旁边,让她边吃饭边喝水。

细心的尤妮在吃饭时,发现尚之平做这些事时,双手总是微微地颤抖着。

她其实并不知道,这一阵子,尚之平虽然心里对尤妮反感得决定要把她放弃、忘掉，但他在每一分每一秒中，又盼着能见到尤妮，亲口问她为什么要提出跟他解除婚约。如今一旦真的见到她了，尚之平反倒不敢多看她一眼。是的，尤妮这个时候突然到来，尚之平就担心她又会带来什么不好的消息，以至于他的脑袋变得晕晕乎乎的，甚至嗡嗡地响个不停，双手更是哆哆嗦嗦地常常拿起这个，丢下那个，无论是动作还是心情全都乱了套啦！刚才，去炊事班端饭来时，尚之平从远方的闪电中，发现天空中厚厚的乌云正向这边排山倒海般压过来；而接近地面的空气却又那么宁静，静得令他心中生出惶惶不安来……

这会儿，揣着这种心情的尚之平，终于忍不住偷偷地瞧了尤妮一眼，见她低头一小口一小口慢慢吃着粉丝烧肉，小心地咬掉精肉上面连带的一点点皮，将肉送进嘴里细细咀嚼，不乏大家闺秀的模样。前一阵子，尤妮被尚之平和赵建称为"艺术家的女儿"，现在看来是当之无愧的。她其实吃得并不香，仅仅是为了应付一下尚之平的辛勤忙活罢了。终于，她推开大半盆米饭和粉丝烧肉，用搭在脸盆边沿上的毛巾揩揩她的小嘴巴，将身子往床里面挪一挪。

哦，她是耐心地等候尚之平先开口吧？本来隔了这么长时间才见面，两人应该热烈地拥抱，纵情地亲吻，进而更如胶似漆般融化到一起，两个人变成一个人才对呀！但是，尚之平居然不敢主动上前去亲近她。

他刚才发现，尤妮比几个月前两人分开时要消瘦一点，面孔也变得有点黧黑，大约是她从江南市到这里来的旅途中受了苦吧。她头上的发辫虽然梳得整整齐齐，然而没有以前那般油光可鉴，也许近来她缺少一些必要的营养，或者心事重重而休息又不够吧？她还有一点，让尚之平也觉得意外。那就是，以前倍受他怜爱的、她的那一张小小的红润的嘴，现在却褪尽血色紧紧抿着。相反，如今她这个样子，反倒显出一些坚强和刚毅的神色，她的表情也凛然得令人不可侵犯。……如此复杂而忐忑不安的心情，弄得尚之平根本没有亲近她的冲动和爆发力了！

"坐吧，"她说，"我又不是老虎，怕我吃了你？"

尤妮将坐在床上的身子再向旁边挪一点，伸出尖尖的细细的手指，对他笑着拍拍腾出的位置，希望以此主动打破两人之间的沉默，因为主动权毕竟在她这边。果然，尚之平顺从地走过来，挨着她坐下了。

　　在尤妮看来，现在尚之平比今年春天回临江时脸色要黑一些，皮肤也粗糙一些，恐怕军垦农场的活计并不轻松吧？他身上的白平布衬衫大概几天没洗了，胳膊肘上沾的泥迹都干巴巴的。尤妮便主动伸出尖尖的、唱旦角的手指，帮他一点一点地抠掉泥迹。她的手继续向上移动，轻轻地抚摸他晒得又红又黑的颈脖子，抚摸他胡子拉碴非常戳手的下巴，还抚摸他棱角分明的腮帮和颧骨，连尚之平满是灰尘的毛茸茸的耳朵，她都没有放过。然后，她身不由己地投进他充满汗味但十分温暖且剧烈起伏的胸怀里。——哦，真是天助我也！抓住机会的尚之平趁势将尤妮搂住，双手就像怕她会飞走似的，紧紧箍住她的双臂。接着，他又变换姿势，紧紧搂着她细细的腰，以至于他的手指触及尤妮肌肉里的骨头，他还不满足，再次增加他手臂上的力度。刹那间，尚之平完全解除了内心所有的戒备，一边放肆地在她脸蛋上、鬓发上、头顶上、耳朵上、手臂上……在他所能接触到的她肌肤的任何地方亲吻，一边嗅着她脖颈上和发辫里的香味。他简直像沙漠中饥渴得太久的人，居然饥不择食地张开嘴巴啃咬着她的嘴唇，急吼吼地吮吸她湿漉漉的舌尖！尤妮呢？她就像一只温顺的小绵羊，身子服帖地缩在他结实的怀抱里，静静地任他抚摸，任他品尝，任他描绘，任他吞咽……

　　等到两人都累得呼哧呼哧喘息不止时，难以遏制的激情又让他们紧紧地搂在一起，双双接起一个长长的吻而一动也不动了。

　　哦，让他们扑通扑通跳跃的心脏，让他们大口大口地呼吸，永久地、永久地进行下去吧！

　　十几分钟后，两人的嘴唇才依依不舍地分开。

　　两人现在仍旧不说话，但是不说出内心想说的话、重要的话，其实是不行的。

尤妮还是首先开了口："我这次来,是想见到你,好好跟你谈谈。"

"谈什么?"尚之平干巴巴地问她,"你现在就说吧。"

尤妮伸手在他鼻尖上轻轻按一按："你不让我先歇歇再说?我累了,反正今天不想说。"

尚之平只好笑一笑,解嘲地说："你今晚歇歇吧。只是这两天洪水可能要来,抗洪的形势也比较紧张。我明天带你看看我们农场的环境,然后你有什么话,就向我倾诉吧。"

"休息一夜就够了,明天我能恢复。"

尤妮说着,就把床上的被子叠成长方形,放在床头当作枕头。她以为这就是尚之平的床和被子,所以叠得很仔细、很漂亮,就像一个四四方方的豆腐块。她先脱了鞋,和衣在床上躺下,然后拉住尚之平的手,也让他躺在身边。尚之平在嗒啦嗒啦脱鞋时,忽然间,听见炮指导员站在关着的房门外喊他:"尚之平,你出来一下。"

尚之平瞅瞅睡在里面的尤妮,她已经闭上双眼不吱声了,于是他轻手轻脚地下床,拉开门出去,随手又无声地从外面把门关严。

炮指导员正要张口说话,忽然想起什么,连忙抓住尚之平的肩膀,把他推到保管室墙外面的拐角处,压低嗓门说:"上级命令我们今晚撤离中圩。你带你家属,转移到小牛庄村子村委会杨主任家里。我已经和他打过招呼了。奶奶的!(他气呼呼地吧唧一声吐出一口唾沫,重重地砸在地上,仿佛地上就是洪水。)这里不得不让给洪水了。现在你莫慌对你家属讲这事,免得她紧张。"

尚之平自小到大,从来没经历过发洪水这种大事,所以他的心也惊慌得扑通扑通跳个不停,忘了回答指导员的话。

炮指导员严厉地盯着他一两秒钟,又叮嘱道:"唵,你听明白啦?"

尚之平连忙笑着点点头,很感谢细心而又热心肠的炮指导员,看着指导员转身离开。

此时风已经猛烈地吹起来,大滴大滴的雨点子稀稀落落砸在尚之平脸上、身上，他赶快回到自己的宿舍。大家都在捆扎被单和背包，收拾东西；打好行装的学生都坐在背包上面，等待出发的命令。双人床上的铺板已经被一块一块拆下来，跟床架子放在一起，让几辆平板车先运走。尚之平赶紧把自己的行李也打成背包，用一块防雨油布捆紧扎牢了，放到板车上面让人带走；一些零碎的东西，他放进网兜里也托人带着。然后他向二排长打了一声招呼，撑开雨伞，握着手电筒回到保管室里。

他刚推开门，见到尤妮已经坐在床沿上，瞪大两眼不明白外面发生了什么事情。尚之平一声不吭地把她带的小包，往肩上一背，拽着她的胳膊就向门外面走去。尤妮莫名其妙地瞪着那双漂亮的眼睛，无声地问他要上哪里。尚之平也不向她解释，还是一个劲地拉着她不放，朝着伸手不见五指的黑茫茫的夜色里钻去。

尤妮吓得直缩脖子，问他："到处黑洞洞的，你带我上野外去呀？"

可尚之平就是不说话不搭理她。

尤妮气呼呼地站在风雨中，她的眼睛里现在流露的不是柔情蜜意了，而是喷出来的两团怒火。想叫我向这片黑漆漆的野外走去？冒着一阵猛似一阵的暴风雨走去？你疯了吗？神经病呀！——她终于恼怒地说："我哪里都不去！刚来没一会儿，还没谈上话你就撵我走。尚之平，我一辈子都恨你！"

然而平时对她百依百顺的尚之平，现在突然变得蛮横起来，一句话也不说，光是扯着她的胳膊往前走。尤妮疼得居然尖声喊起来："哎哟，哎哟，干什么呀，你！"

尚之平只好说："这样吧，你打手电筒在前头走，我叫你上哪里你就上哪里。现在走吧。"

他客客气气地说，把手电筒递给她。可尤妮脚一跺，还是没动步子！

尚之平只得把伞也交给她，让她自己举着伞护住身子，生怕她淋上一滴雨。而他却独自在前面走着替她领路，心想：她会跟上来的。果然，尤妮见尚之平光着头让雨点打得啪嗒啪嗒响，不忍心让他淋雨，也明白他没有丝毫恶意,便心疼地紧跑几步,把伞举在他的头顶上,手电筒也交给他掌握。

尤妮那只细细的手,紧紧扯住尚之平的衣服后襟,跟着他走。尚之平呢?尽量把伞推向她这边,心甘情愿地让铺天盖地的雨水直往自己头上、身上倾泻。尤妮跟在尚之平后面不敢落下半步,只是一声不吭,似乎用沉默和不停的喘息,向他表示最强烈的抗议!正因为这样快速赶路,平时需要花去四十分钟的路程,现在尚之平只用了二十分钟,就将尤妮带到了小牛庄村子附近。

路尽头的地方,就是中圩西边的高地。那一片高地上面,尽是农场场部的仓房、农机厂、机关、商店和学校,小牛庄村也在那里。尚之平熟门熟路地将尤妮领到一家三间亮着灯光的房屋前站定。这就是村委会主任老杨的家,尤妮今晚要跟杨主任的女儿小雪住在一起。只是现在屋里一个人也没有,也许都到外面装网捕鱼去了。尚之平在门口收拢湿淋淋的雨伞,把上面的雨水甩干净,又掏出早已湿透的手帕,拧干了,替尤妮揩抹脸上的汗水和雨水。但不说话的尤妮,一把夺去手帕自己揩抹,劳累和气愤,早已涨红她的脸蛋和她紧紧抿着的两片薄唇。

"砰啪!砰啪!砰啪!"

突然,从雨中的大堤那里,传来三声清脆的枪响,但又迅速被暴雨和狂风一口吞进肚里,听不见了……

尤妮吓得啊的一声双眼一闭,赶紧往尚之平怀里扑去!她俏丽的脸蛋猛然间变得煞白,两只胳膊紧紧搂住尚之平的肩膀,好半天都没敢动。

"别怕。"尚之平伸手托住她的下巴颏儿,用平静而自信的眼神抚慰着尤妮,轻声地说,"这是军垦农场的部队事先约定的信号枪声:第一次枪响三声,是叫所有人员做好从中圩撤离的准备。我们连队的营房,就建在中圩上面。你看,我俩已经安全地撤离出来了呀!接下来可能还有第二次的三声枪响。如果有,那么所有人员都必须迅速撤离中圩。假如再有第三次的三声枪响,这最后的三声枪响就告诉我们:中圩和北圩之间的那道大堤决口啦！凶猛的洪水已经冲垮了堤坝！不过，我不希望有这第三次枪响。"

"为什么要撤离呢？傍晚营房里的人都在说说笑笑的，哪有什么危险呀？你就会骗我，吓我！"

尤妮眨巴着一双渐渐回暖，并且生出妩媚神色的眼睛，不解地气呼呼问他。

尚之平说："你刚才休息时，炮指导员就喊我出去跟我说，中圩今晚恐怕保不住了，那里将成为水的王国。"

"水的王国？"尤妮大吃一惊，"你是说，刚才我们吃饭的地方，还有你们的营房，大片大片的稻田，都要被淹在水里？"

"有这个可能。"尚之平说，"你今天来得真不巧，遇上这事。刚才，炮指导员就通知我带你先撤离中圩。他怕你紧张、害怕，所以命令我，事先不告诉你这个情况。——对不起，刚才这一路上我都没敢告诉你要到哪里去，就是怕你害怕。你大概恨我无情吧？"

听着这话，尤妮不好意思地瞪他一眼，但随后便充满温情地莞尔说："你很有情哦。一路上宁可让自己淋雨，你都打着雨伞护住我的身体。"

她用尚之平的湿手帕，揩抹自己散落在额头和脸颊上的几缕湿头发，瓜子脸蛋因为有了血色而红润起来。尚之平多么想捧住她这张俏丽的脸蛋狠狠地亲个够呀！当然，他虽有这心，但还是缺少这个胆，只好控制住自己，说："下午你到连队的时候，炮指导员——"

尤妮诧异地拍拍他胸口，问道："等一等，你说炮指导员，指导员姓'炮'？就是大炮的'炮'？有这个姓吗？"

尚之平笑笑，说："字典上面也许没有'炮'这个姓。其实指导员姓鲍，因为他平易近人，加上他说话嗓门大，我们私下里就亲切地给他改了这个姓。指导员也乐于人家这么喊他，常常称自己是'老炮'。"

尤妮听这话，也跟着笑了，继续听尚之平说着。

他说："下午你刚到这里，指导员就派文书去大堤上面换我回连队，当时我跟赵建同学正在堤上值班。假如现在我还在那里值班,刚才这第一次枪声就是我们发出的。"

尚之平说这话时似乎有些吹嘘的成分,脸红都没红一下。其实,如果真要开枪的话,也绝对不会让大学生去开,而是派部队的士兵。然而此时,尤妮却百分之百地相信他的话了。她两眼不眨地瞅着尚之平,那双漂亮的眼睛里,流露出兴奋、崇敬、羡慕的神色。因为她能够想象出来,当时尚之平很可能就是双手提着一支步枪,一丝不苟地两眼睁得大大的,在堤坝上面来回巡视。啊呀!他怎么这样威武呢?险情出现了,他会毫不犹豫地举起步枪,对着天空茫茫的雨雾扣动扳机:"砰啪!砰啪!砰啪!"正好响三声!嘿,你真勇敢哦,尚之平!

趁尤妮在无限遐想的时候,尚之平抓紧时间,带尤妮走到小牛庄村委会杨主任女儿的房间里去。这间闺房不大,在桌上的煤油灯光下,尤妮看见床帐子是粗纱布缝的;床上铺一条白布床单,盖一床清清亮亮的薄被子,睡在上面肯定很舒服。尚之平打来一盆冷水,叫她洗一洗。但她不急着洗抹,而是动情地抓住尚之平的双手,放在她光滑而细腻的脸蛋上面搓啊揉啊,轻声说:"你是说,你们整个农场,现在都在危险中了?"

"不。"尚之平果断地安慰她,"这会儿,炮指导员已经把所有的事情全部安排妥当。他会带着中圩的大学生连队,往这边西部高地上的农机厂撤过来,以后大家就驻扎在这里。你完全放心,村主任家这一带就在西部高地上面,地势最高也最安全。我现在把手电筒和伞留给你。今晚你就住在他的女儿小雪的房里,明天一早我再过来接你。"

"你还上哪里去?"尤妮一把抓住他,她已经跟尚之平难解难分了!

尚之平握住尤妮的手拍一拍,又依依不舍地在她脸上甜蜜地亲一口,这才放开她,说:"文书和我的老同学赵建,现在还在大堤上面巡视,我得赶到那里值班呀!"

"你不是说那里危……危险吗?"尤妮眼瞅着尚之平急切地问道。

"是啊,所以我要去换下赵建,让他回来嘛。"

尚之平扶着尤妮在床边坐下,朝她咧嘴笑笑,转身就要走。就在此时,两眼火辣辣的尤妮突然弹起身子,一把扯住尚之平的衣袖不放手。她甚至紧紧抱住他,就像担心失去他似的,主动、热情、排山倒海地用她薄薄的、红润的双唇,亲吻尚之平的脸,亲他脸上所有的地方。等到这一波感情的洪峰过去,尤妮就用她细细的牙齿,狠狠地咬住尚之平的脖子和胸脯上又咸又酸且富于弹性的肌肉。一会儿,等她的气喘不匀了,她只好松开嘴巴,急切地伸手抚摸着、搓揉着自己刚才咬过的尚之平的脖子和胸脯,竟在上面搓出一粒粒污垢。但她不嫌他脏,反而小心地将这一粒粒污垢扫到自己手心里,再把手伸出去远远地将污垢撒在屋角。她示意他躺到床上,她热乎乎的嘴唇亲昵地贴在尚之平的耳朵上,喃喃地说:"不嘛!我不让你走嘛!今晚,我把……把我所有的一切……都给你嘛!……"

这当然令尚之平十分兴奋。他甜蜜而幸福地注视她那双充满火焰的眼睛,在她红扑扑的嘴巴上深深印上一个吻。最后,他笑着把尤妮攀在他脖子上的那双柔嫩的小手轻轻拉开,放在她的胸前,告诉她:"今晚我确实不能留在这里。假如村主任的女儿小雪回来,看到我俩在这儿也不方便。明天上午我来接你。你记住,今夜无论外面发生什么事情,你都不要出门!"

没等她回答,尚之平马上起身走出房间。走到堂屋时,他还忍不住回头看了她一眼,见到尤妮眼窝里滚动的两团晶莹的泪珠,化作两条泪水的珠帘从她眼眶中一涌而出。其实尚之平的眼中也含着泪水。他当然明白,无论是他自己的泪,还是尤妮的泪,都是他俩三年多的恋爱培育出来的啊!然而,由于他们在对方心中灌溉的真情实意已经渐渐地稀释,不断地减少,现在,他和她眼睛里这美丽的泪花,最终也枯竭得画不成一个圆满的句号!

尚之平狠狠心冲进屋外巨大的雨幕之中!

他虽然没有手电筒和雨伞,但即使在夜间,周围的道路他也都熟悉,所以他笔直不打弯地顺着一条小路先走到堤坡下面,然后再从另一条小路登到大堤上面。只是晚上堤坡被淋上雨水,不像白天干朗朗时那样坚硬、平坦、好走。现在光是这条被雨水泡过的上坡路,就让他跌了好几跤,弄得他衣服湿透、浑身泥浆。但尚之平仍然毫不犹豫地坚持往前走。他一路走一路想,明天我跟尤妮好好谈谈吧。当然不是谈他以后会跟她慢慢疏远,而是劝她别再走什么戏剧表演这条路了。也许他的话,尤妮不会听进去多少。但无论如何,尚之平此前和现在都已经做好了跟她分手的准备。他明白,尤妮可能在心里还爱着他,而他对尤妮当然也有些眷念,毕竟两人相爱好几年了。可是不行啊,尚之平这个"仆人"的角色,早该结束在两个"主人"的船与船之间跳来跳去的尴尬且艰难的日子喽!如果这条路继续走下去,尚之平呀,最终你肯定闹得身败名裂、两手空空!相不相信?

正当尚之平在泥烂路滑的堤面上胡思乱想时,突然三声枪响又从前方的风雨中传来:"砰啪!砰啪!砰啪!"

这是大堤上的值班人员,也就是小文书跟赵建两人发出来的第二次信号,通知现在仍然在中圩的全体人员立即快速撤离!

此刻,头脑清醒的尚之平,在雨水和污泥中奔跑,想快也快不了,他只得边跑边走地加快速度向前冲去。被大风搅动着的北圩里的洪水,操着一副坏心眼儿似的时时掀起大浪,恶狠狠地向二圩的堤埂冲来。在黑暗中,尚之平能听到这种发狂的、叫嚣的、撞击堤坝的哗哗响声!他马上明白,一个猛烈的洪峰已经涌进了北圩。而且这个洪峰借着狂风、暴雨、巨浪之威,正在横扫堤坝上面的湿土。他听见了吧嗒吧嗒的泥土坍塌响声不断,那是坝上的泥块不断被洪水冲进北圩水里而发出来的抽泣之声!

天啦!北圩的圩堤,今晚真的到了危险时刻了吗?

当接近柳树棵的那一段大坝时,尚之平隐隐约约看到密密的雨点之中有两个人影:小文书紧紧握着步枪,注视前面的堤埂;赵建双手抱紧了一棵大柳树,用手电筒照亮前方的堤埂,而他的身子则久久地纹丝不动。看来,大坝决堤的场面,恐怕就要在那里恐怖地出现了!

看到尚之平跑过来，赵建意外地一惊："咦？你现在来干什么？"

"我来换你回去呀。"尚之平说，"你现在直接到中圩西边的农机厂去吧，连队学生全部撤到那里了。"

傍晚，尚之平和赵建到这里值班，炮指导员给他俩带了两件军大衣过来，说是穿着可以防寒。尚之平从这里离开时，把身上的大衣给小文书了，现在两件大衣早已湿漉漉的了。文书戴着军帽还好一些；赵建光着脑袋，雨水淋得湿发紧紧贴在额头上。他眯缝双眼，一手抹着脸上的雨水，一手把尚之平往文书跟前一推："你们快撤下去！快！"

"嗯？你留下来干什么？"

警惕性很高的小文书，不敢掉以轻心，让赵建单独留在大堤上。

尚之平反而拉住赵建，再次把他推到文书那边去，神色严肃地对赵建和文书两人下命令似的说："都别争了！今晚本来是我带领赵建值班的。你俩先撤到旁边去，我留下来。这里如果有情况，我就喊一声，文书马上开枪发出最后一次信号！"

本来按照规定，这个任务应该是他和赵建两人完成的，而且他还是领班的人，大小也算个临时负责人吧。谁知道，一向做事认真、善于辩论的赵建，现在却不愿意了。

"不！"赵建镇静地然而也是严厉地向尚之平吼道，"我跟你们相比，哪个游泳技术好？我前两天在北圩里游个来回，你逞什么能？你跟文书向后面退去两百米，在那里等着我。看见我向你们亮三次手电筒，你们就发出第三次信号。快走！"

赵建双手把尚之平和文书一齐朝后面猛然推开。尚之平一失足，差一点跌进小文书的怀里。见到这种情况，他俩不离开是不行了。尚之平和小文书只得一边离开一边依依不舍地回头看着赵建，见他仍然坚持守候在那棵狂风中摇摇欲倒的大柳树旁边。

后来约莫走到一百米的位置，小文书双脚站住坚决不走了，尚之平也站定着。两人都转过身子睁大眼睛，向雨幕中模糊不清的柳树棵那边的堤坝上面瞅呀,等呀。也不知过了多长时间,忽然,尚之平拍拍小文书的胳膊,叫他向前方看去。只见赵建那边的手电筒,连着亮了三下光芒。即使雨雾密密麻麻地罩着夜幕,手电筒的亮光仍然依稀可见。只过了四五秒钟,柳树棵那边的手电筒光又亮了三下;接着,再次亮了三下。这是赵建第三次亮出的手电筒光芒的信号,千真万确地表明柳树棵那里的堤坝开始崩溃了!

刹那间,小文书毫不犹豫地端起步枪,朝着黑锅似的夜空发出今晚的第三次也是最后一次信号:"砰啪!砰啪!砰啪!"

三声枪响只在雨水之中回旋了一会儿,立即被前方传来的一阵阵轰隆轰隆惊天动地的堤坝崩塌声吞没!连尚之平和小文书脚下的圩埂都在震动,仿佛千军万马正哇哇地吼叫着冲向中圩里!……

老天爷呀!在这个暴雨和狂风主宰的黑夜,一桩人们最不愿也最怕发生的恐怖之事,就在尚之平的眼前发生了!

小文书稳妥地发出第三次信号之后,他背上步枪,一把扯住尚之平的胳膊往西边高地那里跑去,还扯着嗓子回头向后面喊着:"赵建!赵建!你快跑哇——"

尚之平却在原地站住没动,也在拼命地喊:"赵建!你快跑呀!赵建!我们等你哪!"

他好像听见赵建在那边答话:"我来了!你们赶快走吧!"

一阵轰轰嘶鸣的洪水声,很快淹没了赵建喑哑的喊叫。

"赵建——"

没等尚之平喊出第二声,他就让小文书生拉硬拽着向西边高地奔去。两人的四只脚在泥泞中滑溜、挣扎,四只手拼命地甩动着,眼睛被雨水淋得难以睁开。特别是从来没有经历过这种"跑水反"的尚之平,他的心脏,这时紧张得哆哆嗦嗦地就要跳出嗓子眼了,连脑袋都麻木了!他只知道跟在小文书后面吧唧吧唧地跑。他和小文书也都相信,赵建已经跟在他们身后跑过来了。要回到连队,也应该三人一起回去呀!他们两人跌跌撞撞地登上西边的高地，站在那里一边呼哧呼哧喘气，一边等候赵建。可是二十分钟过去了，没看见赵建过来。半个钟头又过去了，还是没见到赵建的身影。这时尚之平慌神了，他突然挣脱小文书抓着他的手，返回头又跑下陡坡上的小路，希望再登上大堤找到赵建。他一边跑一边喊着："赵建！赵建！我来啦——"

尚之平喊第三声时脚下一滑溜，吧唧一声重重地跌在堤坡下面的泥水里，顿时不省人事……

小文书也惊慌失措连跑带滑地赶到了跟前，把他扯起来一看：尚之平一头一脸糊满泥水，已经说不出话来了！

第二天早上，一缕热辣辣的阳光，刺疼了尚之平藏在眼皮底下的一双眼珠子，令他十分难受。

这会儿，尚之平终于不情愿地睁开眼皮肿胀的惺忪双眼，眼皮眯缝着并顺着这缕阳光一直向上面瞅去。啊，原来阳光是从东边打开的窗子射进来的。阳光中，飘浮着许多无声飞舞的灰尘，同时也闪动着一道道红的、绿的、紫的、蓝的、黄的……彩色光环。随着尚之平眼皮上下眨动，这些彩环不停地闪烁、跳跃，可爱极了。尚之平再次合上酸涩的眼皮，想听听外面昨晚掀起的那阵风声和雨声，是不是现在变小一点了。令他奇怪的是，听了半天，竟然不闻一丝一毫的风雨之声。他猛然睁大双眼，一咕噜从床上坐起来！呀，他从打开的窗户望出去，东方的阳光如此灿烂，整个天空万里无云，居然是个晴朗而又微微带一点闷热的夏日！

哈哈，风停了！雨住了！天晴了！东方出太阳了！

咦？现在睡的这个房间在什么地方？大学生连的同学们都在哪儿呢？为什么就我一个人在这屋里？……哦，到上午八九点钟了吧，我居然睡了这么长时间。赶快起来呀，伙计们，吃早饭，出去干活啦！尚之平兴奋地从床上跳下来，身子摇摇晃晃地朝门口走去。可他酸疼的两腿需要慢慢地挪动，才能挨到门口。

当然，他不清楚昨晚自己栽倒在泥水里的情景。是小文书把尚之平从泥水里拽起来的，但瘦弱的小文书背不动他，只好扶着他慢慢向西部高地的坡子上面爬。他们的脚下，当时咕噜咕噜翻涌着的洪水开始漫上来。这些洪水，是从刚刚崩塌的大堤豁口冲进中圩来的，现在正一点一点地往上涨着。就在这时，一支巡逻队过来看见了，他们把尚之平和小文书送到场部卫生队。尚之平就在卫生队的病室里昏睡了一个晚上，直到现在。他当然也记不清，刚到卫生队时，他身子虚弱，不能言语，浑身软绵绵地听任卫生员替他洗脸、擦身子、换衣服，让他睡在铺板上面，然后将他周身检查一遍。小文书因为要向连首长汇报情况，只得离开尚之平，独自背着那支始终不离身的步枪走了……

此刻这个时辰，太阳火龙一般悬在东方的半空中，阳光烤得人汗水淋漓，头皮发烫。夏季雨过天晴之后天气更热，阳光更毒。

尚之平挺起酸溜溜的颈脖子扶住门框，抬眼朝东方看去。东边那片土地原本就是中圩的田地。——嗯？眼前怎么变成一片白茫茫的水乡泽国啦？远远的水面上怎么翻腾着一层层鱼鳞似的、闪动着白亮亮阳光的细浪哪？从这片水面上吹过来的风扑到人的脸上，为什么有着一丝丝的凉意和湿气呢？尚之平感觉非常奇怪，不对呀？中圩本来没这么多水嘛，昨天到处是黄澄澄即将收割的稻谷呢？怎么一夜之间，它居然……变成一个湖呢？

他努力支撑着疲软而哆嗦的双腿，伸手罩在眼睛上面，向外面这个新"诞生"的湖扫视过去。不错，在白茫茫的湖水中央，露出一道原本又宽又高现在却又矮又窄而且中间断了一截的堤坝。堤坝上一排排刺槐、杨树、柳树在阳光下，软塌塌地垂下它们昨晚跟风、跟雨争斗之后，败下阵来的干巴巴的枝枝叶叶。啊，看到了！看到了！先前还是一片郁郁葱葱的长满柳树棵的圩堤，现在怎么消失不见了呢？那里张开了一两百米宽的大豁口，使得北圩的洪水和中圩的洪水，现在就从这道豁口中间"手牵手"地连接起来啦。是的，那个豁口是被大水冲毁的地方。昨晚，当赵建最后一次在雨中按亮手电筒摇动三下,表示北圩和中圩之间的圩堤已经一点一点地在溃塌;接着,小文书便举枪发出第三次信号"砰啪!砰啪!砰啪!";之后,炮指导员最担心的柳树棵那段圩埂就轰然崩塌了 …… 你看,十来个小时前稻谷生长得金光灿灿的中圩,如今又恢复成它几年、几百年,甚至千万年之前白茫茫的一片水乡泽国的模样了!正如"小诸葛"赵建在学习会上预言的那样:大水凶狠地向人类发了一顿火气,重新夺回原本就属于它们的那个"肾"。嘿,他这位"小诸葛"还真有一套真知灼见哩!

这时,小文书垂头丧气地跨进了病房,一屁股瘫倒在行军床上。他一声不吭,脸色也非常难看,两只眼圈通红的,看样子他刚刚流过泪水。这个人其实姑娘脾气十足,有时候连首长稍微批评他两句,他都能哭上半天。尚之平过来拍拍他的肩膀,问道:"赵建怎么样了?他现在在哪儿?"

小文书说:"我……带你去看看他吧。"

小文书伸手抹着眼里涌出来的泪水,领着尚之平向卫生队病房外面走去。在路上,尚之平远远就看到,他们大学生连队建在中圩圩心的营房,现在只能从水面上露出尖尖的一排屋脊;房子前面那一行高高的白杨树,现在也只在水面上垂下一个个巴掌大的树冠,要不了几天,这些树冠上的叶子都会被水泡死。这会儿,一条小水泥船停在树边,船上,几个大学生脱下上身的衣服,穿着短裤扑通扑通跳进水里。他们潜入水下一两分钟后又露出水面,双手高高地举着几块咸菜瓜撂到船里。原来大水过后,学生连队缺菜吃,炊事班就派人下水,打捞被水淹没的咸菜池里的那些咸菜。

场部卫生队有两排砖墙瓦屋,前面一排是就诊室和办公室,后面有三四间病房。此刻,病房前的树荫下围着几个人,人堆中间的地上放着一个担架,担架上面一个人从脸到脚都蒙着一块白布单,只露出这个人半边蜡黄的脸蛋。但他脚上的那双军鞋,看出来是刚换上的崭新的鞋。

尚之平和小文书刚往人堆里挤去,小文书竟吓得突然站住脚,原来炮指导员从里面走出来了。他板着脸,愤怒而焦灼的眼光,朝小文书脸上狠狠地射过来,嘴里的话就像炮弹一样通通炸开来:"丢下赵建你回来了,唵？派你到堤上负责,你去干什么的呀？"

一听这话,尚之平浑身触电似的颤抖一下,明白指导员是在说赵建的事。他连忙挤上前,掀开担架上面的白布单一看,啊,真是赵建呀！尚之平惊呆了,掀开白布单的手刹那间僵硬起来！因为他从来没见过,沉睡中的赵建,脸色竟然如此蜡黄,眼不睁,嘴不动,头发虽然干了,但紧紧地贴在额头上面。尚之平只能从赵建微弱的鼻息之中,才微微感觉到他身上有一丝丝温热。而他的额头和脸颊上贴着两块药棉;从脸颊上的药棉中沁出来的血迹,已经干巴了,颜色变成酱黑色。见到这种情况,尚之平难过得汪出两行热辣辣的泪水。但他不敢把赵建摇醒,只能痛苦地瞅着这位老同学、老朋友。刚才指导员批评小文书昨晚丢下赵建回来,可他尚之平不是也丢下赵建而跟着小文书回来了吗？……

这时,从场部开来一辆绿色军用雨篷车,几位战士轻轻地从地上抬起担架,炮指导员也挤进去帮着抬,将赵建的担架平稳地放进车厢里。炮指导员又踮起脚尖,伸手拉下军车后面的雨篷,挡住了强烈的阳光。军车这才启动,缓慢而平稳地开往农场之外的军部医院。

站在旁边的几个人,正低声说着关于赵建的情况:"他昨晚被大水冲走了,是下游的农民,在水沟里发现他已经受了伤。"

"听说,指导员昨晚带人找他找到大半夜。"

"这位大学生坚持在堤上巡视,很负责任啊。现在送到军部医院去,检查他肋骨上面的伤进行救治……"

尚之平默默地看着运送受伤的赵建的车子渐行渐远,消失在远远的前方,然后,他走到指导员跟前,汪着眼泪沉痛地说:"指导员,我请求处分我。因为我昨天是带班人,同样没有跟赵建一起回来。"

狠狠批评过小文书的炮指导员,痛苦地长叹一声,伸手拍拍尚之平的胸脯,亲切地安慰他:"你昨晚丢开家属,返回大堤上巡视,这已经把工作放在第一位了,怎么能怪你呢?你做得对。现在去看看你家属吧,她昨晚恐怕受了惊。"

"谢谢指导员,我去一下小牛庄村。"

尚之平急急忙忙来到小牛庄村村主任家门口,正要推门进去,却又不自觉地站住,一种莫名其妙的怨气,突然在他心里翻腾起来!——尤妮她为什么早不来,迟不来,偏偏昨天傍晚,闯到"水临城下"的军垦农场来呢?她要告诉我什么?也许她想对我发一场猛烈的感情的洪水,无情地吞没我的心脏吧?尤妮呀尤妮,你来得根本不是时候啊!尚之平的胸脯瞬间激烈起伏,刚刚压下去的怒火,在他心里腾地燃烧起来……

然而过了几秒钟,尚之平又想:不行嘛,尚之平,在见到尤妮之前,你的心情就应该平静下来。这次对她,你还是别生气了吧。"

忽然,一阵"汪汪汪"的狗叫声,打断他的沉思。

那只叫唤的狗,是村主任的小儿子在放学路上捡回来的,因为瘦小,家里人给它取名叫"小鬼子"。此刻看见老熟人尚之平,小鬼子欢喜得摇头摆尾伸出舌头欢迎他。尚之平一边抚摸小鬼子毛茸茸的脑袋,一边推门进屋,向里面瞅瞅不见一个人。后面的院子里倒是晒着两只大竹筛子,筛子上面摊满了昨晚捞上来的手指头大小的毛刀鱼、虾子、螃蟹、泥鳅、黄鳝等。大水过后,这些东西遍地都是,别说用网去兜,就是在水里挂个竹篮子,一夜功夫都能装满一大篮子鱼虾。现在这家人又去兜鱼虾了吧?哦,是的,没来过农村的尤妮,也许跟着他们一家子到水库附近去开开心哩。

这么一想,尚之平便毫无顾忌地伸头望望尤妮昨晚住过的小屋。只见尤妮和村主任的女儿小雪盖的两床薄被子,被端端正正叠成"八"字形,摆在床的两头。被子上面又放着两只枕头,哦,其中一只枕头就是尤妮昨晚枕的吧?尚之平正猜测哪只枕头是尤妮枕过的,忽然发现一只枕头的下面,露出一个信封的角。尚之平随手将信封扯出来一看,封口的信封上面,有"尚之平启"四个字。既然封了口,那里面肯定是不许别人看,只能让尚之平看的"绝密"信了?不对呀,你人还在这里,为什么要写信给我呢？你可以等一会儿见到我时我俩面对面好好谈一谈嘛。难道尤妮不是跟这家人去捉鱼，而是到场部或者农机厂里找我去了？不对，我赶快迎她一下吧。

尚之平一边往外面走，一边急不可待地拆开尤妮的信，从里面抽出一张纸，那是从小学生作业本上撕下来的，默默地在心中读道：

亲爱的之平：

　　原谅我今天不辞而别。早晨，听说农场大学生中有人出事了，我急得不行。村主任的女儿小雪说，出事的是个姓赵的大学生，她认识。我这才放下心。等到上午九点钟，还不见你来，知道你在处理事情，离不开。

　　之平，现在我们暂时不见面，也许能避开面对面说话的尴尬。我这次来的目的，一是看你，二是亲口告诉你：我想了好久好久，觉得我和你最终难以走到一起。所以这话我早说出来，比迟说好。我父母亲曾经就是为戏剧服务的。因此我就有一种重操父母旧业的强烈愿望。何况，我姐姐也走着这条艺术之路。即使走这条路，以后会给我带来许多麻烦，我也顾不得了。只是我不希望因此给你带来麻烦，所以才不得已提出跟你分手。

　　之平，无论现在还是将来，我永远爱着你！
　　再见！

　　　　　　　　　　　　　　　　　　　　你的小妮　即日

看到这里，尚之平的全身仿佛飘浮在空中似的，整个脑袋就像被挖空了一般，他什么事情都不能想，什么也感觉不到。尤妮信中的几句话，像是另一股感情的洪水凶猛地冲击他痛苦的心房，摧垮他已经空空的甚至粉碎的脑袋瓜！连他前胸和后背上的衣服，都已经让汗水湿透了。

此刻，通往场部的大路上，有一辆草绿色军用小汽车从小牛庄村旁边疾驰而过。尚之平看见车里坐着一男一女两位老人，他们是赵建的父亲和母亲；而车子前面的副驾驶位子上，是昨天带病赶回来的大学生连队的连长。昨晚夜里，场部四处发动人员找到了受伤的赵建之后，卫生队一边对赵建的身体进行初步检查、包扎，一边准备将赵建送到军部医院进一步救治。与此同时，场部派这辆小车特地让连长带队，花几个小时赶到淮北农村，接来这两位老人家，现在仍然由连长陪着，送他们去军部医院看望儿子。这次及时地请来赵建的家人，是两位连首长向场部领导提出的建议。他们说，虽然大堤溃坝是一场天灾，但是赵建同学因公受伤，农场将他的家人接过来，既是对在军垦农场参加锻炼的大学生的关怀，也是向大学生的父母和家属通报情况，表示对他们负责任！

小牛庄村往前更远处，就是尚之平他们辛勤劳动并奋力保卫过的军垦农场的中圩。中圩里的洪水，这会儿无声地荡漾着一层层细浪。它们眼下如此温顺平静，一改昨晚咆哮呼号、汹涌无情的恐怖面孔了嘛！

尚之平呆呆地站在路边烤人的阳光下面，紧紧捏着信纸的那只手，贴着裤子垂下来；从他眼里涌出的泪水，正一滴又一滴地默默落在地上……没想到，一个原本好胜斗勇、性格坚强的男子汉，现在居然被那位他曾经觉得美丽动人而今却变得陌生冷淡的女子无情地从身边推开了。尚之平现在失去了做一切事情的力气和信心，更不愿意赶到场部汽车站把尤妮追回来，或者装模作样地再去送她一程。算了，尚之平，既然尤妮在信里把话说到这份上，你还去做那些无用功干什么呢？

尚之平轻声叹了一口气，心里忍不住冒出来一句话："随她去吧！"

在尚之平身后的小鬼子，一边摇着细尾巴，一边伸出湿漉漉的舌头，亲昵地舔着他的腿和手。突然惊醒过来的尚之平，心里陡然升起一股厌气和怒火，他抬起脚，狠狠踢在小鬼子瘦削而俏皮的屁股瓣上。

"汪！汪！汪！汪！……"

疼得尖声尖气喊叫的小鬼子，连忙胆怯地躲开了。

第十四章　豁口难填

整个夏天里，高桥河的洪水还是波滔滚滚地汹涌着。然而天气转凉后，高桥河又变成一条缓缓而浅浅的小水流。至于周围那些大大小小的河里的水，都比几个月前浅了许多，几个月前那阵猛烈的洪水，大约一齐回归到东海里去了吧？如此一来，跟高桥河相连的，或者说，原本承受着从高桥河漫进去的洪水的那些小河、池塘、水库以及湖泊，现在都按照过去的老规矩流淌着喽。它们慢慢地将强加在自己身上的大量多余的水，又送回高桥河那宽阔的怀抱里。用在医院里渐渐恢复健康的赵建同学的话说："大自然找回它原来的形象啦！"

当然，为了加快桃花湖军垦农场北圩、中圩里的洪水，一齐排向它们的"母亲河"——高桥河怀抱里的速度，场部在北圩跟中圩之间那段垮塌的大堤豁口处，安装几台大功率抽水机，让中圩的洪水向外排泄得更快。尚之平即使在夜里熟睡时，耳边都能听到不断的嗒嗒嗒嗒抽水的响声，仿佛慈母抚爱的手，轻轻拍着她的宝宝进入梦乡："哦，睡吧，乖乖地睡吧。洪水快要抽完，就要回到圩里的家喽。哦，睡吧，乖乖地睡吧……"事实上这两天，中圩里面营房的屋顶、砖墙、猪圈和一棵棵耷拉着干枯树冠的白杨树，都默默地从水中露出它们垂头丧气的面容。然而，生命的力量是无穷的。等到北圩和中圩里的水被慢慢抽干之后，嘿哟，几万亩农田上面的田埂、树木、营房和沟渠，又将不紧不慢地掀开它们神秘的面纱。只是现在的样子，还远远不如当初那么生机勃勃罢了。

这边圩子里的水刚刚被抽干，那边三四个连队的大学生就调过来。

他们一边去场部领来柳条筐子和扁担、大锹、绳索、竹杠,一边接受当初参加过修筑大坝的老兵们的技术传教,从理论上学习如何用一双双长满老茧的粗糙的手,把三个月前被洪水几秒钟冲毁的那段大坝豁口,严严实实地填上。据老战士们说,别看今天要填平的豁口就一百多米长,倘若真干起来,那比过去筑大坝还要麻烦。一是新填的坝土,必须跟两边的坝基牢牢地紧密相连;二是原先暗河里的稀泥湿土,这回必须再次将它们彻底清除干净。这就是说,暗河也好,新建的堤坝也好,大堤豁口两边也好,都要处理得严丝合缝,绝对不能留下哪怕针尖大的隐患!

哦,问题有这么复杂?

炮指导员后来在做战前动员时,他的大手果断地一挥,一句一句就像发射炮弹似的铿锵有力:"同学们!这次,我们一定要接受洪水破坏的教训,坚决把豁口填得漂漂亮亮的,坚如钢铁长城!今后再也不能让它龇牙咧嘴决口子了!同学们哪,百年大堤,质量第一呀!大家能做到吗?"

"能做到!"三百多位大学生的吼声,让周围的空气都在震天响!

世上的事情虽然不会完全一样,但是,在这一件事与另一件事的骨头里,往往都会有一些共同特点。这些特点仿佛绳子一样,能够紧紧地拴住这些事情的心脏,让它们难以分开。比方说,尚之平跟尤妮、吉小玲的两层关系当中,恐怕就存在着如修复大堤豁口那样复杂的矛盾吧?对于和尤妮的关系,目前尚之平已经不抱多大希望。尤妮要离开就让她离开,等我一年半载后走出农场到外地工作时,我跟她彻底解除婚约算喽!但是我跟吉小玲的关系,应该说还能够紧密地保持下去。以后,我要谨慎并且小心地回避我和她之间的矛盾。哪怕只有针尖大的矛盾,也要化解,直至消失,变成零。尚之平呀,这一点,你可要牢牢记住哦!

第二天上午,大学生们将米饭、红烧肉和粉丝汤香喷喷地吃饱喝足后,排着队抬着筐子,扛着大锹,雄赳赳气昂昂直奔大堤的豁口处。

堤埂上面的土壤经过洪水浸泡多日,现在抽干了水,也让太阳晒过一段时间,看上去已经干爽爽的了。然而这回为了保险起见,农场场部还是要求从西边高地上面取土,再运过来将豁口填牢实了。

　　然而堤埂上面的路太窄,若用汽车从高地运土的话,车子不好掉头。这么一来,汽车就用不上了,运土只得靠人力一筐一筐地抬过来。每填上一层半米厚的土,拖拉机便嗒嗒嗒嗒地开下去,用宽阔而沉重的履带在松松的土层上面反反复复地轧来轧去,把土层轧得像钢铁一般牢实。

　　对于原先柳树棵所在的那段大堤下面的暗河的处理,这回,场部专门派技术员过来手把手地进行指导、监督。上级吩咐大学生们,将暗河下面的稀泥软土挖得一干二净,直到挖到了河底之下板结得仿佛石头一般硬的土层。在这种坚实的基础之上,即使遇到强烈地震,大堤仍会纹丝不动的呀!

　　尚之平和一个同学,一起抬一筐将近两百斤重的泥土。他一边哼哧哼哧地爬陡坡,一边脑子里想着他跟尤妮、吉小玲之间三角式的恋爱。本来他还汗流满面地往堤坡上面攀登,浑身都鼓足了劲头哩。现在一想起这桩烦人的事情,他的心思马上变得复杂起来。这个老话题呀,干活时,始终在他脑海里撞击着,休息时,仍然在他心坎里困扰着,以至于他的神经、肉体都一次次地遭受折磨。哎呀,想当初他一心一意追求尤妮,甚至痴迷、糊涂到愿意把自己的心脏从胸中扒出来,双手捧着跑去送给她,根本没在意他们两人的心与心之间,其实就埋着一道暗河。这道暗河是什么时候出现的?在什么地方出现的?尚之平呀,你根本没去寻找其中的原因,反而在向尤妮求婚失败,而去找吉小玲之后,跟尤妮再次联系上了。你甚至用"屋塌母伤"的谎言请假回到临江,一边带着尤妮去办了那张无比珍贵的结婚证,一边又按照自己的愿望,企图把吉小玲推向别的男人的怀抱……你混账呀尚之平!你和尤妮之间的暗河已经无法修补了,如今你和吉小玲之间也产生了裂痕。这道裂痕,正是你的"一仆二主"式的,或者说是三角式的恋爱方式造成的。不,本质上是你内心自私,不顾别人(这个别人就是吉小玲)的痛苦造成的!你这种行为造成的后果,就像现在三百多个大学生"吭哟""嗨呀"地抬土填这道难以填住的豁口一样！——尚之平，你必须花大力气，流出浑身的臭汗，赶快下定决心把你头脑里这道自私、丑恶的"豁口"彻底填平！以后绝对不能在你与吉小玲之间，又留下什么爱情的"暗河"了，知道吗？

是的，就在这种思前想后、忍不住痛骂自己的精神状态里，尚之平一边干活，一边折磨自己，结果弄得他心里又是懊恼又是悲观又是失望又是焦虑。他几乎顿顿饭都难以下咽，天天睡得不安稳，精神恍惚到难以自拔的程度，身子骨软弱得无法挺直……往往在跟别人谈心时，他能谈着谈着脑子里突然冒出来"豁口！暗河！我非要填掉你！"等莫名其妙的牢骚……唉，可惜赵建还在医院里治伤，否则，好朋友一定会提醒他快别这样想了。因为"暗河"也好，"豁口"也好，那种念头一定会把他逼疯的，他甚至可能在脑子糊涂之中，意外地从高处或别的险要的地方一头栽下去……

渐渐到了初冬时节，大学生连队因为营房没有修建好，无法搬回中圩居住，所以只得在场部西边的高地上种几畦菜，勉强搭个小圈喂三四头猪。就那样，也得等到四个月后，他们才能吃上猪肉。因此连队食堂里一直缺少荤菜，靠小鱼、小虾和鸡蛋偶尔改善一下而已。

现在日夜干着修大堤的重活，肚里见不到多少油荤，那怎么行！附近不是有个养着许多大鱼的水库吗？只是里面的鱼平时都是供应部队食堂的，然而就在此时，农场场部竟意外地下发了一个通知，而且部队的各个食堂里，都张贴着这个通知。

今年洪灾过后，不仅军垦农场庄稼被淹，周围群众的田地、池塘、菜地也多数受洪水侵害，造成群众蔬菜、肉食严重缺乏。为此，场部现在通知：

第一，对军垦农场没有被淹到的一万亩南圩的田地，要下大力气维护好即将成熟的稻谷。等稻子收获后，保证周围农民发展再生产。

第二,水库里的鱼虾,全部留给周围群众有计划地轮流去捕捉,以改善群众生活。

部队食堂一律不要下水库捕鱼。

嘿呀! 到底是心连心的人民子弟兵,他们一心一意为老百姓着想啊! 所以周围的农民都很高兴,纷纷拍手欢迎。但是有一个问题出现了:部队食堂一律不准下水库捕鱼,那么大学生食堂可不可以去捕呢? 后来场部领导说,大学生连队可以去捕鱼。哇! 这下好了,大学生连队的食堂伙食可以让大鱼小虾们来改善一下喽!

然而正值北风猎猎、水冷天寒之际,下到水库里捕鱼,并不是一桩痛快而舒服的事情啊! 首先,必须将几只水泥做的小船,放在水库一头、一尾和中间这三处水面的位置上,拉起两三百米长的大网。水库中间最深的地方,往往有两三丈;大网也有五六米宽,需要几个人站在水泥船上,用双手提着网上的大绳子,让网下面的铅锤子将渔网坠入水里,从而严严实实地对水中的鱼群形成包围之势。哪怕鱼儿们有上天入地的本领,它们也休想从大网下面溜走。而且这样捕到的鱼,肯定都是大鱼!

那么,大学生连队到底派谁去捕鱼呢? 最少要去十几个人吧? 还要会游泳、身体好、不怕天冷水寒的人。赵建同学就特别擅长游泳。他曾经讲过:“在这个洪水漫漫的北圩子,我能够游个来回。”但他现在不能下水游泳了,否则他肯定举手报名。做惯思想动员工作的炮指导员,轻轻咳嗽两声,先把做好捕鱼工作、补充大学生连队给养的道理讲清楚,然后号召学生们量力而行,大家主动报名。队伍中马上举起一双双黝黑而瘦削的胳膊。笑眯眯的炮指导员,伸手指着这个人或者那个人的手,说:“你! 你! 你! ……”很快就点到十一位大学生。他严肃地喊道:“现在听我口令:点到的同学,向前三步——走!”

吧唧! 吧唧! 吧唧! 十一位大学生整齐而兴奋地向前跨出三步,然后嚓、嚓、嚓,迅速靠拢并站成一排。炮指导员又重新清点一遍人数,发现多了一个人。这个人就是站在末尾的尚之平。

炮指导员奇怪地问他：“我点到你啦？”

“点到了。”

“没吧？”炮指导员弄糊涂了，笑着回头看看周围的人，大家也一齐笑起来。炮指导员只好疑惑地说：“我好像没点到你。你会游泳吗？”

尚之平眼睛不眨地说：“会呀！赵建在这里时，我跟他一同下到北圩游过水！”

尚之平答得毫不犹豫，那种果断的语气，不容指导员怀疑半分。他之所以隐瞒自己不会游泳的事实，目的就是希望在寒冷的水库里，让自己受一受罪、吃一吃苦，暂时能够丢开或者分散脑子里的种种烦躁和痛苦的情绪。

炮指导员拍拍尚之平的肩膀，又看着这十二位大学生，喊道：“注意了：向前看！向右转！目标水库大堤，跑步前进！”

嚓、嚓、嚓、嚓……十二位大学生，精神抖擞地跨着大步奔向水库大堤。跟在他们后面的，是由小文书带队拉着的几辆平板车，车上放着大网和准备装鱼的筐子。

走在平地上，尚之平他们还不觉得冷。一踏上水库大堤的斜坡，哎呀！他们都感觉浑身上下让风越吹越冷。等到跨到堤埂上面，呼呼的风迎面扑来，仿佛生拉硬拽地要赶他们离开，不让他们去捕鱼。大学生们根本不理睬这股冷风，全部雄赳赳、气昂昂地跑向堤顶上面，巨人似的站在那里，然后一个个敞开衣襟，就是要让呼呼叫着的风，把他们浑身的热汗吹得一干二净才快活呢！

这边，小文书他们把渔网、筐子也拉上来了，那边的大学生把水泥船划过来，准备下水。

需要站在水泥船上提溜着渔网大绳子的人，也包括了尚之平。他们现在轮流倒了满满一大碗桃花大曲酒，个个仰着脖子咕嘟咕嘟一口喝干。嘿！一旦桃花大曲酒进了肚里，大家就像古代慷慨激昂的武士一般，个个利索地脱掉衣服,只穿一条短裤,抱起大网向大堤下面停着的几只水泥船上跳去,用竹竿把船撑到水库当中再"一"字形排开。大网上面粗绳子的两头,先分放到左右两边的水库埂上,让站在两边埂上的三四个人,牢牢地扯住自己这边的粗绳子的绳头;网中间的粗绳子,则由站在三只船上的几个人提溜着。只听一声"起航"令下,无论两边扯着网绳子的人,还是水面上乘水泥船提着大网的人,都慢慢地向着水库中央移动。

此时,水库水面静静的,仿佛怕惊动库里的鱼群似的,大网只掀起一阵阵弯弯的浅波。这些浅浅的波纹看似平静,砸到水泥船的船帮上,却哗啦哗啦激起一道高于一道的水花。幸好,学生们把大部分衣服早脱掉了,否则全身这时会被溅得透湿。随着西风一阵紧似一阵,大家身上都冷得起了无数鸡皮疙瘩,浑身不由得簌簌打起了寒战,连紧紧地扯着网绳的双手也冻得麻木起来,感觉就像手上根本就没长出手指头来。水泥船越往水库中间漂去,渔网被扯得越紧,紧得像水面上吊着一个大写的"一"字。

又听到一声口令:"大网放下!"

提网的许多只手慢慢地往水下放网,大网也徐徐地被下方的铅锤无声地扯着沉入水里。但渔网又没有完全沉下去,大网的上层部分,仍由船上一双双麻木的手牢牢地继续提溜着。所以那个大写的"一"字,仍然漂在水面上。好奇心很重的尚之平,一边提着渔网,一边看着原先拉住大网两头像手腕子粗的绳头的那两个人。现在,那两人已经悄悄地从两边的大堤上,绕回到刚才下水库的那个位置上去了,而且从两边的堤埂上相互面对面地走近。他们如果靠拢到一起,那么,大网的两头,即又长又宽的渔网两头,也就合到一起了。这样做有什么好处呢?难道水库里的鱼儿们,就那么傻乎乎地静静等待着束手就擒吗?尚之平正这么呆呆地想着,突然哗啦一声,一条长长的、细鳞子的、白亮亮的大青鱼跃出了水面!

这条大青鱼在空中挺了挺漂亮的身姿,又落入水里,哗啦一声,掀起的水花溅了尚之平一头一脸!他也顾不得擦水珠了,居然兴奋得张大嘴巴跟大伙儿一起拼命地喊叫起来："哈哈！大鱼啊！好大的鱼啊！"

话音没落，又有几条大鱼急不可待地跳出水面，它们仿佛好奇地想听听人们到底在喊什么吧。然而眨眼工夫，它们仅仅翻了一下身子，又迅速跌进水里。

此刻，伴随着大学生们快活的喊叫，水库就像煮沸了似的哗啦哗啦翻腾起来，这里那里，都是一条条跳跃的鱼、疯狂的鱼、大个头的鱼、圆尾巴的鱼、扁身子的鱼、黄色的鱼、墨黑的鱼……哇！尚之平一时间目不暇接。奇怪的是，一会儿这些鱼就跳不起来了，因为水面被它们互相挤得没有一点点的空隙。它们只能在网里面蹿来挤去的，拼命地相互碰撞、扭打，激起的水花在围起来的大网中沸腾着，好像跳着集体舞似的。也许有的鱼在鱼群中钻来钻去，妄图寻找生路吧，可惜迟了。这时候，大网已经慢慢地却又严严实实地向着中间围拢。扯网绳的大学生，两手高高地、紧紧地提起渔网站在水泥船上，再冷再累，他们也坚决不松开双手，绝对不让这些快要到嘴的胜利果实溜之大吉！无论船上，还是水上、大堤上的大学生，甚至包括所有跑来看热闹的村民，他们惊喜的劲头，比网里折腾的鱼儿们还要精神百倍呢！

嗨呀，这真是世界上最动人、最让人兴奋、最热闹的事啊！大家哈哈大笑，惊喜得一声又一声地高声呼喊：

"快抓住渔网呀！别让它们跑掉哇！"

"它们跑不啦！"

"我们围成了铜墙铁壁！它们能跑掉？"

"看哪！那条鱼起码有十斤重吧？"

"还有几条更大的哩！这要调汽车来装运！"

"哈哈哈哈！"……

然而，正当大学生们快活得狂呼乱叫地欢腾时，从远处村庄那边跑来几位农民。连几条屁股后面竖着细尾巴的小花狗、小黑狗，也都"汪汪汪"地叫着跟他们跑过来，仿佛不乐意看到大学生在水库里捕鱼。农民们一边急吼吼地挥动双手,一边喊着:"不准打鱼啊! 你们快停下来啊!"
"不停下来,我们就向部队报告啦!""哎哟! 怎能乱撒网偷鱼呢? 不会是
小偷吧?"

一时间,水库周围和水泥船上的大学生、看热闹的群众都愣住了。这
是怎么一回事啊? 大学生连队下水库打鱼,是接到场部通知才进行的,怎
么让这几个人突然拦住呢? 而且说大学生是在偷鱼。出现这种意外情
况,确实让尚之平他们弄不明白。许多人吧嗒吧嗒地舔着干燥的嘴唇,仿
佛惋惜即将吃到嘴边的一条条大鱼,马上又要跳到水里逃走。

你看这事闹的!

跑来的几位农民还没停止喊叫,就上气不接下气地扯住网绳不松手。
有的人干脆抓起网里的鱼,扑通一声再丢进水库去,边丢边抱怨道:"你们
能是大学生吗? 大学生会抓鱼呀? 还光着身子不怕冻呢! 你们明明是不
怕苦的军人嘛! 部队下通知,水库的鱼留给我们群众吃。哦,你们嘴馋了
就来捕鱼呀?"

有的农民一边用脚跺着地面,一边齐声喊着:"一、二、三,快快撒!
一、二、三,快快撒!"

在如此争执不下的状态中,担任捕鱼队队长的二排副排长胡秦同学,
这时站出来了。他笑呵呵地走到农民跟前,双手亲热地拉住他们的胳膊,
说:"老乡们讲得对呀,这水库里的鱼,按照场部的通知精神,的确是留给
群众捕的。我们是到军垦农场进行锻炼的大学生,大学生也同样属于群
众的范畴啊!"

旁边一位老乡吐口唾沫,冷笑一声把话接过去:"什么'饭稠''饭
稀'的? 你们这么勇敢,不怕冷又愿吃苦,还能是娇生惯养的学生娃子吗?
哪个相信呀!"

谁知这话不仅说得大学生们不生气,反而引得捕鱼队的学生娃子们
快活地大笑,自夸自傲起来:"嘿! 嘿! 伙计们哪,我们锻炼的成就不小
哇! 现在大学生摇身一变,成为光荣的'解放军战士'啦!"

"哈哈哈哈！农民兄弟的表扬，就是对我们大学生锻炼成就的肯定。老乡们，谢谢啦！谢谢啦！"

说话的大学生，纷纷拱起双手，笑哈哈地向四周的老乡们打躬作揖，表示万分感谢。

尚之平比别人更乐了。原来，前两天从北京开来一队"七机部"的同志，是到桃花湖军垦农场参观、学习的。农场这边就派大学生连队去欢迎他们。虽然大学生比"七机部"的人早来一年，但大学生们还是站在道路两边挥手高喊："向'七机部'学习！向'七机部'致敬！""七机部"的人，当然也挥手回敬："向解放军学习！向解放军致敬！"气氛十分活跃。

大学生连队的人热情地跑上去，争着、抢着接过"七机部"人的行李，送他们到驻地去，大家一边走一边说说笑笑，关系融洽极了。其中有个"七机部"的人，脸上充满敬意地问尚之平："你们解放军同志来农场，有多长时间啦？"

尚之平说："比你们早来一年。以后在军垦农场里，我们共同向解放军同志学习呀！"

咦？"七机部"的人睁大眼睛上上下下地打量了尚之平一番，特别是对他身上这套油渍麻花的军衣，更是钦佩地看了又看。"七机部"的人终于忍不住笑道："不对吧？我看你就是一位老兵，在战场上参加过战斗，说不定还立过战功、受到嘉奖哩！你坦白说，是不是？"

尚之平听了哈哈大笑。那天，尚之平他们几位宣传队员正在附近村子里进行文娱表演。他身上这套油渍麻花的旧军服，其实是从部队炊事班借的。现在欢迎"七机部"的人，他没来得及换下。是啊，看他的模样，他们大学生在这里锻炼一年，活脱脱就是一副勤劳且朴实的解放军战士的形象嘛。——然而笑归笑，现在水库里的鱼，当地老乡们不让捕，这还是令大学生们感到发愁啊！

正当他们抓耳挠腮困惑无措时，场部一位穿着军装的参谋同志，正巧过来看看大学生连队在水库捕鱼的情况。现在，见到老乡们不让大学生捕鱼,这位参谋同志也高兴地笑道:"乡亲们哪,你们的话只讲对了一半。如今经过劳动锻炼的大学生,也确实像解放军同志的样子,他们不但能吃苦,而且能战斗。不过说到底,大学生应该属于群众。按照场部通知的精神,他们是可以捕鱼的。"

既然是解放军参谋同志说的话,几位农民兄弟终于相信了。他们纷纷松开扯着渔网的手,甚至争着卷起袖子,帮助大学生们抓鱼、抄鱼,往竹筐里面丢哩!论捕鱼,他们可比大学生有经验呀,水深处的鱼经他们的手一抓就是一条,百抓百中!

尚之平生平第一次参加围网捕鱼,过去没见过这么大的鱼,兴奋之情早就赶走了这些天来他心里的种种不愉快。他从网中抓住一条大鱼。这鱼长长的、细细的,周身,特别是鱼鳃和鱼肚下面泛着淡黄色,而脑袋却是尖尖的。它总是张着布满锐利牙齿的嘴巴,凶猛得直想咬人。尚之平突然手没抓紧,让这狡猾的家伙哗啦一声滑进网里!

正当他懊恼、失望时,旁边一位老乡帮他又从网里抓住这条鱼。老乡笑着说:"鱼身上长着鳞片,所以滑溜溜的,你双手抱不住它。你只要用五个手指头紧紧抠住鱼的嘴和鳃,它身子再扭动,鱼鳞再滑溜,也难以逃脱啊!"

这位老乡边说边教着尚之平怎么伸手,怎么掐指,怎么让龇牙咧嘴且摇头甩尾的鱼束手就擒……

另一位老乡说:"这个家伙叫鳡鱼,牙齿厉害,你要防着它呀!我也是隔了头十年才见到它。它身上的肉特别细、特别嫩。你们大学生这回可真有口福啊!"

接近傍晚时分,大学生连的捕鱼战斗才算告捷。临走时,大学生们热诚地丢下一筐鱼,说是让老乡们带回去吃。

哎呀,老乡们笑着双手直摇:"不行呀!不行呀!你们大学生'群众'辛辛苦苦打上来的鱼,我们怎么好意思白吃呢!"

双方这么争来争去的,直到两名大学生干脆用竹杠子抬起鱼筐,要亲自往村子里送去时,老乡们才不得不自己动手抬着沉甸甸的鱼筐,一路热情地向大学生们挥手,喜滋滋地回村子去了。

第十五章 两张照片

周日那天是大学生连的休息日。早上,尚之平起床洗漱完毕,到炮指导员的房间请假,说是上高桥县县城去一趟。

炮指导员连忙伸手拦住他:"今儿个我让食堂宰猪加餐哩,你怎么就走啦? 明天请假行不行? 大堤修好了,反正要放几天假的。"

炮指导员这么说有他的道理。昨天大堤刚刚合龙,晚点名时,他一改平常下指示或者发命令时严肃的样子,居然笑眯眯地向大家宣布:从明天开始,大学生连队连放三天假,让大家好好休息,好好睡个痛快觉。接着,炮指导员深深叹一口气,同情而又心疼地看了大家一眼,继续他充满感慨的指示:"哎呀,这些日子,大家的身体累得、苦得不轻啦! 这我清楚。现在大堤合龙了,所以我命令全体同学抓紧时间和机会,大家把肌肉啊、力气啊迅速补充上。在今后三天休息时间里,我,命令全体同学,吃好、喝好、睡好! 甚至比赛看哪个人吃得最多、睡得最香! 哈哈! 同学们哪,我已经安排炊事班,明天把养了几个月的肥猪先宰一头,让它为我们恢复体力做出贡献! 对,还有从水库打上来的鱼,我们先吃掉一部分,剩下的腌起来留到过冬再吃。因此,明后天的中餐、晚餐,大家都放开肚子吃肉喝汤。这是一个必须完成的任务! 唵? 都听到了没有?"

"听到了!"

一百多号人快活的喊声和笑声,几乎震得屋顶嘭嘭响。

哎呀! 热情的炮指导员,非常关爱自己辛劳的部下的身体。前两天,他就注意到尚之平浑身晒得黑不溜秋的,脸蛋也悄悄地变得黄皮寡瘦;再看周围的学生,谁又不是这个样子呢?这都是因为前两个月为了将大堤尽快合龙,大学生们个个都拼出全身的力气,没得说嘛!所以,刚才听尚之平说要去县城,炮指导员就劝他留下来吃肉,改日再去县城。现在吃肉,是大学生连队最大的一件事。

然而,尚之平还是急不可待地要上县城,他笑着对指导员说:"今天我省下的一碗肉,明天一定补上。"

炮指导员这才挥挥手,同意他走了。

接着,尚之平到炊事班拿了两个刚蒸熟的肉包子,塞进小背包里。炊事班班长说:"多拿几个,指导员说放开肚子吃嘛!"好吧,尚之平又添几个香喷喷的包子,上路了。

在他经过水库大堤时,冬日的太阳,照得北圩田野上的霜花白沙沙的,晶莹透亮。北圩子秋天排干洪水后,就经过犁、耙并及时播下麦种子,现在已经青乌乌一片绿了。麦苗在晨风中摇晃着它们尖尖的嫩叶,仿佛向尚之平招手问好。都说洪水过后,农田的土壤最肥,今后几年的庄稼肯定丰收。现在看来是这样子哩。从北再往南看去,中圩的田地暂时还没有播上庄稼。因为圩里潮湿的土地不能耕耘,要留给太阳晒一个冬天的日头,才能够晒干土壤。炮指导员一边安排大学生连队上大堤干活,一边安排人力修整中圩里原来的营房。农场派车拉来砖瓦、水泥、木料。几个懂得瓦工活的大学生,像模像样地手握瓦刀,叮叮当当,就在原先的大学生营房的基础上,重建两排结实而又漂亮的砖墙瓦屋,再搭建猪圈和鸡圈,挖出几块菜地。不用多长时间,一个绿色而可爱的大学生家园,就恢复过来了!

想到这里,尚之平心里居然重重地呼出一声叹息。原来,他想到大堤的豁口虽然合龙了,而藏在他自己内心的那道爱情的豁口,这半年不但没有合龙,反而越开越大!别人上堤干活累得整天昏头昏脑,晚上吃过饭就往床上一躺,一句话刚说出几个字便睡着了。而他尚之平却睁圆眼睛注视着黑暗中的屋顶,久久难以安睡。别人都忙不迭地扯着或长或短的鼾声,尚之平呢?他脑子里却在反反复复地喊着:"吉小玲、吉小玲……"

唉!

在干活的这段时间里,吉小玲已经两个月没给他写信了。至于尤妮,尚之平既不去过问,也不会打长途电话给她。目前,他只是念叨着吉小玲。正是这种焦虑和失落之情,使他的精神变得比身体更加疲惫,更加痛苦。他甚至产生了不想再活下去的念头。为此,他趁出差的机会,在高桥县县城的一家照相馆拍了一张半身照片。目的是哪天他真的意外离开这个天地的话,最起码,他能在人间留下一个近日的形象做纪念嘛。那天尚之平跟照相馆讲好,下午他回农场时,能把冲洗好的照片带走,否则就不照了。那家国营照相馆的师傅一再打包票:"管、管、管!""管"是当地的土话,意思是"可以"。不错,当天下午他终于把照片拿到手了,但是从纸袋里抽出照片一看,我的妈呀!照片上的人脸上布满白色斑点,连他后脑勺上翘起的几根头发,也出现在照片上啦!难道我留在人间就是这副丑陋模样吗?他气得刺啦一声扯碎照片,一边扯一边说:"以后再照吧。"

—— 这个"以后",就是今天。

高桥县县城里只有两家照相馆,一家在城东,一家在城南。上次是在城东照相馆照的。今天,他是去城南照相馆拿自己的照片。他从口袋里掏出一张付款票据,伸手招招柜台后面一位高个头、戴眼镜的小伙子,问道:"小师傅,我的照片洗出来了吧?"

戴眼镜的小伙子接过票据,在后面纸盒里一摞齐齐排列的照片袋中翻了一遍,找出一只小纸袋子递给他。尚之平接在手里,走到照相馆门口的一棵槐树下,激动得哆哆嗦嗦地、小心翼翼地从纸袋里取出照片。嘿呀!这一看不要紧,照片上面还是布满白色小斑点,整个脸盘就不像是他尚之平的脸。天哪!难道这家照相馆也是这等技术吗?——哦,明白了,明白了,大概老天爷向我施展了魔力,不让我留下一张好看的照片,其实在竭力阻止我离开人间!是吧?

当晚回到农场,他却得到消息,说大学生连队休息三天的安排,已经被场部决定提前一天结束。原来场部在中圩的西边高地上,马上要建一座造纸厂,以便把整个农场每年打下稻谷后的稻秸秆,留作纸厂原料去制造纸张,省得稻秸秆烧掉了可惜。于是大学生们摇身一变,从现在"装甲兵"(庄稼兵)的身份,又变成"建筑工人"。

造纸厂的墙基建有半人高了,下面砌砖、拉墙线和浇铸水泥的活,都由工兵连的技术兵完成。大学生连队只有几个人加入砌墙队伍,最多只能算个副手吧;大部分学生,只能干辅助性的小工活。在厂房墙体的四周搭一圈毛竹架子,架子上再扎一层跳板,瓦工就站在这层跳板上面干活。尚之平他们在跳板上面不是砌墙,而是手握一卷麻绳,麻绳的一头挽在手心里,另一头拴个铁钩子,提溜水泥小木桶上去。有时,他们也做和水泥、挑水、扛水泥包、抬砖头的粗活。这些活一般都不太累人,活也不多,大部分时间,尚之平总是坐在跳板上面想着心事。

其实,经常坐着,对他来说不是好事呀,等于给他创造胡思乱想的机会嘛。时间一长,自然他的脑袋瓜子,想的不是尤妮,就是吉小玲……这就像有一对尖锐的牙齿伸进他的身体里,慢慢地撕咬他的心脏、肝肺、大肠、小肠。有时候他正想着某个问题,突然耳边传来哗啦一声响,把他从这种既焦虑又痛苦的状态中惊醒过来。原来他刚才无意中松开手,小木桶掉到下面的地上了。他顿时醒悟过来:不行,没事可做就想心事,这种情况等于害我自己啊。我应该积极地去找事做嘛!

想到这里,他朝两边瞅一瞅,见旁边那位师傅刚才踩着梯子下去解小便了,现在没有其他人在场。既然暂时没事干,尚之平决定在施工的跳板上面试一试怎么走路才安全。

于是他丢开手中的麻绳,摸索着慢慢地朝跳板的另一头走去。有时脚尖碰到障碍了,他就一手紧紧抓住旁边的栏杆,另一只手拎着水泥小桶绕过去。唔,他这么小心谨慎地走路,牢牢抓住旁边的栏杆,那就很安全嘛!他这么做,至少没工夫去胡思乱想了。一步迈出,等他胸口里的气息平复了,他试着又向前迈一步,也没出问题,于是再朝前方慢慢走出第三步、第四步……当他抬起右脚正要跨出第五步时,忽然,地面上有人喊他:"尚之平,你下来一下!"

尚之平低头往下面看,原来是他所在的二排的排长。二排长见他还傻乎乎地愣在脚手架子的跳板上面,又喊他一声:"快下来呀,指导员叫你去哩!"

炮指导员八成是说我在跳板上面干冒险事,怕我出事故。哎呀,他肯定要批评我了……

第十六章　丰收之歌

当夜幕降临的时候,桃花湖军垦农场里一块平坦而干净的稻场上面,几只雪亮的大电灯泡,照得整块场地亮如白昼。一个连队的解放军战士坐在场地上面,他们抱着靠在胸前的步枪,静静地等待着一位报幕员上台来,听他报出大学生十二连宣传队今晚文艺演出的第一个节目。这位报幕员就是尚之平。

尚之平激动地从后面跑上舞台。舞台就是营房前面的那块稻场。但他走到舞台中央时站住了,他兴致盎然地睁大双眼东张西望,笑眯眯地看着四周田野的丰收景色而忘了说话……咦,他这是怎么了? 忘记台词了吗? 见他这个样子,不光台下的战士们感到奇怪,就是台后面等着上场表演的几位大学生,此刻也急得直搓双手:"坏喽,尚之平可能是忘掉台词啦!"

然而就在此时,尚之平猛然间又清醒了,居然情不自禁地高声朗诵起来:

啊!
明媚如画的桃花湖军垦农场哇!
啊!
十万亩飘香的稻谷呀!
能文能武的"装甲兵"同志们!
你们用颗颗红心、满身热汗,

巧手绘出丰收的时光

和美丽的战士家园!

听吧!

我歌唱人民战士辛勤垦荒,

歌唱你们在丰收中成长!

看吧!

我赞美桃花湖起伏的稻浪,

赞颂鲜红的军旗猎猎飘扬!

现在,

请大家观看大学生第十二连文艺宣传队的第一个节目:

男声小合唱——《丰收之歌》!

哈哈!尚之平哪是在报幕啊,刚才他站在台上的样子其实就是表演哩!看这家伙生动的表情、热情的颂扬,好像他是一个过路人,深深地被桃花湖军垦农场的一片丰收景象所吸引。而且他的声调、动作居然那么协调、逼真、活泼、生动。顿时,下面哗啦哗啦响起阵阵激动人心的掌声!

现在大家明白了吧?这是大学生第十二连文艺宣传队,今晚给军垦农场的战士连队进行的演出。今天这场演出,也是尚之平他们集中起来创作、排练七天之后的第一场演出。按照炮指导员的安排,如果这次演出成功了,那么接下来的日子里,他们宣传队,就要下到每个连队和周围的每个村庄里,去演出、去宣传呀! —— 七天前的那个上午,就在造纸厂工地高高的跳板上,尚之平突然听到地上有人喊他:"尚之平,你下来一下!"

正是二排长这一声喊叫,尚之平才从工地跳板上面下来。当他急匆匆地经过连部办公室时,就听见里面有人喊他:"喂!就在这里开会哩,伙计!"

嘿呀!里面喊着尚之平的那个人,竟然是养好伤后健康地回到桃花湖农场来的赵建同学啊!

尚之平只得慢慢转过身子,低着脑袋进到连部里。开会来了头十个人啊?说明连首长已经做好了准备工作,不但要批评尚之平,还找了几个嘴巴厉害的人来帮助他,推动他前进哩。尚之平相信,这回"小诸葛"赵建可能要对他的错误进行一系列的分析呀、论证呀,将他尚之平狠狠地拉到"装甲兵"的行列里面来。唔,尚之平这么一想,垂头丧气地咕哝一声,伸手轻轻拍一下赵建的膝盖,然后他就低着脑袋坐在门口那张空椅子上,一声不吭,更不敢抬头看所有的人。

这时候,他想不到炮指导员站起来,亲切地拉住他的手:"里面坐! 里面坐! 就等你一个了。来,先喝杯水。"

炮指导员把一杯开水端给尚之平,不仅没提批评他的事,还对他这么热情哩。—— 放心吧,指导员,这回我一定接受你的批评,坚决改正错误。不信,你看我以后的行动嘛! 如此一想,尚之平便自信地站起来,双手接住炮指导员递来的杯子,放到面前的桌子上。

再看看其他人呢?他们都在吱溜吱溜地喝水、谈笑,非常快活,只有尚之平一个人在旁边沉默无语地低头喝水。尚之平明白,这次对他进行批评教育的氛围,居然让炮指导员"营造"得十分和谐而又融洽。可一会儿,尚之平又觉得奇怪:不对呀,今天安排到场的人,怎么全连几个班、排的学生都有啊?而且大多数是平时喜欢唱歌、吹笛子、拉二胡、写诗、朗诵、打快板等的文娱活跃分子嘛。哦,明白了,炮指导员特意挑选爱好文艺的人过来,打算对我进行"对口"批评教育。哈哈,炮指导员肚子里的点子比诸葛亮还要多几倍呢!

尚之平正这么想着,旁边的炮指导员笑眯眯地对包括尚之平在内的大学生第十二连的几位"文艺专业人士",一个一个看了一遍。最后,他把目光停在尚之平的身上。他笑着问道:"听说你在大学中文系做过学生会文艺部部长,是吧? 今天你是中心人物,我们要对你另眼看待呀。你是'首长'哩! 哈哈哈哈……"

你看，炮指导员终于开始言归正传，营造出对我进行批评教育的热烈气氛了！尚之平心想。

笑过之后，炮指导员伸手在自己的脸上随意地抹一抹，又看了一圈众人，这才神情严肃地说："是这样的，同学们，大家现在都看到农场的情况了。目前北、中、南三个圩子，只有南圩一万亩晚稻即将收割，这割下的稻子，给周围遭受洪灾的群众留作来年的稻种。那是南圩的事情。六万亩的北圩的洪水早就排掉了，土地晒干，已经播上麦种，明年午季的小麦收获是不成问题的。现在就剩下夹在中间的三万亩中圩。因为大堤合龙不久，圩子里的洪水排得迟，中圩的田土到现在还是湿的，所以只有等到明年春上，经过一冬一春，晾干了土壤才能耕种。那么现在，我们中圩的大学生们到底干什么事好呢？总不能光吃了睡、睡了吃吧？目前场部就安排大学生们进行读书、学习，还要求我们连队专门成立一支文艺宣传队，排几个节目，下到周围的部队、村庄进行演出、宣传。咱们解放军战士既善于打仗，又善于宣传，是一台文化播种机嘛！唵？同学们哪，今天请你们几个平时爱唱歌、爱拉胡琴、爱编写、爱表演的人过来商量商量。大家都说一说，这件事情你们愿意做吗？"

什么？什么？炮指导员说我们第十二连要成立文艺宣传队？哦，不是开会批评我呀，哈哈！尚之平这下子彻底弄错了！说句玩笑话哟，尚之平在新安大学读书时，的确担任过中文系学生会文艺部部长，孬好也算个"部长级"的干部哩。现在听到指导员的话，他心中自然大喜过望，首先举起双手说："指导员，我代表我个人赞成这个提议，算上我一个吧！"

"我也参加！我会吹笛子！"赵建是第二个举手同意的人。说完，他就向尚之平挤挤眼睛笑笑。

"还有我！拉二胡我包下了，还可以编写唱词呢！"二排副胡秦一边说一边搓着双手。

"哈哈哈哈……"

这次，包括尚之平在内的十二位大学生，都表示愿意参加宣传队活动。担任二排副排长的胡秦同学，大家习惯喊他"二排副"，他是新安农学院的大学生。平时无论干活、吃饭、睡觉，还是开会、值班、走路，他几乎来到哪儿就唱到哪儿。前一阵子去水库捕鱼，胡秦被连部安排为捕鱼队队长；今天，他又被大家推举为大学生第十二连文艺宣传队队长。

七天之后，宣传队的文艺节目经过创作和反复排练，终于可以拿出手了。请示过炮指导员后，宣传队决定将第一场演出，也就在今天傍晚，安排在驻扎在农场南圩的炮兵团一连。团部的王参谋长就坐在后面观看哩，哈哈，给大学生们好大面子啊！

演出一开场就是尚之平和赵建创作的一段诗朗诵。不知尚之平是因为紧张还是忘了台词，他跑上舞台时，却不开口说话，而是被眼前的旖旎风光深深吸引。只见他张大嘴巴兴趣盎然地边走边四处张望着，刹那间，脸上又绽开了一副受到感染而激动起来的表情。哎呀，面对解放军同志开辟、创造出来的美丽兴旺的桃花湖军垦农场，尚之平怎能不开口赞美一番呢？快呀尚之平！你赶快朗诵开场诗啊！

正当后台的伙伴们心急如焚地对他直吧嗒嘴时，嘿，尚之平到底开口了！他朝着下面一齐注视着他的战士们，兴奋地感叹了一声："啊——"接着，一串串充满激情的诗句，滔滔不绝地从尚之平嘴里喷涌而出！

突然，台后的二胡、笛子和欢乐的锣鼓声响起，五位精神抖擞的大学生欢快地跑上台来，站在尚之平两旁。他们绽开一张张英俊而活泼的笑脸边舞边唱：一会儿，六个人收拢为成排摇动的"稻禾"；又一会儿，六个人前后连成一线，双手"驾驶"着运粮的军车；再一会儿，许多辆满载稻谷的"军车"，"嘀嘀""叭叭"地鸣着喇叭，在全场战士的四周跑了一圈。这优美的歌声、活泼的动作、整齐的步调、精神昂扬的军垦战士们，让台下的观众情绪欢快，反响热烈！台上表演还没结束，台下炮兵团的连队战士们便哗哗鼓起掌来。有的战士兴奋地喊着："谢谢大学生！你们辛苦啦！""向大学生学习！向大学生致敬！"

台上的大学生，举起双手朝台下炮兵团的战士们高呼："军垦战士们辛苦了！我们向你们学习！向你们致敬!"

嚯呀！一时间台上、台下的欢呼声,汇成一片热情的海洋,翻腾着,呼喊着,热闹极了!

接下来是节目《四老汉赞子弟兵》。那是宣传队队长胡秦等四人合作,用山东柳琴的调子加上新写的词句改编而成的。无论唱腔、伴奏还是动作,都跟民间说唱一模一样。这个节目是夸赞解放军同志关心群众、帮助老百姓排忧解难。只见台上的胡秦等四人脸上画着皱纹,嘴上贴着八字胡须,扮演的老人形象惟妙惟肖哇。他们边唱边表演,情节幽默,动作活泼,在场的战士们又是笑声不断!

今天啊,大学生文艺宣传队队员们的积极性,让炮指导员给巧妙地调动起来了。不管是领头的二排副胡秦,还是吹笛子的赵建、朗诵开场诗的尚之平,个个都拿出了看家本领。特别是尚之平,在得知炮指导员是召集大学生们发挥文艺宣传的作用时,他就在心里把自己痛骂一顿:"赶快收起你短浅而狭窄的眼光吧,尚之平! 现在重新开始扩大视野、提高见识,将自己的目光投向更远的地方,还不算迟……"

这么一想,他居然发挥了过去当中文系学生会文艺部部长时能写善演的特长,后来也跟其他同学配合得天衣无缝。就说刚才的开场诗吧。原先按计划是由一个同学先上去报幕,然后大家再一齐上台。后来尚之平提议:六个表演的学生中,先让一个人上台来一段开场诗,其他五个人等一等再一齐上去。哦,用开场诗报幕? 这种花样大家过去可没听说过,因为有新意啊,都同意他这么做。谁知临上场时,尚之平忽然又灵机一动,冒出个更新、更独特的点子:我到台上先来个几秒钟的表演,睁着两只大眼,好奇而激动地向桃花湖军垦农场的四周欣喜地巡视一番,然后再开口朗诵。果然,他这种表演真的取得意想不到的效果。散场后,伙伴们都拍着他的肩膀,伸出大拇指,夸他这段表演有着不同凡响的效果。若是在战场上指挥打仗,他肯定会巧妙地一举获胜!

傍晚,就在他们演出时,炮指导员也特意赶过来了。他悄悄地站在稻场的草堆后面,兴致勃勃地瞅着他们哩!忽然,身后有个人伸手往炮指导员的肩膀上一拍:"你在'刺探'我们的军情呀,老炮同志!"

　　炮指导员回头一瞧,原来是炮兵团的王参谋长。炮指导员一边龇嘴笑,一边解释说:"我主要看看学生娃子们演得好不好。请你们多提宝贵意见。"

　　"很好!很好!"王参谋长伸手又在炮指导员的肩上拍一下,"这几位学生娃让你老炮同志调理得很好嘛,我们战士的劲头都给鼓动起来了。以后,还让他们到哪里演呀?"

　　炮指导员笑嘻嘻地说:"马上安排到其他连队汇报演出,还计划下到周围村庄做宣传。"

　　王参谋长忽然想起什么事,问他:"我听说,大学生们在桃花湖农场劳动锻炼,恐怕时间待不长了,是吧?"

　　炮指导员说:"有这回事,还有一个多月吧。所以学生们走之前,我让他们再发挥一下满肚子的热情。"

　　王参谋长发现炮指导员手里捧着一个鼓鼓囊囊的小包裹,又笑着问他:"啥好吃的东西呀?是嫂夫人从老家带给你的?"

　　炮指导员伸手往自己脸上摸了两把,说:"不错,你说的'嫂夫人',曾经倒是带过我老家的土特产来。呵呵,可现在这包裹里尽是大学生们这三天的家里来信。连部文书生病了,几天没人去场部拿报纸、信件,我今儿代他拿一趟,没想到有这么多家信!"

　　炮指导员那天晚上带回去的信件,大学生们接到后,都纷纷欢喜地拆开,低着头不吱声地看。

　　尚之平当天演出结束回到营地,就意外接到吉小玲的来信,这封信,也是指导员取回来的。急急忙忙将信拆开,看了两分钟,尚之平才知道这段日子里,吉小玲已经从林校毕业了,被分配到县里的果木生产基地工作,怪不得她到现在没给尚之平写信哩。这是一家国营企业,就在庆春县县城附近的郊区。吉小玲先去干一阵子技术推广,等以后技术水平提高了,她有可能被提为技术员或工程师之类的技术干部。也就是说,吉小玲现在是这家国营企业的职工了。遇到这样的喜事,吉小玲先忙着到县城转关系,安排好宿舍和就业部门等一些琐碎事。然后,吉小玲又回临江市待几天。等到所有事情忙完了,她才抽出时间给尚之平写信报喜。这么一来,前前后后也就过去了两个月时间。而正是在这两个月里,尚之平焦急、失望地等待吉小玲的消息呀,几乎生不如死。这回,接到吉小玲的信,他心里的痛苦顿时消失得一干二净!

指导员啊,我终生难忘!今天你从场部带回来的信件,让我获得愉快、安慰,真好呀!尚之平笑眯眯地在心里这么想着。

吉小玲被分配到庆春县县城果木生产基地,对于尚之平来说当然是一件好事,但这不是主要的。隔这么长时间了,吉小玲仍然给尚之平写信,这件事说明什么呢?说明她心中还装着尚之平!尚之平前一阵发疯似的痛不欲生呀,不就是担心吉小玲离他而去吗?平时喜欢看小说、写小说的人,都知道从一个人物、一件事情的某些细节上,往往能发现出大问题或者问题的本质。既然吉小玲还给他写信,就说明吉小玲不会轻易放手丢开尚之平。——这个细节,就明明白白地向尚之平传递了一个信息:放心吧,尚之平,你不会失去吉小玲的。正是这种喜悦的心情,鼓舞着尚之平愉快而自信地参加大学生连队的文艺宣传队活动了。

第二天天刚刚亮,仲冬时节的冷雨淅淅沥沥下起来。这个时候农村的土路泥烂路滑,十分难走。炮指导员脸上布满皱纹,他眯缝起眼睛,焦虑地观望着乌云密布的天空,下不了决心:是让文艺宣传队现在出发到农村去呢,还是等两天再走?尚之平却站出来说,现在冒雨下到村子正是好机会呀,因为下雨天不能下地干活,农民们多数会窝在家里,不是说闲话,就是摸牌赌钱。文艺宣传队及时下到村子里去进行宣传,能够帮助他们提高认识,端正风气。

尚之平的话,居然让炮指导员听了不住地点头,他的手一挥,笑着朝宣传队队员们说:"下雨怕什么?唵?咱们学学红军长征的精神嘛。那就出发吧!"

于是,一支由在桃花湖军垦农场劳动锻炼的大学生组成的文艺宣传队,冒雨赶到附近柳树塘的村子进行宣传活动。

这个村子的村民们,住的都是一排排白色砖墙、金色草顶而且排列整齐的民居。远远地看去,这些民居跟江南的徽式民居相比,有另一种古色古香的特色。村中唯一高大而宽敞的砖瓦建筑,是矗立在村东头的一座祠堂。尚之平他们去演出时,发现柳树塘村的村民委员会,对这座坚固的建筑物加以适当地改造和利用,将它四周的高墙外面全部刷上白色的石灰;又在祠堂里面靠北边的墙跟前隔出几间小屋,分别作为村委会、妇委会、村党支部、乡村卫生所和托儿所等场所。其余宽敞的空地上,平时用来开大会呀,或请一些文工团、戏团等文艺部门来演出呀。靠南边又建了几处仓库,用来储藏粮食和农具,算是个挡风遮雨的好场地。这座大建筑保留至今,起到无法估量的作用啊!

大学生宣传队来这里演出时,即使细雨蒙蒙地下着,四周赶来的农民观众也特别多。祠堂里挂着两只大电灯泡,满屋子照得亮堂堂的,比县城里的剧场都要胜一级。农民们一年到头很难看到文艺演出。现在,锣鼓当当响着,震得人们心花怒放,周围村庄的老百姓居然纷纷打着雨伞、顶着斗笠,在路上一边说着,一边笑着,热热闹闹地结伴而至。

今天的这场戏,由大学生文艺宣传队从下午表演到傍晚天擦黑才散场。人们拥挤着、说笑着走出祠堂,向各自的村庄赶去。

尚之平在卸妆时,用一张皱纹纸擦着脸上的油彩,忽然听见旁边有两三个小姑娘叽叽喳喳地一边打闹、一边追逐着跑出祠堂大门去。他好奇地扭头瞥了一眼,发现其中一个姑娘梳着两只大辫子。她的这双辫子,居然跟吉小玲平时梳的辫子一模一样,也是用一根红头绳齐齐将两只辫子扎在一起,并拢地拖在身后,看上去十分俏丽。尚之平心中一惊:咦,吉小玲不是在庆春县县城的果木生产基地吗？

虽然这么想着，他还是站在大门口找了一圈。不错，远远的路上的确有三位边跑边闹的小姑娘。走在后面的那位就是两只大辫子并拢垂在身后的姑娘，无论辫子粗细还是打扮的样式，都跟吉小玲的相同。她的脸蛋虽然微微泛黑，但一双神采飞扬的眼睛，跟吉小玲比起来，仿佛是从一个模子刻出来的。三位小姑娘已经上到田埂了，后面的大辫子姑娘突然回过头来，朝站在祠堂大门口的尚之平看了一眼。接着，她被前面两个女孩生拉硬拽着，三人边笑边跑，就像三只可爱的小鹿儿渐行渐远……

那天晚黑，尚之平根本闭不上眼睛睡觉了。躺在他旁边的何杰和二排副胡秦两人长一声短一声地打着呼噜，睡得特别香甜。尚之平睡在祠堂的地铺上面，睁着一双眼睛，痴迷迷地瞅着夜色中又高又陡的祠堂天井。他甚至在心里喊了一声："吉小玲啊，你来看我们演出了吗？你今天下午到这里来过吗？……"就这么念念有词地自言自语到天蒙蒙亮，尚之平才勉强合上疲倦而又沉重的眼皮。

谁知没睡一会儿，屋子外面几声"叽叽"的鸟叫声把他惊醒了。他侧耳听了一会儿。外面既然有小鸟出现，说明昨天的雨现在停了，天空也许晴朗了吧？彻底清醒过来的尚之平，干脆穿上衣服，打着手电筒走出祠堂大门。虽然从东北方向袭来一阵阵寒意，但他背靠着一棵大槐树，再次从口袋里拿出吉小玲的信拆开，借着手电筒昏黄的光芒，双眼凑近信纸慢慢地瞅下去。不知这封信，他已经看了第几遍了。

之平，我知道这段时间没有空时给你写信，你一定感到心里寂寞、日子枯燥。这都怪我。从林校找人联系、转移工作关系和户口，种种事情让我没日没夜地忙碌，几乎没有喘一口气的空闲，只好暂时丢开你一阵子。你对我有意见是吧？对不起，这的确怪我。或者说从认识你直到现在，也许我给你带来了一次次让你难以接受的反感。这个责任完全在于我。因为我根本不懂得处世的原则，所以我真的对不起你……

看到这里，尚之平浑身再次颤抖一下，仿佛一块冰溜子从他背后滑进贴身的衣服里，凉得他心脏都快要停止跳动了。

吉小玲的话对吗？恐怕只对了一半，顶多是一半再加上四分之一而已。尚之平前一阵子寂寞难耐、寻死觅活的，其实是因为他从头到尾就错爱了尤妮，而吉小玲又错爱了尚之平！这种错来错去的爱相互交叉，真是错综复杂啊。如今不仅让他咽下了这杯苦水，也害得吉小玲苦不堪言！

想到这里，又是一阵冷风扑面而来，呛得尚之平双眼里泪珠咕噜噜地直转。他连忙扯着衣袖按在自己的眼睛上面，一边掩住泪水，一边轻声呜咽起来。看来，眼里的泪水至少有一半，是从他心头涌出来的……

接下来的十几天里，天气或晴或雨，或冷或热，道路一直泥烂湿滑。

晚黑，十二位大学生都是两三个人挤在老乡家的一张木床上面睡觉。大家都有这种感觉：一夜之间，每个人只能闭眼睡上半夜；大部分时间里，都忍不住咽着冰凉的口水，勉勉强强闭着眼睛挨到天亮起床，就算不错了。但就是这样，大家还是有讲有笑地到各个村庄演出。与此同时，他们也跟农民学到不少乡村地方戏曲和民间小调。有时候，他们穿上农民的服装，贴上用染黑的棉花做成的胡须，扎上蓝色土布腰带，学着当地人的口语、动作，表演农民们赶集卖粮、夫妻对唱、母亲教子、老汉放牛、大姐纺纱等情节的小品和说唱。这些让群众喜闻乐见，感觉亲切、幽默、俏皮的节目，常常引得场上观众一阵又一阵的哈哈大笑。

作为创作能手的尚之平，把这些群众喜闻乐见的段子、语言和曲调记在纸上。他觉得，以后写起关于农村的文章也许用得着。现在虽然睡眠不足，整日劳累、瞌睡，但他浑身还是充满力量和欢乐的。他正是用这种劳累来获得无限的欢乐呀。

说实话，跑来跑去地四处演出，也的确让尚之平熟悉了农村的种种状况。比方说，他看到农村的房子大都七齐八不齐的，有的用麦秸草做屋顶,有的用长方形的木托子托了土坯子,晒干了当作砖块砌墙。墙上的窗子一般开得不大,天冷了,就卷一把稻草堵上窗洞,也照样暖和。天下雨了,鸡啊,鸭啊,鹅啊,如果笼里和圈里装不下它们,农民就将其中的一部分放在堂屋里。冬天担心小猪受冻,细心的农家,晚上都会赶它们进屋里过夜。尚之平他们考虑到农家的难处,也愿意跟家畜、家禽们在同一个屋檐下睡觉。晚上,他们扯起的鼾声,常常跟鸡鸭甚至小猪们叽叽咕咕的哼叫声,此起彼伏地应和着。对于尚之平来说,这一晚上他反而睡得十分恬适! 这是他不可多得的生活和情趣方面的"财富"呀。

当然,尚之平也没忘记自己在心情不佳时,私下里去找过"小诸葛"赵建,两人一边抽烟,一边交流各自的心态。这样往往就疏解了尚之平那种难以安定的情绪。赵建在伤口治愈,又受到军垦农场场部对他抗洪救灾的英勇行为的表彰后,他的心胸变得更加开阔,他对人生各种问题的看法比过去更理性。这对尚之平的心理也起到一种疏浚和引导的作用。

眼看着就到了文艺演出的最后一天,东方的天空一早就云开日出,灿烂的阳光普照在冬日潮湿的田岗之上。中午时分,地上的土壤被晒得干干的,演出队十二位队员走在上面,总觉得头顶上的阳光暖和和的,脚下的道路也热乎着,踩上去感觉十分舒服。他们有说有笑地漫步在桃花湖军垦农场东边二郎镇上。

走在前面的二排副胡秦,突然转过身子伸出两只胳膊挡住大家,说:"文艺演出今天顺利结束了。找个饭店吧,我请大家喝顿酒,慰劳你们。可好?"

噢! 噢! 噢! 大伙儿比演出时更加快活,都一齐喊着,跳着!

最后七找八找地,终于寻到一家干干净净的饭店,将锣鼓、二胡、笛子和行李随意放下,十二个人正好挤满一桌。来这么多客人,店家也乐滋滋地拿杯子倒水。喝过水就端菜上桌,一共五碗炒菜、五碗蒸菜,加上一大钵的热汤。这些菜中既有炒鸡蛋、炒肉丝、炒虾米、炒酱干、炒辣椒芹菜,又有红烧肉、红烧鱼、红烧笋鸡、红烧豆腐、红烧泥鳅。都是乡村特色的饭菜,有着另一种风味吧?大家吃啊、喝啊,一时间吆喝声也好,哈哈大笑声也好,总是不间断的。这比在连队食堂吃饭更加放肆。吃了这顿饭,也说明大家的心情现在是彻底放松了。

这还没完。

二排副胡秦因为是这顿饭的东道主,他笑呵呵地招呼饭店的主人过来,拿出一张大票子递给他,说:"请你上两瓶酒来。"店主人笑笑,伸手把胡秦的钞票挡回去,转身从后面的屋子里捧来一只大瓦罐,咚的一声放到饭桌上面。胡秦赶紧把钱塞给他。店主人再次伸手挡回去,说:"你们上我家来吃饭,就是看得起我嘛!这罐土法酿的酒,算我代表乡亲们对大学生演出队的感谢了!"

胡秦笑着向他敬个礼,然后打开酒罐盖子,往大家的碗里哗啦啦地一一倒上。他先端起酒碗,严肃地对大家说:"这碗酒算感谢诸位支持我,顺利完成了连首长这次交代的宣传任务。好,我先干了!"

说完,他当着众人的面,双手将酒碗慢慢地先举过头顶,然后凑到自己嘴边咕嘟咕嘟几口喝干。嘿!大家哗啦哗啦鼓起掌,也都端起酒碗喝了几口。

二排副胡秦的确是个人物啊!他喝酒时气不喘,脸不变色,气度不凡。一方面,他虽然是个"副排长",但毕竟还是大学生的身份,跟其他大学生相比,应该是平等的。所以他平时跟大家在一起总是亲亲热热的。另一方面,他因为和部队领导接触的次数比别人多,跟其他大学生相比,往往某些"军事机密"他就能多掌握一些。但他很会把握分寸,在同大家谈心闲扯时,胡秦知道哪些话能够讲,哪些话不该讲;哪些话可以大声公开地讲,而哪些话又只能背地里小声地讲。可今天的情况仿佛有些特殊。酒喝过了,二排副胡秦把嘴巴抹一抹,笑眯眯地对着众人看了一圈,不紧不慢地说:"嗯,大家先一口把酒干了。下面,我有好消息要告诉你们。"

"什么好消息呀?是不是给我们找到老婆了?快说!"大家故意笑

着,闹着,个个兴奋得脸色通红。

二排副胡秦却笑而不答,向众人面前的酒碗伸一伸手,示意大家先倒满了酒,他才开口。

好吧,其他十一个人只得咕嘟咕嘟倒满各自碗里的酒,再夹一口菜吃,眼睛便一齐瞪着二排副,看他抛出什么好消息。

二排副胡秦这才装模作样地再次抹抹嘴巴,笑着道:"那你们就听着:我们在桃花湖军垦农场的劳动锻炼,快要结束了。下面就是分配到各地去工作。怎么样? 是个好消息吧?"

谁知他的话说完,不但没有激起大家的兴奋情绪,反而让十几位大学生一齐低着脑袋沉默起来,半天都没吭声。

哎呀,到农场都过去十六个月,快一年半的时间喽。实事求是地说,在桃花湖农场,解放军同志真正是大学生们的老师呀。大学生们从这些老师身上,也的的确确学到不少真知灼见啊! 大学生跟解放军指战员一齐栉风沐雨,一齐战天斗地,一齐抵御洪水,一齐抬土筑坝,哪一样比别人干得差呀? 以至于全身晒黑的大学生,竟然被当地农民当成是部队的同志,也被北京来的"七机部"的人当作解放军战士,他们热情地对大学生们喊着:"向解放军致敬!"那么现在,劳动锻炼就要结束了,大家就要各回各家了,大学生们为什么不兴高采烈地对此庆贺一番呢? 小伙子们年龄都是二十多岁,谈恋爱,寻妻成家,是他们时刻都在焦虑的终身大事啊! 而这类事情,又只能回到家里,或在具体的工作岗位上,广泛地接触女同胞才能解决。可在农场里举目一望,不见一个女人,这里是男人的世界呀。那么请假回家找找看吧? 也不行,因为农场对请假的事管得紧。农村流行"村帮村,邻帮邻"这类做法,其实大学生之间也常常是"邻帮邻"哩。说句笑话吧。某日,尚之平所在的连队一排三班有位孙同学,家乡来一位姑娘"探亲"。这姑娘是孙同学的对象,据说两人正急吼吼地等着办婚事呢,可孙同学迟迟请不了假回家。当天晚上,三班的八位大学生全到外面找场子去睡觉,腾出他们那间宿舍,让这位姑娘临时住。到第二天早晨吃早饭时,才见孙同学拿着两只碗来打稀饭,用筷子串上三四个馒头笑眯眯地走了。原来昨晚呀,这对小鸳鸯就在三班大学生腾出的那间宿舍里,进行"楼台相会"哩!

如今,听二排副胡秦说出军垦农场锻炼就要结束的消息,不少人都沉默不语。这时,尚之平突然端起酒碗喝了一口酒,对大家说:"伙计们!我们在桃花湖军垦农场接受了耕种、收割,甚至圩子决堤、'跑水反'等锻炼和考验,不仅大长了对社会发展的见识,也丰富了人生经验,这都是我尚某今生今世第一次得到的收获啊。记得今年夏天破圩子、'跑水反'时,炮指导员对学生连转移的行动,安排得井井有条,丝毫不乱,我真佩服啊!他派我们在圩堤上面巡视,严肃地说:'大家绝对不要慌张。如果出现险情,值班人员就会发出三次、每次都是三声枪响的信号,让中圩的大学生紧张又有序地撤离到安全地区!'哎呀,现在回想当时情况,那种阵势的确震撼我的心魄!这就告诉我们:以后出去工作不管做大事还是小事,都要处变不惊。外面许多青少年小子们,如今只要听到什么英雄故事,总在抱怨自己没能生长在英雄战斗过的那个年代里,说他们没有机会表现表现。其实真要生活在那个年代,哼,我看没有多少年轻人能做到这一点。所以我对自己的命运感到幸运。因为这种'幸运'既是一种艰苦,更是一种福气啊!……"

说到这里,尚之平眼里突然涌出两团泪水。但泪水只在眼窝里打着转儿,并没有落下。是的,他现在忽然对过去的一些事情,或者说对桃花湖军垦农场产生一种恋恋不舍的情绪了。你看这个人!

他身边的人伸手捣捣尚之平:"咦,你怎么不继续说啦?"

尚之平擦干了泪说:"不管如何,在军垦农场这段时间我学到不少东西。我家的堂屋里,曾经挂着明朝末年朱柏庐先生写的《治家格言》中的一句话:'一粥一饭,当思来处不易。'现在我真的爱惜一粒粒米饭了,它们来得确实不易!你看,冬天要赤脚下到雪水里排水,因为不能让雪水渍死麦苗,我们需要粮食呀。而且指导员第一个脱掉鞋袜下到雪水里,他是带头人,是我们活生生的榜样啊!如果要我评出一位英雄的话,我觉得炮指导员完全够格当一位英雄!"

这回,他真的眼泪汪汪地说不下去了。

沉默了一阵的赵建,此刻也激动地开口:"是的。总之在桃花湖军垦农场锻炼,好处还是多多的。这我相信。经过这一次次磨炼,以后到外面工作,无论遇到什么困难,我们的心理状况肯定会更加老练而又稳健,个性和见识也比普通环境下的人成熟一百倍!所以现在,听到我们就要离开军垦农场,我心里同样也有一点难舍的情绪……"

赵建端起酒碗站起来,铿锵有力地说道:"我提议:大家干了这碗酒,以后无论何时何地,我们都要对得起在桃花湖军垦农场一年多的劳动锻炼,对得起培养我们的解放军同志!"

大家都郑重地端着酒碗站起来,齐声铿锵有力地说:"对,全部干了!""干了!不许留下一滴酒哇!"

喝完酒,十二位大学生相互拍着肩膀,捶捶胸口,哈哈大笑起来。这阵笑声当中,既包含着他们来军垦农场所咽下的种种酸甜苦辣,也充满着自豪、幸福之情!

第十七章　庄河中学

躲不过突然而至的绵绵春雨,尚之平只好撑开布伞遮住自己扛着的行李,迈开大步走一段路之后,进到九公县南边城门前面的那座汽车站里。

他从桃花湖军垦农场劳动锻炼结束后,被分配到九公县的庄河中学,担任语文教师。今天一早,他从临江市坐早班火车来时,天还晴朗朗的;可到达九公县的东门火车站下车时,细雨就密密麻麻地下起来了。现在,尚之平想在汽车站打听一下,有没有车子往庄河中学方向去。他放下行李,舒心地喘喘气息,站在售票处门口朝外面看,心里判断着这样的雨天能不能赶路。在这片广阔而滋润的雨丝交织之下,四周雾蒙蒙的田埂上,桃花和杏花都顶着风雨绽开了艳丽的笑脸,仿佛在迎接尚之平的到来呢。唔,看来只要有车子就可以去了。

在尚之平读大学一年级时,他就知道,九公县是一座有着两千多年历史的古城,至今还围着一道固若金汤的明代古城墙。然而目前九公县的农村比较贫穷。贫穷的原因正是淮河造成的。本来九公县正是依靠淮河而诞生的。可淮河又是一条经常滋事、泛滥的大河,隔几年洪水来了,农民家里便墙倒屋塌,田里颗粒无收,日子过得格外艰难。唉,九公县真是成也淮河,败也淮河啊!庄河中学所在的庄河镇,位于淮河南边的一条支流庄子河的岸边,据说这里是古代思想家庄子曾经讲学的地方。——现在,尚之平看罢雨中之景,就在车站售票窗口朝里面看,可见不到一个人,他只好连喊几声:"哎!请问里面有人吗?去庄河镇有车子吗?"

售票处里面没人回答。外面的候车室里，倒有几个人围在一起玩扑克牌，下雨天没事干，所以叽叽喳喳地玩得十分开心。他们的身后又围住几个人看热闹，雨伞、雨披、遮雨的麻袋片丢得到处都是。就在尚之平喊了几声又没听到里面有人回答时，旁边站起来一位五十岁左右的师傅。他对尚之平说："庄河镇本来就不通车子，只有二三十里的路程，一般靠两条腿自己走着去的。请问你到哪里去？"

尚之平说："我到庄河中学。"

这位师傅说："我带你去吧。今儿下雨，又背着你的东西，你给我五块钱，可好？"

去那里心切的尚之平，一口答应他了。

这位师傅姓柴，是城里一家搬运公司的职工，他跟尚之平说，先把停在外面走廊上的小板车送回家，马上就回来。回来时，他身上披着化肥袋挡雨，又带来几条化肥袋和一捆麻绳。他将尚之平的行李用化肥袋裹好，然后用绳子在行李两边结成两个背带，背到自己的肩膀上，还特意甩动几下，看着牢固得很。柴师傅手往外面指一指，说："下雨天泥烂路滑，俺们先从南边的城门进到城里头，再从西边的城门出城，从那里能上到淮河大堤上面。堤上是沙土路，不烂不滑，好走；然后从大堤上顺坡下去，走个十几二十里的，就到庄河镇了。"

"为什么到庄河镇，非要这么绕来绕去的呢？就没直接去的路吗？"尚之平奇怪地问。

"我也想走直接去的路啊。"柴师傅伸手抓挠几下头皮，笑着说，"还不是因为地方上没钱修柏油路嘛！俺们只能对付着走去了。"

是的，他俩先是进到县城里面，再从西城门转到城外去。厚实的灰黑色的城墙上面的杂草和灌木，从砖缝里伸出它们的根须迎风招摇。穿越西城门和瓮城的城门时，因为回音之中含有唓唓唓的雄壮而齐整的脚步声，听起来，仿佛一支全副武装的古代战队奔向城外去作战似的。这么一想，尚之平的胸腔里就灌满了一股勇气，不由得昂首挺胸地跟着柴师傅，出了城就迈向左手高峻的淮河大堤。刚上到堤顶,一阵凉风扑面而来。尚之平连忙驻足向前方看去,果然眼前就是波浪滔滔的淮河。不错,堤面上都是含有细沙的土质,非常能"吃"水。天上下的细雨都让堤土"吃"进肚里了,因此,大堤上面的道路平平坦坦的,实在好走啊。

在前面背行李带路的柴师傅,突然回头问道:"你是到庄河中学教书的吧?看你文质彬彬的样子,就知道你是文化人。"

尚之平含含糊糊地嗯了一声,算作回答。

柴师傅边走边自言自语:"别的都不讲,就是那地方穷啊,一般老师都不太愿意去。看来,你还有些胆量。"

说完,他又回头笑笑,表示他是跟尚之平说笑的,避免尚之平尴尬。

过了一会儿,柴师傅带着他从淮河大堤上面走下来,又折到下面的田埂上。一条哗啦啦流淌的、水面约有十丈宽的河,先跟着淮河平行地流了一段之后,它便突然自顾自地折向南边扬长而去。柴师傅指着这条河说:"这就是庄子河,也因古代庄子在此讲过学而得名,水是从淮河淌下来的支流。本来从县城到庄河镇,还有另一条土路,天晴时既能走人,又能开小四轮拖拉机,只是下雨天一步都不能走。以后天晴想上县城,你可以直接走那条路,要近便一些。我刚才说的当地没钱修路,就是指那条路。哎呀,丢在那里十几年了,庄河镇上谁不想着这桩好事能早日实现啊!"

此时,天上的细雨悄悄地停下了,空中的云彩也罅开缝隙,漏出几道清清亮亮的阳光。吹到身上的风不但凉爽、细软、清冽,甚至像山里淙淙流淌的小泉那么细腻,让人的心情十分舒畅。尚之平从阵阵清风里闻出一丝丝的花儿、草儿和麦苗的香气,他站在庄子河岸边做着深呼吸,做着、做着,尚之平激动得高高地举起两只矫健的臂膀,放声高喊:"庄子!你老人家好吗?我来跟你学习教书的本领啦!"

他那种狂热十足的书生气,再次发泄出来了。

旁边的柴师傅惊讶地问他:"咦,你从军垦农场锻炼出来,这么快活?"

尚之平说:"我在哪里都无所谓,只要心情自由驰骋,感觉愉快就行。"

柴师傅伸手指着前方:"快看,那块飘着红旗的地场,就是庄河镇;高高的旗杆竖在庄河中学的操场上面,再走半个小时就到中学了。"

前方五六里处飘着红旗的地方,尽是绿树葱郁的村子,村与村连接起来又像一片绿色的长城。别看这里生活过得不咋的,树木倒是不少。那道绿色长城环绕的地方,就是尚之平马上要去当教书匠的庄河中学。啊!你好呀,庄河镇!你好呀,庄河中学!我来了!请你们接受我吧!——他这种热情而愉快的心绪里,充满一层诗意,因为他的心灵现在自由自在,从此跟那位"艺术家的女儿"尤妮彻底拜拜了。当然,他同吉小玲想什么时间见面,就什么时间相见;跟吉小玲想说什么话,就说什么话。如此一来,他边想边走,不觉就到了庄河镇的东边,也就是高高地飘着红旗的庄河中学。

他接下柴师傅替他背来的行李,打发师傅走了之后,就自己找到庄河中学办公室。里面的一位中年人赶紧站起来,笑嘻嘻地说:"是尚老师吧?你好,你好。我姓林,老林。昨天县教育局打电话来,说你今儿到校。累了吧?快坐下歇歇,喝水。"

尚之平连坐都没有坐,连忙从身上掏出一份工作派遣证,双手递给林校长,因为他猜到这位同志就是校长了。

"林校长,这是我的工作派遣证。"

"好的,好的。"林校长仍旧笑嘻嘻地接过来瞅了一眼,又仔细将这张证件叠好,放进办公桌的抽屉里,"尚老师,学校把你的房间都安排好了,我现在带你去,可好?"

见尚之平点头答应去房间,林校长一把抱起他的行李扛在肩上,走在前面带他去。尚之平想抢过行李也没抢到手,只好连声说:"林校长,谢谢!谢谢你了!"跟着校长往学校的后面走去。一出办公室门,尚之平就看到这里的校园比较宽阔:前面是几排规格一致的房子,每排都有三间教室。那时候各地都在进行教育改革，一般初中都设三个年级，而高中只设两个年级。所以他猜测，庄河中学大概开了初中六个班、高中四个班吧？正想着，林校长带他在后面一排平房中的一间屋子前面停下，笑嘻嘻地从口袋里掏出一串钥匙，取下来其中的两把钥匙，说："尚老师，这就是你住的房间。"

"哦，你们早替我安排好了？"尚之平也是笑嘻嘻地回答他，话语里充满着感激之情。

原来，这一溜排建在教室之后的二十几间小平房，都是教师宿舍，无论男教师、女教师，一人一间；若是拖家带口的教师，那间屋子后面还有一小间厨房。即便如此，这排宿舍还有空余的房间。看来这所学校空间宽裕，房子多哇，就像送尚之平来的那位柴师傅说的，这地方穷，外地的教师不愿到这里来。此刻，林校长吱呀一声开了房门，把钥匙递给尚之平，说："尚老师，俺们学校条件不好，请你暂时委屈一阵。你先安顿下来吧。过一会儿到了吃中饭时间，我再带你去食堂。可好？"

"可好"两个字，林校长总是笑嘻嘻地挂在嘴上。他问话时，仿佛是在跟尚之平商量，因此尚之平听起来感觉他十分亲切，对人也非常有礼貌。

尚之平高兴地双手接过钥匙，对林校长说："谢谢学校的安排。林校长，我从学校毕业不久，又在军垦农场进行劳动锻炼一年半，教书育人的能力还是欠缺的。以后请林校长，请学校其他领导、老师多多地帮助我啊！"

"不客气，不客气。"

林校长边笑嘻嘻地说，边向尚之平招招手走了。可他没走多远，尚之平又追过去喊住他。等到了林校长跟前，尚之平支吾了两秒钟才红着脸问："林校长，请问学校的公章在吗？"

尚之平担心会发生几年前他陪吉小玲去林校办退学时拿不到学校公章的那种尴尬情况，所以才这么问。

林校长仍旧笑嘻嘻地说:"在啊。俺们是县教育局下属的正规学校,有高中、初中,是全日制的完全中学。公章就在我的办公室。"

"是这样的,"尚之平只好尴尬地实话实说,"再过月把时间就到五一劳动节了,我想请假回老家临江市一趟。那时候,请学校给我开一张在这里任教的证明。因为……因为我要到临江市民政部门去,跟我的女朋友办理解除婚约的事。到时候,我必须带着单位介绍信。可以吗?"

林校长听了尚之平的话,先是一愣,但马上就放松下来,亲切地说:"好说,好说。既然需要开证明信嘛,学校一定给你开一份。"

俗话说:"没有不透风的墙。"也许那天,有人从他俩的旁边经过时,听到尚之平和林校长讲的话了吧,仅过了一个晚上,第二天早上,学校里就有人晓得新来的尚老师即将解除婚约了。

有个年轻的男教师,热情地往尚之平的肩膀上一拍:"欢迎尚老师加入俺们'光棍团',哈哈!"

也有几位老师背地里诧异地叹息道:"看着尚老师是一表人才,哪个女的还能看不上他呀?"

其中,一位年轻的女教师竟高兴地对其他教师说:"这下好了!"

"好什么好啊?你不会看人家笑话吧?"旁边有人自言自语地感到不满。

那位女教师扑哧一笑:"俺们讲的是实话。原先,我在县里师范学校时的班主任文老师,她到今儿都没结婚。文老师年龄有三十一二了,我看着尚老师恐怕也接近三十岁了吧?如果他俩……"

旁边的人连忙帮腔道:"我们预祝你促成这桩好事啊,到时候大家都去喝杯喜酒!"

刚才,庄河中学那位女教师所讲的班主任文老师,在庄河镇附近的一所中学里教书。文老师因为眼光高,婚姻上高不成、低不就的,所以挨到现在都三十好几了,还是单身。尚之平后来了解到这个情况后,暗地里不觉淡淡地一笑,学着当地的口语对关心他的好心人俏皮地说:"多谢了,俺们不想娶个姐姐来家管着俺哩！"

其实他后来倒是见过这位文老师。别看她年龄不小了,皮肤却依旧白皙细腻,目光清冽有神。只是平常在路上遇见了人,文老师往往不会直视着对方,而是低下眼睛默默地从旁边侧身而过。她不言不语的表情显得羞答答的,完全是一副大家闺秀的模样。为什么她不赶快找到自己的所爱?是什么问题让她没有抓紧时间成家呢?唉,这真是太可惜了……

不管如何,终于到了五一劳动节的前一天,尚之平真的请林校长给他开了一张证明,揣在口袋里。头天下午请假赶回临江市,尚之平就托邻居小华子通知尤妮:希望她能在五一节当天下午两点半钟,到市中心广场去一下,尚之平在那里等她见面。

第二天就是五一节。早在前几天,临江市就发动单位、街道和居民打扫卫生;每个单位的大门口都张灯结彩,挂上红旗和彩纸扎的长方形、椭圆形、扁形或花篮形的灯笼。大街上,拉上一条条穿街而过的横幅标语,临江市到处洋溢着喜气洋洋的节日氛围。

节日里市民出来游玩、看热闹,一般选在五一的上午。到了下午,大多数人玩累了,或让事情缠住而待在家里不能出门。尚之平下午提前到达市中心广场时,街上的人明显少了许多。他闷闷不乐地四周看看,几乎没发现一个人,但他还是装成悠闲的样子,时不时扭头朝旁边瞥上一眼。就在这时,他远远地瞅见一个身材细条的女子往这边走来。她身上穿一套浅灰色化纤料子的褂裤,步子走得不利索,一副犹犹豫豫而踟蹰不前的样子。那就是尤妮。尚之平面无表情地瞅着她来到跟前,说:"你来了?去年春天我在军垦农场时,你写信说要跟我解除婚约关系。我目前就在九公县的农村中学教书,今天从单位开了证明特地赶回来。走吧,我们就到附近的街道办事处办理这事。"

尚之平不问她目前的情况,尤妮也没有问他什么时候回来的,一时间,两人都没有多少话讲。尤妮只是低头默默地听他说,两人之间完全没有了过去那种热烈的感情和嬉笑的眼神,仿佛互不相识。尚之平见她不吱声,明白她对自己的安排没有意见。于是,他向中心广场南边的一座大楼指一指,说:"街道办事处在那儿。"然后他先走去了。听到后面有脚步声一直跟着他,他知道尤妮也慢吞吞地过来了。不一会儿,两人到了街道办事处所在的那座大楼下面。

即使在五一劳动节这天,街道办事处仍然有人值班。尚之平先进到里面,等尤妮也进来了,他就向一位工作人员拿出自己带来的单位证明,把他跟尤妮的身份、来意说了一下。那位工作人员很客气地请他们坐下,从抽屉里拿出一沓公文纸。尚之平见状,马上从自己口袋里掏出一份他事先拟写好的、名为《关于解除双方婚约关系的申请书》的报告,礼貌地跟这位工作人员说:"同志,我这里已经有一份起草好的申请书,请你看一看。如果合适的话,可不可以……"

尚之平原本是想说"可不可以做参考",但一想,这么说有一点自不量力的成分,也许会得罪人家,所以赶快忍住不往下说了。

那位办事人员看了尚之平写的这份申请书,点头说:"你写得很清楚,如果你们双方没意见,就这么写吧。今天是五一劳动节。明天等区民政局上班了,我们把这份申请书送到局里签字、盖上民政局的公章,这样才有效。然后再交给你们每人一份,街道办事处也留下一份作为保存。你们看行不行?"

"谢谢,谢谢。"尚之平连忙伸手握住办事员同志的手,表示感谢。

时间已经隔了一年,尚之平和尤妮两人所谓解除婚约之事,今天总算画上了句号。

从出了街道办事处的门,再一步一步走下楼梯来到人行道上,尚之平一直没有回过头看尤妮一下。现在,他自顾自地朝着眼睛直视的前方走去,因为屏住了呼吸,所以他能感觉到身后的尤妮,正慢慢吞吞地朝着跟他相反的方向离开了。直到坚持了十分钟,尚之平才忍不住回过头看一眼,见尤妮已经走了一段路,身影也渐渐看得不太清楚。他一边看着远远离去的尤妮，一边在心里默默地想着：这个女人，就是四年前跟我一起洗衣服、晾衣服，和我就像一对亲亲热热的小两口一样的女子吗？她是夏夜跟我同在一个院子里，悄悄地抓住我的手放在她的脸上轻揉的那个女子吗？她就是三年前我在大学毕业前夕，跟着别人上工地挖沟、抬土以筹集血汗钱去江南市她的姐姐家找她、向她求婚但遭到她拒绝的那个女子吗？她就是我到了军垦农场后写信给我，说"我发现自己是爱你的""我一定张开双臂扑到你的怀抱"的那个女子吗？她就是去年我回临江市跟她办理结婚证之后不久，又亲自到军垦农场找我，跟我提出分手要求的那个女子吗？……唉！她一会儿说不爱我，可一会儿又要投入我的怀抱；她一会儿跟我办理合法的结婚证书，可一会儿又提出跟我解除婚约。她到底是在跟我开玩笑呢，还是没有认真对待男女之间的婚姻呢？——直到目前为止，曾经痴情于她的尚之平，还是不忍心说尤妮在欺……欺骗他。算喽，对于尤妮的做法，还是别说得那么过分吧。哦，不是有人说"每个人都有不爱人和不被人爱的权利"吗？

尚之平后来又抬起头，希望最后看尤妮一眼，可惜看不到了，她这次是真正离开了你！她离开你，或者说你离开她，都是一桩好事。至少你少伺候一位"主人"，不再做她的"仆人"了。这么一来，你将会爱情专一，绝对不再乱了方寸。因为接着，你就要善待另一个女人，把你的爱心全部献给那位淳朴善良的水乡姑娘吧，这才是一个明智之举！

想到这里，他的精神又重新振奋起来，决定抓紧时间到临江市中心广场附近的商场里，买一些应时的礼物提着，去吉小玲家看看。她家离广场不远，尚之平走到一栋住宅楼下，在一楼的走廊里找到她的家，轻轻敲了两下门。屋门从里面打开，是她弟弟开的门。热情的小弟一把搂住尚之平，一边拽着他进屋，一边朝屋里头喊道："妈妈，尚大哥来了！"

吉妈妈笑眯眯地走出来，看到尚之平递上的礼物，她双手坚决拦住："哎呀，上次从农场回来，你就带了许多东西，干吗老花钱呀？"

尚之平红着脸说："我来看看吉妈妈，不能空手吧？吉小玲呢？她五一节放假回来能待几天啊？"

吉妈妈说："她昨天下午到家的。可她总是热心地惦记着她的单位。这不，今天上午在书店买了一些培植果木技术的书，下午就拎着这一大捆书回去了。"

"回去了？"尚之平心一惊，"她为什么走得这么急呢？"

他带着失望的表情看看吉妈妈，又瞅瞅窗外的天空，忍不住自言自语道："这会儿，她也许在路上坐车吧？倒是个积极分子哩。"

"不！"小弟一把掰过尚之平手腕上的手表，看了看，兴奋地说，"她现在还在车站候车。"

这个小家伙喜欢表现自己，所以话说得十分肯定。

尚之平开着玩笑问："哦，你是诸葛亮呀，能够猜得那么准吗？"

小弟认真地说："姐姐临走时告诉我的，说她到庆春县去的车子，是下午四点十八分才开，现在还不到两点五十分哩。"

他的话说得让尚之平和吉妈妈都一齐笑起来。特别是尚之平，听后更兴奋。他抚摸着小弟毛茸茸的脑袋，说："小弟果然是'小诸葛'。吉妈妈，现在我到汽车站去，看看她在不在那里等车。"

"去看看她走没走吧。"吉妈妈也支持他到车站去看看，而且把搭在椅背上的一件蓝布褂子拿给他，"这件褂子刚才她忘了带走，你顺便交给她。"

尚之平受到吉妈妈托他带褂子的启发，出了门，他连忙到街对面的百货大楼里挑了一只遮阳帽、一双运动鞋。帽子不是普通的草编帽，是由薄薄的浅红色帆布制作成的，适合女性戴；而鞋是淡紫色、略微厚一点的帆布料子的，既美观也适脚，穿着方便干活，又能够凸显女性的时髦感，估计吉小玲会喜欢的。

尚之平刚刚到达汽车站，远远就听见广播里在提醒旅客们注意的事项："旅客们，下午四点十八分开往庆春县的班车，还有一个小时才检票。请旅客们先到候车室等候。"

真是天意啊!

尚之平立即进到候车室,看见前面有一位背朝着他坐着的女士,正拿着一块小巧玲珑的手帕捂住鼻子,再将手帕仔细地塞进口袋。对,她的身边就放着一捆书,这应该是吉小玲了! 尚之平拿出刚买的遮阳帽,笑眯眯地踮起脚尖走上前,从身后悄悄地把帽子往她头上盖去,惊得吉小玲连忙回头看,哦,是尚之平呀! 尚之平扑哧一笑。吉小玲却红着她白皙的脸蛋,向前后两边的旅客看看,见没人注意他们俩,于是她放心地从头上取下帽子反复看看,也笑了。看样子的确是她钟意的那种帽子。再接过尚之平递上的那双运动鞋,同样,她也是笑着翻来覆去地看得仔细。她把手里的包袱递给尚之平拿着,然后她一手扶着尚之平的肩膀,一手把新鞋子换到自己脚上,再往前往后地试着走了几步。

尚之平问:"合脚吗?"

她点点头,但没有回答。

这不能怪她没说一句话,前前后后全是排队的旅客,而且都在睁大眼睛瞅着他们呢。她仍旧手扶着尚之平的肩膀,又把新鞋脱下,细心地装进盒子里,放到尚之平的手上,说:"我这回带的东西太多又太重,一时拿不了。你先带回去吧。"

"这哪行呢?"尚之平急了,"我特地给你买的嘛。"

"你先带回去。下次我回到临江时再带着。"

说过这话,吉小玲就不再吱声了。她眯缝着那双清秀的眼睛,抬头张望一下前面的检票口,指望那里的旅客赶快挤进去,好给她跟尚之平留下一个空地方,方便他俩说话。遗憾的是,排队的人流却静静地不动弹。旁边并没有空出多少给他俩说悄悄话的地方。

此时另一趟车晚点了,这就让长时间排队的旅客不满意了,人们甚至哐哐哐地拍打着候车大厅的铁门吼道:"搞什么啊! 到现在都不发车?!"

站在旁边的服务人员笑着解释:"因为今天节日车子多,路上经常堵车呀。大家放心吧,绝对不会等到晚上,车子马上就来。"

既然是这样,在那里排队站酸了腿也就毫无意义。不少旅客便骂骂咧咧地离开队伍,纷纷又回到候车室的椅子上坐着,继续等车。

　　尚之平瞅着吉小玲,好像用眼睛在问她:"我们也找个地方坐吧?"

　　吉小玲笑笑,果然双手抱着包袱,胳膊下面夹着遮阳帽往椅子那边走去。尚之平跟在她后面,拿着鞋盒和吉妈妈要他带给她的衣服,拉着吉小玲在一处僻静的角落坐下。刚刚落了座,他就把脑袋抵近吉小玲的脸,小声说:"既然车子晚点,等你赶到庆春县,恐怕天也就黑下来了……"

　　他停住嘴没说下去,相信吉小玲的回答肯定是一声叹息,接着她会说出四个字:"是太晚了。"

　　出乎意料的是吉小玲一句话也没回答。她只是焦急地不住地抬头瞅着检票处那里,不听或者不想听他的话。然而尚之平还是断不掉他心中的一个希望,终于鼓起勇气又对她说:"我有个小小的建议,你不如把今天的车票,改为明天早上第一班车,哪怕天没亮,我明天都送你回去。怎么样?你就留下来过一晚吧,我们谈谈,啊?"

　　他的眼睛,一眨也不眨地盯着吉小玲清澈的双眼,指望她点头答应他的提议。也许,她会勇敢地抬起头看一看尚之平,接着便龇嘴一笑,顺从地站起来随尚之平一起回到家里……无论是哪一种表情,只要表明吉小玲同意留在临江市过一晚再走,尚之平便会跑到售票窗口退掉她的车票,再买两张明天最早一班车的车票。第二天一早,他亲自送吉小玲去庆春县。可是半天没吭一声的吉小玲,到底还是说:"今儿到县里就算天黑了,我可以在车站打电话,叫同事们去接我。"

　　唉!尚之平深深叹了一口气,再次急吼吼地瞅着吉小玲,亲切地说:"我俩分处两地,见一次面太难了!这回算我求你一次……咋样?"

　　他把鞋盒子放在怀里用胳膊肘夹着,腾出两只手抓住吉小玲的一只手不放,以为她能够被他炽热的心情和殷切的希望所打动。

　　吉小玲被他握得太紧的那只小巧而细腻的手,已经隐隐感觉一阵酸疼了。但她不敢把手从尚之平的手心里抽出来,害怕那样做会给尚之平的心情带来某些……影响。她想得多么周到啊！

"嗯？怎么不说话？"尚之平又一次亲昵地把脑袋贴近她的脸蛋，耳语般地问她。

听她不吭声，他以为吉小玲或者在犹豫或者在想办法推托。哦，她也许对我有了某种想法吧？吉小玲哪，你想过没有？三个月之前在军垦农场，因为得不到你的任何消息，我曾经急得动过轻生的念头。你这次千万千万别抛弃我啊！你不会真的逼我（虽然这不是你的主观意愿）走上这条不……不归之路吧？

仿佛完全猜到尚之平此刻的心情，吉小玲突然面对着他扑哧一笑，终于慢慢抽出她的手，又用另一只手轻轻搓揉着她这只酸疼的手，忍住笑认真地说："我发现你说话、做事，有时候带一点蛮横。你别笑啊，的确有一点嘛。比方说，那次你们从新安大学出发到农场去，你叫我到学校送你。一个小姑娘，谁有这个胆量呀？我就没有嘛。虽然当面我没答应你，但是后来，我真的大着胆子赶到新安大学送你了。这你知道吧？我当时就站在路边的花丛里，看着载着你的军车呼呼地从我面前开走了。我看你就站在车篷的右边，也就是最前面的位置。有这回事吧？今天，你这种蛮横脾气又冒出来了。你得为我想想嘛。按照规定，五一劳动节只放假一天。明天一早，必须八点整到单位上班，是吧？我不能给领导留下坏印象。你说明天送我去，再快，你能在七点五十九分，把我送到办公室门口吗？坐车子不行，你得用飞机，甚至火箭送我去才行。这些东西你有办法搞到吗？说话呀！"

今天居然大胆而且放肆起来的吉小玲，双手摇动着尚之平的腰，摇啊摇，把他摇得几乎散了架。

"哎哟，哎哟。"尚之平让她摇得笑起来，"你饶了我吧，饶了我，别再摇喽！"

吉小玲又说："明天，你也应该赶回学校去，以后我们见面机会多着哩，还可以经常写信。哎，我前几天寄给你的信，收到了吗？"

尚之平拍一下她的小手，一半嬉笑，一半假装生气地说："你的信让我看了一遍又一遍，今儿看，明儿还看。哦，你别误解我的意思，我是接了你的信就激动的人，也是一心一意盼望你来信的人！"

恰好此时车站的广播又播报信息了，女播音员的声音十分甜美、动听："到庆春县方向去的旅客，现在请抓紧时间检票上车！到庆春县方向去的旅客，现在请抓紧时间检票上车！……"

没等吉小玲站起来，一跃而起的尚之平，一只手抢过她随身带的包袱和书捆，另一只手亲热地拉着她的手，再用肩膀挤开其他旅客，让吉小玲方便地检了票。然后他先跑到吉小玲要乘的那辆车子跟前，叫吉小玲空着手先上车去找好座位，再吧嗒一声打开车窗，尚之平把东西举着从外面递给她，她的细腻白净的双手才慢慢地把东西抱上汽车。这时候两手空空的尚之平，傻乎乎地站在车子下面，踮起两只脚尖，看着吉小玲在座位上瞅来瞅去的，唉，没有空余的地方安置那捆书。最后，她只得红着脸蛋用力将书捆塞到座位下面。然后她又站起身子，把鞋盒子递给车下面的尚之平，向他说道："你帮帮忙暂时带回去吧。这次东西太多，鞋我实在带不走了。"

一听这话，尚之平那颗赤诚的心，仿佛被吉小玲撕开一个口子！但他不好再"蛮横"地逼她带走鞋子，只好用手捧回这双他特意替吉小玲精心挑选的女式运动鞋。

第十八章　主动请缨

五一劳动节的第二天,尚之平从临江市坐早班火车到达九公县城关镇。

接下来他想快一点回到学校,于是脑子一动,按照曾经送他来的柴师傅提过的建议,他那天不从淮河大堤上面绕路了,而是直接改走县城到庄河镇的那条土路。这么超近便地走,尚之平不光减少了在路途上花费的时间,还赶上了上午的语文课。

学校教导处主任王老师,本来估计尚之平当天是不会到校的,所以事先就安排初三(1)班的学生在教室看书、做作业。谁知第三节语文课的上课铃声刚刚停歇,尚之平便夹着书本和备课笔记,精神抖擞地走进教室里。他对学生们亲切地说:"咱们上课吧。"一般来讲,学生上课最怕老师没有到课堂,因为那样会让学生们打不起精气神来。现在居然见尚老师笑眯眯地来到课堂,他们先是一惊,接着便欢欢喜喜地哗啦哗啦翻开语文课本,几十双神采飞扬的眼睛,一齐专注地瞅着他们敬爱的尚老师。

尚之平的脸面晒得通红,那双厚厚的嘴唇因为缺水而干瘪、发白,头发也让风吹得东倒西歪的没有梳齐。看样子他是抓紧一分一秒的时间赶回来的,根本没工夫洗脸、梳头,整理自己的仪容呀。他之所以这么急着赶回庄河中学,就是学习吉小玲呢。既然这次吉小玲不管天黑不黑,执意坐车回庆春县,不让单位领导抱怨,那么尚之平呢? 也学着吉小玲尽早赶回庄河中学,除了不被学校领导抱怨,他也给学生和家长留一个好印象吧? 哦,我们来听听他是怎么朗诵课文的。他那异常洪亮的声音,即使是教室窗外的人,都能听得一清二楚。"他一步也没有停。他像发疯似的拼着命,不顾疼痛,匆匆登上斜坡,走向他的同伴消失的那山头。……他又和恐惧斗争着!……"

"同学们,"尚之平这时抬起头,神采奕奕地看了同学们一眼,"今天我们学习的课文,是从著名小说《热爱生命》中节选的一段内容。作者描写一位淘金工人面对着严寒、狂风、饥饿、野狼的威胁而奋力跟困难斗争的故事。今天我们学习它,除了理解在遭遇生死之时人们应该怎么做,同时也要理解,当人生遇到某种困难,或者我们在建设自己的家园、发展社会经济事业中遇到难处了,我们又该如何拥有战胜困难的这种思想觉悟和决心!"

他的声音铿锵有力而充满情感。下面的学生,个个都听得忘记眨眼,觉得太过瘾了!

尚之平这次回临江之前,已经提前备好了这一课,所以今天讲起课来不仅得心应手,而且按照事先设想的层次,逐步引发学生们的层层兴趣:什么时候安排课文中词语解释的内容,什么时候点出课文中生动的描写内容,哪些是必须写出的细节,比方人如何睁眼,山是什么样子,野狼如何瞪着人,等等。他知道,只有深入浅出地点到全文的重点和绝妙之处,学生们才会感觉兴趣十足并获得鲜活的知识。他更明白,只有紧密结合日常生活和社会发展的需求,这些鲜活的知识才能运用到实际中。他的这番做法,曾经是一位老教师告诉他的,因而他牢记在心,这回熟练地运用了一次。

不仅如此,今天他赶回庄河中学特意挑选近便的土路走,尝一尝走这段路的滋味,仅仅一个小时的路程让他获益匪浅。他不仅了解到这条路的情况,还结识了一位开三轮车送客的师傅。

嘿,这位师傅竟然好意地带他一程。师傅边开车边抱怨着:"哼!这条坑坑洼洼的沙石土路,因为连不上九公县通向临江市去的主干道,俺们沿线的粮食、瓜果、肥鹅、麻鸭、薄荷和大量的煤炭,就不能用汽车运出去变成钱,闹得庄河镇的老乡们叫苦连天,眼巴巴地瞅着别的地场率先就发财致富了!"

尚之平笑着问:"干吗不把土路改成柏油路,跟主干道连接起来通上车呢?"

开车师傅吧唧一声往路边吐一口唾沫,气鼓鼓地说:"这你得问问乡亲们哪? 只要一提到大家集资建路了,能有多少人吭声啊?"

尚之平笑着问:"你呢? 你愿不愿意出钱修路呀?"

师傅停了车子,从怀里掏出一把钞票,向他挥一挥:"这是我开车带客人挣的钱,早就准备好了,但就没人提这事啊! 你尚老师为这事能不能呼吁一声哪?"

正是后面这句话,一直都在尚之平的脑袋里嗡嗡地响着。是的,这个问题倒是提醒着尚之平,为发展庄河镇一带的经济而修路,我应不应该呼吁呢? 用什么方式呼吁呢? 不行不行,我没有广播喇叭进行广播吧? 我又不当领导,能够发布什么指示呀? 说到底,我只有搞宣传的本事啊,就这,也得按照上级领导的安排去做哇。——想到这里,他马上记起三年前,他在临江市光明街道办事处搞过新闻采写,这就是宣传;而且一年前,他们在军垦农场向军人、向当地的农民们进行过文艺演出,这也是宣传呀!

唔! 想要帮助庄河镇的老乡修好一条发展经济的道路,我尚之平还是运用"新闻之笔""文艺演出"这两只手,帮帮他们的忙吧,怎么样呀?

那天中午饭碗一丢,尚之平就倒在床上呼呼睡了半个小时的觉。起来后,作为班主任,他也跟其他老教师一样,双手背在身后,慢悠悠地走到初三(1)班教室外面站着。教室前后有两个门、四扇窗子。他站在后门旁,用耳朵听着教室里面的动静,看有没有学生不好好听课的情况。俗话说:"县官不如现管。"学生可能不怕其他任课教师,甚至不怕校长,但是他们怕班主任。班主任能叫出每个学生的名字。更重要的是,你若调皮,荒废学业，班主任就会向你的家长反映，厉害吧？所以尚之平就用这种土办法管理学生上好课。这不是他的本事，而是一种条件。他这个班主任的角色就具有这种条件，这是他刚来学校不久林校长安在他肩上的。林校长当时笑嘻嘻地伸手往尚之平的肩膀上一拍，说："你这个肩膀硬实啊，又是大学毕业，所以我给你加个'班主任'的担子，没意见吧？"

五大三粗的大学生，年纪轻轻的小伙子，又是军垦农场锻炼过来的，尚之平对这份工作还有另外的话说吗？没有！

下午是上农业常识课，农村学生对这门课一般不大重视。然而因为他这个班主任老师抓得紧，每次上课学生们都是静悄悄地听。今天这堂课也是一样。所以尚之平见学生听课都鸦雀无声，他只站了一两分钟，就满意地背着双手回自己房间，去改学生作文了。刚进门，教导处的王主任就来到门口说："有通知啊，尚老师，今晚黑七点钟，在学校办公室开全体教师会，请尚老师准时去。"

尚之平赶紧拉着他："王主任请进！"

他赶紧泡茶端给王主任，又打开抽屉拿出一包烟，抽出一支，双手敬给王主任。王主任把香烟先在指甲盖上面轻轻地敲一敲，等松散的烟丝变紧实了，他拿到手上仔细一看，惊喜地说："哦，是大前门牌香烟呀？好烟，好烟。"

王主任把烟往耳朵后面一夹，看来是舍不得抽。他说："我不坐了，还要去通知其他人哩。"

王主任刚一转身子，尚之平就伸手抓住他的衣袖，把整包大前门香烟塞进他的裤子口袋里。王主任连忙要掏出来，说："不行，不行，这怎么行呢？"尚之平却拽住他的手，干脆推着他的身子往门外送着，笑嘻嘻地说："王大主任，请你快去通知别人开会吧。"

有道是"到什么山上唱什么歌"。同样，干什么职业的人，就有什么样的职业习惯。

尚之平刚才给教导主任泡茶、敬烟，是想跟大家搞好关系。当教师的人跟唱戏的人一样经常说话，都喜欢喝茶。现在，尚之平在学校教书也学会喝茶了。他总是捧着杯子到教室上课，到办公室改作业。当天晚上开会前，他跟其他教师一样，泡了一杯茶端到办公室，坐着等开会。这个学校的规矩是，不集中在办公室里办公，教师一般习惯在自己房间里备课、改作业，只有开会才到这里来。

这会儿等人都到齐了，林校长说："今天开会只议一件事。再过两个月就放暑假了，镇里这几天要进行中小学教师集体备课，地点就设在俺们学校。俺们学校拿手的是篮球队、文艺队两项，到时候可以拉出来活跃活跃气氛，也展示俺们学校课外活动的水平，可对？唔，两支男女篮球队嘛，就交给教体育的肖老师负责。学生文艺队嘛，交给哪位负责呢？今晚的会，就是要产生一位这个队的领队老师。如果今晚产生不出来，明晚俺们再开会产生，好不好？"

众人一听都哈哈大笑，于是七嘴八舌地提议张老师呀、华老师呀、陶老师呀、方老师呀，等等人选。谁知，被提到的那些老师不是双手直摇，就是一口回绝了。回绝也许是对的，他们有谁能搞文艺啊？不仅年龄都很大，而且他们对文艺表演也知之不多。所以大都低着头不是抽烟，就是呼哧呼哧地喝水。后来，林校长、副校长老谭、教导处王主任几位凑到一起小声议了一下。最后，林校长只好说："大家今儿回去想一想吧，明晚还在这里开会。现在散会。"

这就像农村放牛、牧羊似的，人们叽叽喳喳地带着杯子相继走出办公室。尚之平心细，一边走一边瞧了瞧独自坐在办公室里的林校长，他还在低着头，考虑刚才产生学生文艺队的负责老师这事哩。做领导的也有他们的难处啊，这一点尚之平已经看出来了。他刚要跨出门槛离开，见林校长招招手请他过去。尚之平心里一惊：咦？林校长不是在动我的脑筋吧？我是到校不久的人，凡事都不能太出风头。他走到跟前，林校长却叫他坐下，把脑袋抵近他亲切地问："五一节回去，你个人的事情处理好了吗？"

尚之平连忙说："谢谢林校长，处理好了。"

林校长又笑嘻嘻地安慰他:"有关你个人的私事,别人也不好多问。我只担心这事会影响到你的情绪。千万别发愁啊。你是个大学生,条件又不差,等以后日子长了,接触的女同志多了,还怕找不到合意的人吗?你就把心思坦坦地放在肚里头好了!"

林校长简单的两句劝慰话,仿佛一股甜蜜蜜的暖流灌进尚之平心里。他不由得笑着点点头,说:"是啊,是啊。谢谢林校长的关心。"

林校长站起来,同时双手也拉起尚之平,鼓励般地再次在他的肩膀上面拍一拍:"晚黑早一点休息吧,今儿你肯定跑路累坏了。你猜大家背后在讲你什么?说你尚老师是个当教师的好材料,辛苦受累按时回校,学生和家长们都高兴哩。我没多少本事当这个校长,可我最敬佩像尚老师这样的老师啊!"

那个夜晚回到房间,尚之平一时难以入眠。大家去开会时,一轮脸盆大的金黄色的月亮才刚从东边升起;等他散会回来,月亮就变成一个乳白色的玉盘子,正好亮晶晶地飘在头顶之上。他在床上翻来覆去地总是睡不着,闭着眼睛一直在念叨两件事情。

昨天,尚之平在临江市汽车站送吉小玲,希望她能多留几个小时,两人好好谈一个晚上,这么做,至少可以让尚之平同她交一交心,使他们的关系变得再亲近一些,牢靠一些。尚之平总觉得自己在良心上对不住她。特别是他自作主张,要把吉小玲介绍给老同学张扬,这其实是不可原谅的错误啊!—— 尚之平,你现在体会出吉小玲当时心如刀绞般的痛苦、精神像受到别人踩踏一般的耻辱了吗?如今你积极主动地接近她,希望在你们之间重新铺出一条金光大道,让她快一点向你跑过来。哦,难道这位绵州姑娘,就心甘情愿地投入你曾经对她那么冰凉、那么无情的怀抱吗?对于这种期望的信心,尚之平从昨天傍晚起恐怕就消失了一半。不过,就像天上的那轮明月一样,开始,它是金黄色;直到升上头顶了,它又渐渐变为一只乳白色的、亮晶晶的美丽的玉盘子。别看吉小玲现在对我有一点冷淡,或许她是为了向我报一箭之仇,解解心头之恨,或许她在对我进行考验吧？尚之平呀，时间一长，吉小玲就会恋着你、黏上你、丢不开你了！从现在起，你得像林校长说的，把心思坦坦地放在肚子里。

这是他想的第一件事。

今晚开会，学校要找一位学生文艺队的负责人，这应该是个会编写，会表演、导演、组织的人。否则，带不好这支文艺队。这不是一件省心的事啊。而且庄河中学很可能就缺乏这样的老师，这从晚上的会上，提到哪个人，哪个人就把头摇得像拨浪鼓似的情况就能看出。若不然，林校长为什么散会后，还坐在椅子上面低着头默默地考虑这事呢？做领导的人，总是为学校和集体的事情操劳。我看林校长就是一位好领导、一个好人，至少我跟尤妮解除婚约的事情，他就放在心上，还劝告我保持信心，不要失望。哎呀，学校的主要领导既然这么疏导我、指引我、爱护我，我就应该替领导分担忧愁嘛。那么，尚之平同志，关于学生文艺队的事情，如果明天开会仍然提不出人选的话，你就应该举起自己的右手，揽下这件事。吉小玲呀，这回我主动向你学习，争取给领导一个好印象！

这是他想的第二件事。

两件事情想定了，尚之平才安心地打了一个长长的哈欠，身子又翻到另一面准备睡觉。然而不知哪家鸡笼里的公鸡，"喔喔喔"地鸣叫几声，看来离天亮没多长时间了……

第二天傍晚，尚之平看看手表，还没到七点钟的开会时间，他便早一点到办公室去看看报纸。一进门，就见林校长已经来了。尚之平上前笑着打一声招呼："林校长，今天我要向你'坦白'一件事。"

虽然他是笑着说的，林校长还是惊讶得瞪大眼睛问："嗯？你要坦白什么？"

尚之平继续笑着道："上大学时，我曾经担任过中文系学生会的文艺部长，那都是课余做的事情；在军垦农场，我又参加过连队文艺宣传队。这些情况我到庄河中学以来，没向校领导'坦白'呀。不是说我有多大本事，我只是说一下，对宣传队的节目编写、排练等情况，我多少也了解一些。以后,不管哪位老师负责学生文艺队的事情,如果能够帮上忙,我就帮一帮。现在这个情况我既然'坦白'出来了,学校可以对我'从宽'处理吧?"

嘿呀!林校长刚才还在紧张地听他说话,一直不苟言笑而且板着脸,态度非常严肃哩。现在林校长听明白了:哦,尚老师曾经就干过宣传队的事啊?他哈哈大笑地拍拍尚之平的肩膀,说:"刚才吓了我一大跳!你真幽默呀,尚老师!就凭这一点,说明你有表演天赋。既然你主动'坦白',我也主动向你交个底吧。你是知道的,庄河镇这块地方因为穷困,很少有教师愿意过来教书。目前学校教音乐课的殷老师,就是一边按上课电铃、管理图书室,一边兼着教音乐课。可他一条腿受过伤,所以走起路来不顺当,总不能叫他来担任文艺队的领队吧?唉!我们缺少这样的文艺人才呀,不得不郑重地开会研究。既然现在你尚老师主动'坦白'了,哈哈,我特别高兴。另外我再跟你交个底,也算向你'坦白'吧。作为学校,一边教书育人,一边也应该为本地农业发展服务。所以,学校党支部决定,学生文艺演出队除了活跃学校的文艺活动气氛,还可以利用节假日到周围村子演出,宣传如何发展经济生产。俺们这块地方既然穷困,干吗不学学别处的样子呢?除了种粮食作为主业,也种一些草莓、薄荷、桃子、梨子,还养养家禽、生猪、水牛、肉牛、奶牛,等等能够生钱的东西。可以让群众增加收入,早日富裕起来就是好事嘛!而且离庄河镇不远的一处地场,前两年就探出来地下藏着好多的煤呢。……我们就要用文艺演出的方式去宣传、去动员。俺们的意思是,上课是学校主业,宣传演出是学校副业,成立文艺队就有开展副业活动这个目的。我今儿就特别谢谢你,尚老师,你算是帮了学校大忙喽!"

尚之平说:"我也想不到林校长一边当校长,一边还考虑农业经济发展哩。"

林校长哈哈大笑:"那我干脆向你彻底'坦白'吧,原来我是县林场的护林员、植保员,之后担任过林场场长。三年前,校长这个差事又套到我的颈脖上了。俺们办教育的,不就是为发展科学和经济培养人才吗? 是不是啊?"

说到这里,林校长看见有的教师提着茶杯,陆续过来开会。他笑嘻嘻地站起来对大家说:"今晚的会暂时不开了,都回去吧。"他又对尚之平说,"马上我再跟副校长老谭、教导处王主任他们商量一下。你也留下来听听,要做好思想和行动上的准备啊。"

不久,学校将学生文艺队改名为庄河中学演出队。尚之平光棍一条,如今在时间跟精力上面,他是个富裕的"大财主",除了备课、上课、改作业,其他工夫他都在考虑演出队的事。他先列出活动计划,如何挑选学生,如何编写节目,如何排练节目,等等。除了社会上现成的文艺节目之外,他还着手创作、改编新的内容。

本来离暑假还有将近两个月的时间,他可以回临江市见见吉小玲的。但是吉小玲给他写信说,他们正改良一种新果树,她要留在庆春县,一时回不了家。所以,尚之平也决定暂时不回临江。

逢到星期天,家在外地的教师,一般都回去跟老婆孩子团聚;家在本地的教师,可以上地里浇水、种菜,干干家务活。尚之平呢,就带着纸和笔,背个小书包,在村庄或田头到处采访,收集素材编写节目。他还到县城的文工团里,向专业演员学习表演。人家的传统节目,比方说曲艺节目,戏剧片段,二胡或笛子、锣鼓的演奏手法,他通通学到手带回学校。甚至,连人家多余的或丢弃不用的油彩啊、戏服鞋帽啊等道具,他都厚着脸皮,三下两下捆成包袱背回学校来。临走,他笑嘻嘻地把东西往身上一背,拱起双拳向县文工团的同志说道:"专家老师们,这些家伙我先借回去用一用了!"他心想,以后真的不用了,我再还给他们嘛。

他回到学校,老师们看见了这些衣物和道具,果然笑呵呵地嚷嚷着:"快来看哪! 尚老师要成立'庄河中学文工团'了,卖票演戏喽!"

你别说,到了暑假的第四天,也就是全镇中小学教师在庄河中学集体备课的最后一天傍晚,尚之平带领的庄河中学演出队,真的敲锣打鼓开演啦!

那天,集中在庄河中学的全镇中小学教师,上午进行讨论,下午开大会进行总结,晚上教师们集体会餐。热热闹闹地吃过饭后,大家都扛着板凳到庄河中学的操场上看演出。

当东方一轮月亮向操场洒下银白色的光辉时,空地上的舞台两边高高地竖起两根毛竹杆子,上面一只大喇叭呜哇呜哇地播着热情洋溢的歌曲,四个特大号电灯泡灯光白亮亮的,跟月光争着光辉,也照亮了毛竹杆子之间拉出的那条横幅标语:热烈欢迎庄河镇全体教师观看演出。嘿呀,庄河中学对同行们真是亲热有加哩!镇上的庄书记首先就发现这条标语写得好,这是专门为教育孩子们的园丁演出的嘛,是应该对他们表示尊重!

庄书记拍拍在旁边陪坐的林校长,问:"林校长,你有本事把县文工团请来了?"

林校长笑嘻嘻地说:"你马上看吧,到时候就知道了。"

他们身后,坐的都是这次来备课的教师,还有一大批叽叽喳喳说着、笑着的学生家长、村民,连公路上的行人,甚至开大货车的司机,也特意从九公县通往临江市的主干道上面绕过来停下汽车,走过来观看了。他们屁股一撅,笑着跟坐着的人友好地挤一挤,然后客客气气地掏出香烟,往周围散着。

正当一双双急吼吼的眼睛朝舞台上睁得多大时,前面的喇叭声突然停下,有两盏灯的光柱直接射到台上。只见两位穿着白衬衣、红裙子的女学生,跑进台上雪亮的光圈之中。她俩先是笑着向左右两边的原野遥看,然后一人一句兴奋地对话:

"啊!这就是俺们九公县庄河镇的锦绣乡村哪!"

"有人说,这里地薄人穷,可我看这儿景象绿树成荫,生机勃勃呀!"

"再过两年,俺们庄河镇的经济作物,将会让大家一片称赞!"

两位报幕的女同学齐声说道:"今天,庄河中学演出队就赞一赞未来的庄河美景。现在,请看第一个节目,合唱《在希望的田野上》!"

她俩在台上对话,下面的观众则睁大眼睛兴趣盎然地观看着。特别是镇上的周镇长,伸手捣捣坐在前面一排跟别人交谈的庄书记,低声说:"这个开场很别致,快看。"

这时,从台后跑上来一队手持鲜花的学生。他们在台上笑啊、跳啊,站成两排,那两位报幕的女孩也站进队伍里,合唱开始了。在悦耳的伴奏音乐声中,一位个头不高的小男孩神气地上来了。他先笑眯眯地向观众深深鞠个躬,然后转身举起双手指挥,小演员们发出洪亮、清脆而又动情的歌声:

> 我们的家乡在希望的田野上,
> 炊烟在新建的住房上飘荡,
> 小河在美丽的村庄旁流淌。
> 一片冬麦(那个)一片高粱,
> 十里(哟)荷塘十里果香。
> 哎咳哟嗬呀儿咿儿哟咳,
> 我们世世代代在这田野上生活,
> 为她富裕为她兴旺。
> ……

等合唱结束,学生们静静地走下台时,台上却没有冷清。先前那两位报幕的小姑娘中的一个,就留在台上笑嘻嘻地亮声说道:"尊敬的领导,尊敬的老师们、家长们,你们好!今天第二个节目是舞蹈《摘棉花》。大家快看哪,摘棉花的姑娘们走上来啦!"

这种让一两个人先上台朗诵或对话,引出下面的节目的开场方式,不就是尚之平在军垦农场表演时曾经采用过的吗?

是的,报幕的小演员刚下去,几个手挎竹篮一边唱、一边做着摘棉花动作的姑娘们，就跟着走上台了。她们头扎花毛巾，身穿印花布褂裤，唱着《摘棉花》的调子，手臂、腿脚灵巧地舞动着。台下的教师们、家长们、农民们，嘿哟，谁不看得津津有味呀！

有的家长还喜滋滋地说："快看，俺家的梅子在上面跳哩！"

"哦，她脸上搽得红扑扑的，多俊喽！"

"奇怪，庄河中学先前没这个本事，怎么现在弄得这样热闹？"

"你不知道？这学期新来了一个老师，周身都是本事啊！"

……

阵阵优美的歌声，随风飘到观众席上，又随着习习的晚风飘向广阔的田野上。

场上的歌舞刚结束，下面的节目一个接一个又上来了。有相声、山东快书、笛子独奏《草原之歌》、载歌载舞的《农家乐》……整个演出一气呵成，几乎都是贴地气、反映农村生活或生产的节目。嘿，热情的歌声，激荡着人们的心胸；生动的表演，也实现了当初林校长所希望的那种宣传效果。

那天演出时，坐在下面第一排观众席上，看得最投入的，当然是庄河镇镇党委的庄书记。庄书记眼睛一直睁得多大的，兴趣盎然地看到演出结束。后来，他走到林校长跟前，哈哈大笑着一把抓住林校长的手，说："学生们演得好啊！他们既唱出俺们的心情，又让歌声、笑声飘向万户千家，影响很大！——哎？你们从县里请来了导演吧？要真是这个情况，我得见见人家，当面向他表示感谢才行！"

林校长头直摇："没请导演，没请导演，是我们的一位老师组织、排演了近两个月。今儿算是向领导和老师、家长们汇报哩。"

"哦？"庄书记一惊，"庄河中学现在出了这样的能人，我怎么没听讲？"

林校长扭头在演出队的学生堆里找了一圈，然后向一处指指，对庄书记说："看见了吧？就是在帮小演员擦掉脸上油彩的那位老师。对，是他，高个子、一脸聪明模样的小伙子。他叫尚之平，今年四月才到俺们学校来教语文，现在就兼着中学演出队的事。"

庄书记也是个喜欢热闹的人。他掏出香烟一边敬给周围的人，一边点上一支含在嘴里。吧嗒了两口，他慎重地拍拍林校长的肩膀，对他说："老伙计，县里刚开过村、乡镇、县三级干部会议。会上提出要加快发展经济作物、经济果林的生产步伐，要求农村立即行动起来。我现在提一个建议，你看行不行？每逢周六下午或者周日，让你们的演出队走出学校，到全镇的村子中轮流演一演，就演今晚这些节目，以后再慢慢地补充、更新不同的节目。总之，他们带给群众的既要有娱乐，又要有发展经济作物和特色农业的道理。当然喽，俺们镇上也研究个措施，在镇里的三级会议上面布置下去。庄河镇和庄河中学来个双管齐下，你们大造舆论，俺们放手实干，共同唱一首发展农业经济的大合唱，好不好？"

听到这里，林校长笑嘻嘻地点头道："那当然好！俺们学校一定配合！我马上跟尚老师去说。"

第十九章　告别芳草

一天前,林校长特意找到尚之平,说你一个暑假都没回家一趟,现在你回临江市的家里去待两天吧。等到开学了,你再回学校。尚之平想想这样也好,我趁这机会买一点庄河镇的土特产,上吉小玲家看看吧。

尚之平背一只布袋子,提一篮鸡蛋,到庄河镇通往县城的大路口等车子。那里虽然没有载客的汽车,但是停了不少开往县城的小拖拉机或三轮车。尚之平提的袋子里,有四只捆在一起的笋公鸡,每只才六七两重,连红红的鸡冠都没长出来。初秋时节的笋公鸡,搁上蒜头瓣子炒出来又香又嫩,嘿,连骨头都能嚼碎呀。所以,带着这两样庄河镇的特产到县城东边的火车站去,东西沉甸甸的,他不坐小拖拉机哪行?

一个暑假里,尚之平确实没好好休息过一天,不是带学生演出队下村庄演出、宣传,就是口袋里装着笔和本子,去一些有名气、有特色的村庄采访,再把这些素材带回来,写呀、编呀。编写成初稿后,他请林校长、谭校长、教导处王主任以及其他老师提提意见再修改,最后,都排成了文艺节目。其中,一个是反映妇女修公路的多口词《庄河铁姑娘》,一个是反映农家发展副业养鸭子的相声《赶鸭子上架》,还有四首是赞颂庄河镇的歌曲《庄河草莓红又红》《我为庄河唱赞歌》《奔向新农庄》《爷孙卖桃红》,再配上表演动作,演出队就能唱能演了。

有一回,他在一处修水利的工地吃、喝、睡了五六天,回到学校,就用他采访、积累到的材料,写成了一部独幕话剧。演话剧在农村属于新鲜事。嘿呀,等新学期到来时,可以让演出队试着排练嘛。为了这次采访、体验农村生活,他的脸和手脚晒得黑黑的,几乎跟非洲的黑人兄弟差不多了。这么跑啊、写啊,虽然累人,但他觉得自己头脑里的素材装得多了,跟农民的感情也近了不少。他的性格就是什么事情干上手了就舍不得歇,生怕闲下来十分钟,就会把时间浪费了似的。为了带好学生演出队,他觉得应该这么做,因为他喜欢这个活计!

这天正是秋高气爽,尚之平心情愉悦地站在通往县城的大路口上。这条路虽然是土路,但天晴路干时,不少小拖拉机和三轮车都停在这里等着拉客。他正在东张西望地找车子,忽然有人喊他:"尚老师到县城去吧?来,上俺们的车子!"

这是一辆拉货的三轮车。尚之平把东西放上去,纵身一跳上了车,再从口袋里掏两块钱,递给师傅。

那位师傅打了一惊,说:"咦呀唻!尚老师在打我脸啊。你在庄河中学教书,哪个不认得你?都看过你们演出呀。不行,我不能收你的钱。你上我车子就算给俺们脸嘞!"

尚之平只好笑笑,收回了钱。是的,平时他到集市上买菜,农民都不收他的钱,都说,你尚老师把俺家的孩子管紧一点,俺们就向你千恩万谢了,哪能收你的钱啊!看来这次坐三轮车也是这样,可不收钱怎么行呢?他忽然想起来,就从包里取出一包香烟,两手捧着递给开三轮车的师傅。——庄河镇上的老乡,都有尊重别人的习惯和修养,如果他给你东西,他都是双手捧着东西递给你。比如给你敬烟了,他先拿出一支烟放在手上夹着,然后再拿出一支烟双手递给你,好像第一支烟拿出来是作为陪衬似的。这回尚之平学着做了。那位师傅也高高兴兴地双手接去,说:"都讲'烟酒不分家',这回我不能不收。"

买到火车票就上了火车,心急如焚的尚之平,很快就到达了临江市。他首先坐公交车到吉小玲家。一进门,吉妈妈热情地接待他,笑着说:"吉小玲不在家,两三天后才能回来。这鸡蛋、笋公鸡你带回自己家吧,你爸爸妈妈恐怕在等你哩。"

尚之平不听吉妈妈的话，把鸡蛋稳稳当当地放在她家的脸盆里，然后给四只笋公鸡放开绳子，抓一把米粒让它们在笼里啄着吃，再用一个浅口的杯子倒半杯水，让笋公鸡边吃边喝。有的小鸡吃得快活了，还在笼里扇着翅膀咕咕咕地哑着嗓子叫两声，证明它们是生气勃勃的活物。

吉妈妈笑着道："小尚现在对农村的情况了解不少哦，连鸡都会喂。"

尚之平说他先回自己的家，花两三天时间上书店和图书馆搜集文艺材料。等吉小玲回家了，他再过来。

就在之后的两三天里，尚之平在新华书店买了一些歌曲、曲艺方面的图书，又到市图书馆查找前几年比较走红的文艺节目的资料。可图书馆的东西只能看，不让带走，他就在阅览室里用笔抄。中午人家不下班，尚之平干脆也不回家吃饭了，忍着饥饿一直抄到傍晚图书馆关门。七年前，尚之平就是在这家图书馆的阅览室里复习高中各门功课，准备参加高考。第一次高考考上的学校他没去上，第二次高考，他终于如愿以偿地考上新安大学中文系，命运之神对他真是厚爱有加啊！所以，他一直把这家图书馆看作自己毕生的老师。而他这次收获了丰厚的文艺表演资料，也让他心头喜滋滋的，笑得合不拢嘴。接着，他还要去收获他跟吉小玲的幸福而甜美的爱情！

到了第三天下午，他买了一包水果去吉小玲家，这一次他的运气真好，吉小玲果然从庆春县回来了！她刚刚洗了脸，搽过香脂，浑身一股淡淡的香气似有若无地飘过来。吉小玲给尚之平泡了一杯茶，让他先坐着，然后继续梳理她那两只黑亮亮的大辫子。梳好后，她对着挂在墙上的圆镜子，仔细地用别针把那双辫子并排夹在一起。这还是她几年前保留的习惯啊。吉小玲精心梳理了十分钟的辫子，尚之平就坐在她身后看了十分钟。是的，他非常欣赏吉小玲那种大家闺秀的风度、水乡之地的温婉和白皙细腻的容貌。即使长期在露天状态下工作，吉小玲白皙细腻的皮肤，却不曾改变。尚之平心里痒痒的，巴不得从后面抱住亲她一口。等她打扮好了，吉小玲提着水瓶又给尚之平续了水，然后放下水瓶，坐在他对面听他说话。

因为最近在学校里工作顺当，心情舒畅，尚之平连讲带笑地向吉小玲介绍了庄河镇、庄河中学以及学校演出队的情况。特别谈到了曾经当过林场场长的林校长，他不仅抓好学校的教学，还把学校的篮球队、演出队抓得有声有色，远近闻名哩！同时，林校长对他尚之平的终身大事也十分关心，劝他耐心等待，说时候一到，他自然而然地就能等到他的……

能等到他的什么呢？尚之平暂时停住没讲出口。吉小玲就坐在他对面，他不能说得那么露骨。至于他负责组织学校演出队的事，他也没多说，怕吉小玲听了不高兴，也许她会抱怨："哦，你把精力都放在这上面，对我却不是全心全意嘛……"总之，他边笑边谈，非常愉快。

坐在对面的吉小玲，把双手夹在两只膝盖中间，静静地始终一言不发，听他滔滔不绝讲了半天，只是点头或者咧嘴无声地笑一笑，没有一句评论。见她对自己这种不冷不热的态度，尚之平似乎又有一点失望的感觉。渐渐地，他的头脑冷却下来，话也不多了，最后就有一句、没一句随意地说着。整个谈话的气氛，尚之平都能够感觉到有一丝冷飕飕的凉意。

吉妈妈坐在旁边的小桌子后面，戴着老花眼镜一针一线地用丝线绣一块手帕。吉小玲家是单位分配的两间半房子：一间她父母住，另一间吉小玲和小弟住，还有半间做接待客人和吃饭用的客厅。她妈妈这时仿佛想起一件事，说："你俩在这里啊，我到房里找刺绣的样品，按照上面的图案学着绣。"

正收拾东西的吉妈妈朝尚之平笑笑，进到房间，门也从里面轻轻推上了。现在，客厅就他跟吉小玲两个了，趁着这个大好机会，尚之平把脑袋抵到吉小玲跟前，小声地问她："我们能不能到你自己的房间说话？"

"有什么事啊？"吉小玲微微一笑，"就在客厅说话吧，我怕妈妈等一会儿要找我。"

吉小玲这么说有她的道理。她的房间在外面走廊的另一头，跟这边隔着三四间屋子的距离，那三四间屋子应该是别人家的。然而，尚之平还是想到那边去,希望避开她妈妈远一点。而且在房里关起门来,他好跟吉小玲面对面地谈谈,或许尚之平还有机会能够跟吉小玲亲热亲热呢。是的,他实在忍不住了,浑身的血液激动地涌来涌去,冲击得他全身仿佛有一种痒酥酥的感觉!

俗话说,恋爱,恋爱,男女双方只有不断地恋着,这两个人才能够更加相爱。一对年轻男女,两颗炽热的心。直至这两颗年轻男女的心化成一团火焰而无法分离了,这个时候,他们才会共同携手登上婚姻的圣殿。遗憾的是,尚之平和吉小玲的恋爱,一直就缺少这种经常亲近和接触的过程。

从认识到现在,他俩很少讲过一句亲热的话,几乎没有一个亲昵的动作,更没有一次山盟海誓的表达。他们最多有时两人坐得近一点,或者在相互通信中无声地喊一声"亲爱的"而已。就是平时见面了,他们两人连亲热地握一下手,都很难得。实话说吧,他们的恋爱过程,远远不如当初尚之平和尤妮接触时那么亲密。那时,尚之平到江南市向尤妮求婚遭拒,马上就想去跟吉小玲建立关系,发展两人的感情,逐步让吉小玲走进他的怀抱,多好!可是,和吉小玲的恋爱之路刚刚走了两三个月,尚之平就到军垦农场战天斗地去了,他哪里有时间、有机会跟吉小玲不断恋呀爱呀?所以,现在,尚之平非常希望他能够和吉小玲紧急地补上这一课。他心想:"吉小玲呀,我们的年龄都不小了,赶紧加快融洽感情的步伐,把你和我两颗甜蜜蜜的心儿快速融化成一颗心吧!你看是不是?……"

当然,尚之平也有自己担心的事:吉小玲现在对他的感情到底有没有变化呢?他曾经考虑过,如果有变化,吉小玲的变化可能就是下面的两种状况之一。

一种状况是:吉小玲心中虽然对尚之平依旧有意,但她会想办法考验尚之平现在是不是真心地对待她。所以她有可能对尚之平故意表现得冷淡,不像过去对他那么热情、信任。假如尚之平通过了这种考验,嘿,吉小玲就会完全放下心跟他继续交往。可是,如果他没有通过她的考验呢?

那么,她就会慢慢地离开尚之平⋯⋯

另一种状况是:吉小玲如今不爱尚之平了。她之所以现在还会接待他,跟他通信、交往,无非是同他保持着一种熟人的关系罢了。如果是这种状况,尚之平呀,你必须果断地、姿态漂亮地跟她分手拜拜吧!

唔,别担心。你跟她的情况肯定属于第一种,绝对不属于第二种。所以我今天命令你,尚之平,对待吉小玲,你既要不断创造机会去亲近她,又要经受住她对你的考验。哪怕吉小玲叫你舍身赴汤蹈火,你也要眼睛不眨一下地跳进去!嗯?你明白了吗?——这么一想,尚之平又高高兴兴地对坐在旁边的吉小玲说道:"问问你妈妈,她这会儿有没有事情找你。"

吉小玲心里明白,他是在做调查哩。但她还是听从他的吩咐,转脸朝房间里喊一声:"妈,你现在有事找我吗?"

"我没事。你们有事的话,你们就去办吧。"

好细心的吉妈妈啊!拿着手帕和针线在自己房间里做针线活,而且还掩上房门,其实她这么做是主动腾出空间和机会,让两位年轻人交谈。做妈妈的,哪有不希望儿女们早日定下终身大事呢?

尚之平是哑巴吃饺子——心中有数,就龇嘴一笑,学着电影上面的外国人那样,他脑袋往门口歪一歪,然后眼睛紧紧盯住吉小玲,仿佛在问她:"唔,这下子你没有借口了,我们出去谈谈吧?"

吉小玲也笑了,但她马上又解释道:"是这样的,等一会儿小弟放学回来做作业时,肯定要找我,每次他都问我作业的事。"

哼,还在找借口哩!

她就是不想到一个隐蔽的地方去,单独跟我亲亲热热地谈谈。——天哪!难道她现在对我的态度,真的是属于第⋯⋯第二种状况?

这么一想,尚之平反而决定耐下心来,或者说放心大胆地稳稳坐在客厅里,跟吉小玲谈啊笑啊,而吉妈妈也一直在她的房间里做针线活,不出来。他们两人就这样谈了二十多分钟,尚之平还在等待吉小玲松口答应跟他一同出去。

就在这时,门外进来了一对中年夫妻,他们还带着个五六岁的男孩子。

他们是吉小玲父母的同事,平时两家人来往非常密切。吉小玲连忙起身接待客人,吉妈妈也从房里出来迎接他们,还拿出一盒饼干让小男孩坐下来吃,一时间笑语充满整个客厅。虽然客人尚之平都不认识,但他也跟着吉小玲一起忙接待,帮着端凳子,拿茶杯,泡茶,递茶。等忙好了,尚之平依旧坐回吉小玲的旁边,笑眯眯地听着他们两家人交谈。

也许这对夫妻知道尚之平和吉小玲的事吧?特别是那位女士,不时地朝尚之平瞥上一眼,看得尚之平低下了头。尚之平又不好插嘴他们的谈话,人家说什么,他总是笑一笑或点点头。直到后来,尚之平心里实在耐不住了,只好用他的手背轻轻碰一碰吉小玲的胳膊,在她耳边说:"你们谈吧,我有事先走了。"

吉小玲嗯了一声。这个"嗯"字,是表示同意尚之平走呢,还是不同意他离开呢?尚之平不清楚。

这是两人交往以来,他第一次这么近距离地靠近她,问她话。啊!如果能够永远这么亲密地靠近她,甚至拥抱她,该多好啊!

然而这会儿已经失去耐心的尚之平,却等不到他所希望的机遇的出现。刚才他提出有事先走,如果吉小玲急忙拉住他说:"急什么?你再坐一会儿嘛!"那么事情也好说,至少证明吉小玲是舍不得他离开的。

可吉小玲没这样做啊,唉!

尚之平暗暗地叹了一口气,他只好站起来,礼貌地朝两位客人以及吉妈妈笑着招呼一声,离开了吉小玲家。吉小玲也只是跟着他走到家门口,朝他招招手又进屋去了。——你看,吉小玲都没有送尚之平一段路嘛!如果她继续送他到大楼的外面,而且两人乘机又站在那里卿卿我我地说着笑着,直到尚之平真的要离开而吉小玲这才不得不放他走的话,那么这样也好说。如果有这种美妙的好事,或者说有什么亲密动作,有什么话语表达他俩在恋啊爱啊,那就好了!遗憾的是,这种双方亲近的画面到底没在尚之平面前出现过。

当他独自一人走在吉小玲家的走廊里,尚之平心里气呼呼地想着:"吉小玲呀,我约你出去,你总是不想出去。现在来了客人,你真的出不去了。看来你是不想跟我走啊!你对我到底怀着什么心思呢?我俩目前相处的感情状态,是不是属于我考虑的第二种情况呢?"

这时,他仿佛听见吉小玲家里的客人,问到自己的名字。尚之平在走廊里听到这话心里一惊,赶快停下脚步,屏住呼吸侧耳继续听着。果然,吉小玲正在回答客人的问话:"是的,他叫尚之平,我们相识有两三年了。"

吉小玲可能在向客人介绍尚之平的情况吧?所以接着又听到她说:"不,他不常来。这次是他自己来的,我没有约他……"

吉小玲下面的话音慢慢低下去了,直至低得尚之平完全听不清楚。

嗯?她也许在向客人解释,这个尚之平不是她吉小玲关系亲密的男友,因为她今天"没有约他"!

刹那间,一团由疑心病点燃的怒火,从尚之平内心喷薄而出。

现在,他总算彻底明白,也完全证实:他跟吉小玲的关系的的确确属于冷淡的状况了。怪不得她一次次找理由拒绝跟我出去单独谈谈呢!怪不得她长时间不写信给我呢!怪不得我买的运动鞋她婉言拒绝不带走呢!怪不得她不希望我送她去庆春县上班呢!怪不得……唉!此刻尚之平浑身变得冰凉,两只眼睛也模模糊糊看不清前面的方向。他因为痛苦而溢出的泪水,在眼眶里汹涌着,身体软绵绵地靠着走廊的墙上,才没有倒下去。他急吼吼地喘着气,好像无力支撑身子,眼看就要栽倒在地上!

然而转眼之间,尚之平又有一种难以忍受的羞耻感涌上心头!尚之平,你这个无聊的家伙,今天是你厚着脸皮在追求人家呀!你丑不丑?丑不丑?

他内心的耻辱,迅速使他眼中的泪水流得更汹涌。原本的热泪,马上又变得冰凉、苦涩,像针尖一样,猛烈地刺痛了他的心脏、他的脑瓜、他的双手和双腿！你的灵魂真是太丑恶了，尚之平！……

他痛恨自己直至恨得浑身发抖，连腿脚都难以站稳。于是他想赶快离开，别在这里丢人现眼了。但他双脚已经麻木得移不动步子，只能咬紧牙关扶着墙壁，一点一点地向前挪动脚步。最后，他终于像个逃犯，跌跌撞撞地逃出那幢住宅楼。在偏西的白惨惨的阳光下面，尚之平伸手蒙住了眼睛，然后慢慢地松开双手，才稍微适应了外面令他感到刺激和难受的光线。

他急急忙忙过马路，艰难地走进街对面的一条小巷子里，脚步稍稍放慢，也不得不放慢一些。仿佛他将自己可耻的身体躲进一道地缝里，没人看见他了，他才稍稍觉得安全……

尚之平是第二天下午到达九公县东门外的火车站的。出站时，已接近傍晚，他居然意外地见到几天前送他到火车站的那位三轮车师傅。尚之平拍拍那位师傅的肩膀，一声不吭地跳进车厢里。那位师傅惊讶地说："咦呀唻！尚老师咋又回来啦？还没开学嘛！那好，俺们也不带别人了，专门拉你一个。走吧！"

三轮车突突突突发动起来。尚之平手一挥，说等一分钟。他又跳下去。一分钟后，只见他胳肢窝下夹一大包馒头、烧饼，手上端着两大碗辣糊汤，再次上了车子。他分了一大半食物给那位师傅。尚之平拍拍他的肩膀，喊道："俺们走喽！"

师傅这才快快活活地一边开三轮车，一边啃馒头、喝辣糊汤，还叽里呱啦地说个不停。

据这位师傅说，经过庄河中学演出队的宣传，庄河镇如今意外地在全县出了名啦！县里专门开会做出决定：将连接县城和庄河镇的土路，改建成公路，然后再跟县城到临江市的主要公路连接上，过几个月先通汽车，等以后县里有钱了，再铺上柏油。

哦？尚之平吃了一惊：我回临江市也就几天时间，庄河镇居然发生这么大的变化！怪不得他一路上看到路边堆着不少河沙、青石块,有的地方被挖得坑坑洼洼的,大概要填上泥土和碎石子,将路基先平整好。

这么想着,兴奋的尚之平突然哈哈大笑起来！

嘿呀,这一声笑得好哇。自从像蒙受凌辱似的离开吉小玲家直到现在,尚之平的心情才开始慢慢好转起来。他狠狠地朝路边吧唧吐出一口唾沫,仿佛将肚里的耻辱感吐得干干净净,甚至喊了一句:"真快活呀！"

师傅回过头看着他说:"尚老师你以后更快活啦,可以坐汽车到县城东站上火车,也可以坐汽车直接去你们临江市,多方便！我倒是想着,往后你恐怕要'鸟枪换炮',图快活不来坐俺们的'农用桑塔纳'了,是不是?"

尚之平故意瞪他一眼:"哪个讲的？说不定我花钱包下你这辆'农用桑塔纳'哩！"

师傅说:"到时候我从三轮车上直接把你扛到汽车上面,让你坐得更快活！你信不信?"

然而三轮车后来一路颠得厉害,那是道路不平整的缘故。结果,蹦蹦颠颠的,尚之平的屁股被震得生疼,他周身难受,一句话都不想说了。

这时,他又想起修路这件事。县里现在考虑修建从县城到庄河镇的这段路,然后开通客运车辆直达临江市,应该说是件大好事。但是做得并不彻底。请问:光是通上客车就行了吗？我们所修的路仅仅平整一下,填填石头和泥沙就算完事了吗？不！道路还应该修得更加宽阔、坚固,让大量的货运汽车通行,将外面的物资源源不断地送进来,再将庄河镇的丰富物产浩浩荡荡地运出去！只有这样,才能让道路为庄河镇的经济发展真正起到推波助澜的作用哇！

想到这里,尚之平的手往大腿上一拍,激动得嘴里叽叽咕咕地喃喃自语道:"回到学校,我要好好补充、修改一下多口词《庄河铁姑娘》。表面上它写的是庄河镇妇女修路之事,实际上反映的是整个庄河地区群众对便利交通、繁荣经济的前景充满信心！……对,回去就这么干！"

他的嘴角上渐渐露出一丝笑容，跟三轮车师傅讲着、笑着，不知不觉就到了庄河镇上。

尚之平踏着晚露走在校园的浓荫下，路灯都亮了，但没有见到什么人。其实暑假还没过完，还有两三天时间才开学上课，所以庄河中学的校园里，现在仍旧静悄悄的，鸦雀无声。

他开门走进自己的房间，东西一放，衣服一脱，就趴到床上。也就只过了三四秒钟吧，屋子里便飘起一阵又一阵大男人呼呼的鼾声。在阵阵鼾声之中，能让人闻到一股淡淡的汗味，还能捕捉到一丝睡眠时惬意舒适的意味……

谁知这一觉，他居然睡了两个白天加上三个晚黑！

尚之平就这么两天三夜不吃不喝地睡着，身子不动，眼睛不睁，仿佛这一觉静静地睡过了一个世纪！说是睡觉，其实在他睡梦之中脑子里正放映着一场五彩缤纷的电影，一幅幅回忆这几年他的学习、经历、爱情、劳动和锻炼的影像……

直到第三天的凌晨天还没亮时，尚之平终于醒了。他从床上跳下来，提着小铁桶从井里打了一桶凉水回房间，然后关上房门，将身体彻底洗上一遍。然后他换上衣服，哗啦一声，他端起一桶脏水向门外泼掉，觉得自己从此就变成另一个尚之平了。刚才他泼掉的既是污水、污垢，同时也是他心灵里曾经留下的耻辱和污点！

接着，他用煤油炉子烧开了水泡茶叶，端起来连着喝了几杯，这才舒舒服服地呼出一口长气，身体轻悠悠地又往床上倒下去。他现在精神上不再痛苦，也不再失落，更不再感到自己丑恶。现在好了！前一阵子，他总算放下了尤妮这个包袱；而这一次，是吉小玲放下了他这个包袱！

从尚之平走出吉小玲家，直到前天晚黑到庄河中学躺在自己的床上，仅仅就是两三天的时间，尚之平的羞耻感渐渐淡化了。当初失去尤妮，他觉得痛快，因为他错爱了她；现在失去吉小玲，他反倒觉得痛苦，但吉小玲的心灵却获得了一次"新生"。不是吗？想想看，这无论对谁来说，都是一个合情合理的结果嘛！尚之平啊，两年前，你给这位绵州姑娘错误地带去了沉重的痛苦，没想过她那时心里遭受的是怎样剜心的痛苦吧？哼，你现在尝到这种滋味了，活该！你应该痛苦一下！你应该悔恨一次！可惜，你到底还是没有亲口向这位可爱的水乡姑娘表达一声歉意！

想到这里，尚之平深深地叹出一口沉重的气息。他忽然想起宋代文豪苏轼老先生写的那两句著名的诗："枝上柳绵吹又少，天涯何处无芳草。"

算喽，尚之平，以后无论在何时何地，你若想再遇到另一位"芳草"，还得听天由命喽！……

第二十章　演出大会

"丁零零⋯⋯"

一阵电铃声在外面响起,尚之平坐在房间里就听到了。从时间上推算,这应该是吃早饭的铃声。既然有这样的铃声,那么今天就是这学期开学的第一天了。凭着职业敏感,尚之平再次点着煤油炉子烧开水。他洗洗抹抹,喝水吃馒头,最后梳一梳头发,整理好衣服,把摊在桌上的课本和备课笔记收拢在一起。

假期里,他抽空把所教的语文新课本看了几遍,写出了十几课的备课笔记。这会儿一个"崭新"的尚之平夹上笔记本,吱呀一声推开了房门,首先站在门口深深吸进一口新鲜的带着凉意的空气,然后浑身轻松地走在晴朗而清爽的校园里。他第一个遇到的是教物理课的彭老师。彭老师居然眼睛睁得多大地问他:"咦,尚老师,你是从天上掉下来的吧? 这几天没见到你啊! 你到临江去啥时候回来的?"

尚之平一边笑着递烟给他,一边说:"具体来说,我是从月亮上掉下来的! 哈哈,大前天晚黑我就回到学校了。你不相信吧? 回来后我一直睡了差不多六十多个小时的觉。今天清早起来去上课。"

两人一齐哈哈大笑,共同朝着教室方向走去。后来等尚之平下第三节课出来时,教导处王主任忽然迎上去说:"尚老师,林校长请你到办公室去。"

"好,我马上去。"

尚之平点点头,从口袋中掏出一支香烟双手递给王主任。相互递烟是这里的风俗。在庄河镇，人们若是隔一阵子见了面，就会客气地互相问候、递烟，两双手紧紧握在一起热情地摇啊，说啊，笑啊，这都是此地的人之常情。

尚之平一手的粉笔灰，回到房间赶紧找水洗一洗，就去了办公室。只见林校长戴一副老花眼镜，在一个小本子上记什么东西。见尚之平来了，他摘下眼镜，把本子推到尚之平跟前，用手指按住笑着说："尚老师，刚刚接到镇政府办公室电话通知，说是国庆节前，县里在城关镇九公大戏院举办全县文艺演出大会，各个乡镇、单位、学校都要拿出节目去参加。大会开演之前，由县文化局派人下来进行挑选；选上的节目，才能去县城参加演出大会。俺们庄河中学也要出一个节目。你看出哪个节目好呢？"

尚之平想了想，说："可以表演多口词《庄河铁姑娘》。这个曲艺节目，不光歌颂修路女民工，还歌颂政府部门支持俺们庄河镇修公路的大好事。林校长你也讲过，庄河镇这里比较穷，穷就穷在地方经济不发达；而经济不发达的原因中，交通不通畅就是其中重要的一条！都说'要想富，先修路'嘛！多口词《庄河铁姑娘》，既表现了修路铁姑娘们战天斗地的主题，也告诉大家发展庄河镇的经济，修建一条康庄大道是头等大事的道理。这个节目曾经演过，也有一些效果，我现在重新修改了一遍。这次，再从演出队里选几位初中和高中女生，先背熟台词，一个星期就能在课外活动时排练出来，不耽误她们的学习。然后请学校、镇上试看一下，提提意见，进行修改后再重新排演。也可以请专家来指导，最后在全镇范围里向群众演几场。这样的话，小演员们能得到锻炼，嘴一张，就是台词；手一甩，就是动作，根本不会怯场。林校长，你看可行？"

林校长一直笑着听，眼睛也没眨一下。他果然高兴地说："行。你选定哪几个女生，我去通知她们的班主任，都得支持一下嘛。修路既然是庄河镇发展经济的头等大事，现在排练《庄河铁姑娘》，就是俺们学校最近的头等大事！"

事情就这么定下来了。很快，尚之平选出七位担任演员的女生，其中有初中班的三名,高中班的四名。本来只需要六个人就行了,为什么又多出一名呢?哦,多出的那一名是"预备队员"。在文艺演出之中,往往有个约定俗成的规矩:给主要角色安排为 A 角、B 角,由两个演员担任,其中 A 角是主要演员。如果主要演员 A 角生病或有事不能上台了,就由 B 角来顶替。嘿,这也是尚之平在担任大学中文系学生会文艺部部长时,跟人家学的哩!

这天,他当着学生的面,将这首多口词《庄河铁姑娘》声情并茂地朗诵了一遍,学生们听了,激动得眼中汪汪的泪水晶晶地亮!尚之平善于调动小演员们的积极性和主动性。几位高中女生,因为在学校演出队待久了,所以见多识广,对某些表演动作、表情、声音高低、穿着打扮等多少也掌握了一点。担任领诵角色的女生,名叫陈萍,是高二(1)班的班长,个子较高,脑后梳一根马尾辫子,走起路来总是跳跃着,很有精神。加上她嗓子特别清亮,平时能说会唱,在演出队里算个领头人。多口词既要有声有色地说呀、诵呀,又要用丰富的表情和生动的动作跟声音相互配合。尚之平对每句话、每个动作,都事先做好安排,让她们学着照样子做。当然,有时同学们提出来什么建议,尚之平觉得有道理的话,也会采纳她们的主意,对表演稍稍加以改进。嘿,只花了一个星期的时间,小演员们果然排练得滚瓜烂熟啦!

一天,尚之平说他有事要离开半个小时,让她们自己接着排练。

陈萍说:"尚老师,我们一定认真排练。你放心去吧。"

尚之平就出了教室,顺手带上门。

其实他并没有走远,只是拐个弯进了隔壁那间教室。而且,他事先特意请来林校长、副校长老谭、教导处王主任和其他几位教师,此时他们都坐成一排在这里支棱着耳朵,屏息静气地听着隔壁教室里的"铁姑娘"们排练。他们只能听到忽而嘹亮、忽而甜美、忽而铿锵有力、忽而斗志昂扬的朗诵声,但是看不到那边教室里七位"修路铁姑娘"的表演,因为两个教室之间隔着一堵墙嘛。

等到那边的排练结束了,这边,无论是校领导,还是闻讯赶来的部分教师和学生,都一齐哗啦哗啦地鼓掌喊着:"好哇! 好哇! 这是俺们头一回'听戏'! 听的是……嗯? 是什么多口词哩,大家长了知识啦!"

林校长干脆拍着尚之平的肩膀,道:"谢谢你了!"

尚之平笑道:"应该谢谢你们领导的督促、指导,也谢谢这几位学生的认真、勤奋。这才是最主要的! 下面,是不是请诸位领导和老师们到隔壁,直接去指导她们呢?"

"对,俺们都进去看看,也不要买票嘛!"

林校长带头第一个走进隔壁教室。接着,后面的人也一齐跟他拥到那间排练教室里。嘿呀! 见这么多人过来了,演出队的七位女生一下子愣住了。等看见尚老师也跟在后面笑着进来了,她们才了然地哈哈大笑:"哇! 尚老师没走远呀,在暗中'监考'俺们哩!"

林校长也笑嘻嘻地夸奖道:"刚才就在那边教室,听你们说得很动人,就是看不到你们的动作。要不,七位'庄河铁姑娘'再演一遍,让俺们过个瘾呢?"

站在旁边的尚之平朝陈萍挤挤眼睛。陈萍马上明白了,唰的一声举起手臂,向分散地站着、坐着的六位女同学喊道:"'铁姑娘'们! 集合——!"

她这突然响亮地一喊,六位"铁姑娘"嚓、嚓、嚓、嚓,迅速站成一排!

陈萍又喊:"报数!"

"一! 二! 三! 四! 五! 六!"

众位姑娘声音洪亮,动作利索,队列齐整,身材挺拔! 陈萍迅速跑到前头,举起手臂站在领诵人的位置上,嗬! 正好显出一道坚强的长城模样!

领诵人:"我们是——"

众姑娘:"庄河铁姑娘!"

领诵人:"我们修路的任务——"

众姑娘:"抬土! 运石! 搬砖! 铺沙! 碾轧!"

领诵人:"我们美好的理想是——"

众姑娘:"修好庄河公路!"

领诵人:"姑娘们,起风啦!"

众姑娘:"不怕! 不怕! 不怕! 我们用双手抓住,用绳子捆住,用石头压住!"

领诵人:"姑娘们,大水淹来啦!"

众姑娘:"我们用身体挡住! 我们挖沟排掉! 我们让路基稳住!"

领诵人:"姑娘们,我们一定修出一条——"

众姑娘:"通往富裕、繁荣的康庄大道! 冲啊! 冲啊! 冲啊——!

……

哈哈! 七位"修路铁姑娘"嗓音嘹亮,手脚敏捷,晶亮的眼睛里,射出一道道倔强而耀眼的光芒! 她们甚至比男子汉更加利索、坚强。她们边朗诵边舞蹈,伸展的手脚一次次做着挑担、抬石、推碌、铺渣等动作。一会儿,她们精神抖擞地昂首挺胸奋勇前进;一会儿,她们弯腰低头,坚忍不屈地推碌轧着崎岖不平的路基;一会儿,她们舞动纤细优美的身姿,展露兴奋的心情;一会儿,她们紧紧搂抱在一起,咬牙握拳顶住狂风暴雨,雷鸣般地愤怒喊叫:"暴雨啊! 哪怕你来得更猛烈! 狂风啊! 哪怕你汹涌得更疯狂! 我们铁姑娘不怕! 不怕! 不怕!"

陈萍的手臂又唰地一挥:"姑娘们! 把轧路的铁碌推起来呀!"

众人迅速摆成推铁碌的队列,低头、弓腰、蹬步,奋力地高喊:"前进! 前进! 永远前进! ——"

哎呀,姑娘们生动而活泼,优美而勇敢,完全展现出农村姑娘们利索的动作、豪爽的形象、坚强的力量!

这场表演,看得林校长、谭校长、王主任和其他老师个个睁大双眼,几乎停止了呼吸,只顾吧嗒嘴轻轻地说着:"真好!真好!确实感动人哩!……"

几天后,学校又请镇党委书记、镇长等领导,一齐到学校来观看并审查这个节目。看完后,他们同样称赞这首多口词演得令人精神抖擞、心情振奋!当然,镇领导们既进行了表扬,又提出几条改进意见。有些意见就提到点子上了。比方说,修出一条康庄大道,不仅仅是铁姑娘们的主张,也是广大群众借路发展生产,通路奔向致富的主张和战略措施嘛!关于这一点,几位镇领导希望她们在台词上体现出来。

国庆节前的那个礼拜天,九公县文艺演出大会,在城关镇的九公大戏院举行。庄河中学的多口词《庄河铁姑娘》通过了县文化局的审查,可以去县里参加演出。正好一位庄河中学学生的家长,是庄河镇粮站上的会计,他答应演出那天早上,联系好粮站开往县城送粮食的汽车,顺便带着尚之平老师和七位小演员一齐赶到城关镇去。

上午九点,静静的九公大戏院还是空无一人。但是剧场负责人同意尚之平带着女学生在舞台上面,提前进行"走台"练习。"走台"就是熟悉舞台,让几位女生在上面排练一下。演员在舞台上面走动的位置、站立的地方,尚之平都用粉笔一一在舞台的地板上做好记号,交代她们说:"表演时,演员走啊、停啊,往左或往右啊,往前或往后啊,就只能走到粉笔印子这个位置。如果希望让整个舞台成为一幅完美、对称的画面,那么,演员在舞台上的行走啊、站立啊等等状态,就要像一幅美丽的画。否则弄乱了,台下的观众会捂住嘴巴笑话你们哩。"

嘿!尚之平的演艺理论,总是一套又一套的呀!

从新中国成立到现在几十年了,九公县举办全县文艺演出大会这样的事情,恐怕是大姑娘坐轿子 —— 头一回哩!下午两点钟刚到,九公大戏院门口的鞭炮声就噼噼啪啪地响得震耳欲聋。鞭炮声刚停,县政府的张县长笑眯眯地走到台上，面对全场坐得满满的喜气洋洋的观众，宣布演出大会开幕，并热情地做了致辞。然后，庄河中学的陈萍同学作为演员代表，上台做了发言。接着便是各单位、各乡镇选派的十二个节目开始演出。他们出场的次序，都是按照事先抽签的顺序安排好的。庄河中学的多口词《庄河铁姑娘》，排在最后。小姑娘们一听，脸上就挂不住了，背地里叽叽咕咕地有些意见。她们希望节目能够安排在第一个出场，那多有气派呀！

尚之平轻轻朝她们摆了摆手，低声说："开头、结尾的两个节目，称为'开台戏'和'压台戏'，都是重要节目。我们的节目被安排在最后一个，算'压台戏'，这也是大好的事呀！能看到前面演员的长处和不足，我们可以学习、改进。你们要认真表演哦！"

嘿！想不到小姑娘们顿时又让尚之平说得眼睛里光芒闪动，情绪十分激动。

尚之平刚才已经注意到了，在前面的几个节目当中，既有好的，也有一般的。好的节目总是让观众拍手叫好；而一般的节目，观众也能理解，毕竟是乡镇普通群众努力创作、精心表演的结果嘛，能够达到这种程度就算不错了。但他发现，某些观众借机出去喝水、抽烟，或站在剧场外面的大院子里扯闲话，说是休息，其实，是他们对有的节目不感兴趣而已……

终于到了演出大会的最后一个节目《庄河铁姑娘》啦！

一听说"压台戏"就要登场了，场外观众连忙丢了香烟，倒掉茶水，相互推推搡搡地赶快往剧场里挤去。

那位热情且俊俏的女报幕员，先是在舞台的侧幕后面郑重地理一理鬓发，扯一扯身前身后的衣摆，然后微笑着迈着碎步来到舞台上，嗓音清亮地报幕："今天，演出大会最后一个节目，是庄河中学创作并表演的多口词《庄河铁姑娘》！看哪！为修建推动经济发展的乡村公路，庄河镇战天斗地的铁姑娘们，雄赳赳地上场啦！"

报幕员的话音还没落，突然，几位活泼而飒爽的铁姑娘"啊、啊、啊、啊"地喊着,迅速从舞台侧面奔向舞台中央! 她们拥在一起,做出举手、推动、手拽、肩扛的推碌子轧路的造型! 嘿呀! 动作这么迅速、这么有序,场面这么热烈、这么有声有势啊! 顿时,全场观众哗哗哗哗热烈地鼓起掌来! 不少人悄悄地相互小声道:"不错! 这么整齐、老到,真是一群铁姑娘哩!"

谁都看得出来,每位小演员都精神抖擞、嗓音响亮地表现她们抗风斗雨、抬石铺沙、轧路固基、架桥设梁的情景。不但台上的小演员表演生动,台下的观众们从心窝里也一齐跟着亢奋起来。仿佛整个舞台、整个剧场,都成了一个热烘烘的修路工地和战场啦!

俗话说:"外行看戏看热闹,内行看戏看门道。"唔,这种开场的效果确实不同凡响哇! 场内的观众鸦雀无声,都只顾睁大双眼、龇嘴笑着盯着台上,生怕漏掉节目中某个小小的细节。对此,尚之平暗暗估摸着,只要他们的多口词《庄河铁姑娘》正常发挥的话,那么,最后的结果必定就是四个字:演出成功!

是的,从这个闪亮而别致、活泼而有力的开场上来看,他的估计确实没有错。等多口词《庄河铁姑娘》到了动作震撼、声音洪亮的表演尾声时,小姑娘们再次拥在一起,组成一个钢铁般坚实而又活力无穷的造型,豪壮地立在舞台上高声喊着:"哈哈! 康庄大道修好啦! 庄河群众成功啦!"

顿时,台下的全体观众忍不住站起来哗啦哗啦地鼓掌! 有一位二十岁左右瘦瘦的女同志,干脆站到座位上面,伸着一双细细的胳膊向台上高喊:"庄河铁姑娘们! 你们干得好啊! 演得好啊!"

几乎场上所有的人,都用震耳欲聋的掌声、喊声,表达他们的赞同和鼓励之情。直到九公县的张县长再次笑嘻嘻地登上舞台,伸出双手"用力"地向下压了几下,场内的掌声才渐渐停歇。这时候,喊声又变成一阵欣喜的笑声,连张县长也跟着哈哈地笑着说:"同志们哪! 我们的多口词《庄河铁姑娘》演得好不好哇?"

"好!"上千位观众齐声喊着。

张县长伸手指着台下的观众,笑道:"哈哈! 这话是你们讲的,我可不能这么随便表态呀。因为现在,十几位专家和观众代表组成的节目评选小组,正在对今天的十二个节目进行评选。评选分为特等奖和一、二、三等奖,共四种奖项。因为从基层选拔上来的节目,都应该鼓励、表彰嘛!你们听,下面有人在笑了:'哦,个个都评上奖了,还叫什么评奖?' 同志们哪! 据我本人所知,俺们九公县,自从有了人类居住的几千年,甚至远古的几万、几十万年以来,像今天这样的文艺演出大会,恐怕是第一个,也是唯一一个全县文艺演出大会! 是不是呀?"台下有人兴奋得咻咻地笑,还情不自禁地拍着手掌。哦,热情的观众控制不住兴奋的情绪了嘛。张县长继续说:"请大家不要笑,也莫慌鼓掌。今天十二个节目,全部是由群众创作、群众表演的,反映的又都是俺们九公县的新生活、新天地、新成果、新气象,多不容易啊! 因此,所有的节目都要评上! 这叫鼓励嘛,对不对?今后,我们九公县还会举办第二届、第三届,乃至无数届全县文艺演出大会,来热烈地歌颂俺们九公县的千山万水,经济大发展! 好不好哇?"

此时,女报幕员来到张县长身边,递给他一张纸条。张县长接过这张纸条,笑嘻嘻地又往台口走近两步,跟观众的距离更贴近了。他声音朗朗地说:"同志们哪! 我刚才啰唆的时间正正好,不然你们等待时间长了会感觉急躁的。大家看,评选结果出来了!"他高高地扬一扬手中的那张纸条,"现在我宣布:获得这次九公县文艺演出大会特等奖的,是庄河中学的多口词《庄河铁姑娘》! 评选小组的评语是:'该节目歌颂庄河镇的修路铁姑娘,其实也是歌颂全体九公县人民奋勇修筑致富之路,信心十足地奔向胜利的未来! 因此其意义深刻,形式活泼,表演生动,影响巨大!'哈哈,真是太巧啦! 我本人虽然不才,但心中也有同样的看法。这个看法居然跟评选小组的意见不谋而合。我真是荣幸啊! ——现在,请庄河中学的领队同志,上台领奖!"

哗哗哗哗……台下又是一阵阵热烈而真挚的掌声。我们虽然没用

"暴风雨般"来形容这片震耳欲聋的掌声,可剧场里,任何人大声说话别人都一句也听不见。作为庄河中学领队的尚之平老师,笑眯眯地走上台去,双手从张县长手中接过一块包着金皮、写着红字的漂亮的奖牌。奖牌上面的字是"优秀文艺,服务群众"。

尚之平跟张县长热烈地握手,然后转身向着场上的观众举一举手中的奖牌,朝大家深深地鞠了三次躬,准备走下舞台。

就在尚之平转身要离开时,张县长忽然笑着喊住他:"请尚老师留步!"

说着,张县长走近尚之平,两手充满深情地扶着他的双肩,将他带到舞台前面的中间位置,指着尚之平对全场观众热情地说:"观众同志们哪!现在我向你们介绍这位尚之平老师。这次,庄河中学获得特等奖的多口词《庄河铁姑娘》节目,从创作、导演到带队,都是尚老师辛苦而精心操办的。据县文化局的同志说,这位尚老师不仅是大学生,还在桃花湖军垦农场锻炼过。分到庄河中学教书育人后,尚老师又主动请求担任学校演出队的负责人。他经常下村入庄,到田野采访,编写节目。这样的好同志,我们不仅要表扬他,还要号召同志们向他学习!在这里,我们用热烈的掌声,对他全心全意地运用文艺方式活跃俺们九公县的宣传工作,表示衷心的感谢啊!"

顿时,剧场里掌声再次雷动!一直持续了十多分钟,还没有停歇下来的意思……

这天傍晚时分,尚之平捧着奖牌,带着几位女学生走出九公大戏院,正愁着晚了怎么回学校。想坐车子走呢,这会儿早就没客车了;如果步走回去呢,他倒是能走路,可这七位年纪不大的"铁姑娘"怎么办呀?忽然,林校长笑嘻嘻地向他们迎面走过来了。哈哈!他一把抓住尚之平,在他的肩膀上不住地拍着,然后向同学们笑道:"我听到观众都说你们演得好!你们为俺们庄河中学争到一份特等奖的荣誉啦,可喜!可喜!现在都坐车回学校吧,晚上学校食堂下鸡蛋挂面,招待你们和你们的家长。吃了饭后,就由家长们接你们回家。"

一个女生向四周瞅了瞅,问:"车子呢? 车子在哪里?"

林校长抬手往后面招一招,一辆卡车呼呼地开过来在旁边停下。哦,还是今天早上送粮食,带他们到县城来的那辆车哩。只见开车师傅从驾驶室里探出半个身子,笑哈哈地喊道:"尚老师,我来接你们啦! 你们给庄河中学争到了荣誉,也有俺们庄河镇粮站一份功劳啊! 哈哈哈哈……"

原来这辆车是林校长下午从庄河镇粮站请来帮忙的。

第二十一章　今宵难忘

　　真是工夫不负有心人哪！尚之平这阵子从暑假忙到现在，采访呀，编写呀，排练呀，演出呀，终于在他的心胸里面开出一朵红郁郁的花儿。这朵花就是获得县里演出大会特等奖的多口词《庄河铁姑娘》。

　　但他没有松一口气的打算，更没有停笔的想法。平时节假日里，他仍旧去村子里采集素材，回来就编写节目；仍旧在每天课外活动中，带着演出队的学生排练新节目。只是，星期六那天的课外活动排练的时间要长一点，一般都在太阳快要落山时才结束。学生们走了，他锁上教室门，钥匙往口袋里一装，悠闲地轻声哼着歌儿回宿舍去。其实别人很难发现他内心的真实状态，他这么忙，除了喜欢文艺活动，还有个目的：那就是借着这种繁忙，从而忘掉自己前后失去尤妮和吉小玲所带来的痛苦。也许失去尤妮，他的痛苦还不是太多；失去吉小玲这位绵州的好姑娘，的的确确是他的愚蠢和荒唐造成的。可这又能怪谁呢？所以他只有天天忙、时时忙，忙得始终一头的汗，完全没有工夫去歇一歇了，他才能忘了在心里反反复复地责备自己，更没有心思去考虑什么芳草不芳草了！

　　一个星期六的傍晚，排练结束后，他仍然带着这种情绪锁上教室门，边哼歌儿边回宿舍去。走着，走着，他远远地看见自己的房门口，站着一位年纪不大、高高瘦瘦的女同志，她好像在等什么人吧？家长们往往来学校找班主任询问学生的情况，而尚之平正好又是班主任。想到这里，尚之平便三步变作两步地迈到她跟前。果然，那位女同志朝他笑眯眯地瞅着问道：

"对不起,我找一位老师……"

尚之平客气地说:"请问你找哪位老师呀?"

她说:"找尚之平老师。上个星期天的下午,我在全县文艺演出大会上,见到他在台上领奖。后来一打听,才知道尚老师在庄河中学教书哩!"

尚之平扑哧一笑:"不错,那天我们学校演出队在县里搞演出活动。你认识他,找他有事是吗?"

那位女同志也笑笑:"嘻嘻,尚老师恐怕记不得我了。我姓孟,名叫孟春兰,春天的春,兰花的兰。尚老师在桃花湖军垦农场锻炼时,曾经到高桥县邮电局打长途电话,两天都没找到接电话的人。他第一天走了之后,我第二天早上倒是帮他接通了电话。对方姓尤,名叫尤妮……"

咦?尚之平听了这话心里一惊!刹那间,他的脑袋瓜里就像放电影似的,立马回忆了一遍那次他在高桥县县城打长途电话时的情形:当时那位热心的县邮电局接线员小孟,给他倒茶,买点心,帮他解忧,提供方便的情景慢慢浮现……想不到现在,这位电话接线员小孟同志,今天就站在他面前了!激动的尚之平情急之下也不避男女之嫌,亲切地一把抓住小孟那只细细的小手高兴地说:"是小孟同志啊!真对不起,怪我记性不好,怠慢你了。请吧,请你到我房里坐坐,说说话。"

他松开小孟的手,热情地向自己的房间一指,赶紧打开房门招呼她进屋。尚之平又是倒水,又是从食品盒里拿饼干摆在桌上。就在他泡茶拿饼干的时候,头脑里还在反复考虑着:"不对呀?她小孟应该是在高桥县邮电局上班,离这里两三百里路,为什么她找我竟然找到这里来了?"没等他想明白,小孟就站起来拦住他,不让他再忙活,请他坐下来。单身汉的屋里,也就是一张床、一张桌子和一把椅子。椅子让小孟坐着,尚之平就在床沿上面坐了。

他笑着说:"那时候真得谢谢你帮助我,居然记得尤妮的名字和地址,而且通过长途电话找到她的姐姐家。"

小孟笑眯眯地望着他:"尚老师目前就一个人在这教书啊?你的家眷

也在这里吗？"

尚之平尴尬地双手直摇："我还没有成家，更没有孩子。今年春上我们才离开农场。我到庄河中学来教书，也就是今年四月份的事。至于尤妮，唔，我们俩……还没正式举行婚礼就彻底分手了。"

小孟点点头，一直捧着茶杯静静地抿着嘴巴，最后她终于把茶杯放下，鼓起勇气说："是这样的，尚老师。我去年从高桥县邮电局，已经调到九公县来了，现在就在城关的县邮电局上班。包括我在内，去年和今年，局里先后从四面八方调来四个新同志。可最近县邮电局下文件说，局里只能留下三个人，要退回去一个人。两周之后，县邮电局就进行文化知识和业务技能考试，最后择优录用。业务技能方面的考试，我倒不担心。我就怕文化知识考试，隔了几年，文化课都还给老师了。这两天，另外那三个需要考试的人，心都急烂了，双手四处乱抓也找不到老师请教哇！嘻嘻，还算我的运气比他们好，上个星期我在九公大戏院看演出时，看到你上台领奖。当时我心里一惊：咿呀唻！这不是军垦农场的那位大学生吗？你现在既然是庄河中学老师，我就来求你替我找教语文、数学和英语的老师，帮我辅导初中和高中课程。因此嘛……嘻嘻，我就直接奔来打搅你了，很对不起哦。那天看你们演的多口词《庄河铁姑娘》，太好看了，我兴奋得站在椅子上面叫好哩！不知你们听到了没有，嘻嘻……今天，毫无办法的孟春兰找上门来，尚老师你……你不会撵我走吧？"

小孟还像之前那样喜欢说话，仍然笑声不断。现在一边笑着说话，一边小口地抿着茶水，一双清秀而明亮的眼睛，一眨不眨地瞅着尚之平，生怕他推辞找人帮忙辅导她中学课程的事情。

谁知尚之平果断地说："行，这件事我可以办到。我虽然水平不高，但语文课辅导就是我了，另外再给你找数学、英语两位老师辅导。除了我稍微差一些，那两位老师的水平都不低啊！你什么时间过来复习？……哦，你每天都来？要复习两个星期？那你需要早出晚归了。特别是晚黑复习结束了，你怎么回县城的邮电局去呢？县城离这儿二三十里路，目前从县城到庄河镇的道路还没有修好,而且晚黑又没有车子往来。如果步行的话,就得走四五个小时,路上你能保证安全吗?这倒是个麻烦哪……"

谁知小孟扑哧一笑:"嘻嘻!这个麻烦其实很好解决。"

"哦?"尚之平听了一惊,心中反倒生出一股妒羡之意,"你有什么好办法?是不是有人早晚开车子送你、接你?"

小孟说:"嘻嘻!我一不当官,二没男朋友,哪个开车子接送我呀?我就想,这么大的庄河中学,晚黑应该能找到睡觉的地方吧?图书室呀、保管室呀,都行。再不然,你找个鸡窝、厨房给我睡一夜,也能对付嘛。嗯?"

她两眼紧紧盯着尚之平,又是扑哧一笑,一个"嗯"字,竟然问得尚之平茅塞顿开,连忙拍拍自己的脑袋:"对,对,你就在我的房间复习兼休息吧。至于我呢,找不到地方睡,就钻到外面的草堆子困一晚也行。我们抓紧时间,就从今晚开始。第一堂课让我来献一次丑,好不好?后面的数学和英语老师,马上我去食堂打饭时,帮你安排好。数学和英语教师,他们每次也在我的房间给你上课,咋样?"

"谢谢尚老师!"

小孟痛痛快快地从椅子上站起来,恭恭敬敬地朝尚之平鞠个躬。哎呀,她这个人永远喜欢笑,永远活泼,永远可爱呀!而且去年为尚之平办事,她又那么认真,那么热情主动,这就不能不让尚之平对她也同样热情、主动起来。当天晚黑吃晚饭时,尚之平就告诉孟春兰,他对教数学的姜老师、教英语的梁老师两位女教师,都讲定了明天过来帮助孟春兰复习。尚之平故意跟两位老师说,找上门来的小孟是他熟人的女儿,敬请两位老师费心帮忙。结果两位老师都笑眯眯地点头答应了。

到了晚黑复习语文时,尚之平把初中和高中的语文课本,全部捧过来,对孟春兰说:"这么多内容让你看,几天时间你是看不了的。我把语文基础知识中的拼音、写作、读诵、语法和几篇有影响的课文,给你一一讲清,然后教你怎么做练习、回答问题、写好作文。估计你们要考的内容都能包括进去。"

面对这位总是笑眉笑眼的小孟姑娘,尚之平神情严肃地给她安排了个短期计划:在两周之内,她十天复习,一天模拟考试加总结,三天再做补差补缺。估计做到这种程度,她的问题就不大了。于是,尚之平按照自己为小孟写的复习提纲,按部就班地给她讲解了语文基础知识,时间也就慢慢地到了晚黑十点钟。

尚之平高高地举起双手,打了一个哈欠。小孟也一边揉揉因为困倦而泪水汪汪且发涩的眼睛,一边望着尚之平笑笑。

尚之平果断地把桌上所有的语文书和材料收起来,跟她说:"现在下课。这几天晚黑,你都在我这里休息,我到另一个回家的老师的房间过夜。我劝你晚上别再开夜车了,赶快休息吧。学习是讲究方法的,只有平平静静地睡好觉让头脑清醒起来,记忆力才好。还有一件事:今儿是星期六,平时晚黑都有老师敲门叫我去下象棋。如果今晚有人敲门,你不吱声就是了。他们会自动离开的。好吧,小孟同学,我们明天再见!"

尚之平从口袋里摸出一串钥匙,哗啦哗啦地抖一抖递给孟春兰。然后,他两手空空地拍一拍自己的衣服口袋,走出宿舍,从外面咔嚓一声把房门牢牢地关紧。他向旁边隔几道门的另一位教师的宿舍走去,边走边掏出人家留给他的一把钥匙。今晚,他就在那里睡觉。

第二天复习数学和英语。

帮助孟春兰复习数学的姜老师,是一位头发花白的老教师,从年龄上看,姜老师仿佛是小孟的长辈。她的两腮因为瘦削而陷进脸颊里,但她每天把脸洗得干干净净,还抹一点淡淡的百雀羚香脂。姜老师经常给学生们讲解数学题目,话语总是那么简洁、和缓、循循善诱。现在,她就用较短的时间,从掌握数学基础知识和解答题目的基本技能两个方面入手,教会小孟运用多种方法去解题。姜老师说,有些数学题给了三个条件,假如你还是做不出来的话,怎么办呢?这时你应该想一想,还有哪个条件你没用上呀?如果再用上这个被你"丢掉的"条件,问题一定会迎刃而解。——听到这里,孟春兰跟姜老师一齐笑起来,她们就像姑母跟侄女那样亲近哩!

姜老师瞅着小孟说:"你有时解不了题目的话,甚至都能急得要哭。然而越是这种情况,我越是劝你莫慌哭,干脆将思路反过来。一般来说,解开一道数学题目有一到三种方法,如果第一种方法不行,那就考虑还有哪些门路能够解决。总之找来找去的,你最后一定能找出个办法,问题也就解决啦。小孟同志,记住,解数学题一定要有信心啊。"

她们师生二人有讲有笑着。这么一来,小孟就像听姜老师讲故事那样兴趣盎然了。当然,姜老师也注意不能对她讲解过多的内容,主要是让小孟熟悉并牢记数学定理,多做各种类型的数学习题,从而熟悉初中、高中数学的内容和解题方法。

对于孟春兰来说,数学之门,原本就像被一根柱子从后面顶住了,她想进屋来,却很难从外面推开这道门。自从姜老师教会她巧妙地搬掉顶门柱子,现在,一道又一道数学之门,就在孟春兰面前应声打开喽!

教孟春兰复习英语的梁老师,是个上海人,是一位多年教高中、初中英语的女教师,文质彬彬,谈吐不俗。一般来说,女性之间交往起来,常常能够唤起她们内心里的亲和、相知的情感。梁老师有四十多岁,见到小孟,她说的第一句话就是:"哟,你的相貌跟我一位小表妹差不多,我几乎要喊你妹妹了。哈哈!"

梁老师笑着,心疼地抚摸着孟春兰鬈曲的黑发,说:"不过,你比我表妹更好看。尚老师跟我讲清楚了,我要用一周时间唤醒并帮助你打开你的英语之门。钥匙就是,你一边听我讲,一边反复练习。而练习的方法就是,一边读单词和句子,一边用笔在纸上写这些单词和句子,同时又在脑子里回忆、记住这些单词和句子。不要怕,能记多少,就记多少,记得越多越好嘛!现在开始吧。"

听出来啦?还没正式上课,梁老师倒已经把学习外语的方法、途径,跟孟春兰明明白白地交代出来了。

一会儿,尚之平的房间里便传出一阵又一阵读英语单词、句子的声音。有时是梁老师用英语向小孟提问,小孟用英语回答或翻译成汉语,两个人配合得井井有条。面对亲切的梁老师,孟春兰回答得不慌不忙,两人之间甚至生出一丝亲密的姐妹之情。跟尚之平和教数学的姜老师一样,复习四十分钟,梁老师就要求小孟休息十分钟。在这十分钟里,她跟小孟谈着家长里短之事。梁老师的丈夫在祖国的大西北搞矿产开发工作,夫妻俩每年顶多只能见两次面,那就是在寒暑假。梁老师说她课余时,大部分的心思就放在她六岁的儿子大宇身上。她说大宇不仅长得漂亮,而且头脑灵光,小小的嘴巴总是吧啦吧啦的,很会说话,常常给她带来无限的欢乐。

梁老师还有个特点,她一边帮助孟春兰复习英语,一边又教给小孟考试方法。

比方说,考试卷子刚发下来时,你别抢着去做题目,应该先将卷子从头到尾迅速看一遍。这么做,往往对你有所启发:一是,你看清了试卷有哪些内容,心中就有数了;二是,可以启发你想起某些忘掉的课文内容,从而帮助你的记忆恢复。每回答好一题,你必须快速检查一下解题的过程、答案对不对。如果你做完了卷子,但是还没到交卷的时间,你就莫慌交卷子给监考人。这时候,你最好从头到尾再检查一遍试卷的内容和题目的答案。但是速度要快,别磨磨蹭蹭的。梁老师语重心长地说:“学生们考试都会失分的,而失分的原因大都是粗枝大叶。所以,解答题目时,只要尽量克服粗枝大叶的毛病,认真检查试卷的答案,我保证你不会白白地丢掉这些分数的,对不对?”

听到这里,小孟深深地吸了一口气:老天爷呀,我孟春兰真幸运,居然有三位好人帮着我呢!这次考试之后,我真应该好好感谢他们三位好人啊!

当然,要说到孟春兰最感激的人,恐怕还是尚之平。

尚之平除了约请姜老师、梁老师帮助孟春兰复习,他自己也一心一意地辅导小孟复习语文。倘若是几个月之前,尚之平跟小孟的关系绝对不会,也不可能像现在这么亲近。在这将近一年的时间里,他忙得几乎忘记了在高桥县邮电局打长途电话时,曾经热心关注并帮助过他的这位接线员小孟了。也正因为如此,尚之平当初对小孟的感激心情,这会儿才被彻底唤醒了。加上他俩这几天频繁且近距离地接触,不断相互了解,尚之平和孟春兰在不知不觉之中,已经或多或少地掀开了那时候还蒙在各自心头上的一层薄薄的面纱,从而让两人之间的感情交流,如今竟然到了互不设防的程度。甚至可以说,他们两人的心,正在面对面地越走越近、越走越深入……

大凡年轻的姑娘都暗暗地有一个心愿,总希望爱上自己的那个男人,对她具备热情的、坚贞的、百依百顺的情感。孟春兰就是这样的女人。去年春天在高桥县邮电局里,孟春兰看到尚之平心急如焚地等待接通尤妮的长途电话的情景,令她十分感动,也让她十分羡慕。当时她在想着:啊呀,假如我孟春兰遇到这么个知识丰富、爱女人爱到这种热切程度的男人,他就是叫我上刀山、下火海,我眼睛都不眨一下地跳进去!所以当时,小孟很是替尚之平着急,甚至越俎代庖,主动为尚之平接通了江南市的长途电话。当时的尚之平不但不生气,反而对孟春兰充满一种深深的感激之情哩!

只是现在,有一个问题总是在尚之平的脑海里盘旋着。

咦?孟春兰既然在高桥县邮电局干得好好的,为什么她要离开父母调到几百里外的九公县来呢?她这样做不是拈个虱子往自己头上揉——硬找麻烦吗?是不是她……她孟春兰追着我的行踪来到九公县的呢?——唔,可是不大像有这么回事,因为小孟绝对不知道我尚之平会在九公县教书啊!何况小孟自己也说,她是在县城的九公大戏院看文艺演出大会那天,才意外见到我上台领奖的呀!算了吧,尚之平,你别痴心妄想了。像她这样美丽的白天鹅,能够心甘情愿地投进你这个癞蛤蟆的怀抱里吗?

到了复习的第七天,孟春兰对语文、数学、英语三门课的情况,心里渐渐有了底。这么一来,她不仅情绪稳定下来,而且想做一做三位老师给她出的模拟考试卷。卷子上的题目,都是庄河中学初中、高中期末考试卷子上的。小孟说:"拿来让我试试吧。如有不足之处,请你们三位老师再给我加加工,行不行呢?"

当天下午,三门课的试卷都让孟春兰在三个小时内,全部做完。吃过晚饭后,三位老师把改好的语文、数学、外语三份卷子拿过来。嘿哟!三门课的平均分数就达到八十八分。哈哈!

三位老师都高兴地说:"祝贺你呀,小孟同志。下面几天时间我们给你补缺补差,再把成绩往上提一提!"

尚之平也对孟春兰说:"今天晚黑放你两个小时的假,你好好休息一晚,什么东西你都不要接触了。等到明天再战,可好?"

小孟的情绪更加乐观,笑嘻嘻地说:"俺们学生听老师的,今个晚黑早早就睡觉。"

尚之平听到小孟讲着"俺们学生"这样的话,他心里一惊:"咦?你也说'俺们'呀?那个时候在军垦农场,我听高桥县人说话的口音,不说'俺们'嘛。你现在居然说上九公县的方言了?"

"嘻嘻,俺们就是九公县这里的人呀!"小孟得意地说。

不错,孟春兰的老家,正是九公县庄河镇西边的孟老圩子,整个村庄大部分人都姓孟,是个大姓。若按家族"春光灿烂、万年丰登"的辈分排下来,小孟属于"春"字辈,所以她的大名就叫孟春兰。"孟春"是指春天开始的第一个月份,也就是农历正月。正月里绽放的兰花,是多么秀气、多么稀罕,又多么珍贵啊!这里的村庄,过去一般都在村子外围挖一圈宽宽的水沟,叫"圩子",解放前大都是为着防土匪挖的保护设施,现在又用来养鱼喂鸭或作洗涮器物之用。小孟的爷爷在抗日战争时,就是游击队的情报员,立过功,所以解放后当过村干部。小孟的爸爸一直在高桥县统计局工作,现在是副局长。小孟虽然出生于九公县,但在高桥县长大、上学;以后,她又在高桥县邮电局的长途电话台上班,转为正式工作人员已经两三年了。

听到这里,尚之平开着玩笑:"你呀,调到这里来了,副局长老爸不能为你保驾护航喽,看你怎么办?……"

他的话没讲完,小孟就气得眼泪汪汪地说:"俺们就是因为在高桥县给他憋了一肚子气,才决心往九公县调的嘛!"

尚之平只好换一副笑脸:"好,好,我说错了,请你原谅。"

孟春兰拿起香喷喷的小手帕擦掉泪水,边擦边说:"反正你是老师,我的具体情况讲出来,你也不会往外乱传。俺们一肚子的气是这样生出来的……"

接着,小孟就解释了她生一肚子气的原因。孟春兰的爸爸不满足自己的职位只是副局长,总是一心一意希望能够往上提一提,干上正局长。县统计局的正局长姓丁,马上就要退休。小孟的爸爸指望丁局长帮他说说话。丁局长的儿子跟小孟是初中同学,因而小孟的爸爸,就撺掇小孟跟丁局长的儿子搞好关系。倘若两家结成亲家,那么小孟的爸爸当正局长,就有百分之九十九的把握了。其实丁局长的儿子是个不务正业的家伙,平时抽烟喝酒,总是坐在麻将桌上赌得昏天黑地不下桌子;别人也乐意把钱"输"给他。这种浑身散发着刺鼻的烟味和铜臭的男人,小孟从来就不想搭理他。因此,孟春兰这才暗暗地找人帮忙,从高桥县调到九公县,也就是回到她的老家来了,在同样性质的单位里干着同样性质的工作。

但是有一个情况,孟春兰没跟尚之平直接讲出来。

小孟调到九公县后,没想到她爸爸又出了馊主意,打算再把小孟调回高桥县。她爸铁了心肠,就要把女儿"献给"丁局长的儿子哩。这才出现九公县邮电局决定采用考试的办法选人,指望小孟考不到高分就辞退她。小孟能咽下这口气吗?当她发现大学生尚之平在九公县庄河中学教书时,小孟立马就找上门来,求着尚之平替她请老师帮助复习。哎呀,人与人的相遇,虽然是偶然发生的事,但其实往往也是有一种无形的意愿、有意安排的嘛!若不然,这么多的人,这么大的地方,为什么偏偏孟春兰要复习功课了,她就能在庄河中学找到尚之平呢?为什么她找尚之平了,尚之平居然就答应下来,而且帮她找到姜老师、梁老师呢?难道这种事情会偶然发生吗?

讲到这儿,小孟深深叹一口气,又偷偷地龇嘴一笑:"算了,丢人的事情俺们讲不下去!不说了……"

转眼就到了复习的第十天,也就是最后一天。按照尚之平替孟春兰安排的计划,她决定结束在这里的复习。

临走之前那个晚黑,孟春兰收拾好衣物和课本,打算回孟老圩子的自己家中过一晚,等到第二天再回县里的单位上班。可当时已经是晚黑十点多了,孟老圩子离庄河中学也有三四里路,何况路上的沟沟坎坎又不少,一个女孩子家单身一人走夜路,怎么保证安全呢?尚之平说,我送你回去吧。于是,他带着孟春兰,跟姜老师、梁老师逐一打声招呼,对她们表示感谢,而两位老师也热情地鼓励并祝福小孟取得成功。梁老师甚至笑眯眯地伸手抚摸一下小孟红扑扑的脸蛋,说道:"大胆地回去吧,胜利在前方向你招手哩!"

尚之平给小孟和自己都添上一件褂子御寒,又从小孟手中抢过东西自己拎着,然后打着手电筒一起出了校门。这回,欢欢喜喜的孟春兰不但没有推辞,反而笑眯眯地跟在尚之平后面。一路上,调皮的小孟居然笑着说:"嘻嘻!是你提出送我的啊。我本来是个走夜路的'铁姑娘',天不怕地不怕的,路上什么坏人都得给我让路!"

两人就这么说说笑笑地上路了。

还没走一段路,迎面就刮来一阵冷飕飕的风,从衣服领口钻进脖子里,冷得他俩几乎浑身颤抖起来。尚之平马上想到姑娘家大都不喜欢多穿衣服,要追求自己的身材线条好看,孟春兰现在肯定比自己还冷。于是他让小孟换他拎一下东西,骗她说自己身上淌汗了,热燥得难受,要脱掉外衣。小孟就接过东西拎着,让他脱衣服。尚之平脱下外衣搭在胳膊上,先把自己脖子上的衣领扣严,然后趁小孟不注意,把他的这件夹克衫披在小孟身上,紧紧地帮她扣住脖子上的纽扣。他不松手,是怕小孟摇晃身子推托而不愿意穿。加上一件夹衣后,孟春兰感觉浑身暖乎乎的呀!不知是衣服增加了她浑身的热量,还是尚之平把自己身上的温暖传递给了她,总之,周身舒坦得热辣辣的孟春兰,不但没有说"我不穿、我不穿",反而伸手紧紧抓住衣服的衣襟毫不松手。两人就这么心知肚明地相互关照着不说一句话,只能听到各自嘴里一阵又一阵气喘吁吁地吸气、呼气的声音。

要过水沟了。尚之平一只手既拎东西又捏电筒,另一只手则小心翼翼地扶住小孟。嘿嘿,他扶的其实是自己那颗紧张而又颤抖的心。他很体贴小孟,生怕她在路上跌倒,哪怕偶然碰断孟春兰一根细细的、寸把长的头发丝,都会让尚之平的心不安!

又登上一道土坡了。尚之平拉住孟春兰的胳膊,不让她身子歪歪扭扭地往前面跟跄着。幸亏这时天上的云彩镶开一条缝隙,朦朦胧胧的月光正好给他俩照着路。下坡时,他们总算走得顺顺当当的了。尚之平走在前面拉住她,跟在后面的孟春兰一口又一口喘着气,紧紧让他抓住自己的胳膊而不敢拖一步后腿。终于走下土坡了,两人这才缓缓地同时嘘出一口长长的气。

小孟用手帕擦着脸上的汗,笑着说:"都因为晚黑走夜路看不清,白天俺们都能在上面跑哩。"

尚之平说:"那我俩比赛,好不好?你若跑得快,这只手电筒就奖给你。"

小孟伸手拍他一下:"俺们不要手电筒,就要你从九公大戏院里捧回来的奖牌。行吗?"

他们哈哈笑着,既为这次夜路走得顺当,也为小孟家所在的孟老圩子已经离得不远了。

月光渐渐明朗一些,尚之平看清一座连一座的房屋,嘟嘟啦啦地一直拖了将近里把路长。房屋大多是土墙草顶,但里面也有几座砖墙瓦屋,看上去,跟县城里的住房样式差不多。一般来说,农村里哪一家有人在外面工作,有着固定收入的话,那么这家的房子,就是砖瓦结构了。尚之平伸手指一指装着塑钢窗子的那一家,说:"这家的房子俏皮,建得就不错。"

孟春兰在旁边哧哧地笑:"那好,我带你进去看一看。"

尚之平说:"那是你家?哦,时间太晚了,以后吧。以后我一定过来拜访你爷爷奶奶。"

小孟朝里面瞅瞅,见房间没有一处亮着灯,估计两位老人肯定睡下了。再说明天一早她就进城去上班,也不好强留尚之平,只得脱掉尚之平的外衣还给他,说:"你稍微等一下,我进去马上出来,还你的手电筒。"

她一个人进去了。不一会儿,客厅和一间屋子都亮了灯。又过一会儿,小孟从里面出来,先把手电筒交给尚之平,再把一包鼓鼓囊囊的东西,往他怀里一塞。

孟春兰说:"只怪时间太晚,要不然我就留你进家来坐坐。今天送一包花生给你。等考试出了结果,我一定请你来家里吃饭,你可不准推辞啊!还有姜老师、梁老师,你们三位老师我都请到家里。"

"一定来,一定来。你快进去吧。"

尚之平向她招招手,转身走了。站在门口的孟春兰,眼睛里转着热辣辣的泪水,一直看着他在朦胧的月光下面慢慢地走出村口……

两个星期后,尚之平刚下课回到宿舍,一位学生背着书包咚咚咚咚地跑到跟前,递给他一封信,说是庄河镇上邮电所的一位阿姨,托他交给尚老师的。庄河镇邮电所的阿姨是谁?尚之平跟镇邮电所不太熟悉呀,熟悉的孟春兰应该是县邮电局的。小孟她回局里参加考试的情况如何,到现在也没有消息传过来。那么,这位庄河镇邮电所的阿姨……又能是谁呢?

尚之平马上拆开信封,抽出信纸摊开看:

尚老师：

　　你好！今天下午五点钟，我请你和姜老师、梁老师，到我在孟老圩的家中聚会。敬请三位老师赏光。

学生：孟春兰　拜托

　　看了这封信，尚之平简直是丈二和尚——摸不着头脑。要说感谢姜老师和梁老师，尚之平已经在学校里设宴感谢过她们了。现在，小孟又说请他们三人到她家里聚会，这就没有必要了。问题是，孟春兰的考试情况以及现在她到底在哪儿工作，信上一点都没提到，这倒令尚之平心急如焚。他决定吃过晚饭去小孟家里问问她。可刚走出一步，两只脚又站住了，他抬头看见东边的天空，布满一层又暗又厚的云彩。他怕晚上回来时下雨，只得进房拿一把折叠伞用胳膊夹着，然后从学校食堂买两只馒头，边吃边往孟老圩子赶去。反正到那里是熟路了，他几乎一口气就走到小孟家的大门口，馒头也正好吃完。他拍拍身上的馒头渣子，又伸手抚平了额头上面的头发，抓着门环哐哐哐轻声敲了三下。

　　孟春兰出来开门，见是尚之平，一把扯住他的臂膀往里面拽，还嘻嘻地笑着说："俺们正等候三位老师来呢，快进屋坐吧！"

　　进到堂屋，小孟给尚之平泡茶，捧出瓜子、花生米，又拿来刚刚买的中华香烟，要拆开给他抽。尚之平赶快拦住，叫她也坐下。可小孟没工夫坐啊，说要到门口去看看姜老师、梁老师有没有来，她要去接她们两人。其实，刚才进门见到孟春兰喜气洋洋的样子，尚之平心里就明白，她这次考试应该不会差的，而且很可能没有被辞退，所以他的心就落下来一大半。当然，他必须赶快问清楚，才能彻底放下心来。

　　他说："姜老师、梁老师她俩今儿来不了。前两天我已经请过她们，对她们表示感谢了。"

　　小孟一惊："真的？那也好，今晚只来你一个，我就专门招待你这位贵客。没有你的全力帮助，我孟春兰今天能笑得出来吗？"

尚之平右腿跷在左腿上，说："我的肚子现在饱得很。吃饭事小，你的考试是件大事，快说一说到底是什么情况？"

孟春兰只得坐下，但又调皮地伸出细细的手指蘸着桌上的茶水，在桌面上画着圆圈。她头也不抬地嘻嘻笑着说："你先猜猜嘛。"

"我猜你被退回高桥县去了。"尚之平故意说。

小孟抬头笑眯眯地瞟了他一眼："哦，你是不是盼我回高桥县呀？"

"不错，"尚之平说，"那边丁大局长的少爷，不是在……眼巴巴地等着一个人吗？"

小孟突然站起来，握成拳头的手往尚之平的肩上扑通扑通捶了一顿，大声地说："实话告诉你吧！孟春兰以后就在九公县邮电局待一辈子了，谁都赶不走我！这回你该嫉妒了吧？嘻嘻……"

说完，她乐滋滋地给尚之平的茶杯续上水，然后到厨房看看红烧肉有没有烧好。一会儿，她又旋风似的转回堂屋坐下，笑着告诉尚之平有关她考试的过程。

这次考试，孟春兰得了九十七分，是四个人中的第一名。她这第一名肯定不会被辞退了。有趣的是，另外三个人的成绩也都在八十分以上。小孟请三位庄河中学老师帮助她复习，那三位也都找人求教，所以这次大家的成绩都不差。这桩喜事后来迅速在九公县里传开，不光县邮电局局长高兴，连县里的书记、县长也高兴，说俺们九公县邮电局的工作人员水平不差嘛，都别辞退了，全部留下来。然而算来算去，县邮电局里只能留三个人，多出的那一位，最后决定充实到下面乡镇的邮电所里。

孟春兰立即问局里的办公室主任："庄河镇邮电所要不要添人？"

办公室主任翻一翻工作本子，说："哎呀，好几个乡镇都需要添人呢，庄河镇邮电所就是其中一个。可那地方经济状况不太好，恐怕没人愿意去。"

孟春兰说："我愿意到庄河镇邮电所去，你现在就开介绍信给我吧。"

嘿嘿，想不到当时办公室里，一下子响起哗啦哗啦的掌声。考第一名的人,居然主动提出来到最穷的乡镇去,大家对小孟夸个不停。

听到这里,尚之平非常高兴,说:"哦,刚才带信的学生说的'庄河镇邮电所的阿姨',就是你呀?哈哈,你正好回到老家的镇上来了,从此跟你爷爷奶奶在一起,我祝贺你!"

小孟骄傲地说:"这次我不仅回老家来,还战胜了我爸爸,拆了他升官的台阶!不过,我调到庄河镇还有一个更大的好处……唔,算了算了,现在不说。俺们开饭吧,菜都快凉了。"

尚之平虽然肚子已饱,但不上桌子坐一坐怕是不行。有道是人情难却,他只得说:"我只能吃一点点啊,表示一下'意思'吧。"

"不行。"小孟一边在他面前摆上酒杯和筷子,一边朝他笑道,"你是来庆贺我的,一定要吃好喝足心意才算诚恳嘛!"

"那就喝一杯酒好了。——哎,你爷爷奶奶应该参加,快请两位老人上桌坐吧。"

小孟说:"本来说请你们三位老师的。我怕家里有老人碍事,早上就建议他们俩去我姑妈家里看看,明天他们才能回来。嘻嘻。"

调皮的孟春兰话语讲得非常正经,但马上又伸出拳头捂住嘴巴,扑哧一笑,到后面的厨房里端菜去了。尚之平见她不管做什么总是爱笑,看来心情的确不错。她把准备好的菜一盘又一盘摆上桌子,酒瓶以及醋瓶、酱油瓶、辣椒酱等作料,都拿上来。圆圆的桌子两边,坐着尚之平和孟春兰。看这情况,即使只有他们两个人聚餐,菜肴丰盛的程度,也绝对不输于头十个人的聚会。然而尚之平喝酒非常谨慎,刚把一杯咽下肚,他就伸手罩住杯子,另一只手朝孟春兰摇得像拨浪鼓似的,说:"真的,晚黑回去我还要改学生作文,不能多喝了。"

小孟却笑着硬是掰开他的手,非要给他倒满一杯酒。她端起自己的杯子,激动得眼泪汪汪地说:"今儿,我最最感谢尚老师来祝贺我。俗话说:'感情深,一口闷。'请了,尚老师!"

她不等尚之平端起酒杯,自己倒先咕嘟一声把杯中的酒全部喝掉了。

但孟春兰马上张开嘴巴，伸出舌尖痛苦地"哈"了一声，表示她真的喝掉酒，还拿她的手掌当扇子轻轻扇着嘴唇。瞧瞧！人家一个小姑娘都这么干脆，真心在喝酒，在敬你哩。你男子汉大丈夫居然畏首畏尾的，成什么样子？喝吧！尚之平只得犹犹豫豫地再次端起酒杯，把酒慢慢喝干。喝过，他就扭回头找茶杯。小孟动作敏捷地倒上热水，双手恭恭敬敬地端给他，说："喝茶好，喝茶能冲淡酒精。俺们也不希望你喝多嘛。"

到底喝茶能不能冲淡酒精，谁也讲不清。小孟既然讲得如此有道理，至少她是出于对尚之平的关心和爱护。尚之平笑着点点头，承认她的话是对的，因此心里感到十分熨帖。他大胆地瞅着小孟红扑扑的脸蛋，连脖子上也漫上一层柔美的粉红色，都是酒精起的作用。看上去，孟春兰的脸色比去年尚之平在高桥县邮电局打长途电话时，甚至比几周前复习迎考时都要靓丽许多。加上今晚她勤快地烧了这么多菜，又是倒茶倒酒，又是帮着夹菜。给尚之平倒酒，她总是倒得不满，真心不想让他多喝。可见她心里暗暗地对尚之平蕴藏着一种特殊的情感哩。其实小孟今天的心情也有些矛盾，她既希望尚之平多喝两杯，又担心他喝多了回学校改不了学生作文。然而考虑再三，小孟还是笑眯眯地端着酒杯站起来，说："现在确实不早了，你只管喝完这三杯酒，今晚的酒就算结束。来，你喝这第一杯，是为你们三位老师帮助孟春兰考上第一名，有功哦！"

九公县人给别人递酒，往往是右手端杯子，左手托在杯子底下，以示对客人的尊重。小孟今天就这么做的。尚之平见了点点头，很感动，所以毫不犹豫地接过她手中的杯子一饮而尽。意外的是，他感觉到咽下去的酒，没有辣味，更没有酒精的味道，淡淡的跟白开水差不多。咦，怪呀？他吧嗒吧嗒嘴唇，心里似乎有些不安，生怕这样会怠慢了小孟的心意。至少，面对她那么热情和真诚的邀请，他尚之平就不能藏有丝毫虚情假意的成分呀。

孟春兰再倒第二杯酒，仍然双手直接递到尚之平手上。她说："喝这第二杯，你要答应以后继续关心学生孟春兰，帮助她提高文化水平。这你答应不答应呀?"

"答应。"

"那好,请你喝了。"

尚之平依旧接过来一口喝下,然后又吧嗒嘴唇,因为这杯酒还是没有多少酒味。这到底怎么回事? 是不是我现在酒量突然增大,对酒的辣味和香味适应了,感觉不到酒味呀? ——他不知道内情哦,小孟给他倒的酒,其实是白开水,也就是老乡们经常说的"一百度酒"。那都是人们在喝酒热闹时,悄悄地用白开水"勾兑"的酒,目的是爱护人家哩。孟春兰之所以这么做,还是因为心疼、呵护尚之平,怕他多喝。

突然间,外面天空轰隆轰隆响了几声响亮而惊乍乍的雷声! 不好,天要下雨了! 尚之平想起他来时带了一把折叠伞,就回过身子伸手摸那把伞,半天也没摸到。他连忙起来走到窗前拉开窗帘,瞪大双眼不安地瞅着黑沉沉的天空,天上的闪电竟照得他脸色白煞煞的。

小孟说:"别担心。光响雷,不下雨是常有的事。俺家别的不富余,多的是雨伞!"

尚之平说:"我记得带伞了嘛,放在鞋柜上面。"

"我给你拿来,你放心喝酒吧。"

孟春兰将第三杯酒倒满了又放在他面前,便到鞋柜那里找雨伞。趁她离开的间隙,尚之平迅速端起他面前的杯子抿一下,发现还是没有酒味。再伸手端起小孟跟前的杯子喝一口,咦? 她杯子里面的酒味很浓,是货真价实的酒哇! 哎呀,尚之平这才彻底明白了……

这时孟春兰把雨伞拿来,搁在他身边,笑眯眯地瞅着他:"喝吧。你只有喝了,我才相信你尚老师,真的愿意关心帮助笨学生孟春兰。"

尚之平也默默地笑着,干脆把小孟的那杯酒拿到他跟前,高高地举起来说:"现在,我就喝一杯真正浓于水的酒给你看看,要让你相信我!"

咕嘟一声,尚之平仰起脖子一口吞下整杯酒,面色不改,笑容深深地嵌在脸上。他这个果断、真挚的举动,令孟春兰很惊讶,也让她十分感动。

不住咧嘴笑的小孟,心里甜蜜蜜地瞅着他,舒坦不已。

此时,又是一道耀眼的闪电,从窗外的天空闪过,那阵厚重、沉闷、响亮的隆隆雷声,反倒过了一会儿才慢吞吞地在远方响起。雷声这么迟迟赶来凑趣,无非是怕惊吵孟春兰和尚之平两人的聚会吧?然而不一会儿,哗哗的大雨终于忍不住从天而降!若不是小孟及时关上门窗,屋里的谈话声都难以听清。到了这个时候,让酒精烧红了脸的尚之平,反而镇静下来,只是苦笑着自言自语道:"反正等发财难,等雨停一定有机会的。哼,我就看它今晚下到何时为止!"

他端起小孟刚才重新给他泡好的茶,慢慢喝了几口,接着又说:"大不了今晚就在你家过一夜,你爷爷的床铺,我可以睡吧?"

小孟哧哧笑道:"可以。还有更好的地方让你休息。反正明天一早起来,不耽误你回学校上课。"

孟春兰的脸色红得厉害。他俩都心知肚明:唔,今天实打实地喝了几杯酒的人,应该是她孟春兰。——不,尚老师也喝得不浅……这时,小孟忽然笑着瞟了他一眼,问道:"尚老师,我可以问你一个问题吗?"

"你问好了。"

"那位叫尤……尤妮的姑娘,你们俩现在真的就'拜拜'了?"

"是的,我们彻底'拜拜'了!"

"以后你没再找女朋友哪?"

"交过一位女友。情况是这样的:在我大学毕业即将去军垦农场锻炼之前,尤妮还在江南市她姐姐家探亲。因为之前我跟尤妮相处两年多,建立了一些感情,所以我特意赶到江南市向她求婚,但她拒绝了我。我在失望和痛苦之中回到临江市,后来又联系上另一位姑娘。这位姑娘姓吉,名叫吉小玲。—— 你问我为什么急着再去找女朋友?因为心里焦急呀,我必须在去农场之前找好对象,否则以后怕很难有机会回家相亲。因为在农场锻炼想请假回家那不是容易的,以后的事也证明了这一点。你别笑。其实先前我跟尤妮相处时,已经在其他的一些活动中认识了吉小玲。吉小玲是一所林校的学生,她对我的印象也还不错。但我们那时没有谈到两人的私事,双方也没有更多地接近。我去军垦农场半年后,尤妮反倒给我写信说她又爱我了……她就这样反反复复的,弄得我费了九牛二虎之力请假从农场回临江市,跟她订了婚约。是的,那次我丢开小吉姑娘的确不道德,直到现在,我对自己当时的所作所为仍感到非常后悔和不安,而且至今都觉得有一种羞耻感……好的,我继续往下面讲,你就当听故事吧。咦,你笑什么?反正我不会收你门票。——我跟尤妮订了婚约,心中自然兴奋。然而想不到只过了两个月的时间吧,我还在军垦农场里锻炼,尤妮又写信给我,说她要跟我解除婚约关系。这简直像五雷轰顶一样炸昏了我的脑袋嘛!——是什么原因导致的?不清楚。只有亲自去问尤妮了。哎呀,当时我痛苦得度日如年哪,马上就跑到高桥县邮电局打长途电话给尤妮,想问清到底是什么原因她要跟我分手。因此这才遇到你小孟同志,那时你就在长途电话台上班。可长途电话一直找不到尤妮本人。这种情况你是知道的,对吧?你当时特别关心我,给我送水、送吃的,真谢谢你了!就是现在,我心里都非常感谢你,否则那时我会焦急、苦恼得想跳楼自杀!你别笑嘛,我甚至两次去高桥县的两家照相馆,拍了两张照片,准备留作我的遗像。可惜两次拍的相片都不好看,照片上的我脸上布满白点,太难看了,气得我呼哧呼哧撕掉照片!

"转眼就是今年春天,我从军垦农场分配到九公县庄河中学来教书。五月一号这天放假,我请学校给我开了一张工作证明,回临江市跟尤妮去有关部门解除了婚约关系……我说的是我跟尤妮的婚约解除了。不,我们当时并没举行婚礼,更没有同居,我到现在还是一个孤家寡人、快乐的单身汉哩!……唉!只要想到这些令人焦头烂额的事情,我尚之平简直没脸再说下去。要不是你想听听关于我的故事,这些无法开口的事情,我会让它们永远烂在自己肚子里一万年。是的,一万年都不会提起!"

说着,尚之平端着茶杯站起来,想靠近窗口看看外面的雨势。但他因为情绪激动，很难让自己的身体站稳，更难让自己的心情平静。这从他脸上那白煞煞的面色来看，就知道痛苦、悲观甚至内心里的耻辱感，仿佛突然之间撕开他颤抖的心房，鲜血正啪嗒啪嗒地滴到地面上……

刚才还笑眯眯听他讲"故事"的孟春兰，慌得赶快伸手扶住尚之平回到凳子上坐着。小孟依旧两手捂住自己身前的茶杯，下巴搭在她的手背上，一声不吭地抬头看着尚之平，想继续听他讲下去。

口干舌燥的尚之平贪婪地连着喝了几口水，又眯起眼睛瞅瞅外面哗啦啦下的大雨，心想：既然是突然下的暴雨，一般下雨时间都不会太长，最多下到半夜吧？我还是能回去的。至于雨后泥烂路滑非常难走，也就随它去喽。这么想了想，尚之平又坐下来，重新回到刚才他说的话题上："是的，如果那时候我有时间的话，跟尤妮或者后来的小吉姑娘能够经常见面，互相沟通，或许我的爱情之路不会走得这么曲折、痛苦直至决绝，对吧？同尤妮解除婚约关系之后，我跟小吉姑娘还保持着朋友关系。小吉姑娘真好，她懂得不少林业方面的知识。我在军垦农场锻炼时，她作为林校学生，就到庆春县靠山村进行毕业实习。她运用自己学过的果树培育知识和技术，帮助靠山村农民改造、培育了不少梨树果木，在那里，她受到当地领导和群众的表扬。我从农场出来工作之后，小吉姑娘就被调到该县果木生产基地，上班有一段时间了。唉！虽然我跟她一直相互通信，交流自己的情况，但是我俩在不同的地方，相隔又很远，面对面亲亲热热地交谈的机会少之又少。或许她后来对我的感情因此有些变化。就在半年之前，我去她在临江市的家里见面时，遇到一对夫妻来做客。因为我在她家不太方便，便提前离开。可当我刚刚走出她的家门，也就六七米的距离吧，我听见小吉姑娘跟那对夫妻说：'我没叫他来，是他自己来的……'下面她的话语叽叽咕咕的我没听清。可我心里明白，看来小吉姑娘对我是不欢迎的，她已经讨厌我了。当时呀，我的脸皮刹那间羞得发烫，仿佛烧出一团火来，我甚至想双手抱住脑袋往墙上撞去。—— 你问我后来有没有跟她再联系了？没有。说实话，我以前对小吉姑娘的心灵造成过伤害，现在,为什么我还厚着脸皮再去找她呢? 绝对不可能! 但是有一点我必须申明:人家小吉姑娘讨厌我、不想跟我联系,她这么做应该说是对的。这一点我完全不能责怪她。所以那次我回到庄河中学之后,隔了半年时间,我始终都没有跟她联系过。今后我也不可能跟她联系了,这是肯定的。

"如今我从军垦农场来到一个新环境里,感觉浑身特别轻松。我已经化羞耻为力量,努力教书、做人,把学校交给我的学生演出队抓好。这次我们在九公大戏院演出获了奖,完全跟林校长他们几位领导和学校老师对我的鼓励、指教分不开,甚至跟当年我在高桥县邮电局打长途电话给尤妮时,你小孟同志对我的热心帮助、关怀也分不开。哎,我这不是说玩笑话,至今我都没有忘掉你呀! 算喽,不再说下去了,不然,你又要说我在瞎吹牛!"

讲到这里,尚之平伸出拳头,在自己的胸脯上面擂得嘭嘭响! 这阵响声,表示孟春兰当时帮他、助他,是千真万确铁的事实,而且当时那些话语如今还在尚之平心里跳动着、鼓舞着。这反倒感动得孟春兰眼泪汪汪地说:"那时候,主要是看你那么焦急,俺们心里也急得慌。就是铁铸的心肠都会融化的呀! 是不是?"

此刻的雨声,好像不再吵闹了。尚之平往外面瞅一眼,自言自语道:"雨下小一点喽。"

小孟也站起来往外面瞅:"唔,确实小一点。但老天爷脾气古怪,雨总是下一阵、停一阵。而且雨天走路能淋出病来的,夜里走湿路就更难了。"

"我不怕。"尚之平说,"在农场哪天不挨雨淋呀? 我如果抓紧时间从渠埂上面走,肯定不要半小时就能赶到学校了。"

他转身拿起折叠伞,哗啦一下抖开,果断地一边往外走,一边向孟春兰招招手说:"不客气了。谢谢你今晚招待,我得赶快回学校了。"

小孟突然一把抓住他的胳膊,就像危险和灾难正朝尚之平扑过来似的,她大声喊起来:

"啊？曾经晚黑下大雨，有人就在水渠埂上走，脚一滑溜就跌进哗啦啦淌水的渠沟里，被冲到几里路远不见影子。我不许你玩命嘛！呜呜呜呜！你现在不能走嘛！我怕你出事嘛！……"

讲着讲着，孟春兰哇的一声哭起来，呜呜地哭得很伤心。她两只细细的胳膊抱住尚之平的腰，抱得紧紧的，像箍在水桶上面的铁箍，坚决不让他的身子动一动。见到她这么爱护他、关心他，尚之平的心反倒彻底软下来，只好把伞慢慢收起来搁在桌上，腾出双手，轻轻托起小孟泪珠淋漓的脸蛋瞅了半天。他用粗糙的手指头，心疼地揩净小孟的脸上细流一般的泪水，笑着把她拉到桌边坐下。盯着她泪水汪汪而且红得可爱的脸蛋，尚之平笑眯眯在她的脸上小心地亲一口，问："今天我真的不能回去吗？"

"嗯！绝对不能回去……"

小孟的"嗯"字应得很重，但她下面说的"绝对不能回去"这句话声音又特别轻，轻得她龇嘴一笑，把自己的小手帕塞到他的手上，干脆叫尚之平替她擦脸，为她"服务"一次。

她说："我家地场大着哩，你在这里打滚、翻跟头都行，还能没地方给你睡觉？俺们又不是老虎，你睡一晚，就怕我吃了你？明天一早你回学校上课，根本不误你的事嘛！"

尚之平只好双手再次捧起她粉红而柔美的脸蛋，说道："好吧，我现在听从你的吩咐。你看我睡哪里？我可以睡你爷爷的床铺吗？"

"不行。"小孟从尚之平手里夺过手帕，一边擦自己的脸一边说，"老年人的床铺你睡不习惯。睡我的床吧，我到堂屋再另搭个床铺去睡，俺们两不误。哎哟！"她伸着胳膊打个长长的哈欠，弄得眼泪汪汪的，"现在时候不早了，饭桌明天再弄干净。你过来，帮我把房里面的大沙发抬出来吧。"

这个时候，外面的雷声仿佛对应着孟春兰的话，又开始轰隆轰隆响个不停，再次下起瓢泼大雨，好像帮着小孟共同把雨势造起来，将尚之平的心彻底挽留下来似的！

尚之平也幸亏听了孟春兰的话,不然这时候走在路上,他肯定会被浇成落汤鸡的,甚至滑到水渠沟里。很可能他会被渠水裹着、推着,一直哗啦、哗啦地把他带到大江大海里哩!……所以现在,尚之平就服服帖帖地跟着小孟进到她的房里,把里面的大沙发往外面的堂屋里抬。他一边抬,一边欣赏着姑娘家闺房里讲究而漂亮的布置,精巧且贵重的摆设。两人哼哧哼哧地出力,终于把大沙发抬出来了。孟春兰先将自己闺房里面的床重新铺了一遍,给尚之平睡;然后,她出来再铺堂屋里自己要睡的沙发床。她又打来热水,让尚之平洗洗、抹抹,催他赶快进里屋休息,还叮嘱他把房门从里面关紧,防止深夜老虎进去啊呜一口吃了他。嘻嘻……

　　尚之平笑笑,向小孟道一声晚安,就走进里面关灯上床睡觉了。

　　可他没睡一小会儿,孟春兰又在外面轻轻敲了两下房门,说:"外面有点冷。你把我房间柜子里的毛毯,拿出来给我吧。"

　　尚之平开灯在柜子里面找了半天,没找到毯子,只好拉开房门,说:"我不知道毯子放在哪里。不过我有个建议,别再折腾了。你不是老虎,我也不是坏人,干脆你进来我们睡一张大床,各睡一头吧。好不好?"

　　孟春兰扑哧一笑:"也只好这样了。不过,我虽然不是老虎,可夜里常常好翻身,会惊动你的,所以先和你打一声招呼。"

　　尚之平也笑着说:"我这个'坏人'也事先提醒你,我也有打呼噜的习惯,这方面的毛病请你谅解。"

　　行喽!等房间里熄了灯,两人这才各睡一头,各盖一床被子,讲讲笑笑地渐渐都闭眼睡下。可没过五分钟,小孟在另一头用膝盖碰碰尚之平盖的被子,小声地问:"这么说,你现在真的不跟小吉姑娘来往了?"

　　"嗯。要真有这事,我干脆变成一堆狗屎!"

　　尚之平回答一声后,打了一声哈欠,又安安静静地睡着。

　　"你说实话,"小孟又问道,"她从此再没找过你吗?你们也绝对没通过信吗?"

　　唉!这个痴女子,总是问个不停!他只好抬起头来回答:"没有。如果说假话,我这堆狗屎会烂成一团泥,让你一脚踢走! 行了吧?"

也许尚之平这样回答,真的让孟春兰彻底相信了,所以房间里又恢复到先前的那阵静谧,静得只听到两人轻轻的鼻息声。后来,尚之平听不到床那头她的问话了,干脆闭上眼睛蒙眬地睡着。男人的呼噜声,时时像香烟的烟圈那样打着旋儿轻轻飘荡起来。其实尚之平只是睡一半、醒一半。说他睡一半,是指他闭着眼睛确实在睡,鼾声也不大;说他醒一半,是指他回忆着今晚跟小孟陆陆续续讲的那些话。他担心自己如果真睡着,小孟再问话而他又回答不出来,那就不太好了。

约莫过了十分钟,尚之平居然迷迷糊糊地做起梦来……

梦中的尚之平,下雨天走在水渠埂上面,忽然脚一滑,真的滑进渠沟里,只是浑身浸泡在水里感觉皮肤凉丝丝地舒服。而且水中还有什么东西在轻轻地咬他的胳膊、后背、耳朵和脖子,但是咬得不狠,只觉得微微一阵痒酥酥而不觉得疼痛。唔,是水里的小鱼在咬我吧? 鱼咬人一般不痛。——呀,这条鱼真在咬我哩! ……尚之平突然醒过来,只是没有动一动身子,也没有睁开眼皮。因为他明白,刚才咬他的不是鱼,而是孟春兰细腻的牙齿。咿呀唻! 她什么时候钻到床这边的被子里了?

一会儿,等小孟双手抱紧了他的肩膀,嘴里咬得他感觉真的疼痛了,尚之平这才耳语般地问道:"想吃掉我的肉吗?"

"想! 就想一口一口把你吃下肚,装进我心里。嘻嘻……"

"装进心里你又干什么呢?"

"以后跟你过日子,永远永远在一起。"

"你忘了,我曾经错爱一个女人,而另一个女人又错爱我。正是这两桩糟糕的事情,让我犯下两起错误。这些错误你应该都了解了,难道不知道我是个坏人吗?"

"我不怕你是'坏人',我就爱你这样的'坏人'嘛。嘻嘻……"

尚之平干脆抬起上半身,双手捧着孟春兰红扑扑的脸蛋,严肃地说:"别笑! 这是你一辈子的大事,你马虎不得的! 再说……"

"就这，我也心甘情愿！"小孟打断他的话，"为你，我宁愿放弃城里头的工作，毫不犹豫下到乡镇来了，就是为了今晚能咬你一口。你还不明白吗？当初一个男人为了追求他爱的女人，甚至接连打了两天长途电话要找到她。他这种专情、负责任的态度，我就看重嘛！何况他还有才华。一旦发挥自己的长处和才华，他就能创造出成绩来。这样的男人不值得我咬吗？爱吗？"

说到这里，小孟不想再跟尚之平啰唆下去，干脆一下子钻进他的怀里，啊呜啊呜地张嘴啃着他板结的胸口和坚实的臂膀，弄得尚之平浑身痒酥酥地很难忍住。性子急了，尚之平索性将小孟瘦条条而又滑溜溜的身子，一把搂得紧紧的不愿松手，让她动都动不了。……不错，孟春兰给他的感觉，确实像梦里一口接一口甜丝丝地啃咬他的那条鱼儿。刚才，正是这条又细又圆又长又滑溜的鱼儿，咬得他快活地从梦中突然惊醒。嘿！

鸡已经叫过第三遍，尚之平不得不从孟春兰热乎乎的怀抱中挺起身子。外面的天空已经淡淡地发白了。他不让小孟开灯，自己摸黑在房里找到她用的牙刷、毛巾去洗漱。小孟在床上看着他洗脸。这把牙刷和这条毛巾，是她一个月前，也就是在尚之平那里复习功课时买的。她笑眯眯地说："我看上这两样东西倒不重要，重要的是，我看上后来使用它们的那个人！嘻嘻……"

说着，孟春兰跳下床，从后面一把抱住尚之平的脖子，甜蜜蜜地在上面再次啃咬一口。

尚之平赶紧拍一拍她的头："喂喂，早上你有什么好东西，给我啃呢？"

孟春兰进厨房拿出一盘焐在锅里的甜饼，一碗红枣加绿豆、莲子、四只鸡蛋煮的稀饭，端来给他。尚之平昨晚没怎么吃饱，现在，他像秋风扫落叶一般把早饭吃得精光。然后嘴一抹，他朝小孟招招手，打开门跨出门槛走出去。

直到走远了,尚之平还龇嘴笑着,依依不舍地回过头看看小孟家的大门口。此时天虽然不太亮,但他能看清孟春兰倚着门框,精心梳理她那一双长长的大辫子。只是今天,孟春兰没有按照以前的习惯编成两条辫子拖在脑后,而是将辫子在后脑勺下盘成一块扁扁的圆圆的发髻。这块油光可鉴的发髻梳得既小巧又漂亮。一般来说,庄河镇上的姑娘如果出嫁做了人家的媳妇,她们过的那种崭新的日子,都是从把头上的辫子盘为发髻开始的。

　　这是九公县女人多年的老规矩了。

第二十二章 余音缭绕

　　眼看今年的暑假又结束了,但高温仍旧坚挺着,毫无一点点退却的意思。

　　这天中午天气燥热,一般人很少出门,大都缩在家里睡午觉歇着中晌,外面路上几乎见不到一个人的影子。然而庄河镇上,还是有不怕热的一男一女两个人走在路上。那位男同志是从庄河中学里出来的,那位女同志是从庄河镇邮电所里出来的,他们都往镇上汽车站的方向赶去。这就是尚之平和孟春兰。巧的是,两人非常准时地在汽车站门口见了面,然后欣喜地相视一笑。尚之平心疼地握住孟春兰的手轻轻捏一捏,又赶紧松开,拿出一把上面画着嫦娥奔月的白色折叠纸扇给她。他走进车站,从小小的售票窗口把钞票向里面递过去,说:"师傅,请给俺们两张到临江市的车票。"

　　尚之平学着九公县的土话,学得真像哩。里面的售票员其实认识他,举手向他问好。人家一边收钱,一边咔嚓咔嚓在两张车票上面打上时间和座位号,递给尚之平,笑着说:"尚老师今天回家呀?"

　　尚之平笑道:"五天之后我就赶回来。"

　　他拿上车票跟孟春兰刚从车站出来,一辆大客车正好就停到门口,两人便欢欢喜喜地登上车子。咿呀唻! 车上面除了一位驾驶员师傅,就只有尚之平和孟春兰两个乘客了。唔,这样也好嘛,他俩坐到最后一排。等一会儿上车的人多了,后面安静,不受别人干扰。

　　尚之平亲亲热热地拉住小孟的手,对她轻声耳语道:"你在车上睡个午觉吧。晚上会有人在婚礼上'闹房子'的,你就没时间休息了。"

原来两天前,尚之平和孟春兰在镇政府办公室领了他们的结婚证,现在两人成了"准小两口"喽!今天,等他们到临江市的家里办过婚礼,嘿,这个"准"字将一笔画掉。这会儿在车上,尚之平瞅见孟春兰一副疲倦的模样,他心疼得在她的嘴巴上面亲了一口,让她靠在自己的肩膀上睡着。谁知睡得迷迷糊糊的小孟,让车子晃得整个身子软绵绵地倒进他的怀里。尚之平只好伸手搂住小孟的身腰,又把自己的褂子脱下来盖住她的身子,生怕孟春兰睡觉会受凉。他自己呢,却睁着双眼,兴趣盎然地遥望着公路两边广阔的田园景象。

这大半年来,由于九公县人民政府和公路沿线的干部、群众的共同努力,这条临江市至九公县的临九公路铺建好后,终于能够从九公县经过庄河镇,笔直地往南通到临江市了。这条路的路面平坦、宽阔,路基非常坚实。铺垫路基所用的石头,都是从九公山上采掘的坚硬的、远近闻名的青石。有的地方,为了取直路线需要占用群众承包的田地,政府部门就派人上门跟群众商谈调换田地,群众都百分之百地举双手赞成呀!

有趣的是,一个叫杨楼的村镇比较偏僻,本来计划中这个村子不通车子,现在,群众纷纷要求公路修到他们家门口了。为此,当地的干部、群众派代表上县政府去提这个要求。接待他们的张县长哈哈大笑,从办公桌上的一摞文件中,拿出来一份刚刚上报给上级部门的报告。这份报告的内容就是请求再追加一些拨款,另外,县里也考虑从其他工程上面调剂一部分经费过来,支持道路从杨楼镇经过。

张县长双手拍拍自己的胸脯说:"你们就是不提这事,俺们政府部门都已经在心里考虑好这件事了!哈哈!大家快回去等着,看公路修没修到你们家门口吧!"

当然,那些参加修路建设的"铁姑娘""铁小伙""铁大叔""铁大妈"等积极分子,干劲不比尚之平创作的、庄河中学演出队表演的那首多口词中的"铁姑娘"的热情低呀。每天工地上,到处都听到"加油啊!""快运石头啊!""公路通到俺们家门口啦!"这些声音。一阵阵战天斗地的喊声震天动地,一幅幅红旗猎猎地当空招展,人们的心情多么激动啊!

这些素材也好,情节也好,尚之平将它们通通囊括进自己的脑海里,他随身带的小本子上就写得满满的。造出这条老百姓口中说的"康庄大道",全县群众都尽了力量和责任嘛。当然,也包括尚之平创作的作品、学生演出队宣传表演所做出的一份贡献。现在想着这些事情,他心里也十分激动。这从他嘴角边悄悄溢出来并强忍着的一丝微笑,就能够看得出来。

尚之平一边挺直身体用手揽住孟春兰的细腰,让她睡得舒服些,一边又兴奋不已地瞅着在阳光下反射着白亮亮光芒的柏油路面。他看到装着煤炭、粮食、蔬菜和桃子、梨子、西瓜以及叽叽咕咕叫得不安分的肥猪、大白鹅、麻鸭子的一辆辆货车,成群结队地不断从公路上面穿梭驶过。汽车上装的,都是从庄河镇周围的农家和农村土地上培育出来的物产啊!尚之平你这小子,干脆也学会开运送这些物资的汽车吧,怎么样? ——咧着嘴巴自己笑自己的尚之平,伸手从身后拍一下脑袋瓜子,算喽,你别痴心妄想吧。他居然不小心手掌拍到孟春兰的后脑勺上面。孟春兰伸手一掌推开他,吧嗒吧嗒嘴唇翻个身子又睡着了,但她仍旧把脑袋舒舒服服地枕在她心爱的尚之平结实的肩膀上面。车子一颠动,她就滑进尚之平的怀抱里,想控制住自己都不可能,简直像个可人的小绵羊轻声地扯着呼噜。唉,他想得太多,脑子竟然让这些事挤得满满的!不知不觉,他也垂下脑袋眯起双眼扯起了呼噜。此刻,倘若有人坐在旁边听他俩的呼噜声,肯定会听出来一种含义:你的呼噜长长的,她的呼噜短短的;你的呼噜带着尖尖的哨音那么尖厉,她的呼噜却细微而且甜蜜蜜的像个蜜枣子……哎呀,旁人也许早就猜出来,这小两口正用呼噜之声相互说着情话呢!

一路上客车所到的站点,见不到上来一个其他的乘客。正是夏季中午炎热的时候嘛,谁不躲在家里睡个快活的午觉呀?所以,整个车厢里仍然只有尚之平跟孟春兰两位乘客,仿佛这辆大客车,专门是尚之平花钱包下来接新娘子的婚车哩！那些他们放在行李架上的贵重的东西，即使他们闭上眼睛呼呼地睡觉，都觉得很安全。这种安全感，在尚之平心里还有另外一层含义：过去他是单身汉，所以急吼吼地要去找女朋友，甚至急到两只脚板子竟然踏在两个女人的小船上面。谁想着忙到最后，他反而成了一头脱、一头抹的两手空空的光棍汉。今天是个好日子啊！他欢欢喜喜地带着孟春兰回到临江家里，从此，他就真的有老婆喽……

正当他心里甜蜜蜜，快活不已时，只听车子发出嘘嘘的两声响，从炎热的中午奔驰到下午，现在，大客车慢慢地靠在马路边停下来。

开车的师傅到现在才有工夫端起水杯子大口大口灌下一通冷开水，嘴一抹，他回过头来问尚之平："小伙子，临江到了，你俩在哪地方下车呀？"

这么快？过去尚之平从庄河镇回到临江市，又坐汽车，又转火车，起码得花去四个半小时，现在——他看看自己的手表：嘿，才一个小时零二十分钟！他赶紧摇醒怀抱里的心肝儿孟春兰："哈哈！新娘子到家了，俺们准备下车了。我先下去买点东西。"

尚之平又对开车的师傅笑笑："就一分钟，马上回来。"

他噔噔噔地跑到路边的商店里，称了两斤糖果，装成两包，求个"好事成双"的吉利数字。然后捧着糖果再跑回客车跟前，尚之平笑嘻嘻地将两包糖果送给师傅，说："今天整个车厢，就载我们两个回家办婚礼的新人，像不像是我包的接新娘的婚车呀？谢谢你了，师傅。这两包糖果不成敬意，请师傅收下吧！"

开车的师傅这才明白，连忙笑眯眯地接住糖果，说："祝贺你们新婚大喜啊！"

尚之平带着孟春兰回到家里，家人一拥而上，高高兴兴地迎接新娘子。尤其是尚之平的母亲，一把搂着新媳妇进到新房，说："先让春兰休息一会儿，晚上好有精神。"她丢下手中正忙碌的事情，把新娘子该穿的衣服、该换的鞋袜和头饰通通捧出来，再招呼隔壁邻居家的小华子姑娘过来，在新房里帮助孟春兰梳妆打扮。幸亏小孟在车上眯眼睡了一个小时，现在她精神奕奕地洗洗抹抹，试穿新衣服。洗过又吹干的头发，梳齐了盘成油光光的发髻，一身鲜红的新衣，衬出了孟春兰秀美的身材。尚之平的妈妈进新房里一看，她喜欢得伸手亲切而又心疼地抚摸着新媳妇上上下下的衣服，边摸边高兴地笑着说："哎呀，真像从画上走下来的美人嘛！过去你在家也这么化过妆吗？"

孟春兰羞答答地把脸抵在婆婆胸前，好一阵子才轻声说道："妈，我一般在家不怎么打扮。人长得又不咋的，再打扮也没用。嘻嘻……"

小孟这话说得如此羞涩、婉转，毫不做作。婆婆听了更是忍不住再次伸手，摸摸儿媳妇油光可鉴的发髻，告诉小孟这会儿先休息着，马上等贺喜的客人都到齐了，她再带儿媳妇去客厅迎接客人。

这次来到家里贺喜的客人分成两拨。一拨是尚之平高中和大学的老朋友、老同学，另一拨是家里的亲戚以及爷爷、父母两代人的故旧，大概要坐满五六桌的样子。

然而就这样，离开席只有三个小时时，又来了一位客人。

这位客人年纪在三十岁左右，个子中等，模样文质彬彬的。他不知道尚家今天给儿子尚之平办结婚喜宴。然而，大家还是热情地请这位客人坐下，给他倒茶、递烟，又把尚之平喊过来。

尚之平来了一看，咦？这位客人他不认识啊？或许是父亲的同事吧？他连忙笑着跟客人握手。尚之平生怕怠慢了人家，起身准备请父亲过来接待。尚之平刚要离开，这位客人便拉住他，非常礼貌地笑嘻嘻地说："尚同志，你可能不认识我，但我知道你。今天是吉小玲让我来见你的。我们另找个地方谈几分钟，你看可好？"

一听到吉小玲的名字，尚之平脑袋里嗡的一声响。

等了好几秒钟，他的头脑终于安静下来，只是不知道这位客人有什么来头，找他到底什么事情。即使是这样，尚之平还是亲切地请客人到另一间清静的暂时没有人的屋子去谈话，但是心却咚咚咚跳个不停。等到两人客客气气地坐下后，那位客人才自我介绍道："我姓徐，叫徐建国。对不起，我不知道你家今天有客人，否则也不会贸然闯进。—— 是这样的，我跟吉小玲认识已有半年了。今天，吉小玲交代我来看看你，说大家相互认识一下，也没别的事。"

"欢迎，欢迎。"尚之平连忙欣喜地说，"我目前在九公县的农村中学教书。我和新婚夫人今天下午赶回来，准备宴请来贺喜的亲戚朋友们。既然徐同志热情光临，也是喜事一桩啊。所以请徐同志赏光，等一会儿共同赴宴喝杯喜酒。……"

尚之平一边跟徐同志客气地说着话，一边在脑海中迅速理清头绪。唔，他明白了，这位徐同志也许是吉小玲新近相处的男朋友。自从尚之平去年秋天一气之下离开吉小玲家，时间过去将近大半年了，他都没到她那里去过。所以吉小玲这次派徐同志上门认识一下尚之平，目的肯定是向尚之平传话。吉小玲可能是想传递这样的话语："尚之平，这是我新交的男友，你们认识一下吧。"这就是刚才徐同志带过来的话。或者，吉小玲还会传递另一层意思的话："尚之平，你怎么好久不来我家？难道你把我忘了吗？"看来，有可能这是她所要传递的更重要的话语吧？

唉！说来说去，那次吉小玲在家里跟两位客人说的话，不一定对尚之平有什么反感的意思吧？至少，吉小玲并不想真的跟他彻底断绝关系吧？哎呀呀，尚之平，你那天完全错怪了吉小玲，你这个糊涂蛋！当初你所离开的那位绵州姑娘，其实是一块闪闪发光的金子呀！顿时，尚之平就在心里狠狠地痛骂自己一句！——痛骂也就痛骂吧，虽然那时他错过一次真正宝贵的爱情，但是如今，他又获得了另一位让他感到非常贴心且温暖地爱着他的人。这是他尚之平凭着自己坚贞的爱心、专一的努力所获得的爱情啊！

想到这里，尚之平心满意足地对徐同志笑一笑，但又大度地握住他的双手，真诚地说："谢谢你今天大驾光临。是的，我跟吉小玲过去认识，也相处过一段时间。今天我拿自己的生命做保证,说一句真心话,吉小玲的确是一位好姑娘!至少在我看来,无论相貌也好,人品也好,吉小玲就是世界上最宝贵的一颗宝石呀!今后,你千万要好好地对待她,徐同志!"

"这我完全清楚。"深受感动的徐同志也笑着说,"吉小玲她昨天就跟我说过,这一两年来不管在临江市,还是在庆春县,她一直都得到你的关心和鼓励,否则她也不会做出成绩,被上级部门招进县里的果木培育生产基地工作。而且吉小玲的性格也很大方,毫无保留地告诉我你的家庭住址。谢谢你啊,尚同志!既然今天你家里来了客人,现在我也不耽误你们了。改日我俩再谈,可好?"

"千万请你留步,徐同志!"尚之平热情地一把拉住他的手,"俗话说:'添客只添一双筷。'你一定赏光留下来!"

"不了,不了。"徐同志仍然执意要走。

就在这时,新娘子孟春兰笑眯眯地推开房门进来。她先朝着徐同志点头笑笑,表示问好;然后她放下手上盛着糖果、点心的瓷碟子,请客人品尝。尚之平牵住小孟的手,向徐同志介绍说,这位就是他的新婚夫人孟春兰女士。小孟也笑眯眯地挽留徐同志。但徐同志还是连声谢绝,非常客气地站起来朝大门外走去。

送走徐同志后,尚之平一直站在家门口,瞅着人来人往的大街上渐渐走远的徐同志的背影。尚之平觉得徐同志的旁边,仿佛还有着吉小玲娟秀的身影。而且从身后看去,吉小玲那双并排拖在脑后的漂亮的大辫子,随着清风在微微地晃动,连她亲切、甜美的样子,都在尚之平脑海里一页又一页慢慢地闪现……哎呀,尚之平双眼一直注视着前方似乎浮现出的吉小玲的背影,甚至忍不住在自己心里暗暗地对她说道:"吉小玲呀!你对别人只拣好话表扬我,不讲我一句难听的话。请你原谅我啊,过去我确实对不住你!……"

他心里这么说,可是,前方吉小玲美好的形象竟然变得越来越模糊,原来有两团热辣辣的泪水,正从尚之平的眼窝里涌出来挡住他的视线……

　　这时,旁边伸出一只细腻的手,轻轻地拍一拍尚之平的脑袋,让他顿时清醒过来。是孟春兰找他了。尚之平掏出手帕揉着自己的眼睛,说是小虫子飞进他的眼里。

　　小孟连忙夺过手帕,心疼地替他轻轻地擦着眼睛,笑着说:"看来今天喜庆的日子,你太激动了。妈妈说,离客人到齐还有一阵子。她建议你带我去理发店烫一烫头发。"

　　哈哈! 尚之平听了夸张地一缩脑袋。等他再把自己的头伸出来时,觉得妈妈这个主意非常好。如果今天换作吉小玲,她也许就会像妈妈说的去烫一下头发的! 尚之平于是兴冲冲地挺起身子笑道:"对嘛! 俺们的孟春兰女士应当上理发室,不,上最讲究的美容理发厅做一做头发。然后呢,我俩再去照相馆拍结婚照。一定拍张我们今生今世最漂亮、最有气质的结婚照! 你看可好?"

　　尚之平说着,便亲亲热热地挽住他的新娘子细细的胳膊,一同前往临江市中心的一家最豪华的美容理发厅去了。

(完)